TROIS SECRETS

Née à Brooklyn, Randy Susan Meyers a toujours été passionnée de littérature. Pour *L'Impossible Pardon*, son premier roman, elle s'est inspirée de son travail auprès des victimes de violence domestique. *Trois secrets* est son deuxième roman. Elle vit aujourd'hui à Boston avec son mari et ses deux filles.

Paru dans Le Livre de Poche :

L'IMPOSSIBLE PARDON

RANDY SUSAN MEYERS

Trois secrets

TRADUIT DE L'ANGLAIS (ÉTATS-UNIS) PAR PASCALE HAAS

LE LIVRE DE POCHE

Titre original :

THE COMFORT OF LIES

ISBN : 978-2-253-08763-2 – 1re publication LGF

À Jeff, toujours

Mieux vaut une vérité dérangeante
Qu'un mensonge rassurant.
Tôt ou tard la vérité finira par apparaître
Et fera encore plus mal.

Anonyme

PREMIÈRE PARTIE

Avant

1

Tia

Être heureux aux dépens d'un tiers avait toujours un prix. Dès le premier baiser échangé avec Nathan, Tia s'était imaginée jugée. Elle s'était attendue toute l'année à être punie pour être tombée amoureuse, convaincue que, quoi qu'il advienne, elle le mériterait.

Depuis le déjeuner de dimanche dernier, elle se sentait écœurée. Ils avaient commandé beaucoup trop de plats ; les biscuits au beurre à l'apéritif, la salade pleine de sauce et la viande rouge très grasse lui avaient brouillé l'estomac. Sans parler du chocolat hypersucré de la forêt-noire qui lui avait laissé un goût pâteux dans la bouche. Chaque fois qu'elle voyait Nathan pincer d'un air dépité le bourrelet qu'il avait à la taille, elle craignait d'être devenue sa complice dans plus d'un péché.

Déjà enfant, elle détestait manger lourd. Au lieu d'aller déjeuner, elle aurait préféré attendre de le voir le lendemain – ils se seraient installés sur une couverture pour admirer les feux d'artifice sur l'esplanade tout en écoutant le concert des Boston Pops.

Le 4 juillet était un jour de congé délesté du poids de l'espérance ; un jour parfait pour eux.

Nathan serra sa main dans la sienne tandis qu'ils marchaient vers chez elle. La fierté qu'exprimait son regard la ravissait. Elle avait vingt-quatre ans, lui trente-sept, et c'était la première fois qu'un homme digne de ce nom l'aimait. Chaque fois qu'ils se retrouvaient, elle découvrait de nouvelles raisons d'être éperdument amoureuse – des détails qu'elle n'aurait jamais avoués à personne, par exemple ses mains, qui étaient plus celles d'un cowboy que d'un professeur. Des qualités qui auraient sans doute semblé banales à quelqu'un qui avait grandi en ayant un père, ajoutait-elle en songeant à ce qu'elle savait de son amant.

La semaine précédente, il lui avait fait l'effet d'être Superman lorsqu'il était arrivé avec une boîte à outils, dans l'intention d'installer un pommeau de douche d'où coulerait plus qu'un mince filet d'eau. Sur une étiquette attachée à la poignée, il avait écrit : « À laisser ici. »

Tia en avait conclu qu'il comptait s'en resservir.

Aucun cadeau n'aurait pu lui faire autant plaisir.

En gros, elle trouvait Nathan parfait. Bras musclés, dos large… Et son expression de New-Yorkais sardonique, doublée d'un petit sourire en coin – très loin de l'humour au ras du bitume des gars de la banlieue de South Boston où elle avait grandi – la faisait rire, tandis que sa compétence innée l'enveloppait dans une sorte de cocon rassurant. Bien que trop rare, la présence de Nathan lui oxygénait le sang. Il lui suffisait d'effleurer ses doigts pour que le monde n'existe plus qu'à travers ce contact physique. Au point que sa vie s'était rétrécie et n'avait de sens que dans les moments où elle était avec lui.

Depuis un an qu'ils avaient une histoire, elle avait passé d'innombrables heures à pleurer. Un homme marié et père de famille n'avait que peu de temps à vous accorder.

Lorsqu'ils arrivèrent devant le petit immeuble où vivait Tia, il passa derrière elle et l'enlaça. Elle se pencha en arrière et reçut son baiser sur le côté du cou. Il laissa courir ses mains sur son corps. « Je ne me lasse pas de te toucher, dit-il.

— Pourvu que ça ne change jamais !

— Tout finit toujours par changer. » Une sorte de gêne assombrit son visage lorsqu'il s'écarta. « Tu mérites tellement… »

Pensait-il qu'elle méritait qu'il soit toujours là ? Elle mit la clé dans la serrure et se consola avec l'idée qu'il la trouvait méritante.

À peine entrée dans l'appartement, elle se précipita dans la salle de bains ; ces derniers temps, elle avait sans cesse besoin d'aller aux toilettes. Elle passa un long moment à se sécher les mains, puis à remettre en place un ancien flacon de parfum que Nathan lui avait offert. Elle était constamment en train de réarranger les choses, de faire en sorte que le cristal s'harmonise avec ses meubles Ikea et les vieux trucs que lui avait donnés sa mère. Lorsque Nathan venait, l'appartement se transformait en scène de théâtre. Elle passait des heures à regarder le moindre livre, objet et affiche comme lui les verrait.

Elle le rejoignit au salon. « Écoute ça, dit-il en lui tendant un verre de vin. Aujourd'hui, j'ai voulu illustrer un point en citant la fameuse phrase de Groucho Marx – "Je refuserais de faire partie d'un club dont je serais membre" – et un étudiant m'a demandé qui était Groucho Marx ! »

Tia refusa le verre. « Non, merci. Je n'en ai pas envie.

— J'ai tout à coup eu l'impression d'avoir cent ans ! Bon, dis-moi franchement : tu sais qui est Groucho Marx ? » Il poussa le verre devant elle. « Goûte-le, au moins. C'est sans doute le merlot le plus onctueux que tu boiras jamais. »

Quand elle n'avait pas pris de vin au déjeuner, il n'avait pas fait de commentaires. « J'ai envie d'un Pepsi », avait-elle dit. Peut-être pensait-il qu'elle se comportait comme une ado et trouvait ça mignon. Parfois, ce qu'il trouvait mignon l'embêtait.

« *Vous pariez votre vie*, *La Soupe au canard*, *Une nuit à l'opéra*…

— Ah, merci… Voilà qui restaure ma confiance en la jeunesse !

— Pas tant d'années que cela nous séparent… » Elle détestait qu'il souligne leur différence d'âge. « Dieu sait que je suis plus vieille que tes étudiants !

— Et plus intelligente.

— C'est vrai… Alors, ne l'oublie pas. »

À l'instant où elle lui annoncerait la nouvelle, leur histoire changerait de façon radicale, non qu'elle eût pu durer ainsi. Dès la première fois qu'ils avaient couché ensemble et qu'il avait laissé échapper « Je suis dingue de toi », elle avait voulu davantage. D'abord elle avait voulu l'avoir tout le temps dans son lit, ensuite que l'alliance qu'il portait au doigt soit la même que la sienne. Et lorsque son désir pour lui avait atteint son plein régime, elle avait voulu que le pli de son pantalon ait été fait par le teinturier qu'elle aurait choisi, que sa chemise sente la lessive qu'elle utilisait.

Tia le regarda dans les yeux. « Je suis enceinte. »

Nathan se leva, la main encore tendue, le vin ballotté dans le verre comme par une lame de fond.

« Tu vas le renverser, dit-elle en posant le verre sur la table basse.

— C'est ce qui explique que tu n'aies rien bu au déjeuner. »

La lenteur avec laquelle il prononça cette phrase la terrorisa. Bien qu'elle sût que c'était peu probable, elle aurait voulu lui voir un sourire ému – un sourire comme à la télé, suivi d'un baiser comme au cinéma. Prise d'une nouvelle nausée, elle passa la main sur son ventre encore plat. Elle chassa l'image de la femme de Nathan. Elle avait beau essayer, elle n'arrêtait pas de penser à Juliette – où elle était, où elle croyait qu'était son mari –, même si, très vite, il avait précisé que c'était un sujet tabou.

« Tu le sais depuis quand ?

— Plusieurs jours. Je tenais à te l'annoncer de vive voix. »

Nathan hocha la tête, termina son vin, puis alla s'asseoir. Il croisa les doigts et se pencha, les coudes sur les genoux. Après quoi il leva les yeux, avec le regard sérieux du professeur qu'il était. « Tu vas faire ce qu'il faut, n'est-ce pas ? »

Tia se laissa tomber dans le fauteuil en face du canapé. « Faire ce qu'il faut ?

— Oui, faire le nécessaire. » Il ferma les yeux quelques secondes, les rouvrit et se redressa. « Que veux-tu qu'on fasse d'autre ? Quoi d'autre aurait du sens ?

— Je pourrais le garder. » Elle ne pleurerait pas. Même si rien d'autre de bon n'arrivait ce soir dans ce foutu monde, elle se retiendrait de pleurer.

« Et l'élever toute seule ? Comme ta mère ? » Il se gratta le menton. « Ne sais-tu pas mieux que personne à quel point c'est difficile, chérie ?

— Tu seras où ? Tu as prévu de mourir ? De disparaître ? » Derrière son air brave, elle se ratatina comme une noix. Elle savait très bien où il serait. Dans sa belle maison avec Juliette. L'épouse. La femme qu'un jour elle était allée épier. Une femme aussi lumineuse que le soleil et le ciel dont la blondeur l'avait éblouie.

« Je paierai ce qu'il faudra pour que tu t'en occupes…

— *Que je m'en occupe, que je m'en occupe…* répéta-t-elle en l'imitant. Que je m'occupe de quoi ? » Elle voulait l'obliger à prononcer le mot *avortement*.

« Mes fils sont encore très jeunes. »

Prise d'une envie folle de boire le vin interdit, elle agrippa le bras du fauteuil.

« Je ne peux pas me partager entre deux familles, Tia… Je t'en prie… Pense à ce que ça impliquerait », supplia-t-il.

Une petite peau s'arracha de son pouce gercé lorsqu'elle croisa les mains. La grossesse l'avait déjà transformée, la déshydratait à force de faire pipi toutes les demi-heures.

Nathan vint la prendre dans ses bras. « La grossesse rend les femmes romantiques. Tu te dis que, une fois que j'aurai vu le bébé, je serai submergé d'amour paternel et je changerai d'avis. Mais je ne peux pas… Je ne quitterai pas ma famille. N'ai-je pas toujours été clair là-dessus ? »

Oh, mon Dieu… Il pleurait.

Sa famille.

Elle avait cru que ce serait elle sa famille.

Idiote, idiote, idiote.

« Je ne peux pas, Nathan… Je ne peux pas faire ce que tu me demandes. »

Il s'écarta. « Je regrette, Tia, mais il est impossible qu'on vive ensemble. S'il te plaît. Règle ça. C'est préférable pour nous deux. Sincèrement. »

Au sixième mois de grossesse, l'inconfort était devenu son état normal. Elle auparavant si fluette qu'on la bourrait de milkshakes se sentait désormais affreusement lourde. Un coussin calé dans le dos, elle s'installa sur le canapé, entourée des lettres implorantes, des photos et des candidatures de couples qui voulaient son bébé.

Tia avait refusé de « régler ça », comme l'avait réclamé Nathan. Et les religieuses de St Peter et sa mère avaient fait du bon boulot. Étant donné qu'elle n'avait pas eu le cran d'interrompre sa grossesse, par peur d'être maudite dans l'au-delà, et qu'elle ne se sentait pas le courage de guider son enfant dans cette existence, elle était là, enceinte de six mois, en train de choisir une mère et un père à son bébé.

Sélectionner des parents adoptifs la mettait face à des choix impossibles. Elle tria des centaines de lettres d'hommes et de femmes désespérés d'accueillir le bébé qui grandissait en elle. Des mères et des pères potentiels flottaient devant ses yeux, au point qu'elle se souvenait à peine qui était la bibliothécaire de Fall River et qui était le couple qui lui rappelait les enseignants les plus rébarbatifs de l'école du dimanche. Tous promettaient un amour solide, des jardins de la taille du Minnesota et des études dans les meilleures universités.

Après avoir bu trois tasses de thé à la menthe, en regrettant le café à chaque gorgée, elle limita ses choix aux trois couples les plus probables. Elle passa en revue leurs photos et leurs lettres avant de les disposer comme des cartes de tarot. Puis, la hantise de continuer à s'infliger cette tâche accélérant sa décision, elle opta pour l'homme et la femme qu'elle estimait le plus à même d'être de bons parents. Leurs photos posées sur son gros ventre, elle les déplaça telles des poupées en papier en répétant les propos qu'ils lui avaient tenus au téléphone, tous deux l'air très sûrs d'eux, très intelligents et complices.

« Allô, Tia, imagina-t-elle dire la Caroline de papier. Je veux ton bébé ! Je suis pathologiste, spécialiste des cancers pédiatriques. Mon mari a une très grande famille et a toujours adoré les enfants.

— Dis-lui que je suis conseiller à la fondation de Paul Newman. Elle s'appelle comment, déjà ? Tu sais bien, ce centre de vacances pour les gosses atteints d'un cancer… » Le Peter de papier posa une main bienveillante sur le bras plein de bonté de la Caroline de papier.

« The Hole in the Wall Gang », répondit celle-ci en inclinant légèrement la tête pour ne pas avoir l'air d'une vantarde.

Un mois plus tard, lorsque Caroline et Peter apprirent que Tia attendait une fille, ils lui annoncèrent qu'ils l'appelleraient Savannah. Un nom idiot. Elle appelait le bébé dans son ventre Honor, le deuxième prénom de sa mère – un nom tout aussi idiot, sauf qu'il n'était pas destiné à être utilisé hors de l'utérus, et d'ailleurs, idiot ou pas, c'était toujours mieux que Savannah. Pourquoi ne pas plutôt l'appeler Britney et qu'on n'en parle plus ? Si elle n'avait pas été aussi occupée à soigner sa mère malade, elle aurait cherché d'autres parents pour sa fille.

Fulminant de rage d'avoir arrêté son choix, Tia trébucha et se cogna à un chariot de nourriture dans le hall de l'hôpital où avait été transportée sa mère. La maladresse était sa compagne – la maladresse, l'envie constante d'uriner et une vie de réclusion. Elle était passée de l'attente des visites de Nathan pour se sentir exister à porter en elle un souvenir de lui permanent. Dès qu'elle se caressait le ventre, elle avait l'impression que c'était lui qu'elle caressait. Cependant, en dépit de tous ses efforts, elle ne parvenait pas à remplacer sa tristesse par de la haine.

Sa mère était la seule personne avec qui elle passait du temps. Tous ses anciens amis – à l'exception de Robin, qui vivait en Californie, trop loin pour venir la voir – la croyaient partie en Arizona pour un an afin de rédiger son master en gérontologie, basé sur le travail qu'elle avait effectué auprès de personnes âgées. En réalité, elle avait déménagé à Jamaica Plain, un quartier très différent de Southie.

Contrairement à son ancien quartier, où elle croisait des gens qu'elle connaissait à tous les coins de rue, Jamaica Plain était en constante évolution – un mélange de races et d'ethnies, mais aussi de classes, de cultures et de générations. La seule personne qu'elle connaissait était le bibliothécaire, avec lequel ses échanges se limitaient à *bonjour-bonsoir*. JP était un endroit où il était facile de rester anonyme.

Elle avait voulu vivre quelque part où personne ne connaissait son nom. Elle ne tenait pas à susciter les commérages ou la pitié. Les économies de sa mère les faisaient vivre toutes les deux – Tia sortait rarement de chez elle. Sa vie consistait à survoler des romans, regarder la télé et s'occuper de sa mère, qui avait emménagé avec elle avant que la douleur ne finisse par dépasser ses capacités d'infirmière.

Tia entra dans la chambre sur la pointe des pieds. Des pieds d'ange. C'était la formule qu'employait sa mère quand elle était petite et se faufilait dans la cuisine pour piquer des biscuits. « Les mères entendent toujours leurs enfants, ma chérie, même quand ils font les pieds d'ange. »

Elle avait beau refuser de se l'avouer, sa mère se mourait à mesure que grandissait le bébé.

« Maman ? » murmura-t-elle.

Silence. Les ongles enfoncés au creux de la paume, elle se pencha au-dessus du lit pour vérifier qu'elle respirait. Sa mère n'avait que quarante-neuf ans. Le cancer du foie s'était propagé en quelques mois, bien qu'elle la soupçonnât de lui avoir dissimulé la vérité pendant un bon bout de temps.

Sa mère était hospitalisée depuis vingt-trois jours. Peut-être que plus on était jeune quand on tombait malade, plus on s'accrochait, à moins que vingt-trois jours ne fussent une moyenne, la norme – quel que soit le terme pour qualifier le laps de temps qui sépare l'entrée à l'hôpital de la mort. Tia ne parvenait pas à trancher. Si elle avait eu une sœur ou un frère pour l'épauler, sans doute aurait-elle trouvé le courage de poser une question aussi triviale, seulement il n'y avait toujours eu qu'elles deux – sa mère et elle.

Mourir était parfois un long processus, ce qui la surprenait. On aurait pu penser que travailler auprès des personnes âgées lui en aurait appris davantage sur la mort et l'agonie, cependant, elle avait été là pour les distraire, pas pour les conseiller. Sa spécialité, c'était les jeux avec les lettres et les mots. Dans son univers professionnel, si un client ne venait pas jouer au Scrabble, on apprenait très vite qu'il ou elle était mort.

On ne voyait pas la personne mourir.

Perdre sa mère lui semblait impensable – c'était comme si on avait planifié de couper le fil qui la retenait à la terre. Elle flotterait sans lest. Elle n'avait aucune famille – ni tante, ni oncle, ni cousin –, sa mère tenait tous ces rôles.

Tia s'installa dans le fauteuil à son chevet. Elle se demanda pourquoi, alors qu'ils insistaient tant sur le bien-être, l'hôpital ne fournissait pas des fauteuils où une femme enceinte puisse s'asseoir sans être mal à l'aise. Elle sortit un livre de poche, un roman policier si simple que, même si elle retenait seulement un quart de ce qu'elle lisait, elle arriverait à suivre l'intrigue. L'exemplaire de *Jane Eyre* de sa mère, avec sa fin magique, était dans son sac, mais elle le gardait pour lui en faire la lecture après le dîner.

Sa mère ouvrit les yeux. « Tu es là depuis longtemps, ma chérie ? demanda-t-elle en lui prenant la main. Tu es fatiguée ? »

Tia passa la main sur son gros ventre. « Je le suis en permanence.

— Tu n'es pas obligée de venir tous les soirs, tu sais. »

Cette phrase, sa mère la lui répétait tous les jours. C'était sa façon à elle de dire « Je me fais du souci pour toi ».

« Être fatiguée ne met pas la vie en danger.

— Quand on est enceinte…

— Quand on est enceinte, on est enceinte. Tu te rappelles comment c'était pour toi ? Est-ce que je t'ai rendue dingue avant de venir au monde ? »

Sa mère essaya tant bien que mal de se redresser dans son lit. Elle lui tendit la main pour l'aider, puis lui cala le dos avec des oreillers. Sa peau, autrefois d'un rose si délicat – une peau très pâle d'Irlandaise que le soleil brûlait en un clin d'œil, c'était ainsi que se décrivait sa mère – était à présent d'un vilain jaune sur les draps.

« Je me rappelle chaque instant de ma grossesse, répondit sa mère. Et toi, seras-tu capable de l'oublier ?

— Maman, arrête !

— C'est de mon devoir de t'en parler, ma chérie. » Sa mère prit ses lunettes sur le plateau en métal fixé au montant du lit. Une fois la monture en acier en place, elle parut aller mieux. Les lunettes, les bijoux et divers accessoires étaient comme des totems qui repoussaient la mort. Tia lui achetait sans cesse des babioles pour lui remonter le moral. Des perles d'un bleu électrique enfilées sur un fil argenté tintaient à son poignet. « Elles sont de la couleur de tes yeux », lui avait-elle dit lorsqu'elle lui avait apporté le bracelet la semaine précédente.

« Et si j'allais te chercher un peu d'eau bien fraîche ?

— Ne fuis pas. Et écoute-moi. Tu dois regarder les choses en face. Si tu vas au bout de ça, tu le regretteras. »

Ça. C'était le mot qu'utilisait sa mère pour parler de son intention de donner le bébé à adopter.

« Je serais une mère épouvantable, dit-elle.

— C'est ce que tu penses pour l'instant… Attends d'avoir tenu ton bébé dans tes bras. »

Dans le combat que menait sa mère pour la convaincre de renoncer à l'adoption, leur moindre prise de bec la faisait se sentir encore plus lamentable. Et chaque argument qu'elle avançait lui semblait plus boiteux que le précédent.

Je serai une mauvaise mère.

Je n'ai pas assez d'argent.

J'ai trop honte de ne pas savoir qui est le père.

Au lieu de dire la vérité, elle avait prétendu avoir couché avec tant d'hommes qu'elle ne savait pas qui était le père. Ce mensonge, si horrible fût-il, valait mieux que la vérité. Avouer à sa mère qu'elle avait couché avec un homme marié – et tenté de le voler à sa femme ! – lui était insupportable.

Tout ce qu'elle disait semblait ridicule. Elle serait peut-être une mauvaise mère, elle n'avait en effet pas un sou et Immaturité aurait dû être son deuxième prénom, mais si ces raisons avaient suffi pour abandonner un bébé, le monde aurait été peuplé d'orphelins.

Elle se caressa le ventre. *Petit bébé chéri, je suis désolée !*

Tia avait grandi dans le sillage de la disparition de son père. Ignorant ce qu'il était devenu, sa mère avait supposé qu'il était parti vivre avec une autre femme – vivre une vie dans laquelle il devait y avoir plus de plaisir et d'alcool que sa puritaine de mère ne l'aurait toléré. À ses yeux, coucher avec un homme marié était un péché que seul dépassait en gravité le fait d'avorter.

En taisant la vérité, Tia ne pouvait avancer aucun argument sensé. Comment reconnaître qu'elle abandonnait cet enfant parce qu'il lui rappellerait l'homme qu'elle aimait mais ne pourrait jamais avoir ? Comment l'avouer alors qu'elle ignorait si elle agissait ainsi par égoïsme ou, pour une fois, par altruisme ?

« Le bébé aura une meilleure vie que celle que je serais en mesure de lui offrir, plaida-t-elle. Je t'assure, Maman… Tu as vu leur lettre et les photos… Le bébé aura de bons parents. »

Les yeux de sa mère se remplirent de larmes. Sa mère ne pleurait jamais. Elle n'avait pas pleuré le jour où Tia s'était cassé la jambe – une fracture si grave que l'os transperçait la chair. Ni le jour où elle avait appris qu'elle avait un cancer. Ni quand son père était parti – du moins, pas devant elle.

« Je suis désolée, ma chérie. » Sa mère papillonna des yeux. Les larmes disparurent.

« Désolée ? Mais tu n'as rien fait de mal ! »

Sa mère croisa les bras. « J'ai pourtant dû faire quelque chose d'abominable pour que tu sois persuadée que ton bébé sera mieux sans toi… Tu crois que la vie que tu as actuellement ne s'améliorera jamais ? Tu ne vois donc pas que tu as tout l'avenir devant toi ? »

Tia haussa les épaules comme une enfant honteuse, peinée à l'idée de laisser sa mère mourir en pensant qu'elle avait raté son éducation.

« Maman, ce n'est pas ça…

— C'est quoi, alors ?

— Je ne crois pas que ce soit pour moi. » Tia posa ses deux mains sur son ventre. Chaque mensonge qu'elle prononçait lui donnait le sentiment de repousser sa mère, alors qu'elles auraient dû être plus proches que jamais. « Je ne crois pas que ce bébé soit fait pour être à moi.

— Je t'en prie, ne prends pas de décision tout de suite. Quelque chose te tourmente, et je sais que ce n'est pas ce que tu me dis. Ça ne fait rien. Mais, crois-moi, si tu décides de céder à ta douleur au lieu de choisir ton bébé, tu ne te remettras jamais ni de l'un ni de l'autre. »

2

Juliette

En général, Juliette écoutait de la musique en travaillant, mais pas aujourd'hui. Elle volait du temps sur le dimanche en famille – un dimanche ensoleillé, en plus ! – pendant que ses fils regardaient la télé au rez-de-chaussée. Le silence lui permettrait de les surveiller d'une oreille.

Bien qu'elle et Nathan eussent consacré toute la matinée et le début de l'après-midi aux garçons, la culpabilité la tenaillait. Ils étaient allés faire une brève balade à la réserve de Beaver Brook, où ils avaient ensuite déjeuné – un pique-nique préparé par ses soins, avec les biscuits aux Rice Krispies qu'elle avait fait cuire à six heures du matin – et avaient joué maladroitement pendant une heure au softball. Après, une fois Nathan parti pour un après-midi de correction de copies, elle était montée discrètement régler des paperasses pendant quelques heures.

Ce n'était pourtant pas qu'ils ne passaient pas du temps ensemble ; demain soir, ils prendraient la voiture et iraient à Boston admirer les feux d'artifice. Néanmoins, elle était soucieuse. Dehors brillait un soleil resplendissant, et ses fils étaient enfermés dans le salon devant la télé.

Formidable... Elle espérait au moins que ses enfants appréciaient les femmes sans rides qu'ils croisaient dans la rue, étant donné que leur mère avait troqué leur intellect, leur santé et leur sécurité contre des sérums antirides.

Sérum antisillons.

Sérum antirides.

Sillon.

Ride.

Sillon.

Ride.

Sillon semblait être un problème plus intéressant à résoudre que *ride*, évoquant une femme froissée par les pensées plus que par les années.

Et si elles appelaient leur sérum *antifroisse* ?

Ben, voyons ! Juliette imagina son associée hurler de rire si elle lui soumettait cette proposition lors de leur prochaine réunion créative. Elle avait rencontré Gwynne au cours des bébés-nageurs, l'une et l'autre attirées par un ennui réciproque face aux obligations qu'imposait la maternité, ainsi qu'une certaine tendance à trop aduler leurs bambins. Elles s'étaient prises d'amitié au premier regard, un regard sardonique, se reconnaissant des affinités pour avoir vécu une enfance solitaire.

Juliette guettait la catastrophe en permanence. Lorsqu'elle travaillait, elle s'inquiétait pour Max et Lucas. Et quand elle se consacrait à eux, elle s'en voulait de négliger son travail. Nathan s'efforçait de résoudre le problème en lui recommandant de se dé-ten-dre. « Concentre-toi sur ce que tu fais », lui disait-il – comme si elle pouvait se forcer à ne pas s'inquiéter ! Un schéma génétique mâle comparable à celui de la calvitie masculine permettait sans doute à son mari d'aller au travail et de s'y plonger tout entier. Il n'imaginait pas la vie autrement.

Elle savait néanmoins qu'il voulait l'aider. Dès qu'un problème se présentait, il cherchait une solution, il l'avait toujours fait. S'occuper des autres lui plaisait, au point qu'elle le sentait déçu qu'elle ne le sollicite pas plus dans son travail – mais comment aurait-il pu l'aider dans une affaire de crèmes destinées à préserver la peau des femmes ? Nathan enseignait la sociologie à l'université Brandeis et travaillait sur la situation critique des personnes âgées, laquelle, d'après lui, et elle en était convaincue elle aussi, n'avait rien à voir avec une histoire de rides ou de sillons.

C'était cette année que le numéro d'équilibriste auquel elle s'était livrée allait enfin payer. Elle en était persuadée. Toutes ces années consacrées à investir chaque moment de liberté dans son travail vaudraient la peine – même si elle prétendait que son intérêt pour les cosmétiques et les soins de la peau n'était qu'un violon d'Ingres, concoctant des potions jusqu'à trois heures du matin et se levant à sept pour préparer le petit déjeuner.

Les enfants passaient en premier. L'emploi du temps de Nathan en second. Ensuite venaient la cuisine, le ménage, les anniversaires, Halloween, Pessah, Hanoukka et Noël – toutes ces fêtes qui cimentaient la famille. C'était ainsi qu'elle voyait les choses.

Elle adorait son travail à un degré insensé, mais elle s'ingéniait à le dissimuler, toujours un peu honteuse de la passion qu'il lui inspirait.

Créer des produits de soin biologiques et de maquillage n'était pas comparable à sauver des vies. juliette&gwynne était même potentiellement une affaire malsaine, puisqu'elle reposait sur la peur qu'avaient les femmes de vieillir. Toutefois, elles restaient d'une totale honnêteté. Jamais elles ne promettaient qu'une crème à base de cellules de sperme frais garantirait d'éliminer les rides, affirmant seulement que leurs produits tireraient le maximum de ce que la nature avait accordé. Le but n'était pas des visages figés dans le temps, mais des visages et des corps lissés de façon gracieuse. Rien ne déprimait plus Juliette que voir une femme d'un certain âge liftée arborant le logo Juicy Couture sur les fesses.

Elles estimaient que juliette&gwynne avait sa place dans le monde, allant jusqu'à préciser les moyens grâce auxquels elles soutenaient des femmes :

- *Beurre de karité (uniquement de première qualité) acheté à un collectif de femmes au Ghana.*
- *Emballages fabriqués par un collectif de femmes dans les Apalaches.*
- *Dons de produits à un refuge pour femmes battues.*

La semaine précédente, après qu'elles avaient ajouté cette dernière mention, Gwynne avait bu une longue gorgée de bière puis avait dit : « Tu ne penses pas qu'on se fait plaisir en offrant de la crème hydratante et du rouge à lèvres à des femmes battues ?

Bon sang, Jul, tu ne crois pas qu'elles préféreraient un chèque ?

— Je sais, je sais... » Elle s'était tassée dans le vieux fauteuil en cuir craquelé récupéré dans le cabinet d'avocat du mari de Gwynne. Deux pièces dans la maison déglinguée de Juliette à Waltham servaient de bureau à juliette&gwynne//l'éclat de la beauté. « Le jour où on gagnera des tonnes d'argent, on leur en donnera une tonne ! »

Peut-être qu'un jour elles seraient riches. Jamais elle ne parlait à personne de son envie d'avoir de l'argent, pas même à Nathan. Elle aurait eu trop l'impression de ressembler à sa mère. Cependant, elle aimait les belles choses – Dieu lui pardonne ! Les vêtements bien coupés. La porcelaine fine. Les gros édredons.

Tout cela, et des enfants heureux et en bonne santé.

Avant tout, toujours et avant tout, des enfants heureux et en bonne santé.

En réaction à ce qu'elle avait vécu étant enfant, Juliette se gardait de pavoiser. Sa mère s'était tellement préoccupée de l'éclat de son teint et du drapé de ses vêtements qu'elle-même avait voulu passer pour une femme dénuée d'un tel narcissisme. En réalité, c'était tout le contraire. Outre qu'il lui manquait l'assurance de sa mère, une part honteuse au fond d'elle se préoccupait de son apparence.

Avec juliette&gwynne, au moins son vice secret avait-il une certaine valeur. L'entreprise était née de la vanité de Juliette. Après avoir renoncé à la rubrique *Looks* qu'elle tenait dans le magazine *Boston* afin de rester à la maison avec Lucas, et ensuite Max, il lui était devenu impossible d'assouvir son addiction aux produits hauts de gamme. Le salaire de prof de Nathan couvrait uniquement l'essentiel. Aussi avait-elle entrepris de faire des expériences chez elle, concoctant des crèmes hydratantes à base d'encens ou de camomille et inventant des gommages composés de sucre, d'avoine et même de marc de café.

« Maman ! » Max, son fils âgé de cinq ans, déboula dans la pièce et bondit sur le vieux canapé, faisant voler les papiers et les échantillons de produits. « J'ai faim ! » gémit-il en se lovant contre sa mère.

Lucas apparut sur le seuil. « Je t'avais dit de rester dans la salle de jeux… » Il attrapa son frère par le col. « Viens ! Je vais te donner une barre de céréales. »

L'argent que son fils aîné recevait pour jouer les baby-sitters décuplait son enthousiasme, mais le sérieux qu'il y mettait impressionnait Juliette, même si elle redoutait que dans son zèle il ne risque d'arracher la tête de son petit frère. Elle déplia les doigts de Lucas qui agrippaient la chemise de Max et sourit. « C'est bon… On va tous descendre. Papa va bientôt rentrer. Vous n'avez qu'à dessiner dans la salle à manger pendant que je prépare le dîner. »

Juliette sortit les oignons émincés, les champignons tranchés, les carottes et le chou-fleur coupés en dés qu'elle avait préparés à sept heures du matin pendant que son mari et ses enfants dormaient, dans l'intention de faire une soupe d'orge aux champignons et au poulet. Elle aligna les barquettes de légumes dans l'ordre où elle les avait fait sauter avant d'ajouter du bouillon de poule.

Elle découpa les filets de poulet, laissant juste assez

de peau pour épaissir la soupe sans pour autant infliger trop de gras au cœur de son mari.

Il l'avait conquise au premier coup d'œil. Nathan avait quitté Brooklyn pour la vallée de l'Hudson au nord de New York, où elle-même avait grandi. Il venait prendre son premier poste d'enseignant dans le département de sociologie à Bard College. Son père à elle dirigeait le département de sciences politiques.

Ils s'étaient rencontrés à la fête annuelle que donnaient ses parents dans leur maison de Rhinebeck, une petite ville au bord de l'Hudson qui attirait les ex-New-Yorkais. L'eau de Cologne musquée des hommes rivalisait avec les lourds effluves de Chanel ou de Joy. Les femmes étaient étincelantes ou romantiques dans des ensembles en velours poudré. Leurs compagnons portaient des costumes ou des gilets en peau de renne. Juliette se distinguait du lot dans sa minirobe bleu saphir.

Nathan était allé vers elle alors qu'elle était en train de boire un lait de poule en regardant sa mère circuler au milieu des hôtes. Sa cravate, qui de loin lui avait paru dans des tons bleus mélangés, était brodée d'étoiles de David.

Elle avait approché la main et dessiné les contours de l'une d'elles. « Une revendication ?

— Un cadeau de mes parents pour Hanoukka.

— Ils vous marquent ?

— Je suis trop loin de Brooklyn. Ils espèrent ainsi avertir les *shiksas* qui portent une petite croix en or autour du cou. »

Dans un curieux réflexe, Juliette avait effleuré le

sien dépourvu de tout bijou. « J'ai de la chance. Je ne le suis qu'à moitié. *Shiksa*, je veux dire. »

Il avait montré l'immense sapin de Noël qui montait jusqu'au plafond. Les guirlandes étaient entrelacées de rubans rouges, des flocons en cristal s'entremêlaient aux branches de sapin dans l'escalier qu'ils voyaient de là où ils se tenaient. Il avait touché une boucle blonde près de son visage. « Où donc votre famille cache-t-elle l'autre moitié ? »

Juliette l'avait pris par la main. « Venez ! Je vais vous montrer. »

Elle l'avait emmené au calme dans la bibliothèque, fort heureusement dépourvue de toute paillette.

« Vous voyez ? » Sur la cheminée trônait un chandelier à sept branches en verre bleu cobalt entre les toupies assorties.

« Vous n'avez jamais joué avec, j'imagine.

— Non », avait-elle répondu en caressant le verre avec délicatesse.

Enfant, elle avait rarement joué avec quoi que ce fût en dehors de sa chambre. La maison, que ses parents chérissaient comme s'il s'agissait d'un objet sacré, était sa rivale, et Juliette avait en général l'impression que ce n'était pas elle qui l'emportait. Ses parents semblaient penser que leur intérieur les représentait mieux que leur fille. Pour quelle autre raison n'avait-elle droit qu'à une douce insouciance alors que chaque recoin de la demeure recevait une attention de tous les instants ?

« Vous vivez ici avec vos parents ? avait demandé Nathan.

— Plus depuis que je suis rentrée de vacances.

— Vous n'aimez pas Rhinebeck ?

— Ici, à moins de travailler à Bard, il n'y a pas grand-chose. » Il avait des cheveux raides et épais. D'un noir hollywoodien.

Le soir même, elle avait couché avec lui.

« Tu t'es entichée de ce garçon », avait observé sa mère le lendemain quand elle était revenue de l'appartement de Nathan.

Entichée. C'était le mot juste. La nuit avec lui avait été explosive avant de retomber peu à peu dans la douceur. Tout comme lui, elle avait été fascinée, si bien qu'ils avaient eu un mal fou à se séparer l'après-midi venu. Et à la seconde où il l'avait déposée, elle avait eu envie de le retrouver.

Juliette avait lissé sa robe du soir. « Tu as raison, Maman. »

Sa mère avait retiré un fil sur l'ourlet. « Fais en sorte qu'il ne s'en rende pas compte… pas tout de suite. Savoir qu'on tient à eux donne aux hommes trop de pouvoir. »

Juliette repensa à la tristesse de cette remarque en versant de l'huile d'olive dans la casserole. Comment pouvait-on dissimuler ainsi son amour ? Sa mère continuait-elle à le faire, alors que ses parents fêteraient bientôt leurs quarante ans de mariage ? Ils avaient un lien qu'elle enviait et détestait à la fois, mais elle refusait de croire qu'il était construit sur des ruses. Son père et sa mère s'aimaient d'un amour si complet et sans réserve – sauf que Papa aimait un peu plus, comme le voulait Maman – qu'elle n'avait jamais eu aucune chance. En grandissant, le couple fusionnel qu'ils formaient lui avait donné l'impression d'être un « deux plus un », elle-même représentant le « plus un ». Toute sa vie, elle avait dansé dans les faubourgs de l'amour de ses parents.

L'huile grésilla dans la casserole. Juliette ajouta les oignons. Quand Nathan entra dans la cuisine, elle l'accueillit avec un grand sourire, comme chaque fois qu'il arrivait. Elle l'aimait toujours comme une folle – peut-être même encore plus. Avoir des enfants avec un homme était à ses yeux la chose la plus sexy que l'on pouvait faire avec lui.

Ils s'embrassèrent. Au moment où il lui caressa le dos, la façon dont ses doigts se posèrent sur son épaule ne lui laissa rien présager de bon. Quelque chose l'inquiétait.

« Où sont les garçons ? demanda-t-il.

— Ils dessinent dans la salle à manger. » Dès que les oignons prirent une couleur translucide, elle ajouta l'ail et les champignons. « Je crois avoir entendu Lucas allumer la télé en douce… Et comme je suis une mauvaise mère, je ne le remarquerai pas tant que je n'aurai pas terminé de préparer le dîner. Mais puisque que tu es là, libre à toi d'aller le gronder ! »

Après s'être essuyé les mains sur un torchon, elle se retourna et le prit dans ses bras. Sentir ses muscles crispés l'effraya.

« Qu'est-ce qui ne va pas ? » Elle s'écarta pour l'observer. Ses yeux contenaient des émotions qu'elle ne pouvait déchiffrer, à part la peur. « Des nouvelles de tes parents ? Ton père va bien ? » Son père avait-il fait une nouvelle attaque ? Ou pire ?

Nathan secoua la tête.

« Il s'est passé quelque chose à la fac ?

— Non. » Nathan respira profondément.

« Alors, qu'est-ce qu'il y a ? Ça n'a pas l'air d'aller du tout… Tu es malade ? »

Nathan sortit une bouteille de cognac du placard. Et bien que ce ne fût pas son genre de boire un verre en rentrant, il se servit une double dose.

Juliette reposa sa longue cuiller en bois. Ses parents à elle ? Son père ? Sa mère l'avait-elle appelé pour le charger de lui annoncer une mauvaise nouvelle ? Soudain, l'angoisse lui noua le ventre. Nathan se laissa tomber sur une chaise. Elle vint s'asseoir face à lui, si près que leurs genoux se touchaient.

Doucement, elle lui prit les mains – elles étaient glacées – et en appuya une sur la peau tiède de sa joue. « Chéri, qu'est-ce qui ne va pas ? »

Il baissa la tête en posant ses mains sur les siennes. Ses épaules frémirent, puis il fondit en larmes. Aussitôt, tout en elle se figea.

« Nathan, parle-moi…

— J'ai eu une liaison, Jul… Oh, mon Dieu, je suis désolé. »

3

Caroline

Au bout de cinq ans de mariage, Peter continuait à lui faire l'amour comme s'il réalisait le rêve de sa vie, et se sentir l'objet de tant de désir ne manquait jamais d'éveiller celui de Caroline. Lorsqu'elle s'entraînait sur le tapis roulant, elle réfléchissait à des problèmes d'ordre professionnel, notant des idées sur le petit carnet qu'elle avait toujours dans la poche. Dans le train qu'elle prenait pour se rendre au travail, elle lisait des revues médicales. Et quand elle allait voir ses parents, elle écoutait des livres audio pendant le trajet en voiture. Il n'y avait qu'avec son mari qu'elle se rappelait qu'elle avait un corps. À aucun autre instant elle n'oubliait sa tête pour vivre à l'intérieur de son corps.

Peter lui disait qu'elle était magnifique, il la trouvait sexy, et il parvenait à le lui faire croire, du moins dans les moments où elle était allongée contre lui. Elle ne vivait pas dans l'illusion. Une bonne partie de son système de croyance se résumait à « c'est comme ça ». Caroline savait qu'elle était plus une fille saine qu'une bombe. Avant de le rencontrer, elle avait limité ses relations à des hommes qui fonctionnaient au même rythme qu'elle : chansons douces et gentilles danses. Peter, lui, libérait sa ferveur.

« Vraiment, tu es incroyable ! » déclarait-il lorsqu'elle se moquait de ses compliments. Là où son œil de médecin honnête voyait des cheveux d'une couleur de blé pas assez spectaculaire pour les qualifier de blonds, un visage quelconque et une silhouette androgyne, Peter ne voyait que grâce et pureté, et lui expliquait ensuite en quoi ces qualités le séduisaient. Elle savait que ce qui l'excitait chez elle était qu'elle ne ressemblait pas aux femmes avec lesquelles il avait grandi : elle était la femme inaccessible de la haute société – et son ardeur sans retenue, si différente de celle des garçons avec lesquels elle avait grandi, la séduisait tout autant.

Après avoir fait l'amour, ils traînèrent au lit, comme tous les dimanches. Des tasses de café, des assiettes pleines de miettes et des pelures d'orange encombraient les deux tables de nuit.

« Écoute ça, Caro... » Peter s'éclaircit la gorge pour prendre sa voix publique – celle qu'il avait aux réunions avec les investisseurs – avant de lire sur son ordinateur :

« Les prévisionnistes estiment que la plus forte croissance économique depuis deux décennies est devant nous. Les hommes d'affaires investissent dans de nouvelles usines et de nouveaux équipements, et réembauchent les ouvriers licenciés. La plupart des économistes prédisent que 2004 sera une excellente année, et que celle-ci devrait être un indicateur pour les suivantes. »

— Mmm », marmonna Caroline, sans vraiment enregistrer ce qu'il venait de dire. Peter saisissait les concepts financiers dans la seconde, tandis qu'elle trouvait l'analyse économique d'une telle austérité que le sens s'effondrait avant d'être passé de ses oreilles à son cerveau. « Ce sont les nouvelles sur le Net ? » Elle remonta un peu les couvertures.

« Oui, mais c'est un site très sérieux. Tu comprends ce que ça veut dire ?

— Pas du tout, en dehors des faits tels qu'ils sont énoncés. » Elle sourit et attendit qu'il lui expose ses théories. Il lui faisait part de ses pensées à mesure qu'elles lui venaient. Peter avait tendance à réfléchir tout haut, alors qu'elle laissait ses idées décanter pendant des jours, des semaines ou même davantage avant de les soumettre à la discussion.

« Ça veut dire que les gens vont investir comme des malades… Ils vont penser qu'ils embarquent dans le train de la fortune. Et tu sais ce que ça signifie ? »

Elle posa la tête sur son épaule. Ils étaient pratiquement de la même taille. « Non. » Lui se chargeait de leurs comptes, elle tenait leur espace en ordre. Avoir des intérêts séparés les libérait des pans ennuyeux et déconcertants de la vie. « Tu veux qu'on aille voir les feux d'artifice, demain soir ?

— Oui, mais ne change pas de sujet. Écoute, nous sommes au milieu d'une parfaite tempête. Les naïfs de ce monde – c'est-à-dire la majorité de la population – vont croire une fois de plus que la hausse des actions et de l'immobilier se poursuivra indéfiniment, or c'est exactement ce genre de mythologie qui déclenche la folie sur le marché.

— Ah… Intéressant. Les masses évoluent en parallèle. » Elle prit *Sang et Cancer pédiatrique*.

Peter écarta la revue. « Caro, je ne me contente pas de te faire une remarque, ça pourrait être important pour nous. »

Comme la bonne élève qu'elle avait toujours été, Caroline lâcha la revue et se tourna vers son mari. « D'accord. Je t'écoute.

— Si on planifie bien, on tient notre chance. »

Elle hocha la tête comme si elle était concernée, alors qu'en réalité « on » voulait dire Peter, qui s'y entendait en matière d'argent. Accumuler un tas de fric l'excitait au-delà de la sécurité et du pouvoir d'achat que celui-ci représentait.

« Dès que l'entreprise sera cotée en Bourse l'année prochaine, je parie que nos actions vont décoller. Tout le monde veut… »

Son attention se relâcha un peu car elle savait ce qui allait suivre : Sound & Sight Software, l'entreprise de Peter, offrirait une plateforme à X et intégrerait Y, etc., etc.

Caroline hocha la tête et prit sa tasse de café tout en essayant de lire la revue posée sur ses genoux.

« … Raison pour laquelle c'est maintenant qu'on devrait se mettre à la recherche d'un bébé, dit Peter. Tu comprends ce que je veux dire ? »

Cette fois, elle leva les yeux, les doigts crispés sur l'anse de la tasse. « Quoi ? »

Peter posa une main ferme sur son genou. « Tu as écouté ?

— D'une oreille. Répète ce que tu viens de dire. La partie sur le bébé, pas sur l'argent.

— Mais, chérie, les deux sont liés ! Écoute, très bientôt, je vais devoir me concentrer sur mon boulot d'une autre manière, je le sens. C'est donc le moment de s'occuper de notre bébé. Avant que le marché explose et que tout s'écroule… et que je puisse être celui qui rafflera tous les contrats laissés par les gars qui auront coulé dans le naufrage. »

Peter partageait avec elle l'amour de son travail : tous deux étaient des puritains débordés et satisfaits de leur vie. Cependant, pour lui, la vie incluait d'avoir une famille – et de préférence, une grande. Il serait un père fabuleux. Caroline n'aurait pu imaginer meilleur homme, seulement, la maternité ne lui disait rien. Elle n'avait pas en elle cet enthousiasme qu'il faut avoir vingt-quatre heures sur vingt-quatre pour s'intéresser à ce que font les enfants.

La passion qu'avait eue sa mère pour elle et ses sœurs avait toujours été une évidence. Caroline ne voulait pas offrir moins à ses enfants, toutefois, il lui manquait l'esprit de sacrifice. En rentrant de l'hôpital, elle n'avait aucune envie que qui que ce soit l'oblige à renoncer à lire ses revues ou à s'interrompre dans ses réflexions.

Devenir mère la terrifiait au point qu'elle n'avait pas vraiment réussi à dissimuler son soulagement de ne pas tomber enceinte – un problème dont l'origine s'était révélée être le sperme de son mari.

Cela n'avait nullement empêché Peter, toujours prêt à résoudre les problèmes pour s'en débarrasser au plus vite, d'aussitôt se renseigner sur les procédures d'adoption. Elle l'avait laissé faire des recherches et prendre les décisions, un rôle qu'il avait toujours accepté. Peter aimait être responsable. Ce qui expliquait qu'il eût opté pour l'adoption identifiée, qu'il jugeait plus sûre. Il tenait à voir lui-même la mère plutôt que de laisser des travailleurs sociaux anonymes prendre des décisions qui se révéleraient aussi essentielles dans leur vie. « Mieux vaut un danger qu'on connaît qu'un danger qu'on ne connaît pas », avait-il dit.

Et pendant qu'il se renseignait, Caroline avait fait une chose qui ne lui ressemblait pas du tout : elle s'était réfugiée dans le déni. Or là, une fois de plus, la vérité lui revenait en pleine figure : *c'était comme ça*.

« Maintenant ? répéta-t-elle. Là maintenant ? »

Peter se redressa et croisa les jambes en repoussant la couverture. « Je ne dis pas que c'est maintenant ou jamais, mais maintenant serait le moment idéal.

— Je ne sais pas trop. J'ai tellement de travail et…

— Chérie, nous aurons toujours une raison de dire "pas maintenant". On sera toujours débordés. Mais on peut dégager du temps… et de l'espace ! » Il balaya la chambre encombrée du regard. « Il nous faudra plus de place. On pourrait aussi bien tout faire d'un coup. Chercher le bon quartier, les bonnes écoles… Trouver la maison qu'il faut. Tu sais quoi ? L'immobilier aussi va bientôt chuter. »

Caroline – la placide Caroline, toujours parfaite dans les situations d'urgence, à qui il était difficile de faire perdre son flegme – eut l'impression qu'elle allait avoir une crise d'angoisse s'il ajoutait un mot de plus. « Non, dit-elle.

— Non ?

— J'adore notre appartement. J'adore notre quartier.

— Il faut qu'on trouve un endroit où il y a une super école.

— Il existe des écoles privées, insista-t-elle. Tu l'as dit toi-même, nous aurons de l'argent. Je ne me plairais pas en banlieue.

— Tu dis ça parce que tu as peur. Je sais à quel point tu détestes le changement, mais je t'assure que tu seras une mère merveilleuse, où qu'on soit ! »

Non, elle ne serait pas une mère merveilleuse.

« Tu es parfaite. Posée, aimante, intelligente… Et toujours les pieds sur terre ! C'est ce que j'adore chez toi. » Il lui caressa le bras.

« Les pieds sur terre ? Tu parles si c'est romantique !

— Et drôle, en plus ! Est-ce que j'avais dit drôle ? »

Elle esquissa un sourire. « Personne ne m'a jamais dit que j'étais drôle.

— Oh, pardon, je voulais dire que j'étais drôle… Et que tu as bien fait de m'épouser ! »

Oui, elle avait bien fait. Il la rendait plus légère, la dorlotait, faisait d'elle une personne meilleure – plus consciente du monde au-delà de son existence étriquée. Cependant, elle ne voulait rien changer. Elle aimait leur vie comme elle était. Un bébé viendrait tout gâcher.

DEUXIÈME PARTIE

Après

4

Tia

« Si tu donnes ton enfant, autant donner tes jambes… Tu te retrouveras comme une invalide. »

Tia repensa à la phrase que lui avait dite sa mère tandis qu'elle regardait les photos de sa fille étalées sur la table de la cuisine. Et si sur le moment elle lui avait paru cruelle, elle n'y voyait plus qu'une tentative désespérée de lui inculquer un peu de sagesse avant de mourir.

Elle ne prêta pas attention au *Boston Globe* du dimanche et se concentra sur les photos. Chaque année, à la date de l'anniversaire de sa fille, Caroline Fitzgerald lui envoyait cinq photos accompagnées d'un mot banal et aimable. Elle observa Honor âgée maintenant de cinq ans : assise en tailleur sur une couette rose, vêtue d'une robe en velours rouge, se propulsant sur une balançoire avec ses petites jambes robustes, tenant une poupée, creusant un trou ambitieux sur une plage de sable. Arrivées au courrier de la veille, les photos étaient restées sur la table, et elle les retournait régulièrement pour les mémoriser. Elle était impatiente de voir sa fille surgir tous les ans au mois de mars, ce mois où se téléscopaient l'anniversaire de Honor, l'envoi des photos et la date du décès de sa mère.

Les fantasmes qu'avait Tia de la maternité n'avaient rien de grandes visions. Elle rêvait du confort qu'apportait un maternage aussi concret que banal ; des tâches quotidiennes comme verser du lait ou natter les cheveux de sa fille occupaient ses rêveries. Il lui semblait impensable que la petite ne ressente pas son amour à quelque niveau cellulaire. Tia imaginait qu'à la moindre tendre pensée qu'elle avait pour sa fille, Honor sentait son amour.

Elle prit la photo sur laquelle l'enfant serrait une poupée dans ses bras en cherchant à repérer une ressemblance avec elle ou Nathan. Ses cheveux épais et brillants lui rappelaient son amant. Et, comme lui, Honor était d'une robustesse séduisante, comme une bonne soupe bien épaisse. Seul le regard intense offrait une certaine similitude avec le sien. Mais elle eut beau l'observer de près, elle ne parvint pas à déchiffrer ce qu'exprimait ce regard.

Il lui arrivait de prier de ne plus se languir de sa fille, mais, la plupart du temps, elle contenait sa douleur. Le regret étant la seule chose qui la reliait à son enfant, elle ne pouvait pas se résoudre à vouloir s'en débarrasser.

Tia versa une goutte de whisky dans son café du matin, puis, en guise d'hommage à sa souffrance et à Nathan, elle étala du fromage blanc au saumon sur un bagel. C'était lui qui avait fait découvrir le saumon fumé à l'Irlando-Italienne qu'elle était. Comparés à ceux de New York, il affirmait que les bagels de

Boston n'étaient qu'une farce, mais elle n'en avait jamais goûté d'autres.

Nathan lui avait également fait découvrir l'amour non partagé. Certains hommes vous brisaient le cœur, cependant, lorsqu'ils s'en allaient, on finissait par guérir. Nathan avait mordu des bouts du sien, et elle avait peur de passer sa vie à chercher les morceaux manquants. Elle ne s'était jamais remise de cet homme. S'il avait existé un vaccin, elle se le serait fait inoculer sans hésiter.

Tenant le bagel à distance de la table pour ne pas mettre de miettes, elle observa la photo sur le dessus de la pile. Sa fille paraissait beaucoup plus âgée à cinq ans qu'à quatre, mais comment pouvait-elle en juger ? Elle n'avait qu'une connaissance très vague des enfants.

Tout ce que sa mère lui avait prédit si elle perdait sa fille s'était avéré.

Cette pensée faisait du whisky un compagnon idéal pour son bagel.

Sa mère était décédée quelques jours avant la naissance de Honor. Et la dernière fois que Tia avait vu Nathan avait été le jour où elle lui avait annoncé sa – leur – grossesse. Ces disparitions s'entremêlaient plus étroitement chaque année, jusqu'à ce jour où elle se dit qu'elle avait été stupide de ne pas écouter les conseils avisés de sa mère, et qu'elle regrettait infiniment de ne pas lui avoir avoué toute la vérité.

Le lundi matin, dès son arrivée au bureau, Tia ouvrit les fenêtres, sachant que, à peine entrée, sa collègue Katie resserrerait son gilet et la regarderait comme si elles travaillaient en Antarctique, bien que l'on devinât dehors les prémices du printemps.

Au Centre d'aide à la vieillesse de Jamaica Plain, les bonnes odeurs étaient rares. Et l'espoir n'était pas une denrée très répandue. Chaque jour, Tia luttait pour ne pas se laisser gagner par la tristesse de ses clients. Le plus beau cadeau qu'elle leur offrait était la force et l'invincibilité de sa jeunesse – elle le savait –, toutefois, si elle n'y prenait pas garde, elle craignait de devenir une vieille femme de vingt-neuf ans qui gémissait pour se relever de son fauteuil et râlait en s'apitoyant sur elle-même. Peut-être était-ce également le problème de Katie : à trente-six ans, elle frémissait dès que la température descendait en dessous de vingt et un degrés.

Katie entra en frissonnant. « Brrr…

— Tu veux que j'allume le chauffage ? » Tia redoutait les gloussements réprobateurs de sa collègue.

« Non, ça ira. » Katie trembla comme si elle venait de se mettre à l'abri d'un violent blizzard. « Qu'est-ce que tu as fait, ce week-end ?

— Pas grand-chose. » Tia referma la fenêtre.

« Nous, on a emmené les enfants à Cape Cod. » Katie poussa un soupir, comme si elle passait en général ses week-ends à construire des cabanes avec Habitat for Humanity.

Tia savait comment lui plaire. « Tu avais bien mérité de t'offrir une pause, dit-elle en s'asseyant derrière son vieux bureau en métal.

— Merci d'avoir pris les messages. » Katie réprima un léger frisson et attrapa le papier rose qu'elle lui tendait. Elles occupaient des postes équivalents, étaient toutes deux conseillères pour les clients âgés, mais Katie lui faisait bien comprendre que, avec son master en sciences sociales, elle se considérait comme nettement supérieure à elle avec sa licence en psychologie. La maison magnifique où elle vivait à Beacon Hill éclipsait sans mal son studio à Jamaica Plain. Katie la remerciait de l'assister comme si elle était sa secrétaire.

« C'est qui ? » Katie tira la photo brillante qui dépassait du carnet d'adresses de Tia.

« Le bébé de ma cousine. » Elle voulut reprendre la photo, mais Katie la plaça hors d'atteinte.

« Mignonne… Elle a de jolis yeux. Mais elle est un peu trop potelée. »

Tia lui arracha la photo des mains. « Qu'est-ce que tu racontes ? Ce n'est qu'une enfant…

— L'obésité est un réel problème. Je parie que tu n'as jamais eu à te soucier de ton poids. Tu es mince, comme moi. » Elle se passa les mains sur les hanches. « Moi, je surveille mes gosses comme une folle. Ils sont tous assez enrobés dans la famille de Jerry. »

Les lèvres pincées, Tia jeta la photo dans la corbeille, impatiente d'éloigner Honor de sa vue et de la conversation.

« Qu'est-ce que tu fais ? » Katie s'avança comme si elle s'apprêtait à récupérer la photo.

« J'ai trop de fouillis. » Son ventre se noua quand elle la vit tomber dans la corbeille.

Sa fille vivait dans la banlieue de Dover, à une trentaine de kilomètres, mais ça aurait tout aussi bien pu être des millions. Des millions de dollars et des millions d'occasions dont elle ne devait pas priver

Honor, qui bénéficiait de privilèges qu'elle-même n'avait jamais connus. Des bars, et non des parcs, étaient installés à South Boston, un quartier en grande partie irlandais où on la trouvait exotique pour la seule raison que le côté italien de son père avait coloré les gènes irlandais de sa mère, lui donnant ce teint pâle et ces cheveux très noirs. Sa mère avait l'habitude de faire un signe de croix tout en lui dispensant des conseils lorsqu'elles passaient devant les tavernes que son père avait fréquentées avant de se volatiliser.

« Oublie ces hommes, lui disait-elle en montrant des garçons qui traînaient au coin de la rue. Et trouve-toi un juif. Ce sont les meilleurs maris. » Ces propos qu'elle murmurait exprimaient sa honte – la honte que son mari les eût abandonnées, et aussi sans doute celle de trahir Southie. Sa mère s'était toujours sentie lâche de s'éloigner de l'antisémitisme banal de South Boston. Elle avait grandi à Southie, et c'était là qu'elle avait élevé sa fille, mais elle travaillait à l'université de Brandeis – « l'université juive », comme l'appelaient la plupart des habitants de Southie. Et bien que sa mère n'eût pris part en rien à ce qu'elle qualifiait d'attitude « ridicule », elle aimait trop ses fidèles voisins pour les en blâmer.

Sans doute Nathan était-il un bon mari juif pour sa femme à moitié juive – un des rares détails qu'il lui avait confiés au sujet de la-sainte-femme-dont-il-ne-sera-jamais-fait-mention. Si on avait mesuré sa bonté à la réaction affolée qu'il avait eue le jour où elle lui avait parlé de mariage, Nathan était assurément le prince des maris !

Katie se baissa pour prendre la corbeille.

Tia agrippa le bord pour l'en empêcher. « Qu'est-ce que tu fais ?

— Je remets un peu d'ordre. Devin ne sera pas là pendant trois jours. »

Le Centre de Jamaica Plain n'avait pas les moyens de se payer un homme de ménage plus d'une fois par semaine. Tia s'accrocha à la corbeille. « Je la viderai moi-même, dit-elle.

— D'accord. Mais n'oublie pas que c'est le jour des poubelles. »

Imaginer des peaux de bananes et des trognons de pommes se déverser sur le visage de Honor l'affola. Elle récupéra la photo et la débarrassa de traces de souillure invisibles en la frottant sur son chemisier.

« Qu'est-ce que tu fais ? » Katie recula comme si elle projetait des bactéries dans sa direction.

« Jeter la photo d'un enfant porte malheur. Tu ne le savais pas ? »

Huit heures plus tard, Tia monta dans le bus. L'obscurité enveloppait son humeur sombre, bien qu'il ne se fût rien passé de mal. En réalité, elle avait récolté ce jour-là les bénéfices du mois précédent, où elle avait fait du porte à porte en demandant aux commerçants du quartier de donner de petites sommes pour ses clients. Ces derniers temps, elle avait inscrit « bonheur » sur leur programme – un bonheur simple et ordinaire, ne serait-ce que le temps d'un après-midi. À l'heure du déjeuner, elle avait emmené quatre de ses clientes au Bella Luna ; elles s'étaient partagé deux pizzas et six desserts sous les étoiles en trois dimensions qui décoraient le restaurant.

Au moment où le bus démarra, Tia bascula en arrière. Elle était face à une rangée d'ouvriers du bâtiment qui tenaient des lunch-box, des Thermos et des gants de travail dans leurs mains calleuses. Elle avait rangé la photo de Honor dans un livre emprunté à la bibliothèque dans le vain espoir de lisser les plis qu'elle avait provoqué en la jetant bêtement dans la corbeille. Alors qu'elle caressait le livre, elle imagina un moyen de se repentir. Elle allait mettre toutes les photos dans un album. Ce soir même, elle commencerait à se préparer à la visite qu'elle espérait que lui ferait sa fille le jour de ses dix-huit ans.

Avant de l'abandonner, Tia avait fait les démarches nécessaires pour que Honor puisse prendre contact avec elle plus tard. Elle espérait que permettre à sa fille de la retrouver compenserait, ne serait-ce qu'un minimum, la douleur d'avoir perdu son enfant. L'adoption, bien qu'identifiée, n'était pas une adoption ouverte, de sorte qu'elles n'auraient aucun contact en dehors des photos qu'envoyait Caroline. Cependant, grâce aux papiers qu'elle avait signés, Honor pourrait facilement la retrouver une fois qu'elle serait en âge de prendre elle-même ses décisions.

Le front appuyé contre la vitre embuée, Tia essaya d'imaginer la vie qu'elle menait. Les parents de sa fille – le docteur Caroline et le roi du logiciel Peter – étaient probablement en train de quitter leur travail et de rentrer en voiture dans leur maison blanche immaculée entourée de hauts sapins majestueux. Cette maison, elle la voyait chaque année sur les photos. La nounou, qui devait être bien payée et gagner nettement plus qu'elle, devait faire la lecture à Honor, dont la chevelure d'un noir de jais s'étalait sur son chemisier tandis qu'elle se lovait contre elle. À moins que Caroline ne soit déjà rentrée et que Honor fasse un câlin à sa mère…

Parlaient-ils de Tia ? Caroline et Peter semblaient être du genre à dire la vérité et à posséder des rayons entiers de livres tu-es-si-spéciale-qu'on-t'a-choisie-toi, des livres qu'elle ne pouvait s'empêcher de lire à la bibliothèque.

Le bus passa devant Harvest Co-op, où elle faisait ses courses depuis qu'elle avait emménagé à Jamaica Plain. Le petit magasin la rassurait, contrairement à la toundra glaciale du supermarché où elle finissait toujours par acheter trop de choses : des légumes déjà condamnés à finir à la poubelle, au point qu'elle aurait aussi bien fait de balancer les brocolis dans la benne à ordures en partant.

Sa vieille amie Robin, qui lui répétait qu'elle avait besoin de tout autre chose que de fréquenter des vieux et le bar Fianna's de Southie, la tannait pour qu'elle vienne la voir à San Francisco. Elle répondait toujours *oui, oui, oui*, mais toutes deux savaient qu'en fin de compte ce serait *non*. Un de ses nombreux secrets que connaissait Robin était qu'elle n'avait jamais pris l'avion. L'idée de voler revenait pour elle à plonger dans l'espace, et le seul fait d'y penser lui donnait la nausée.

Robin et Tia avaient grandi en voisines. Partager la particularité d'avoir toutes les deux aimé et fui South Boston renforçait leur actuelle complicité. Sauf que Tia était incapable de s'en éloigner et que Robin, depuis qu'elle était sortie du placard, n'envisageait pas une seconde d'y retourner.

Les caractéristiques écrasantes de Southie étaient comme le yin et le yang du quartier. En grandissant, Tia avait eu l'impression que tous les parents de ses amis avaient eu sept enfants, dont deux étaient morts de façon tragique – drogue ou suicide –, et pourtant, ce même quartier qui abritait des secrets et des gangsters était le champion de la loyauté et de la solidarité. Jamais elle ne trouverait un endroit où elle pourrait compter sur ses voisins comme à Southie. Si elle avait gardé Honor, la petite aurait déjà eu une vingtaine de tantes et d'oncles d'honneur. Personne à Southie n'aurait compris comment elle avait pu abandonner sa fille.

À Jamaica Plain, les gens avaient compati avec son choix, sans qu'elle puisse décider si c'était une bonne ou une mauvaise chose.

Un couple âgé monta dans le bus, gravissant les marches péniblement une à une, la femme appuyée sur un déambulateur. Une grosse dame d'âge moyen étalée sur la banquette réservée aux handicapés ferma les yeux dès qu'elle les aperçut.

Tia se leva et tapota la vieille dame sur l'épaule. « Je vous en prie, madame. Asseyez-vous. »

Le sourire qu'elle lui adressa réchauffa l'atmosphère. « Merci, ma chère. »

Son mari, tellement en symbiose avec elle qu'il était inimaginable qu'il pût être autre chose, la prit par le coude pour la guider. Tia dévisagea l'adolescent assis près d'elle, le choisissant exprès malgré ses tatouages, son blouson déchiré et ses chaussures délacées – quelle drôle de façon de montrer qu'on était un gros dur ! – plutôt que la jeune femme qui lui faisait face. Même à quatre-vingt-dix ans, un homme avait du mal à accepter qu'une femme eût un geste chevaleresque. Le gamin l'ignora. Elle lui donna un petit coup de pied, puis le regarda en écarquillant les yeux et en désignant du menton le couple âgé.

« Euh, vous voulez vous asseoir ? » proposa le garçon en se levant à contrecœur.

Le vieil homme s'approcha et pointa du doigt le scorpion tatoué sur l'adolescent. « Quelles excellentes manières ! Ta mère doit être fière de toi ! » Le jeune lui adressa un vague sourire qui suffisait à changer une brute en petit garçon. Alors qu'il aidait son mari, la vieille dame fit un clin d'œil à Tia.

À l'approche de Green Street, la plupart des voyageurs se levèrent. Tia jeta un regard vers les commerces. Elle se plaça derrière une fille qui descendait – un ange préraphaélite avec des anneaux aux oreilles de la taille d'une assiette – et sortit du bus une station avant celle où elle s'arrêtait d'habitude. Elle se dirigea vers la boutique de cadeaux.

Arrivée chez elle, Tia versa du lait sur des Cheerios qu'elle mangea debout dans la cuisine en regardant *Jeopardy!* sur la petite télévision, prenant une bouchée de céréales tout en débarrassant les assiettes de la veille, puis termina son bol et le mit dans le lave-vaisselle. Après avoir passé un coup d'éponge sur le comptoir, elle attrapa le sac de courses qu'elle avait rapporté.

Elle rassembla les photos de Honor et les disposa en une pile bien droite.

L'album qu'elle avait acheté était recouvert de tissu. Elle fouilla dans ses tiroirs pour retrouver le stylo Cross en argent qui avait appartenu à sa mère, puis l'essaya avant d'écrire de sa plus belle écriture de collégienne catholique : « Nom de naissance : Honor Adagio Soros », et, en dessous : « Nom d'adoption : Savannah Hollister Fitzgerald ». L'encre bleu cobalt s'incrusta dans l'épais papier couleur ivoire.

Sous les noms de sa fille, elle écrivit : « Père : Nathan Isaac Soros », « Mère : Tia Genevieve Adagio ». Elle colla une photo d'elle et de Nathan prise dans un parc. Ils avaient posé l'appareil sur un rocher pour se prendre en photo. Nathan, le sourire en coin, souriait au Canon impersonnel ; elle se fit la réflexion qu'elle avait un petit air triste et brave, cet air qu'elle avait toujours affiché devant lui.

Sous la photo, elle en mit une autre d'elle enceinte, que sa mère avait prise quelques semaines avant sa mort en insistant pour qu'elle la garde toujours. Le soleil de la fin d'après-midi éclairait son gros ventre et laissait son visage dans l'ombre.

Elle sortit ensuite le cliché de l'échographie qu'elle avait conservé – des volutes blanches sur un fond gris – et le colla sous la photo d'elle enceinte ; à côté, elle mit la photo de Honor prise à l'hôpital à sa naissance, son petit visage encore fripé après l'accouchement. Si elle avait été encline à plus de gentillesse envers Caroline et Peter, elle aurait pu la leur donner il y a cinq ans, cependant, leur donner sa fille lui avait paru suffisant.

Tia appréhendait le jour où Honor demanderait pourquoi sa mère l'avait abandonnée. Elle ne pouvait pas avouer la vérité : la garder l'aurait liée à Nathan à tout jamais, ce qui l'aurait autorisée à l'appeler, à le revoir et à se perdre de nouveau. Cent fois par jour, elle l'aurait regardée en songeant à Nathan – Nathan qui vivait avec sa femme et ses deux fils. Elle refusait d'imposer son propre désir à sa fille, ne voulait pas la voir se languir de son père comme elle-même continuait à le faire.

Quatre mois après le début de son histoire avec Nathan, elle avait eu envie de voir à quoi il ressemblait avant leur rencontre. « S'il te plaît, avait-elle dit, apporte-moi des photos de toi quand tu étais petit, à l'adolescence et à vingt ans. »

Finalement, elle s'était rendu compte que, bien qu'elle le lui eût réclamé de multiples fois, elle ne l'avait jamais vu autrement que tel qu'il se présentait chez elle. Il ne lui offrirait de lui rien de plus que ce qu'elle voyait une fois par semaine. Elle n'avait pas besoin d'explication – apparemment, il y avait des degrés dans la trahison, et il ne voulait pas sortir son passé de chez lui. Ce passé appartenait uniquement à sa femme. Tia ne voulait pas de ça pour sa fille. Vivre dans la nostalgie d'un absent vous ravageait. Encore aujourd'hui, elle se demandait à quoi avait ressemblé Nathan à chaque âge de sa vie, et à quoi il ressemblait à présent. Ne pas le savoir lui donnait le sentiment que quelque chose était toujours hors d'atteinte, comme si elle ne le mériterait jamais.

Elle transporta une chaise en bois devant le placard de l'entrée, si lourde qu'elle dut la traîner sur les derniers mètres. Puis elle grimpa dessus, descendit une boîte à chaussures de la dernière étagère et l'apporta sur son bureau. Après avoir sorti une poignée de vieilles photos de famille, elle se demanda par où commencer. L'album qu'elle avait l'intention de constituer aiderait Honor à connaître ses racines. Elle tenait à être prête le jour où sa fille viendrait chercher des réponses.

Elle compara ses épaules anguleuses et sa mine renfrognée avec celles de son arrière-grand-mère et de ses grand-tantes. Puis elle imagina Honor des années plus tard observant ce qu'elle avait hérité d'elle.

Se détournant des photos de famille, elle prit le tas de photos de Honor qu'elle recevait tous les ans. Elle en sélectionna une dans chaque série d'anniversaires, les rangea dans une chemise beige et alla chercher son manteau.

De retour à l'appartement, elle se versa un verre de Jameson qu'elle emporta dans le salon avec un petit sachet blanc. Après avoir bu la moitié du whisky, elle disposa les copies qu'elle avait faites des photos et les classa par ordre chronologique – de Honor bébé à Honor à cinq ans. Sur le dessus, elle plaça une photo de sa fille nouveau-née volée à ses premiers instants sur la terre.

Cher Nathan.

La main sur la poitrine, elle s'appliqua à ralentir sa respiration. Elle n'avait plus eu aucun contact avec lui depuis qu'il était parti. Elle écrivit et réécrivit jusqu'à ce qu'elle eût composé une lettre qui correspondait à la scène qu'elle imaginait lorsqu'il la lirait. Sous son nom, elle inscrivit son numéro de téléphone, son mail et son adresse. Après quelques secondes de réflexion, elle ajouta « travail », ainsi que le nom et l'adresse du Centre d'aide à la vieillesse.

Tia plia la lettre en trois et la mit dans une enveloppe avec les photos de Honor. Puis elle écrivit l'adresse d'une maison où elle n'avait jamais été invitée, et, au dos, celle d'un appartement que Nathan n'avait jamais vu.

Elle releva son stylo d'un air songeur… *Pourquoi maintenant ?*

Pendant cinq ans, elle s'était imaginé partager Honor avec Nathan. Elle le voyait être frappé d'une soudaine illumination et courir vers elle – « Comme tu m'as manqué… Je veux voir notre bébé ! » Pendant cinq ans, ces images l'avaient apaisée avant de s'endormir. Lui faire signe l'avait tentée depuis le jour où elle avait accouché.

Alors *pourquoi maintenant ?*

Elle ne trouva pas de meilleure réponse que *pourquoi pas ?*

Tia colla un timbre, ferma l'enveloppe et la mit dans son sac. Demain matin, elle enverrait à Nathan leur bébé de papier.

5

Tia

Une semaine après, Tia n'avait toujours reçu aucune nouvelle. Nathan faisait le mort. Ce matin-là, elle traîna chez elle le plus longtemps possible, espérant que le téléphone allait sonner d'une seconde à l'autre.

Elle avait beau se raconter qu'elle avait envoyé les photos sans rien attendre en retour, elle ne pouvait se mentir que jusqu'à un certain point. Pour finir, elle sortit de l'appartement. Dans le jardin, des crocus pointaient le nez. Depuis six ans qu'elle avait emménagé, elle avait pris en charge le jardinage, plantait des bulbes à l'automne et achetait des plantes annuelles vers la fin juin à la période des promotions. Des fleurs s'épanouissaient tout au long de l'été. Chaque fois que Katie lui reprochait de voir tout en noir, elle repensait à cette profusion de pâquerettes et d'iris.

Le vendredi précédent, sa collègue lui avait assuré qu'elle y gagnerait si elle faisait l'effort de fêter tous les jours un événement plaisant dans sa vie. Tia supposait qu'elle n'aurait guère apprécié qu'elle écrive :

« Je ne suis pas obligée de voir Katie le week-end » sur sa liste des choses réjouissantes. Toutefois, le conseil ayant fait son chemin, elle se retrouva en train de réfléchir à ce qu'il y avait eu de bénéfique dans sa vie tandis qu'elle descendait Green Street.

Fait positif : le poste qu'occupait sa mère à Brandeis lui avait permis d'aller à l'université, une chance dont elle n'avait pas vraiment pris la mesure avant d'avoir travaillé une année entière chez Gap en sortant du lycée. Depuis, elle priait le Ciel de ne plus jamais avoir à plier un jean.

Fait positif : elle avait été admise à la fac et avait passé sa licence.

Fait moins positif : deux mois après avoir été diplômée, elle avait rencontré Nathan, qui avait obtenu une bourse pour étudier les personnes travaillant avec le troisième âge et avait choisi comme terrain de recherche l'agence où elle était alors employée.

D'accord, Katie. Il y a de bonnes et de mauvaises nouvelles. Une bonne : j'ai un diplôme de l'université. Une bonne : je suis tombée amoureuse d'un homme gentil qui est un mari et un père merveilleux. Une mauvaise : ce n'était pas le mien.

Son premier rendez-vous de la journée l'attendait sur un banc dans le hall. Mrs. Graham ne vivait que pour leurs rencontres – elle le savait étant donné que sa cliente le lui répétait toutes les semaines, ce qui lui donnait envie de pleurer sur la solitude de la vieille dame. Elle était persuadée qu'elle s'occuperait mieux de ses clients si elle les emmenait chez elle au lieu de rédiger des rapports. Elle les installerait dans le fauteuil le plus confortable, achèterait un écran de télé géant pour qu'ils regardent des vieux films, rapporterait chez elle les derniers best-sellers et titillerait leur palais fatigué avec des desserts faits maison. Ils avaient besoin de tellement plus que ce qu'elle pouvait leur offrir au cours de ces séances de soixante minutes !

Le centre était installé dans une église dont la sacristie servait de salle d'attente. L'édifice était imprégné des relents d'années de repas préparés dans l'immense cuisine, ainsi que de la sueur des membres des Alcooliques anonymes et des Toxicomanes anonymes qui utilisaient les salles de réunion le soir.

« Bonjour, Mrs. G. ! Vous avez l'air en forme… C'est une nouvelle robe ?

— Doux Jésus, elle a au moins vingt ans ! » Mrs. Graham se rengorgea, même si elle refusait le compliment. « Alors, quand est-ce que vous allez m'appeler Marjorie ?

— J'aimerais bien… » L'échange était un peu usé, mais, comme beaucoup de ses clients, ces propos affectueux réjouissaient Mrs. Graham. Chaque semaine, elle lui rappelait qu'elle détestait la politique du centre qui interdisait qu'on appelle les clients par leur prénom. Le chef de Tia estimait que c'était une marque de respect – Mrs. Graham pensait exactement le contraire.

« Ne plus entendre prononcer le prénom qu'on m'a donné me manque… » Mrs. Graham pinça les lèvres, si fort qu'elles devinrent livides. « Et Sam est tellement loin qu'il ne le dit plus jamais.

— Vos amis le font sûrement…

— Mes amis ? Soit ils sont au cimetière, soit je suis trop épuisée à force de m'occuper de mon Sam pour les voir. »

Tia posa sa main sur celle de Mrs. Graham. « Et si je vous appelais Marjorie quand nous sommes uniquement toutes les deux ?

— J'aimerais beaucoup ! » Son regard s'éclaira, effaçant d'un coup les années. Tia vit soudain la femme, et non la cliente. La structure des traits de la vieille dame et ses cheveux implantés en V sur le front lui donnaient un visage mémorable. « On se sent très seule, vous savez… Personne n'a envie de voir une vieille dame. On devient invisible. »

Ses clients méritaient d'être reconnus. Ils auraient dû aussi servir d'avertissements. Le centre devrait distribuer des médaillons à leur effigie sur lesquels serait gravé *Ne niez pas votre avenir* et les apposer sur le tableau de bord des jeunes gens à la place de médailles de saint Christophe.

Tia prit son bloc et parcourut la liste des problèmes aussi urgents que récurrents qu'elle devait traiter. Les repas. Les infirmières à domicile. Ces mentions concernant Mrs. Graham et son mari, atteint de démence sénile, étaient les raisons pour lesquelles elles étaient censées se voir, mais elle les jugeait nettement moins importantes que l'heure amicale qu'elles passaient ensemble.

« Bien, Marjorie, venons-en aux choses sérieuses… » commença Tia. Mrs. Graham aimait bien son franc-parler, comme s'il lui offrait l'occasion à elle aussi de s'exprimer librement. « Avez-vous réfléchi à la proposition d'inscrire Mr. G. sur une liste d'attente ? »

Les rides de la vieille dame se creusèrent lorsqu'elle fronça les sourcils en secouant la tête. « L'envoyer dans un foyer ? On est obligées d'en reparler ? » Elle ferma les yeux un instant. « Non. Personne ne prendrait soin de Sam comme je le fais. Merci de vous inquiéter pour moi, mais… non merci. Le jour où Sam s'en ira, c'est que je serai morte. »

À ce stade de la conversation, Tia était supposée avoir un hochement de tête d'assistante sociale, preuve de déférence et de compréhension, et ensuite sortir les brochures afin de l'encourager à consulter les maisons de retraite pour son mari. La fragilité de Mrs. G. tout comme son hypertension et un diabète irrégulier l'exigeaient. Si elle ouvrait son sac, elle savait qu'elle y trouverait la boîte de réglisse que la pauvre femme suçotait toute la journée et qu'elle se prescrivait elle-même en guise de stabilisateur de l'humeur. Elle devrait mentionner Mr. et Mrs. Graham comme étant « à risque élevé » lorsqu'elle remplirait son rapport hebdomadaire, mais elle savait très bien que cela entraînerait une visite à domicile de quelqu'un qui avait plus d'influence qu'elle n'en avait ; quelqu'un qui pousserait Sam et Marjorie à quitter l'appartement où ils avaient vécu toute leur vie depuis qu'ils étaient mariés.

Tia n'avait pas le cœur de les séparer. Elle se promit de persuader Mrs. G. de venir plus souvent la voir de manière à la surveiller de près.

En sortant du travail, elle décida d'aller directement à Southie. Elle troqua son chemisier en coton oxford à col boutonné contre un tee-shirt des Red

Sox qu'elle gardait dans son bureau, souligna ses yeux d'un épais trait noir et resserra d'un cran la ceinture rouge élimée qui tenait son jean noir.

Elle détestait le vendredi soir à Jamaica Plain, où des militants politiques qui la faisaient se sentir pas à la hauteur envahissaient les bars, des hommes dont les yeux restaient rivés sur sa poitrine pendant qu'ils discouraient sur la construction de logements sociaux destinés aux immigrants. Ils lui faisaient regretter son ancien quartier. Car si un gars de Southie pouvait fulminer sur les immigrants qui ruinaient le monde en matant vos seins, il n'essayait pas de feindre de ne pas les regarder. Plus important, si vous écriviez une lettre à un type de Southie pour lui parler de sa fille perdue de vue depuis des années, il vous répondait – ne serait-ce que pour dire : « Fous-moi la paix ! »

Tia changea de train à Park Street pour prendre la Red Line et descendit un arrêt avant afin de faire à pied le trajet splendide jusqu'au Fianna's. La rapidité de ce train lui manquait. Vivre à Jamaica Plain l'obligeait à emprunter la Green Line nettement plus lente qui longeait la ligne de tramway sur la moitié du parcours.

L'air de l'océan embaumait la rue. Les joggeurs d'après le boulot encombraient Day Boulevard, profitant de la large promenade le long de la plage. À chaque pas qui la rapprochait de son bar, elle se sentait plus détendue. À Southie, la proximité de la mer avait fait flamber les prix de l'immobilier au point que ses amis ne pouvaient pas se permettre d'acheter des maisons – elle le savait –, néanmoins, elle y respirait comme jamais elle ne le ferait à Jamaica Plain.

Du bois verni et des barres en cuivre couraient sur toute la longueur du Fianna's, qui n'avait rien à voir avec les bars de vieux messieurs où son père allait boire autrefois. Les miroirs qui ornaient les murs rendaient tout plus resplendissant et plus gai que la réalité. Des clients dînaient dans les box réservés à ceux qui commandaient un repas, et les tables correspondaient à une hiérarchie. Au fond traînaient des bandes de nouveaux venus. La plupart vivaient dans des appartements au plancher poncé et couraient en arborant le tee-shirt de leur université sur la boucle que formait l'océan à Sugar Bowl, l'anneau cimenté de trois kilomètres autour de Castle Island qui faisait la fierté de South Boston. Au milieu de la salle étaient assises des femmes d'âge mûr – des femmes distinguées du quartier de Point, le meilleur de Southie – qui trouvaient là un répit aux tavernes pleines d'hommes semblables à leurs maris.

L'avant du bar était réservé aux amis de Tia, des gamins qui n'en étaient plus étant donné qu'ils en étaient devenus les propriétaires.

Fut un temps où elle avait rêvé d'emmener Nathan au Fianna's – après qu'ils se seraient mariés, ou du moins après qu'il aurait quitté sa femme. Il n'aurait pas détonné, son côté gosse de Brooklyn l'aurait emporté sur celui de prof de fac. Les femmes auraient admiré son corps taillé pour la bagarre, son air costaud mais pas trop macho.

Mais ils n'étaient jamais allés au Fianna's. Et si pendant l'année qu'elle avait passée avec lui, elle n'y avait presque pas mis les pieds, depuis la naissance de Honor, elle y venait trop souvent.

« Salut, Ritchie ! » lança-t-elle au barman. Ils avaient été en classe ensemble ; deux des rares de leur bande à avoir quitté l'école catholique pour le lycée public. La mère de Ritchie s'était retrouvée sans un sou à la mort de son mari ; et la sienne ne voulait pas gaspiller l'argent avec lequel elle espérait financer les frais d'université qui ne seraient pas pris en charge.

« Tu as l'air en forme… » Ritchie lui fit un clin d'œil, puis versa du Kahlúa, du lait et des glaçons dans un shaker qu'il secoua jusqu'à ce que se forme de la mousse. Son cocktail serait super fort.

Tia emporta son verre à la table où tout le monde connaissait son nom, mais également celui de sa mère, et savait que son ivrogne de père les avait abandonnées et que Kevin l'avait dépucelée.

Personne ne savait rien de sa fille.

« Yo ! » Kevin la salua du menton.

Bobby Kerrigan tira une chaise à côté de lui. Son béguin pour Tia avait commencé lorsqu'ils avaient quatorze ans et n'avait pas cessé pendant son mariage, son divorce et toutes les liaisons qu'il avait eues ensuite.

Moira Murphy et Deidre Barsamian – des jumelles irlandaises connues auparavant comme les Sweeney sisters – étaient habillées à l'identique. Un grand sweat-shirt cachait les bourrelets qu'elles avaient accumulés après s'être mariées et avoir eu des enfants. Michael Dwyer, le grand ponte de la bande, avait posé sa veste sur le dossier de sa chaise, un rappel du poste important qu'il occupait à la mairie.

« Quoi de neuf, Tia ? demanda Michael. Tu as sauvé des vieilles dames, aujourd'hui ?

— Tu aimerais bien que ton boulot soit au moins un quart aussi important que le sien ! se moqua Bobby.

— Ah bon ? Parce qu'on ne peut pas comparer la mairie à un centre pour personnes âgées ? rétorqua Michael. Sans rancune, Tia… C'était juste pour blaguer.

— Ouais, être le pape des emplois qui rapportent te mènera tout droit au paradis ! le tança Bobby.

— Je ne le prends pas mal, Michael, dit Tia en sentant l'alcool sucré s'infiltrer dans ses muscles. Pourquoi tu ne passes pas au centre un de ces jours ? Tu pourrais peut-être nous trouver des fonds sans que j'aie besoin d'aller les quémander… Remplir des demandes de subventions me tue !

— Je verrai ce que je peux faire, répondit Michael en lui faisant un clin d'œil.

— Hé, dis, comment va Robin ? Est-ce qu'il y a une chance qu'elle revienne ? » Kevin s'empressa de noyer sa question qui trahissait son attirance avec trop d'évidence. « Peut-être qu'elle va sauter dans un avion et te surprendre avec une bague ! Vous deux pourrez enfin vous marier.

— Vraiment, Kev ? Tu vas aller là-bas ? » demanda Tia.

L'air soudain sérieux, il posa sa main sur son bras. « Allons, tu sais bien que je plaisante… Je me fiche pas mal qu'elle soit gouine. C'est une belle nana. Mieux que toutes celles qu'on a ici… à part les dames présentes, bien sûr ! »

Tia s'abandonna au bourdonnement des conversations futiles.

Les plaisanteries fusèrent.

On raconta pour la énième fois de vieilles histoires.

Moira et Deidre se livrèrent à une imitation aussi juste que diabolique de tous ceux qui n'étaient pas là.

Six ? Sept ? Combien de verres avait-elle bus ? Les barmen de Southie leur servaient une double dose par rapport à ceux du centre-ville ou de JP, de sorte qu'elle était deux fois plus saoule que ne le laissait supposer le nombre de verres sur la table.

Ritchie annonça pour la seconde fois qu'il était l'heure de passer les dernières commandes.

« Je vais te raccompagner, Tia, dit Bobby.

— Prie pour qu'elle ne gerbe pas dans ta voiture ! lança Kevin.

— Va te faire voir, Sullivan. » Bobby prit le manteau sur la chaise de Tia et lui posa délicatement la main dans le dos.

Pendant le trajet, ils restèrent silencieux. Tia avait peur de vomir si elle engageait la conversation. Bobby enclencha le lecteur CD – une chanson d'Eminem.

Avec Nathan, elle avait fait l'amour en écoutant les CD qu'il lui apportait, tantôt sur des chansons romantiques de Sam Cooke, tantôt sur le rythme endiablé des Pussycat Dolls. Il avait le don de mêler la douceur à l'excitation, au lit comme en dehors. Il la faisait exploser de plaisir et lui demandait une heure après si son travail lui procurait une stimulation suffisante sur le plan intellectuel.

Nathan lui offrait toutes sortes de musiques, de livres et de films. Il l'initiait aux idées les plus pointues avancées dans des essais sur la gérontologie, lui faisait découvrir des chanteuses telle que la Germano-

Nigériane Ayo et l'incitait à regarder des documentaires comme *Waste Land*, toutes choses dont il pensait qu'elles élargiraient son univers.

Il lui répétait qu'elle était belle, intelligente *et* gentille. « La totale, disait-il. C'est ce que tu es. » Elle se battait contre sa peur qu'il la considère comme une espèce de savante idiote de Southie.

La chanson d'Ayo *Down on my Knees* avait été la bande sonore de sa grossesse, et lui avait brisé le cœur jusqu'à ce qu'elle finisse par l'effacer de sa vie, ainsi que toute autre trace de Nathan dans le domaine musical ou littéraire.

Ils se garèrent devant son immeuble. Bobby coupa le moteur. « Je te ramène jusqu'à ta porte.

— Non, ne t'embête pas… » Tia prit sur elle pour ne pas bredouiller. « Sois prudent en rentrant chez toi. Le vendredi soir, sur la route, c'est n'importe quoi !

— Tu es saoule. Laisse-moi m'assurer que tout va bien.

— Mais je vais très bien.

— Je veux t'aider. » Les cheveux blonds et les yeux bleus de Bobby brillaient dans l'obscurité. Trop.

Tia essaya de déverrouiller la portière pour descendre. Bobby se pencha sur le tableau de bord de la Corvette rouge vif et débloqua le bouton. Il était le seul de la bande à vraiment gagner de l'argent, ayant compris avant les autres ce que valait l'immobilier à Southie, notamment les maisons situées sur le front de mer. Il savait quand il fallait s'abstenir et quand acheter.

Sentir sa main sur son épaule lui faisait du bien.

Une main chaude réconfortante, telle une douce couverture douillette qui donne l'impression que tout s'arrangera. Elle s'appuya contre lui. Juste une minute. Le léger surpoids de Bobby était pour ça idéal. Lentement, il l'enlaça d'un bras et tapa des doigts sur son épaule au rythme de la musique. Puis il lui prit la main et entremêla ses doigts avec les siens.

« Tu es chaque année plus belle… » Il effleura ses lèvres du bout de l'index. « Je suis sincère. À cause de toi, toutes les autres me paraissent nulles !

— Où as-tu appris ces phrases ? » Elle le laissa lui caresser l'épaule. « Le vieux Bobby gnangnan !

— Excuse-moi, mademoiselle l'étudiante ! » Il la tourna vers lui et posa un tendre baiser sur chacune de ses joues. Bobby Kerrigan, le cœur sensible et secret. « Est-ce que tu sais que ça me plaît ? Que tu sois allée à la fac… Comment s'en sortir autrement dans ce monde ? J'ai beaucoup d'admiration pour toi. »

Sa main descendit et tripota le bas de son tee-shirt. Pas encore tout à fait sobre mais plus aussi ivre, Tia se dégagea, retrouvant le sens de la bienséance. La main de Bobby s'attarda au niveau de sa taille, là où la grossesse avait laissé des vergetures et des plis qui rendaient sa peau méconnaissable. S'il la touchait, il devinerait son secret.

Tia n'avait couché avec personne depuis le jour où son test de grossesse s'était révélé positif.

6

Juliette

Juliette ouvrit les yeux sur la vision bienvenue de Nathan tenant sa tasse préférée : une grande tasse en grès rugueux. Elle se redressa tant bien que mal, impatiente de boire une première gorgée, réagissant de façon pavlovienne en sentant la bonne odeur du café noir. « Tu ne me quitteras jamais, se moquait souvent Nathan. Parce que tu serais incapable de vivre sans qu'on t'apporte ton café au lit le matin. »

Ce genre de plaisanteries n'avait désormais plus cours. Depuis qu'il l'avait trompée, bien plus que la confiance s'était brisée ; une sorte de bien-être avait disparu. Plaisanter à propos de l'adultère avait été rayé de leur badinage conjugal il y a six ans, quand l'idée de se préparer elle-même son café le matin lui avait paru formidable – une formidable occasion de ne pas être obligée de le voir. Mais bon… La vie n'était-elle pas pleine de *mais* ?

Les cris de Max leur parvinrent derrière la porte de la chambre, suivis des hurlements encore plus forts de Lucas.

« Ils se disputent à cause de quoi ? demanda Juliette.

— D'une chemise que Max jure que tu lui as donnée mais que Lucas affirme être à lui.

— À quoi elle ressemble ?

— Bleue, je crois. » Nathan s'assit au bord du lit. « Ou verte. » Il lui caressa le bras.

Il avait quarante-deux ans, elle un de moins. Les rides d'inquiétude, qui annonçaient ce jour plus si lointain où elle deviendrait invisible, ajoutaient de la gravité à son beau visage.

« Ils sont habillés ? » Juliette repoussa sa main, bien qu'elle eût failli céder à la tentation. Fermer la porte à clé et faire l'amour, même en vitesse et en silence, offrirait un sanctuaire momentané au mercredi, son pire jour de la semaine. Les commandes affluaient. Les clientes se réveillaient en s'apercevant qu'elles devraient avoir l'air parfaites lors d'une sortie pendant le week-end, et que seul juliette&gwynne pouvait accomplir un tel miracle. Lucas et Max avaient tous deux des activités auxquelles elle devait plus ou moins les traîner entre ses diverses obligations.

Juliette détestait le mercredi.

Les cris des garçons redoublèrent d'intensité.

« Je ferais mieux d'aller voir ce qu'ils fabriquent, dit-elle.

— Reste là. Je m'en occupe. » Nathan se pencha et l'embrassa. « On remet ça à plus tard ?

— On remet ça à plus tard », répéta-t-elle en pinçant la poignée d'amour sur son ventre.

Le temps qu'elle aille se laver les dents et enfiler son peignoir, les cris de la dispute avaient laissé place au cliquetis de l'ordinateur. Les deux garçons, mais surtout son aîné de quatorze ans, jugeaient insensé que leurs parents refusent qu'ils aient un ordinateur dans leur chambre. Juliette y voyait une façon de les protéger. Elle avait lu trop d'histoires sur des cinglés qui s'en prenaient à des gamins rencontrés sur Internet. Elle imaginait très bien son adorable petit Max surfer sur une aire de jeux où il tomberait sur un vieux pervers de trente-cinq ans se faisant passer pour un mordu du jeu vidéo Civilization de son âge.

Juliette se tenait sur le seuil du bureau, savourant le spectacle de les voir penchés sur l'écran – Lucas blond comme elle, Max aussi brun que Nathan – et regretta de ne pas pouvoir les laisser continuer. Elle entra néanmoins, balançant quelques coups de pied au passage dans le bazar des garçons. Dans l'univers de ses fils, les ordinateurs, les ballons de foot et le linge sale coexistaient joyeusement. Elle se félicitait qu'ils eussent emménagé dans une maison où il y avait suffisamment de place pour cacher leur foutoir.

« Bonjour, mes chéris ! » Elle se pencha pour embrasser Lucas sur la tête. Ses cheveux, encore humides après le shampoing, avaient une agréable odeur d'herbe. Elle les respira jusqu'à ce qu'il s'écarte.

« B'jour », marmonna-t-il sans relever la tête.

Elle serra dans ses bras son cadet, qui sentait nettement moins bon. « Mmm… C'est l'heure d'aller te doucher. Il se fait tard.

— On peut avoir quelque chose de spécial au petit déjeuner ? » Max, toujours débordant d'enthousiasme, comme seuls savent l'être les petits garçons.

« Est-ce que vous pourriez d'abord ranger votre chambre ? » Elle montra un sweat-shirt roulé en boule, les miettes de chips dans un bol de la veille et des tasses où était resté collé le sucre de quelque chose de pas très sain.

« Si on range, tu nous feras des gaufres ? » Max remua ses sourcils en lui décochant son sourire qui voulait dire *Tu m'aimes, hein ?*

Des gaufres…

Juliette réprima un soupir, épouvantée par le temps que prendrait de faire la pâte, de sortir le moule et, avec la culpabilité d'une femme qui travaille, de chauffer le foutu sirop.

« D'accord… Vous rangez, je fais des gaufres. » Elle resserra son peignoir et s'éloigna vers l'escalier.

Mais pas de crème fouettée.

Ce matin, le chiffre qu'indiquait la balance avait encore grimpé. Elle entendait déjà sa mère lui faire la leçon sur la transformation du métabolisme passée la quarantaine…

Elle ouvrit la porte d'entrée sur une légère brume et des journaux mouillés. Depuis quatre ans qu'ils avaient déménagé, les livreurs qui, à Waltham, les enveloppaient dans du plastique au moindre signe d'humidité continuaient à lui manquer.

Elle enleva le courrier de la veille resté dans la grande vasque sur la console et mit les journaux à la place – là où ils pourraient sécher sans abîmer le dessus en bois. La veille, Nathan et elle étaient tous les deux rentrés tard, si bien qu'il avait fallu préparer le dîner en vitesse, aider les enfants à terminer leurs devoirs et répondre à de trop nombreux mails et coups de fil. Les mails étaient désormais plus abondants que le courrier. À moins de recevoir un paquet, elle ne s'attendait pas à trouver autre chose que des magazines et des factures.

Le bulletin des anciens élèves d'Emerson College pour elle.

Contexts pour Nathan. La revue se targuait de rendre la sociologie « intéressante et pertinente pour toute personne qui se préoccupe du fonctionnement de la société ». Alors pourquoi achetait-elle toujours *Vogue* à la place ?

Des publicités pour Nathan et des publicités pour elle.

La facture de l'American Express.

La dernière enveloppe de la pile était une lettre manuscrite qu'on avait fait suivre de leur ancienne adresse. Une lettre postée à Jamaica Plain et destinée à Nathan.

Elle reconnut le nom de l'expéditeur.

Adagio.

Mon Dieu !

Tia Genevieve Adagio. Un joli nom. Juliette avait obligé Nathan à le lui dire. « Dis-moi comment elle s'appelle ! avait-elle hurlé. Dis-moi quel est son nom, bon sang ! Je suis sûre qu'elle connaît le mien. »

Elle faillit déchirer l'enveloppe. Il fallait qu'elle la donne à Nathan. N'avait-elle pas décidé de lui faire confiance ? Leur couple allait si bien… La lui donner renforcerait la confiance retrouvée. Il l'ouvrirait en sa présence. C'était la meilleure solution.

Juliette cacha l'enveloppe dans le salon – la pièce commune, toujours en ordre si parfait qu'ils ne l'utilisaient presque jamais. Après avoir fermé les yeux en priant pour que cette lettre eût une raison innocente et pardonnable (« Je vais mourir… Je dois te dire adieu ! »), elle décacheta l'enveloppe.

Il en tomba plusieurs photos, accompagnées d'une lettre. Une petite fille à l'air sérieux la fixait dans les yeux.

Cher Nathan,

Voici notre fille. Ses parents adoptifs m'envoient des photos d'elle tous les ans à la date de son anniversaire (le 6 mars). Elle te ressemble, comme tu le vois.

Ils l'ont appelée Savannah (je sais, c'est un prénom affreux ; pour moi, elle est Honor – le nom que je lui ai choisi à sa naissance), mais ce sont des gens bien. Caroline et Peter Fitzgerald. Elle est médecin, lui dirige une entreprise de logiciels. Ils habitent à Dover. (Je sais que ça va t'étonner, je te connais.) Ils lui donneront plein d'amour et prendront toujours soin d'elle.

J'espère que notre fille cherchera un jour à me rencontrer. Quand elle est née, j'ai fait en sorte que ce futur contact puisse avoir lieu sans difficultés. Si elle appelle, il est probable qu'elle m'interrogera à ton sujet. Sache que je l'aiderai à te retrouver si tel est son souhait.

Tia

Tenant les photos entre ses doigts glacés, Juliette observa l'enfant. Elle mit son autre main sur sa poitrine en essayant de ralentir sa respiration.

Nathan savait-il qu'il avait cette enfant ? Tia avait écrit « Voici notre fille », comme s'il s'agissait d'un fait établi. Nous. Avons. Une. Fille.

L'avait-il revue, lui avait-il parlé ? Avaient-ils été en contact depuis qu'il lui avait tout avoué ? Mon Dieu, je vous en supplie, faites que la réponse soit non !

« Maman ! hurla Max du haut de l'escalier. *Maman !* » répéta-t-il en voyant qu'elle ne répondait pas.

Juliette s'empressa de remettre la lettre et les photos dans l'enveloppe et la fourra dans la poche de son peignoir. « Je suis là, Max, inutile de crier ! » Ses paroles semblaient assourdies bien qu'elle eût forcé la voix pour lui dire de se taire.

La tête de Max apparut au-dessus de la rambarde du premier étage. « Où est mon jogging bleu ? Tu te rappelles que j'ai gym ? »

Juliette fit tourner son alliance et obligea son cœur qui battait à tout rompre à se calmer. « À gauche dans l'armoire, à côté de ton blouson en jean. »

Il grommela sa version d'un merci.

« Et prends une douche avant de t'habiller ! » Elle avait l'impression de fonctionner sur pilote automatique. Tout en remettant le courrier en une pile bien droite, elle s'efforça de penser à autre chose qu'à l'enveloppe pressée contre sa hanche.

Elle entra en titubant dans la cuisine.

Les photos, la ressemblance avec Max et Nathan… L'espace d'un instant, elle crut qu'elle allait s'étrangler de rage. Le souvenir de la trahison de son mari resurgit avec une telle intensité qu'il n'y avait plus de place que pour la colère. Une fille ? Comment avait-il pu ne pas lui en parler ?

La lettre de Tia ne disait pas : « Tu as une fille. »

Ni : « Je ne t'avais jamais dit que j'étais enceinte, mais… »

En revanche, elle ignorait qu'ils avaient déménagé.

Que savait-il ? Que savaient-ils tous les deux ? Que lui avait-il caché d'autre ? Le souvenir d'avoir été exclue, la vision de son mari et de cette femme accouplés alors qu'elle-même pataugeait dans le noir faillirent la terrasser.

À quelques kilomètres de chez eux, la fille de Nathan se réveillait, ou prenait son petit déjeuner, ou se préparait à partir à l'école. Une enfant de lui qui n'était pas la sienne.

Son regard ne manquerait pas de trahir sa détresse. Tout en battant des cils pour ravaler ses larmes, elle s'avança tant bien que mal vers la table et s'assit sur une chaise. Une fois là, elle enfonça ses ongles dans ses cuisses. Il fallait à tout prix qu'elle se ressaisisse, sans quoi ses enfants et son mari se rendraient compte de son état dans la seconde.

Respire à fond.

Existait-il pire trahison que de faire un enfant avec une autre femme ?

Dissocie.

Qu'il ne lui eût rien dit n'était-il pas le signe qu'il était plus loyal envers cette femme qu'envers elle ?

Tu y repenseras plus tard. Tu comprendras plus tard.

Il fallait qu'elle en apprenne davantage sur les faits avant de s'attaquer aux mensonges de Nathan.

Juliette était bien entraînée à se conseiller elle-même. Grandir auprès d'une mère qui, en guise de *bonjour*, disait *Pas question que tu mettes cette affreuse tenue à l'école* l'avait dotée d'une solide capacité à maintenir un calme apparent. Sa mère s'épanouissait en désamorçant systématiquement ses lamentations et ses pleurs, et ce depuis un si jeune âge qu'elle avait appris les techniques qui permettaient de bannir les larmes.

D'ici quelques minutes, Lucas, toujours le premier, dévalerait l'escalier, prêt à engloutir une quantité aussi gigantesque que ridicule de ce qu'elle lui donnerait à manger. Cette année, il avait dépassé son père en taille. Nathan faisait comme s'il n'avait pas remarqué, mais elle le surprenait souvent en train de se redresser de toute sa hauteur quand il était à côté de son fils aîné.

Au diable les gaufres… Elle sortit huit œufs du réfrigérateur. Quatre pour Lucas, deux pour Nathan – une bouffée de rage lui coupa le souffle une seconde – et deux pour Max.

Concentre-toi sur le petit déjeuner.

Max était un costaud, comme son père, et tout aussi léthargique.

Ne pense pas à la lettre.

Autrefois, Juliette avait un métabolisme qui lui permettait de brûler tout ce qu'elle mangeait. Ce n'était plus le cas. Il lui fallait désormais réfréner ses envies de gratins de macaronis au fromage parsemés de gros morceaux de beurre frais.

Tia avait-elle pris du poids après la grossesse ? Elle était si menue à l'époque où Juliette avait voulu mettre un visage sur ses cauchemars et s'était arrangée pour l'apercevoir…

Occupe-toi du petit déjeuner.

Le goût qu'avait Nathan pour la nourriture était

très supérieur au sien. Il avait autant faim de steaks que de choses molles et sucrées, et il ne résistait pas à ses biscuits au cheddar. Elle devrait en empoisonner une fournée entière rien que pour lui !

Voyait-il encore Tia ? Ce n'était pas ce que la lettre laissait entendre. Mais comment le savoir ? Quelle femme connaissait réellement son mari ? Et bien qu'autrefois elle aurait affirmé le connaître, ce n'était plus du tout le cas.

Nathan avait soif du respect de ses étudiants. Elle le savait. Qu'il donnât un cours enthousiasmant ou une conférence des plus pointues, son mari était traité comme une sorte de rock star, et lui s'offrait à eux de tout son être, comme une fleur se tourne vers le soleil.

Lucas déboula dans la cuisine quelques secondes avant que les derniers œufs passent de l'état liquide à l'état solide. Juliette saupoudra du cheddar râpé, puis mélangea une ultime fois le tout.

« Assieds-toi pour manger », ordonna-t-elle. Ces temps-ci, son rôle de mère se limitait à une succession de tâches et d'ordres répétitive. Elle se souvenait de ces moments où Max avait arrêté de lui tenir le doigt pour glisser sa petite main dans la sienne, puis de la repousser dès qu'elle le touchait.

« Pourquoi les mères sont-elles aussi intransigeantes sur ce genre de détails ? » lança Nathan en arrivant avec leurs trois journaux sous le bras. Oh, il était si important, le prof de sociologie… Il lui fallait absolument le *New York Times*, le *Boston Globe* et le *Wall Street Journal*.

Lucas, mal à l'aise devant le silence inhabituel de

sa mère, la surprit en répondant à sa place. « Quel genre de détails ?

— Par exemple, dire à leurs fils de s'asseoir pour manger, comme si les vitamines et les minéraux n'étaient pleinement absorbés que dans une position prescrite ! » Nathan sourit à son fils blond athlétique tellement américain, et ensuite à Juliette.

Il lui tendit les bras. Elle brandit la poêle brûlante entre eux deux.

« Attention. Chaud ! prévint-elle. Et c'est lourd. »

Décontenancé, il la regarda d'un air blessé. Ils étaient à peu près de la même taille. Il la fixa de ses yeux sombres et tristes, des yeux de réfugié – des yeux de velours pleins de merde ! « Quelque chose ne va pas, Jul ? »

Elle flanqua la poêle d'un geste brusque sur la planche en bois qui protégeait la table – leur précieuse table achetée à la Foire aux antiquaires de Fairfield –, puis fit glisser une portion d'œufs dans son assiette.

« Du pain complet, dit-elle. Je veille sur ton cœur, Nathan. Sans graines, puisque tu n'aimes pas les graines. Et je réchauffe le plat à toasts tous les matins, dit-elle en le posant brusquement. Tu le savais ?

— Miam, c'est super, Maman ! » Lucas, son pauvre garçon inquiet. « Merci. »

Apparemment réduit au silence, Nathan attrapa la carafe de jus de fruits.

« Mets les assiettes dans l'évier quand tu auras fini, dit Juliette. Et assure-toi que Max mange ses œufs. Tu lui diras que je n'ai pas eu le temps de faire des gaufres.

— Tu ne manges rien ? s'étonna Nathan. Où vas-tu de si bonne heure ?

— J'ai perdu l'appétit. Je vais travailler. » Avant de sortir de la cuisine, elle se retourna. « Je vous aime, mes chéris. » Elle ne voulait pas troubler Lucas en lui disant qu'elle l'aimait lui et pas son père. Du reste, elle les aimait tous les trois ; elle espérait juste que cet amour ne la condamnerait pas à vivre en fermant les yeux.

Elle monta dans sa chambre, prit des vêtements et les emporta dans la salle de bains. Après avoir fermé la porte, elle ouvrit le robinet, se laissa tomber sur le tapis et entoura ses genoux de ses bras en se balançant. Elle serra le haut de ses bras assez fort pour y laisser des marques rouges.

Elle avait cru que c'était fini : le chagrin, la méfiance, l'observer en guettant des signes de trahison chaque fois qu'il rentrait à la maison. Pendant longtemps, elle s'était demandé s'il ne s'était pas arrangé du confort de ses mensonges en lui jurant que les mauvais jours étaient désormais derrière eux.

Il existait entre eux trop de fils qu'elle n'avait pas voulu couper : les enfants, l'univers qu'ils avaient construit ensemble et, naturellement, l'amour. Lui pardonner lui était apparu la meilleure option.

Elle avait fini par laisser tomber et elle l'avait cru.

Et là, elle se demandait de nouveau pourquoi. Pourquoi avait-il couché avec une autre femme ? Elle qui l'avait admiré pour le jugement et la rigueur qu'elle l'avait imaginé posséder…

Les grands yeux d'orpheline de Tia avaient probablement imploré son mari de lui offrir son amour et sa protection. Elle avait dû être pile ce qu'il lui fallait lorsqu'il s'était lassé de sa femme hypercompétente et si douée pour tant de choses. La parfaite Juliette, qui préparait des repas fins, jouait les mères nourricières tout au long de l'année et tenait sa maison aussi propre qu'un sou neuf. Depuis quelque temps, elle rapportait même davantage d'argent que son mari. L'idée qu'il se fût tourné vers cette fille pour redorer son ego la rendait folle. Elle avait toujours pensé tellement mieux de lui…

Comment cette femme osait-elle inscrire froidement son nom sur cette enveloppe, où tout le monde, à commencer par elle-même, pourrait le voir, comme si elle ignorait qui elle était. Comme si elle ne l'avait pas suivie honteusement cinq soirs.

Tia Genevieve Adagio. Une fille de soie, glissant sur son mari telle Salomé. Glissante comme un bébé phoque, toute brune, menue et fragile, une fille avide, regardant son mari comme s'il était l'oxygène qu'elle respirait…

Et en plus ils avaient une fille ? Plus que tout le reste, le savoir l'excluait. D'un seul coup, Tia et Nathan étaient le couple, tandis qu'elle se pressait contre la vitre de la famille secrète qu'ils formaient.

Juliette tourna dans Central Street et se gara dans le petit parking derrière la boutique. À l'arrière comme sur la façade était inscrit le nom complet de leur marque : juliette&gwynne//l'éclat de la beauté. Elles avaient voulu ouvrir leur boutique dans un bel endroit cossu. Gwynne avait choisi cette adresse dans la rue principale du quartier bourgeois de Wellesley, et Juliette avait trouvé le nom, persuadée que les femmes dépenseraient de l'argent sans compter pour tout ce qui sonnait français. Gwynne gérait l'affaire, et elles étaient aussi bien synchronisées en tant qu'amies que partenaires. Quand Gwynne éternuait, Juliette sortait un mouchoir.

C'était d'ailleurs pour cette raison qu'elle s'attarda quelques minutes dans la voiture. Gwynne lisait en elle comme dans un livre, et elle ne voulait surtout pas que son amie devine ses pensées.

Si elles n'avaient pas été les meilleures amies du monde, Gwynne lui aurait fait peur. Outre qu'elle avait quatre filles âgées de six à treize ans, un mariage solide et un corps de danseuse comme en avait rêvé sa mère pour elle, Gwynne était drôle et intelligente. Heureusement, son amie avait aussi une bonne dose névrotique de doute et d'angoisse, qui exigeait un régime régulier à base de joggings à l'aube et d'Effexor, plus un somnifère de temps à autre, ce qui lui permettait de maîtriser sa jalousie.

Juliette, qui connaissait les secrets des privilégiées, se demandait pourquoi autant de femmes magnifiques s'estimaient totalement nulles. Elle sortit l'enveloppe de son sac. La petite bruine qui tombait la ravit, lui offrant la sécurité à l'abri dans sa voiture tout en la cachant du monde, ne fût-ce qu'un instant.

Elle tripota le papier et l'enveloppe bon marché.

Du beau papier à lettres avec les enveloppes assorties l'attendait dans son bureau, adapté à n'importe quelle humeur. Un papier si épais qu'il caressait l'encre. Ivoire, gris tourterelle, bleu ciel. Rien qui conviendrait pour la lettre qu'elle comptait envoyer à Tia. Pour ça, elle passerait au Walgreens acheter un bloc d'un blanc aveuglant à quatre-vingt-dix neuf cents.

Elle parcourut une nouvelle fois la lettre, incapable de se concentrer sur les mots, ayant juste l'impression d'être contaminée par Tia.

Notre fille, avait-elle écrit à Nathan.

Elle te ressemble.

Les doigts tremblants, elle prit les photos tombées sur ses genoux. Cette gamine allait bousiller leur vie.

La ressemblance avec Max l'étonnait. Tout comme cette enfant, son fils avait eu des jambes robustes et cet air inflexible. La photo désignait Savannah comme la sœur de Max. Et de Lucas, bien que ce ne fût pas aussi flagrant. Savannah ? Quel nom déroutant pour cette enfant au regard solennel…

Elle observa les photos de la petite fille, une pour chaque année de sa vie, plus une quand elle était nouveau-né. Son expression sérieuse, plus intense au fil des ans, la toucha droit au cœur. Elle se sentit prise à son égard d'une tendresse si inattendue qu'elle faillit se mettre à pleurer. Elle voyait en elle quelque chose de la mère de Nathan, qui avait toujours cet air modeste de l'immigrante. Ses beaux-parents avaient beau vivre à New York depuis cinquante ans, ils s'attendaient toujours à ce que les *vrais* Américains les renvoient dans leur Hongrie natale. Ils portaient en eux la reconnaissance mêlée de crainte d'avoir échappé au joug communiste imposé aux juifs hongrois. Et Nathan, leur fils unique né onze ans plus tard, avait accepté les rêves dont ils l'avaient nourri en même temps que de bon lait, de viande rouge et de la vénération qu'ils avaient pour l'éducation.

Les parents de Nathan suffoquaient encore de joie chaque fois qu'ils voyaient leur superbe fils costaud américain, Juliette, leur *szép* – magnifique – belle-fille et leurs splendides petits-fils.

Elle observa la photo de plus près. Malgré son envie de la déchirer en mille morceaux, elle devait reconnaître que l'enfant avait un air de famille.

Mais de la famille de Nathan, pas de la sienne. Pas de leur famille à tous les deux.

Gwynne frappa à la vitre. De la pluie s'engouffra lorsque Juliette la baissa.

« Qu'est-ce que tu fais là ? » Gwynne, qui tenait le *Boston Globe* d'une main pour se protéger la tête, montra les photos de l'autre. « C'est qui ? »

Juliette les fourra avec la lettre dans son grand sac en cuir. « Une des petites de Sally Struthers.

— La fondation pour les enfants chrétiens ? » Gwynne fit la moue. « Tu es sûre que c'est le meilleur organisme auquel verser des dons ? »

Nul doute que Gwynne avait une liste d'œuvres de charité bien supérieures dans son sac, prête à être sortie pour servir de guide. Si elle n'avait pas autant aimé les douches bien chaudes et la climatisation, son amie aurait pris ses enfants sous le bras et serait quelque part dans la jungle en train de sauver la planète. Elle tenait beaucoup à montrer à ses filles qu'il était important de faire le bien, en précisant qu'elle priait le Ciel que ça ne lui retombe pas sur la figure et qu'elles ne deviennent pas quatre dames nihilistes passant leur temps à déjeuner.

« Ça s'appelle le ChildFund International, désormais. » En réalité, Juliette avait sponsorisé un enfant, et se sentit gênée de s'en servir comme alibi. Ça ne lui paraissait pas bien du tout.

« Tu fais ça depuis quand ?

— Je ne m'en vante pas, répondit Juliette. On est censé donner en toute discrétion.

— Donner en toute discrétion à des fondations chrétiennes ? » Toutes deux avaient épousé des juifs. Deux blondes mariées à deux bruns – un vrai cliché ! Le père de Juliette était un juif non pratiquant, et ses parents n'accordaient guère d'importance à la religion ou aux traditions en dehors de la fête de Noël.

« On rentre ? » proposa Juliette.

Gwynne s'écarta de la voiture, les bras en l'air. « Ce n'est pas moi qui reste là à me morfondre sur des petits chrétiens ! »

Qui avait adopté la fille de Nathan ? Qui étaient ces gens bien, cette femme médecin et cet homme dans l'informatique qui habitaient à Dover, une banlieue si cossue que Wellesley, en comparaison, faisait nouveau riche ?

La boutique sentait encore l'odeur fraîche de citron et de basilic qu'elles vaporisaient chaque soir avant de fermer. Les présentoirs minimalistes étaient dans le même ordre impeccable où elles les laissaient en partant. Gravé en lettres noires sur une plaque en acier, le nom de la boutique courait au-dessus de la grande baie vitrée, le même logo très simple étant imprimé sur chaque brochure, carte de visite ou publicité – toutes destinées à attirer les femmes de

Wellesley et des plus riches villes environnantes du Massachusetts.

Depuis cinq ans qu'elles avaient ouvert, elles avaient fait tout ce qui était possible pour s'assurer une clientèle fidèle, engageant les meilleurs designers pour concevoir les emballages et utilisant les ingrédients biologiques les plus haut de gamme. Même quand l'euro avait dépassé le dollar, elles avaient continué à commander des huiles très chères extraites de fleurs cultivées dans la terre du Burren en Irlande. Les enfants disposaient d'un espace de jeux dans une grande salle claire à la moquette jaune soleil. Juliette et Gwynne ne lésinaient sur rien pour établir leur marque de première qualité.

L'expérience de Juliette à Emerson en maquillage de théâtre, plus la chronique sur la mode qu'elle avait tenue dans le magazine *Boston*, associée à l'œil de Gwynne pour l'art et sa tête pour les affaires avaient abouti à un succès si fulgurant que depuis peu, en plus de vendre leurs produits à la boutique, elles diffusaient leur ligne de maquillage et de soins dans toute la région.

Au cours des trois dernières années, elles avaient l'une et l'autre acheté une maison à Wellesley, un endroit qu'elles avaient choisi au départ parce qu'il était très au-dessus de leurs moyens. Les crèmes que Juliette avait mises au point dans sa cuisine à Waltham étaient à présent fabriquées dans une petite usine. Et depuis quelques mois, dans tous les magasins chics, on voyait le noir mat barré d'un mauve profond qui était la signature d'un produit juliette&gwynne.

Cette lettre venait menacer tout le bonheur qu'elle avait construit.

Laissant Gwynne tenir la boutique, elle se rendit dans la salle de bains où elle s'enferma à clé. Assise sur le fauteuil noir, elle ressortit l'enveloppe et mémorisa le nom de la mère adoptive avant de la ranger dans la poche intérieure de son sac. Après quoi elle se leva, se regarda dans le miroir, remit du rouge à lèvres et se prépara à aller accueillir les employées comme d'habitude.

Helena et Jai arrivèrent les premières. Outre qu'elles travaillaient ensemble, elles habitaient ensemble, venaient et repartaient en voiture ensemble, et passaient le week-end ensemble dans des bars fréquentés par des femmes aux robes aussi moulantes que des bandages et des hommes qui les désiraient.

Les deux jeunes femmes étaient les expertes en sourcils de juliette&gwynne. Les bourgeoises des banlieues de l'ouest de Boston, qui savaient qu'une ligne de sourcils pouvait aussi bien mettre un visage en valeur que le détruire, s'en étaient fait des alliées.

Helena, la sophistiquée assumée, proposait des lignes arquées dans des sous-versions de Catherine Zeta-Jones. Elle pouvait affiner un sourcil et le dompter, le teindre couleur vison ou apprendre à une cliente comment donner à des sourcils anémiques un aspect broussailleux à la Brooke Shields.

Juliette préférait l'approche minimaliste de Jai, qui épilait les sourcils juste assez pour faire ressortir les yeux. Elle avait commis l'erreur de le dire un soir pendant le dîner, ce qui avait déclenché un rire hystérique de ses fils et de son mari. Max, alors âgé de huit ans, s'était mis à raconter des histoires abominables de femmes aux yeux qui leur sortaient de la tête et de globes oculaires jaillissant d'orbites sanguinolentes.

Alors qu'elle passait de salle en salle, Juliette réfléchit aux diverses options possibles. Les plans qu'elle commençait à échafauder auraient eu l'air fou si elle en avait parlé – ce qui n'était nullement son intention. Toutefois, il lui fallait d'abord des informations. Jouer dans une pièce dont elle ignorait le texte ne lui arriverait plus jamais.

Six ans auparavant, après que Nathan avait prononcé cette phrase restée gravée en elle – *J'ai eu une liaison* –, elle n'avait pas su comment le regarder. Pendant trop longtemps, elle avait été dans l'incapacité de lui demander autre chose que *pourquoi*.

« Pourquoi, Nathan ? Tu n'étais pas satisfait ? Tu t'ennuyais ? Tu t'étais lassé de moi ? Qu'est-ce qu'il te fallait que je ne te donnais pas ? »

Ces questions n'avaient jamais reçu de réponse satisfaisante. Qu'aurait-il pu dire qui l'aurait aidée à comprendre ? *J'étais tourmenté* ? *Être avec toi et les enfants m'ennuyait* ? *Ton adoration me manquait* ?

À un moment donné, elle avait accepté que c'était cela et d'autres choses, et que l'important n'était pas de savoir pourquoi il l'avait trompée mais qu'il l'eût fait.

Ce n'était pas sa réponse à lui qui comptait, c'était la sienne.

Elle avait dû s'interroger pour savoir non seulement si elle pourrait rester avec lui, mais si elle y parviendrait sans le punir tous les jours. Quand il l'avait suppliée pour qu'ils aillent suivre une thérapie de couple, elle avait refusé. Chaque fois qu'elle s'imaginait avec Nathan et un psy sans visage, elle paniquait. Au cours de ces séances imaginaires, elle se sentait scrutée, critiquée, analysée, et il s'avérait qu'elle n'était pas du tout à la hauteur.

Pendant des semaines elle s'était enfermée devant l'ordinateur. Un site, agrémenté d'une partie audio, hurlait *Guérissez-vous !* Un autre commençait par la mise en garde que leurs chances de rester ensemble étaient de cinquante-cinquante – et savait-elle que c'était également douloureux pour l'infidèle et sa maîtresse ? Qu'ils souffraient de dépression et avaient des pensées suicidaires ? Un peu plus loin, elle avait appris qu'il était possible de garantir son mariage contre les infidélités, en échange de la somme de 79,99 dollars pour les livres et les cassettes. Lesquels lui seraient expédiés sous pli discret.

Après la panique suscitée par la lecture de cette prose, elle était tombée sur un site qui affirmait que de nombreux couples ressortaient de ces épreuves plus forts que jamais, à condition toutefois qu'ils se posent des questions sur leur relation : Étaient-ils décidés à guérir ? Avaient-ils la volonté de se parler ? Elle s'était alors demandé si elle n'aurait pas dû aller suivre cette thérapie avec Nathan.

Par moments, elle avait eu le sentiment de ne plus faire que deux choses : s'occuper des enfants et lire des propos relatifs à l'adultère sur le Net. Une nuit d'insomnie, au cours d'une séance d'ordinateur à trois heures du matin, elle avait lu qu'un couple était « bien moins susceptible de se remettre d'infidélités à répétition que d'une seule ». Elle avait immédiatement foncé dans la chambre en exigeant de savoir si Nathan avait eu d'autres liaisons. Si elle avait eu une lampe électrique, elle la lui aurait braquée dans les yeux.

Même après que son mari avait juré avoir été fidèle à une seule maîtresse, insistant sur le fait qu'il n'avait jamais couché avec une autre femme depuis qu'ils étaient mariés – comme s'il méritait pour cela une médaille ! –, Juliette avait étudié ce qui caractérisait les infidèles, dénichant même un test qui promettait de calculer la probabilité qu'une personne trompe son conjoint. Elle avait paniqué en découvrant que le score de Nathan correspondait à un risque modéré. Elle aurait voulu qu'il obtienne un impossible zéro. Sur les sept indices de probabilité, Nathan en avait trois : il était *séduisant*, il avait des *occasions* – l'université n'était-elle pas une zone de pêche idéale ? – et il était doté d'un *fort appétit sexuel*. Dieu merci, elle pouvait cocher « non » sans hésitation les cases *a le goût du risque*, *estime que c'est son droit*, *considère l'amour comme un jeu* et *souffre de problèmes relationnels*.

Sauf qu'il avait couché avec une autre pendant un an…

Juliette tira une froide consolation du fait qu'ils étaient en deçà des 50 % de réponses « oui ».

Après avoir cherché des solutions dans des livres, sur le Net et dans des thérapies de couple, et n'avoir trouvé aucun répit à sa souffrance dans sa précipitation à s'obliger à s'en remettre, elle finit par découvrir elle-même ses meilleures réponses. Ces choses étaient vraies : elle aimait Nathan et n'avait pas envie de le quitter. La perspective d'élever ses fils toute seule la terrifiait, sans compter qu'ils en seraient blessés. Et comme dans tout chagrin, elle avait besoin de laisser passer du temps avant de retrouver sa vie conjugale.

Elle s'accrocha à la conviction que ce n'était pas sa faute. Nathan lui répétait régulièrement qu'elle n'y était pour rien, procédant apparemment lui-même à ses propres recherches sur le Net. Il imprima une liste rassurante des raisons qui poussaient les hommes et les femmes à avoir une liaison :

- La caresse que ressent l'ego quand quelqu'un s'intéresse à vous
- Le désir égoïste d'un plaisir passager
- La confirmation de sa séduction ou de sa valeur
- L'adoration qu'on suscite

Le volcan de colère légitime qu'était Juliette s'agita avec vigueur jusqu'au jour où il commença à se calmer comme par miracle, se réduisant peu à peu à une petite boule dans sa poitrine, qui ensuite durcit et devint un minuscule caillou acéré qu'elle pouvait oublier tant que quelque chose ne la désarçonnait pas en venant le lui rappeler.

Et là, ce caillou venait de resurgir à la surface, et, de nouveau, elle avait de la peine à respirer sans ressentir cette satanée douleur soi-disant enfouie.

Une fois dans son bureau, une échappée bleu et blanc loin du noir et mauve omniprésents dans la boutique, Juliette alluma son ordinateur pour chercher « Caroline Hollister Fitzgerald » sur Google. Comme Juliette Silver Soros, Caroline avait gardé son nom de jeune fille accolé à son nom d'épouse. Ce qui la renseignait déjà sur elle.

Il lui fallait des faits. Il n'était pas question qu'elle fût de nouveau laissée en dehors – la dernière à savoir, comme on dit. Si savoir c'était pouvoir, elle tirerait sa force de savoir précisément ce qui se passait.

Elle trouva la photo de Caroline sur le site du Cabot Hospital de Boston, où elle exerçait en tant que pathologiste spécialisée dans les cancers pédiatriques.

Son nez busqué l'informa que l'apparence n'était pas ce qui dirigeait l'univers de Caroline. Nombre de femmes se seraient fait refaire un nez comme celui-ci. Et puisque Caroline Fitzgerald habitait à Dover, le coût d'une intervention de chirurgie esthétique n'avait pas dû peser dans sa décision. Ses lèvres fines lui donnaient un air un peu sévère, mais ses yeux l'emportaient sur ses traits anguleux. Des yeux d'un vert intense, encadrés de longs cils pâles qui dominaient tout le reste. Une couche du mascara chocolat amer juliette&gwynne, et ces yeux seraient saisissants !

Juliette chercha le document intitulé *Promotions*, ouvrit un dossier *Gros discount*, puis rechercha la brochure qu'elles avaient utilisée à leurs débuts pour attirer des clientes dans l'espoir de les fidéliser.

Veuillez accepter notre offre de garder vos enfants

pendant que vous profiterez de notre journée de soins de beauté exceptionelle.

Après avoir entré le nom de Caroline Hollister Fitzgerald, elle imprima l'invitation sur du papier ivoire surmonté d'un double trait noir et mauve.

7

Juliette

Deux jours plus tard, Juliette se rendit à Boston. Elle avait besoin d'être seule, de s'éloigner ne fût-ce que quelques heures de la boutique, de la maison et des garçons. Et aussi de Nathan. Dieu sait si elle avait envie d'être loin de lui… Elle aurait voulu ne pas habiter dans la même ville.

Bien évidemment, aller là où elle allait ne lui apporterait pas de réel soulagement.

Elle n'avait encore rien dit de la lettre. Et elle refusait de la lui montrer tant qu'elle n'en saurait pas davantage. Il fallait qu'elle reprenne le contrôle de sa vie, et, comme un bon avocat, elle ne voulait pas poser de questions dont elle ne connaîtrait pas déjà la réponse.

Elle avait beau savoir qu'elle aurait dû en parler à Gwynne avant que ses constantes ruminations ne la rendent complètement cinglée, elle préféra n'en rien faire. Si son amie avait su ce qu'elle s'apprêtait à faire, elle l'aurait enfermée à double tour dans l'armoire à linge.

La route s'incurva tandis qu'elle quittait la Route 16

pour prendre la 9. La dernière fois qu'elle était allée à Boston, c'était pour un rendez-vous avec son avocat, à l'époque où elles avaient redéfini le contrat de leur partenariat de manière à s'ajuster à l'évolution florissante de leur affaire. Ce jour-là, elle avait pris la direction du centre-ville. Aujourd'hui, elle prit celle de Jamaica Plain.

C'était la fin de la matinée. Le temps allait filer à toute allure. Sa liberté prendrait fin à seize heures, quand commencerait le match de foot de Max. Nathan la rejoindrait là-bas, car – ô combien ! – ils étaient une famille dans laquelle les enfants passaient d'abord.

Juliette détestait l'amertume croissante qui la rongeait. La douceur d'aimer son mari lui manquait. Elle aurait voulu qu'ils soient comme lorsqu'ils étaient à Cape Cod et que les enfants étaient petits. Nathan passait alors des heures à jouer sur la plage avec Lucas et Max, versant du sable sec sur le sable mouillé, creusant de grands trous pour que les garçons mettent les pieds au fond.

Les soirées étaient faites de langoustes, de beurre fondu et de vin frais. De parties de Scrabble et d'étreintes amoureuses. Se réveiller était un pur bonheur.

Elle avait cru son mari quand il lui avait dit que cette histoire n'avait été que de la stupidité de sa part, l'assouvissement d'un désir sexuel dépourvu de sens. Elle avait cru ce qu'elle avait lu en faisant des recherches sur le Net. Il n'était qu'un imbécile. Elle avait cru qu'elle lui pardonnerait.

À présent, elle avait peur que sa colère ne se fût

simplement endormie. Durant leur affrontement, le pire avait été l'horreur de ressentir de la haine pour Nathan. À la vérité, elle pensait qu'elle l'aimait trop.

Se rendant compte qu'elle roulait trop vite, Juliette ralentit à l'approche du feu rouge. Sur la Route 9, où les zones industrielles alternaient avec des portions de route droite bordée d'arbres, la circulation devint plus dense à mesure qu'elle approchait des limites de Boston. L'Atrium Mall se dressait déjà sur la droite. Gwynne et Juliette avaient envisagé d'ouvrir leur boutique au dernier étage de ce centre commercial avant de conclure qu'avoir pignon sur rue leur conviendrait mieux.

Sans quitter la route des yeux, elle plongea la main dans son sac en cherchant le sachet de M&M's qu'elle avait pris dans sa réserve. Chaque année à Halloween, elle achetait une quantité suffisante de minisachets pour tenir jusqu'au mois d'octobre suivant. Ceux de format normal lui auraient fait prendre une taille par an.

À quarante et un ans, planquer des bonbons avait un côté pathétique… Comme si elle était encore une gamine qui s'empiffrait de friandises en cachette de sa mère et les dissimulait dans le tiroir de sa coiffeuse.

Depuis deux jours qu'était arrivée la lettre, elle s'arrangeait pour ne jamais être seule avec Nathan. Elle lui parlait le moins possible, prétextant des soucis au boulot ou qu'elle avait ses règles, deux tactiques qui lui garantissaient d'avoir tout l'espace voulu. Bien qu'il prétendît le contraire, son mari ne trouvait pas son travail très intéressant, et, comme beaucoup d'hommes, tout ce qui avait un rapport avec la menstruation lui donnait envie de fuir.

Ravaler ce qu'elle ne disait pas rendait la conversation quasi impossible. Et se taire la poussait à se gaver de nourriture : les brownies qu'elle avait faits la veille au soir, ou les lasagnes de jeudi, si riches en viande et en mozzarella que, en regardant Nathan dévorer sa part, le voir terrassé par une crise cardiaque due à un excès de cholestérol ne lui avait pas semblé impossible.

Ce matin, Juliette avait englouti quatre toasts et terminé les croûtes qu'avaient laissées les enfants et son mari. Ses vêtements la serraient déjà à la ceinture, chose qu'elle ne pouvait en aucun cas se permettre.

Après le petit déjeuner, elle avait récuré le four à fond, et ensuite frotté le comptoir en granit à le faire hurler.

Passer sa colère ainsi sur les équipements ménagers était pitoyable.

Nettoyer.

Le champ de tir d'une femme.

Eau de Javel.

Les cartouches d'une femme.

Les photos de Savannah, tachées et cornées à force de les regarder, l'obsédaient. Régulièrement, elle les sortait, s'en inquiétant comme d'une éruption cutanée. Peut-être espérait-elle que l'image finirait par s'évaporer, et que Max ne lui donnerait plus l'impression d'être l'enfant du milieu.

Juliette jeta un coup d'œil dans le rétroviseur. Un poil digne de Mathusalem apparu sur son menton annonçait la fin de ses belles années. Avant, elle avait été sûre d'être séduisante ; désormais, elle devait recourir à tous les produits qu'elle avait inventés. Elle tira le poil entre son pouce et son index, ce qui ne servit à rien d'autre qu'à risquer de peu un accident.

Elle remonta ses grosses lunettes de soleil sur son nez et abaissa la casquette de base-ball de Max sur son front. Elle portait le vieux blouson en jean et le pantalon de jogging informe de Lucas.

La radio beuglait à plein volume. Elle l'éteignit et sortit à Arborway. Elle emprunta Morton Street jusqu'à l'endroit où travaillait Tia, sans avoir la moindre idée de ce qu'elle allait faire, sinon qu'elle espérait que celle-ci avait pris quarante kilos et qu'elle avait une peau de lépreuse. Son épiderme rugueux avait été son point faible, du moins à la distance d'où Juliette l'avait espionnée voilà des années. Peut-être que les hormones et le temps l'avaient criblée de trous et de cratères…

C'était très attentionné de la part de Tia d'avoir précisé le nom et l'adresse du centre où elle travaillait, cependant, elle fut intriguée de voir le GPS la diriger vers une église. Ne voulant pas s'approcher trop près, elle abandonna sa voiture et remonta un chemin dallé parsemé de mauvaises herbes. La porte d'entrée massive que flanquaient des conifères et des buissons broussailleux était fermée à clé. Elle revint sur ses pas.

Une allée perpendiculaire menait à un parking derrière l'édifice. Une brique maintenait ouverte une lourde porte, devant laquelle un jeune homme coiffé d'une casquette fumait une cigarette. Un balai était posé contre le mur.

« Vous cherchez quelque chose ? » Il écrasa son mégot et le balança sur un petit tas de détritus à sa gauche.

« Je crois que je me suis perdue, mentit Juliette. C'est bien le centre de soins et de thérapie Spaulding ? » Elle regarda alentour d'un air décontenancé. « On dirait une église…

— Vous êtes en effet perdue, madame ! Ce dont vous parlez se trouve au bout de l'allée. Ici, c'est le centre pour les personnes âgées de Jamaica Plain. Ils ont leurs bureaux dans l'église. » Il la regarda fixement. « Vous êtes sûre que ce n'est pas ce que vous cherchez ? »

Juliette baissa les yeux sur la chemise à rabat qu'elle tenait à la main. « Non, c'est écrit là… Centre de soins et de thérapie de Spaulding. Je suis inspectrice municipale.

— Très bien, alors… Bonne chance ! » Il reprit son balai, retira la brique qui bloquait la porte et rentra dans l'église.

Peut-être avait-elle un talent caché pour le mensonge… Si elle quittait Nathan, peut-être qu'elle abandonnerait les cosmétiques et deviendrait détective.

Sûre à présent d'être au bon endroit, elle alla récupérer sa voiture, fit le tour du bâtiment et se gara de façon à avoir vue sur la porte refermée. En face de l'église s'étendait un terrain vague planté d'arbres et envahi de broussailles.

Prise d'une énergie fébrile mais ne sachant pas quoi faire, elle tria les reçus dans son portefeuille. Après quoi elle rangea la boîte à gants, regrettant que ce ne fût pas celle de la voiture de Nathan pour y chercher des preuves d'un nouveau mensonge.

Un an après qu'il lui avait fait ses aveux, elle avait découvert une carte de Tia qu'il avait oubliée dans sa boîte à gants – coincée au fond –, et elle s'était de nouveau sentie heurtée de plein fouet par sa trahison. Le seul fait de penser à cette carte lui redonna cette impression.

Postée peu de temps avant qu'il lui eût avoué sa liaison, cette carte répugnante était illustrée d'un simple cœur. À l'intérieur, un message imprimé disait : *C'était le destin.* Et en dessous, d'une belle écriture : *Je suis à toi. Tia.*

Et maintenant, c'était elle qui était à Tia. Si elle avait pu, elle aurait pris la carte pour découper le cœur de Nathan en mille morceaux comme lui-même avait fait avec le sien.

Tia sortit de l'église.

Elle n'avait pas pris un gramme – au contraire, elle était plus menue, plus anguleuse. Sa peau n'était apparemment ni pire ni mieux. Ses cheveux, toujours très courts et coiffés en pétard, évoquaient plus *Oliver Twist* que les pages de *Vogue*. Comment, avec ce manque d'allure, avait-elle l'air plus vulnérable ? Elle avait un genre qui devait donner envie aux hommes de faire la queue pour la sauver.

Regardez-la… Cette Miss Délicate qui avait abandonné son enfant comme un sac-poubelle et s'en était ensuite servie de prétexte pour contacter Nathan… Pourquoi n'avait-elle pas gardé sa fille ? Trop égoïste ? Ce bébé n'avait-il été qu'une ruse en vue de mettre le grappin sur Nathan ?

Juliette l'observa à distance. Connais ton ennemi. Ses fringues devaient venir de chez H&M. Et elle ne portait pas de maquillage, à part un trait épais sur les yeux. Des sabots élimés complétaient sa tenue négligée.

Elle était toujours aussi belle.

Ce soir-là, le dîner aurait dû avoir un goût de cendres, mais les compliments avaient fusé dès que son mari et ses fils avaient planté leur fourchette dans les nouilles au beurre agrémentées de morceaux de bœuf et de carottes mijotées si longtemps dans le vin qu'on les aurait crues préparées avec amour.

Il était onze heures et demie ; Lucas et Max dormaient. Juliette lessiva le sol de la cuisine avec une telle férocité qu'elle eut peur d'attaquer le vernis. Nathan passa trois heures retranché dans son bureau.

Pour finir, elle rangea la serpillière et monta dans sa chambre. Adossée à des oreillers, elle étudia la situation financière de juliette&gwynne au dernier trimestre. Cette partie du travail l'ennuyait au point d'avoir envie de se taper la tête contre le mur. Les chiffres étaient la responsabilité de Gwynne, et elle lui aurait volontiers laissé chaque case de chaque tableur. Mais le père de Nathan lui avait fait la leçon sur l'importance de rester vigilante, et elle lui avait promis de s'y tenir.

« Souviens-toi de Bernie Madoff », lui avait-il dit – comme si Gwynne passait ses nuits à fabriquer des fausses factures ! Juliette voulait l'ignorer, mais rompre une promesse faite à son beau-père toujours si bienveillant lui semblait un péché. Chaque fois qu'il l'appelait *ma chérie*, le mot infléchi par son inquiétude autant que par son accent, elle se sentait protégée et aimée.

Nathan apporta un panier de linge sale. Elle abaissa son classeur et l'observa par-dessus ses lunettes de lecture. Il avait l'air soucieux. Très sensible aux humeurs, son mari s'attelait à des tâches domestiques dès qu'il sentait monter la tension.

« J'ai trouvé ça à côté de l'escalier. » Il posa le panier sur le banc au bout du lit. « Tu veux que je le mette où ? »

Juliette tordit les papiers qu'elle serrait trop fort. « Laisse-le là.

— Ça va ? » Il vint s'asseoir près d'elle, l'obligeant à se déplacer. « Qu'est-ce qui se passe ? Voilà plusieurs jours que tu es bizarre…

— Je vais très bien. »

Il lui caressa le bras. « Tu n'en as pas l'air. »

Avec son sweat-shirt et son jean, on aurait dit Lucas. Juliette baissa les yeux sur sa cuisse nue que révélait sa nuisette. Quelques taches dues à d'anciens coups de soleil s'étaient transformées en taches de vieillesse. « Le travail, dit-elle. C'est juste à cause du travail. »

Nathan lui retira ses lunettes, un geste autorisé par seize ans de mariage. Comme s'il était un homme vertueux, il mit un doigt entre ses sourcils et frotta doucement l'endroit où ses lunettes laissaient toujours une légère marque.

Elle ravala les mots qui lui montaient aux lèvres. Ses doigts se crispèrent si fort sur le bilan des ventes d'écran solaire que la feuille se déchira.

« Ouah ! Tu es tendue… Les affaires marchent bien ? » Il approcha sa main comme s'il voulait jeter un œil sur le rapport. Elle le plaqua sur sa poitrine pour qu'il ne puisse pas le voir.

« Très bien, répondit-elle.

— Alors, qu'est-ce qui ne va pas ? »

Elle secoua la tête. « Rien. Je t'assure. Je suis sans doute d'humeur un peu morose…

— Ma pauvre chérie… » Et sans ajouter un mot, il se déshabilla, se mit au lit et lui caressa le dos.

Bien qu'elle mourût d'envie de le repousser et de courir à la cuisine enfourner des nouilles froides au beurre congelé et au bœuf glacé jusqu'à ce qu'elle eût assouvi sa fringale, elle demeura immobile. Elle le sentit s'activer contre ses muscles crispés. Sans dire ni oui ni non, elle le laissa continuer.

Elle s'allongea sur le ventre. Les mains larges et chaudes qui avaient touché les hanches de Tia, les seins de Tia, le ventre plat et les cuisses fines de Tia remontèrent sa nuisette et lui caressèrent le dos.

Elle sentit son corps s'engourdir. Ces mains auraient tout aussi bien pu parcourir des couches de couvertures. Il passa ses doigts sur ses omoplates.

Il lui demanda de se retourner. Juliette fixa le plafond.

Elle ferma très fort les yeux en priant pour que viennent l'orgasme ou les larmes. Pour être libérée d'un savoir dont elle ne voulait pas.

Brusquement, elle repoussa la caresse trop intime de sa main. Il crut qu'elle était prête et monta sur elle. Son poids, elle pouvait le supporter, tout comme ses va-et-vient en elle sans tendresse.

Des années de vie conjugale avaient donné à Nathan trop d'assurance. Il profita de cette longue intimité pour la mener à l'orgasme malgré elle – un peu comme si son corps trahissait son cœur.

Puis il jouit à son tour en lui murmurant des mots d'amour et retomba sur elle, ses lèvres tièdes sur sa clavicule.

Juliette eut soudain la vision de Savannah. La bouche charnue joliment incurvée vers le haut. Le nez un tout petit peu trop large. Les grands yeux d'un noir si sombre qu'ils paraissaient bleus. Les mains potelées encadrant le petit visage sérieux.

8

Caroline

Caroline ouvrit les rideaux dans la chambre. Sa fille dormait d'un sommeil si profond qu'elle ou Peter était obligé de la réveiller tous les matins. À cinq ans, qu'elle ne bondisse pas de son lit avait quelque chose d'anormal – comme si elle se réfugiait dans le sommeil en attendant que ses parents la ramènent à la réalité. Le bruit des anneaux sur la tringle ne dérangea pas la petite dont le visage conservait son sérieux même en dormant. Caroline se disait parfois que, puisque ce n'était pas par les gènes, Savannah avait hérité par mimétisme de ses pires défauts. Elle-même détestait le moment du réveil. Et, comme elle, sa fille était tendue, perfectionniste et fine observatrice. Elle avait insisté pour l'appeler Savannah, un rappel romantique de cette ville où Peter et elle avaient passé leur lune de miel, espérant que ce nom lui donnerait du charme et de l'esprit – voire de l'audace –, des qualités qu'elle estimait lui manquer.

La petite fille remua en sentant sa mère s'asseoir sur l'édredon et s'arc-bouta dès qu'elle commença à lui faire des dessins sur le dos.

« Un cornet de glace ? marmonna Savannah.

— Essaie encore », dit Caroline.

L'enfant tourna la tête et ouvrit les yeux. « Passe ta main dessous, Maman. »

Caroline souleva le haut du pyjama encore tout chaud de sommeil. D'un doigt léger, elle traça un *M* sur sa peau trois fois de suite.

« *M*… Comme dans *Maman*, dit Savannah.

— Bravo ! »

La petite roula sur le côté en plissant les yeux. « C'est bien ça ?

— C'est bien ça. Maintenant, file à la salle de bains. Et ensuite, on choisira tes habits. » La méfiance fébrile de sa fille l'inquiétait, elle ne comprenait pas d'où elle lui venait.

Savannah revint de la salle de bains, les joues roses brillantes et l'haleine parfumée au dentifrice. Elle aimait se laver dès qu'elle se levait. Elle possédait un sens naturel de l'ordre que Caroline trouvait attachant.

Elles passèrent en revue avec un grand sérieux les diverses tenues possibles. Savannah n'irait pas plus loin que là où Nanny Rose déciderait de l'emmener – la bibliothèque de Dover, le terrain de jeux, ou simplement le jardin –, mais elles ne s'en préparaient pas moins tous les jours avec grand soin, complices dans l'attention qu'elles mettaient à la tâche. Caroline s'inquiétait de ne pas avoir inscrit sa fille au jardin d'enfants, cependant, avoir une nounou était plus simple que courir la déposer ou la chercher à l'école. Elle s'était octroyé quelques années de liberté de plus avant qu'elle soit obligée d'y aller. L'anniversaire de

Savannah étant en mars, elle entrerait tout de même à cinq ans à la maternelle.

Bon, il serait temps que j'arrête de me raconter des histoires…

Les cours de danse, les cours de natation, les cours de musique, toutes ces activités enrichissantes trouvées par Nanny Rose qui l'y conduisait ne compensaient en rien le fait de ne pas l'avoir envoyée à l'école. Caroline le savait, mais elle faisait comme si voir d'autres enfants une ou deux fois par semaine suffisait, excepté les jours où elle se forçait à énumérer *les choses que je devrais faire pour Savannah.*

Que Peter partît en général au travail de bonne heure et la laissât préparer la petite ne la dérangeait pas. Elles passaient là leurs meilleurs moments entre mère et fille, et le temps limité dont elle-même disposait lui permettait de ne pas perdre patience. Avoir des tâches précises à effectuer l'apaisait, et la concentration était sa meilleure amie. Elle partait toujours travailler avec plaisir et s'étonnait de voir ses collègues attendre le week-end avec une impatience aussi désespérée que s'ils échappaient enfin à la servitude.

Dix minutes après l'heure où la nounou aurait dû arriver, Caroline se força à faire comme si tout allait bien et qu'elle était la sérénité même. *Regarde, Savannah, Maman va très bien !* Sourire. Câlin. Allumer la télévision – exceptionnellement.

À dire vrai, elle n'avait aucune raison de s'inquiéter étant donné qu'elle s'accordait au minimum une heure de battement par rapport à l'heure où devait arriver la nounou. Au bout de cinq ans, elle connaissait parfaitement les points faibles de Nanny Rose.

Lorsque approchait l'heure à laquelle elle aurait dû être là, elle attribuait son retard aux embouteillages, ou au temps fou qu'il lui fallait pour se pomponner, ou encore à sa tendance à être prise en flagrant délit de regarder le *Today Show,* lui racontant ensuite mot pour mot ce qu'avait dit Matt comme si c'était son meilleur copain ! Bien qu'elle n'ait que cinq ans de moins, la jeune femme lui semblait appartenir à une autre génération.

Caroline acceptait tous les défauts de la nounou : ses retards, ses béguins systématiques pour le pédiatre, le dentiste, le type qui repavait l'allée, le paysagiste. Elle parvenait même à ravaler sa rage lorsqu'elle constatait que Rose ne respectait pas ses principes en matière de nutrition et donnait des Fritos et des Oreos à Savannah. Elle acceptait tout parce que Nanny Rose lui répétait souvent à quel point elle adorait son travail, ajoutant avec sa candeur habituelle que jamais elle n'avait gagné autant d'argent nulle part ailleurs.

Caroline ouvrit les lourds rideaux du salon et les attacha avec l'embrasse en satin. Rien ne troublait l'image parfaite du jardin – la pelouse ondoyante, les érables japonais bordant l'allée en planches d'un prix insensé, les fauteuils Adirondack disséminés dans l'herbe. L'argent qu'ils dépensaient entre la nounou, la femme de ménage, le jardinier et l'homme à tout faire aurait pu faire vivre trois familles – voire quatre plus modestes.

Oh, et elle oubliait le spécialiste qui s'occupait des tapis anciens jetés sur le plancher ciré dans toutes les pièces… Tout avait été conçu à l'équerre, de façon linéaire et moderne dans les plus beaux matériaux. Du granit et du bois de rose entouraient la table de cuisson beaucoup trop professionnelle pour ses piètres talents de cuisinière.

Peter avait grandi en portant des vêtements de deuxième ou troisième main hérités de cousins et qui passaient ensuite à ses frères. Il était à présent avide de s'acheter les choses neuves et rutilantes qu'il désirait constamment – et elle redoutait que la prochaine ne fût un petit frère ou une petite sœur pour Savannah. Elle, au contraire, avait grandi en ayant tout ce dont elle avait besoin – à part un modèle pour savoir comment être une mère absente convenable.

« Maman, on peut jouer avec les jumelles ? » Savannah fit rouler sa poussette miniature dans laquelle deux poupées étaient installées sous une couverture. Il y avait des produits American Girl partout dans la maison. Chaque fois que Caroline culpabilisait de ne pas ressentir assez d'amour pour son enfant, elle dépensait de l'argent.

« Tu veux être quoi, Maman ? » Savannah se tenait prête à jouer le rôle que sa mère refuserait.

« Tu veux que je sois qui ? demanda Caroline en souriant.

— Toi tu fais la nounou, et moi la maman. » Savannah se pencha au-dessus de la poussette d'un air débordé. « Bon, les filles, Maman doit partir ! Soyez bien sages… Maman fait un travail très important pour guérir les bébés malades. C'est pour ça qu'on a Nanny. »

Elle hocha la tête vers sa mère, comme pour lui donner le signal.

« Oui, oui, je suis là… Prête à distribuer des câlins et des baisers. Nanny Caroline, pour vous servir !

— Non ! Tu dois dire : Nanny vous aime, les filles !

— Nanny vous aime, les filles ! »

Savannah alla au fond de la pièce avec la poussette et s'installa sur la banquette sous la fenêtre. « Mais *Maman* vous aime mieux. » Elle agita un doigt potelé devant les jumelles, puis remonta la couverture en patchwork si haut qu'on ne voyait plus que le bout de leur nez.

Des pneus crissèrent dans l'allée. Caroline regarda par la fenêtre et poussa un soupir de gratitude en voyant Nanny Rose se garer. Conformément aux instructions reçues, elle se rangea à droite au bord de l'allée afin de lui permettre de démarrer en vitesse.

Caroline consacra la matinée à terminer une pile de rapports. Se forçant à poser son stylo, elle pensa à remercier sa secrétaire quand celle-ci lui tendit une barquette de salade de pousses d'épinards parsemées de tranches d'orange. Après lui avoir apporté son déjeuner, Ana brandit un sac McDonald's tout taché de graisse en disant : « Si vous mangiez ça, vous seriez peut-être plus souriante ! »

Elle la gratifia d'un vague sourire en se rappelant que la jeune femme était efficace, responsable et toujours ponctuelle, de sorte qu'elle fermait les yeux sur sa fâcheuse habitude de l'encourager à « sourire » ! Toute sa vie, on l'avait exhortée à avoir l'air plus heureuse, et elle en avait plus qu'assez.

Son bureau ressemblait à une cage. La simplicité

de cet espace restreint lui était essentielle, et d'autant plus en raison de la quantité de paperasses que générait son travail. Comme nombre de ses collègues, elle aurait pu travailler entre des piles chancelantes de formulaires en triple exemplaire, mais dès son premier jour à Cabot, quatre ans plus tôt, elle s'était montrée très stricte sur l'organisation.

À angle droit avec son bureau était installée la table du microscope, autour duquel ne traînait aucune plaque. Elle avait placé son ordinateur tout au bout à gauche de son bureau, laissant le centre dégagé pour les trois tas de dossiers impeccablement alignés. Sur les presse-papiers en bois posés dessus étaient gravés *Immédiat*, *Cette semaine* et *Long terme*.

Peter avait fait équipe avec son père, qui aimait travailler le bois en guise de hobby, pour lui fabriquer ces presse-papiers, et elle les adorait au-delà du raisonnable.

Caroline consulta les rapports en attendant l'échantillon d'une biopsie rectale qui lui permettrait de préciser le diagnostic de ce qu'ils soupçonnaient être une anomalie du côlon. Elle craignait qu'il ne s'agît de la maladie de Hirschsprung, qui, si elle n'était pas soignée, risquait de provoquer une occlusion intestinale.

Rares étaient les aspects de son travail qui ne l'intéressaient pas. Participer à une étude sur le long terme – afin d'analyser les effets thérapeutiques des rayons protons sur le rétinoblastome – ne manquait jamais d'être absorbant. Le plus important étant l'éventuelle source de profit qui en résulterait s'ils trouvaient un moyen d'éradiquer l'horreur qu'était ce cancer de l'œil propre à l'enfant, un espoir auquel s'ajoutait l'attrait constant de la recherche.

Une des raisons pour lesquelles Caroline préférait la pathologie pédiatrique à la chirurgie pédiatrique, qu'elle avait envisagée à une époque, était qu'elle n'avait pas à annoncer de nouvelles déchirantes aux parents. Si la biopsie confirmait un Hirschsprung – or les symptômes du bébé pointaient dans cette direction –, ce serait au chirurgien de prévenir les parents que leur minuscule petite fille pourrait devoir subir une stomie.

Elle jeta un coup d'œil à la pendule. À quatre heures, elle avait donné une conférence devant des étudiants en médecine ; et juste avant, elle avait examiné les tissus prélevés par biopsie sur un patient chez qui on suspectait un neuroblastome. La date des rapports de subvention approchait. Caroline avala une dernière bouchée de salade tout en lisant le mail d'un collègue de l'Institut national de la Santé.

D'innombrables détails l'accaparaient en la plongeant dans une anticipation affairée qu'elle trouvait en réalité agréable. Si seulement elle avait pu transférer une partie de ce plaisir à s'occuper de sa fille…

« Caroline ? » Ana passa la tête dans l'embrasure de la porte. « Votre nounou a laissé deux messages pendant que vous étiez en conférence… Elle demande que vous la rappeliez. »

Je vous en supplie, faites qu'il ne soit rien arrivé de grave ! Elle avait éteint son portable avant le début de la conférence et ne l'avait pas rallumé. Certains jours, même le temps que nécessitait de déglutir lui semblait un luxe qu'elle ne pouvait s'offrir. « Merci,

Ana », dit-elle en hochant la tête. Elle décrocha son téléphone et composa un numéro.

« Peter, s'il te plaît, appelle à la maison, tu veux ? dit-elle dès qu'il répondit. Rose a téléphoné deux fois, et je n'ai pas une seconde.

— Qu'est-ce qui se passe ?

— Je sais juste qu'elle veut qu'on la rappelle.

— Et tu ne peux même pas donner un coup de fil ?

— Je viens de le faire. » Caroline avala le reste froid de son café du matin. « Je dois filer au labo dans moins d'une minute… S'il te plaît, appelle-la.

— Chérie, j'ai cinq personnes dans mon bureau… Téléphone à Rose et rappelle si tu as besoin de moi. D'accord ? »

Caroline ne voulait pas perdre du temps à discuter. Elle appela sur le portable de la nounou et sur le fixe de la maison. Pas de réponse. Manifestement, le problème avait été réglé, et elles étaient sorties. Rose ne répondait jamais lorsqu'elle conduisait – Caroline et Peter le lui avaient formellement interdit.

« Bonjour, Rose, dit-elle sur la messagerie. Je pars au labo. J'espère que tout va bien. On se reparle plus tard… Sinon, vous pouvez appeler Peter si vous avez besoin de quelque chose. »

Lorsqu'elle rentra chez elle, la maison lui parut beaucoup trop sombre. La voiture de la nounou n'était pas dans l'allée. Elle regarda l'heure sur le tableau de bord. 20:05.

Zut.

Étant donné que Rose n'avait pas rappelé, elle

en avait déduit que tout allait bien et n'y avait plus repensé.

Zut, zut et zut.

La lueur bleutée de la télévision scintillait dans la salle de séjour. Caroline appuya sur la télécommande qui ouvrait la porte du garage tout en tambourinant sur le volant d'inquiétude. Une flaque de lumière jaune illumina la place de parking vide de Peter. Elle coupa le contact et se précipita vers la porte qui communiquait avec la maison.

Une adolescente qu'elle n'avait jamais vue était assise à côté de Savannah dans le séjour qu'éclairaient seulement la télé et une petite lampe. Des céréales ramollies étaient posées devant Savannah, qui tournait sa cuiller au fond du bol en mélamine au rythme de ce qui ressemblait à *Row, row, row your boat*. Une ballerine, un chiot, un vélo et une tasse décoraient le bol, avec le mot écrit dessous en français – comme si sa fille qui commençait tout juste à lire l'anglais avait pu apprendre une deuxième langue en mangeant ses Rice Krispies !

L'émission *Jeopardy!* passait sur l'écran de télévision géant, accroché au-dessus de la bibliothèque basse sur laquelle étaient alignés les contes de fées et les histoires de princesses de Savannah. Quel que fût le nombre de livres racontant des histoires de petites filles capables de tout faire qu'elle pût lui acheter, Savannah choisissait systématiquement *Fancy Nancy*.

Sa fille berçait les poupées jumelles en chantonnant.

L'adolescente leva les yeux. « Salut ! » Son tee-shirt avait un décolleté plus profond que les robes de cocktail de Caroline.

La petite fille accéléra le rythme avec sa cuiller. Caroline posa sa main sur la sienne jusqu'à ce qu'elle lâche la cuiller.

« Nanny a dû rentrer chez elle, dit Savannah. Tu crois qu'elle est fâchée ?

— Non, elle n'est pas fâchée contre toi, petite citrouille. » Caroline lui relâcha la main et caressa sa joue toute douce. Son cœur se serra. Elle déglutit, pleine de chagrin pour cette enfant qu'elle devrait chérir beaucoup plus. Elle se tourna vers l'inconnue-baby-sitter. « Et vous êtes…

— Janine. » Un instant, la jeune fille sembla ne pas avoir l'intention d'en dire davantage. Elle prit un biscuit au son d'avoine sur une pile et en croqua la moitié. Des miettes jaillirent de sa bouche lorsqu'elle ajouta : « Rose est ma tante.

— Nanny a dû rentrer », répéta Savannah. Elle se tourna vers une des poupées installées près d'elle et posa sa main sur son ventre. La compétence de la main large de Savannah trompait sur son âge. « À cause de sa tête. On peut donner un bain aux jumelles ?

— Bientôt, Savannah. »

Qu'était-il arrivé à Peter ? Apparemment, Nanny Rose avait été prise d'une de ses atroces migraines. Quand il le fallait, Peter était en général celui qui revenait à la maison. Outre que son bureau était plus près, ses journées se composaient d'échanges de mémos d'un service à l'autre et de clients contrariés, pas de décisions médicales essentielles ! Son travail n'était pas sans importance, mais, aux yeux de Caroline, il en avait moins que le sien, bien que Peter ne lui laissât jamais oublier qu'il gagnait nettement plus qu'elle. Son argent payait tous leurs luxes. Des cerises bio ! Du saumon tellement sauvage qu'il aurait pu sauter du gril ! Des poupées Bitty Twins ! Peter sous-estimait ce qu'elle faisait, ainsi qu'il avait tendance à le lui rappeler trop souvent ces derniers temps. Néanmoins, si une urgence se présentait, il pouvait rentrer chez eux beaucoup plus vite qu'elle.

« Papa était coincé, dit Savannah. Je peux venir sur tes genoux ? »

Caroline posa sa sacoche et s'assit sur le canapé. Après avoir pris Savannah sur ses genoux, elle se tourna vers Janine afin d'en savoir un peu plus. Sa fille se laissa aller contre sa poitrine. La nounou étant partie, la petite n'avait pas pris son bain après le dîner, pas plus qu'elle n'avait fait un vrai dîner, du reste. Il émanait d'elle une odeur acide de transpiration.

« J'ai pris le train et ensuite un taxi. Un long trajet en taxi. » Janine tendit la main comme si la somme correspondant à ses frais de transport attendait dans la poche de Caroline. « Mr. Fitzgerald a dit qu'il me paierait mes heures depuis que je suis partie de chez moi jusqu'à votre retour. Puisque ça fait quatre heures, ça fera donc quatre-vingts dollars. En plus, il faut que vous me raccompagniez et que vous me payiez aussi le temps que ça prendra. Donc, en gros, ça fera cent dollars ou un peu plus. »

Caroline avait mal à la tête.

« Maman, je peux avoir un vrai truc à manger ?

— Vous me raccompagnez ou vous appelez un taxi ? À quelle heure part le train ?

— Les poupées peuvent prendre leur bain ?

— Mr. Fitzgerald a dit que quelqu'un me raccompagnerait s'il faisait nuit. Ma mère n'aime pas me savoir toute seule dehors après la nuit tombée.

— Maman, tu as réparé quelqu'un aujourd'hui ?

— Vous pourriez me ramener chez moi ? Ce serait quand même plus simple. »

Caroline ne dit rien – comme si on lui avait collé les lèvres. Elle n'avait qu'une envie : s'allonger dans un bain chaud, aussi immobile qu'un cadavre, un linge tiède posé sur les yeux.

La porte d'entrée s'ouvrit. Savannah se leva d'un bond et courut se jeter au cou de son père. Il se laissa tomber à genoux et la serra dans ses bras, le visage rayonnant de tendresse. Peter se fichait pas mal que Savannah sente mauvais ou qu'elle le bombarde d'un milliard de questions.

« Je vais vous raccompagner », dit Caroline à Janine.

9

Caroline

Après avoir déposé Janine à Boston, Caroline se dit qu'elle mettait trop de temps à rentrer, et elle n'aurait pas dû s'arrêter acheter un café, seulement, c'était soit ça, soit s'endormir au volant. Elle allait devoir prendre un Ambien pour contrer les effets de la caféine.

À chaque feu rouge, elle en buvait une gorgée, et chaque feu rouge était le bienvenu. Ce qui lui manquait le plus, c'était de pouvoir faire les choses à son rythme. Ses recherches allaient arriver à un moment clé, des indices la mèneraient à des voies dont elle était certaine qu'elles ouvriraient toutes grandes des hypothèses, et il faudrait néanmoins qu'elle rentre à la maison. Avant d'avoir Savannah, bosser et sentir les heures passer telles des secondes tandis que s'accumulaient ses notes n'avait jamais posé aucun problème.

Avant, Peter non plus n'avait jamais été un problème… Lui aussi éprouvait cette joie à résoudre des difficultés au travail, sauf que cette joie, il la trouvait désormais aussi auprès de Savannah.

Elle s'engagea dans l'allée.

« Caroline ? » Peter se tenait sur le seuil. Pas vraiment furieux, mais pas vraiment souriant.

« Ça s'est bien passé avec la petite ? demanda-t-elle.

— Elle a eu peur. » Il croisa les bras, ressemblant à son père de façon aussi frappante que désagréable. Les parents de Peter avaient toujours placé leurs enfants au centre de leur vie, comme sa mère à elle.

Quant à son père, il avait laissé sa femme s'occuper des enfants – Caroline et ses deux sœurs –, et personne ne s'en plaignait. Quoi que fît Papa, il le faisait bien. Lorsqu'il leur avait appris à nager, elles avaient aussitôt acquis un style parfait, respirant avec une régularité d'athlète olympique. Et lorsqu'il préparait le petit déjeuner du dimanche, le pain perdu était irréprochable : croquant, bien beurré et moelleux au milieu.

L'amour qu'avait son père pour ses filles n'avait jamais été remis en question. Personne dans la famille ne lui reprochait de réserver l'essentiel de son énergie à son travail. Elles ne confondaient pas son amour et son énergie. Il gagnait suffisamment pour qu'elles ne manquent de rien, et il leur inculquait des principes moraux qui assureraient qu'elles n'exigent jamais trop. Elles apprenaient par l'exemple : le travail, la famille et la communauté avaient besoin qu'on leur fût dévoué, néanmoins, il était possible de répartir les tâches.

Caroline pensait ressembler plus à son père qu'à sa mère. Elle aurait bien voulu pouvoir s'en tirer en appliquant le schéma des gestes paternels adéquats bien qu'élémentaires : préparer un merveilleux petit déjeuner le dimanche, lire une histoire tous les soirs et consacrer le reste du temps à son travail.

« Tu as eu du mal à la coucher ?

— Elle était très perturbée… Je crois qu'elle s'est sentie abandonnée.

— Je ne l'ai pas abandonnée ! » Le café acide lui brûlait l'estomac. « Je pensais que tu allais t'en occuper…

— Attends, je n'ai pas dit que tu l'avais abandonnée, j'ai dit qu'elle en avait eu l'impression ! Et je n'ai jamais dit que je pouvais rentrer à la maison… Tu m'as quasiment raccroché au nez !

— Peter, j'étais au milieu d'une…

— Bon sang, Caro… Ces temps-ci, tu es toujours au milieu de quelque chose ! »

Le dépit de Peter la déconcerta. Qu'était-elle censée faire ? Aurait-elle dû ne pas compter sur lui ?

« Parfois, j'ai l'impression que tu oublies que nos vies ont changé, reprit-il. Savannah doit passer avant le reste. »

Caroline aurait pu crier… Cependant, n'avait-il pas raison ? Elle secoua la tête, sentant son torse se raidir comme une barre de fer. Quand Peter lui passa la main sur la nuque, elle se cambra, désirant qu'il la réconfortât bien qu'elle lui en voulût de ce qu'il venait de dire.

« Il faut tu apprennes à faire des compromis. » Il enfonça ses pouces à l'endroit où son cou était toujours tendu.

« Mmm… Mais je n'y arrive pas tout le temps, dit-elle. Je t'assure… Par moments, je ne peux tout simplement pas. »

Il arrêta de la masser et vint se planter devant elle. « Et si elle tombait d'un arbre, Caro ? Ou si elle était renversée par une voiture ? Tu viendrais ? Est-ce que ça te déciderait à partir de l'hôpital ? »

Le téléphone sonna avant six heures du matin.

Ça ne présageait rien de bon.

Peter se pencha au-dessus d'elle pour décrocher. Avoir grandi dans une famille nombreuse avait eu entre autres conséquences qu'il s'attendait toujours à l'annonce d'une catastrophe. Caroline écouta ce qu'il disait en s'efforçant de deviner le reste de la conversation.

« Oui… Non, on va se débrouiller. »

La nounou.

« Non, je vous assure, ce n'est pas la peine de l'envoyer. »

Rose proposait-elle son abrutie de nièce ?

« Quand ma mère a la migraine, elle se fait des inhalations avec des feuilles d'eucalyptus. Vous devriez essayer. »

Peter était le type super qui arrange tout, ainsi que le lui rappelait souvent sa belle-mère – « Vous avez là quelqu'un de spécial, Caroline. Ne vous y trompez pas ! »

« Non, ça ira. Non, inutile de l'appeler », dit Peter.

Caroline marmonna *non, non* en faisant de grands gestes des bras. Après la conversation qu'ils avaient eue la veille, elle ne voulait surtout pas qu'il prît un jour de congé. Il lui fit signe d'arrêter et se retourna en plaquant la main sur son oreille.

« Non, c'est bon. » Après avoir raccroché, il garda

le téléphone. « Je ferais mieux d'appeler Ellie pour lui dire d'annuler mes rendez-vous. »

Caroline s'assit en tailleur. « Peter, tu m'as expliqué hier soir que c'était compliqué de t'absenter trop souvent.

— Qu'est-ce qu'on a comme autre solution ? On ne va pas laisser Savannah avec cette Janine ! » Il roula sur le flanc et mit les pieds par terre.

Caroline le retint par l'épaule. « Je vais m'en occuper. Je vais prendre ma journée.

— C'est vrai ? » demanda-t-il en penchant la tête.

Son air incrédule l'agaça. D'après lui, qui préparait leur fille tous les matins en attendant la nounou ? Qui l'emmenait chez le médecin ou chez le dentiste ? Qui souriait lorsque Savannah la traînait dans les boutiques à la recherche d'un déguisement de Halloween ?

« D'accord, dit Peter en voyant qu'elle gardait le silence. Super. »

Caroline esquissa un petit sourire. Même s'il avait voulu paraître flatteur, sa remarque n'avait rien d'un compliment. « Inutile de faire comme si j'allais me précipiter dans un bâtiment en flammes ! » Elle entortilla le bord de la couette en un nœud savant. Dans deux heures, elle était censée donner un cours. Trois chirurgiens l'attendaient cet après-midi. Des rapports devaient être remis, et on était presque à la fin du mois. En outre, ne devaient-ils pas avoir un entretien avec un nouveau pathologiste que le service comptait engager à temps partiel pour assurer les gardes le week-end ?

« Je peux peut-être l'emmener au travail avec moi.

Ana la surveillera pendant que je ne serai pas dans le bureau. J'emporterai l'iPad pour qu'elle regarde des films. Ou des livres – je vais télécharger quelques nouvelles parutions…

— Un iPad ne peut pas surveiller Savannah ! Oublie. Je viens de te dire que je m'en occuperai. » Peter se rallongea en croisant les bras derrière la nuque. Il contempla le plafond comme s'il préférait encore ça que de regarder sa femme.

Elle chercha à dire quelque chose pour se défendre, mais aucun mot ne lui vint. Elle se rallongea à côté de lui. Il continua à fixer le plafond, la mâchoire crispée, les lèvres pincées.

« Allez, regarde-moi… » Elle eut beau caresser sa joue et essayer de lui faire tourner la tête, il resta aussi impassible qu'une momie. « Ça ne t'arrive jamais de dire quelque chose dans la fougue de l'instant ? Ou de proposer de faire une chose avant de réaliser tout à coup que ce n'était pas possible ? »

Peter se tourna vers elle. « Jamais quand il est question de ma famille. »

On était samedi. Caroline voulait faire plaisir à son mari et à sa fille. Elle descendit en vitesse pendant qu'il prenait sa douche et que la petite dormait encore. Elle disposait d'une vingtaine de minutes avant qu'ils se retrouvent tous les trois au petit déjeuner.

Dans quelques heures, elle avait rendez-vous pour un soin de beauté, et bien que ce ne fût pas dans ses habitudes, elle prévoyait d'emmener Savannah. Le jour où elle avait reçu cette offre déroutante pour un relooking gratuit, elle s'était surprise à prendre rendez-vous, assez démoralisée pour croire que ça la ramènerait à la vie. Quelque part en cours de route, elle avait perdu toute envie de faire l'amour. Son désir pour Peter autrefois si fort avait progressivement diminué, avant de disparaître au point qu'elle appréhendait à présent qu'il la touche.

Croire qu'un nettoyage de peau et un brin de maquillage pourraient l'aider était ridicule, mais elle voulait un miracle, quitte à ce qu'il sorte d'un pot de crème.

Bien qu'un peu nerveuse, car ceci ne lui ressemblait pas du tout, l'idée d'aller chez juliette&gwynne la réjouissait de façon inattendue, même si elle espérait que leur logo un peu prétentieux ne présageait pas un endroit si chichiteux qu'elle n'aurait pas la tenue requise, quoi qu'elle choisît de mettre – ce qui, au vu de sa garde-robe, n'était pas improbable.

Elle se demandait quelle source de données avait sorti son nom au hasard en la jugeant digne de soins prodigués par Juliette Soros en personne. Caroline ne connaissait rien à l'univers de la beauté, mais, quand elle avait mentionné son nom, une assistante du labo avait réagi comme si elle s'était vue accorder une audience chez la reine.

Caroline mélangea des œufs et des miettes de pain dans un saladier – sa version express à elle du pain perdu. Alors que la mixture détrempée grésillait dans la poêle, Savannah arriva dans la cuisine sur les épaules de son père, souriant comme elle le faisait toujours quand elle était près de lui. Peter était rayonnant, comme il l'était uniquement en présence de Savannah. Avait-il une seule fois fait preuve d'une telle puissance en watts avec Caroline ?

« Regardez ! s'exclama-t-elle en tendant la poêle. Des œufs au pain perdu.

— Bien joué. » Peter souleva Savannah et l'installa sur une chaise d'un mouvement souple et gracieux. Les épaules larges et la taille élancée, il paraissait plus grand que son mètre soixante-seize. S'il se tenait très droit en étirant le cou, ils pouvaient se regarder dans les yeux. Elle gratta les œufs qu'elle fit glisser dans les trois assiettes déjà disposées sur la table.

« Quelqu'un veut du sirop ? » Peter en versa un filet en tenant le récipient très haut.

« Papa ! » Savannah bondit sur sa chaise. « Tu vas en renverser ! »

Il tortilla une moustache imaginaire et parla en prenant un accent faussement teuton. « Incroyable Papa rien renverser ! »

Caroline lui pinça l'épaule. « Incroyable Papa donnerait-il un baiser à incroyable Maman ? » Elle essaya de lui sourire d'un air radieux pour dissiper le léger voile de morosité entre eux.

« Qu'est-ce que tu en dis, Savannah ? On donne un baiser à incroyable Maman ? »

La petite pouffa de rire. « Oh, oui, s'il te plaît ! Embrasse Maman ! »

Peter se retourna et pressa ses lèvres chaudes sur celles plus froides de Caroline.

L'atmosphère paisible de la boutique de Wellesley avait un tel charme que Caroline se détendit aussitôt. Les fauteuils blancs matelassés étreignaient des femmes élégamment habillées et des piles de magazines au papier glacé attendaient d'être feuilletés. Quelques touches mauves, rappel des robes royales, adoucissaient le noir mat dominant la décoration.

Juliette Soros arriva avec un grand sourire et, après s'être présentée avec amabilité, se tourna vers Savannah. Elle était presque de la même taille que Caroline, à ceci près que là où cette dernière n'était que lignes droites, elle avait les courbes d'un sablier. Son nez parfait était celui qu'elle aurait choisi si elle l'avait pu – c'était toujours les nez qu'elle remarquait en premier. Un étrange désir l'anima en voyant tous les produits prometteurs dans leurs emballages luxueux, et cette convoitise lui ressemblait si peu qu'elle en resta troublée un instant.

« Comme tu es mignonne ! Je m'appelle Juliette, et je te promets que tu vas bien t'amuser pendant le temps que tu passeras chez nous, ma chérie. Tu viens avec moi ? »

Elle sourit et tendit la main à Savannah, qui la prit comme si elle la connaissait depuis toujours et se tourna gentiment vers sa mère. « Toi aussi, Maman... Suis-nous. »

Juliette les fit entrer dans un salon privé comme si elles étaient les deux personnes les plus importantes du monde.

« Mettez-vous à votre aise... » Son sourire dévoila des dents étincelantes. Caroline passa sa langue sur la surface rugueuse de sa dent ébréchée – souvenir d'une partie de football au lycée. Sa mère, qui avait été élevée à la dure, faisait peu de cas des imperfections dues aux accidents survenus dans l'enfance. La plus jeune sœur de Caroline gardait ainsi une vilaine cicatrice sur le menton depuis ce jour où, tombée de la terrasse, on lui avait mis un simple pansement alors qu'elle aurait eu besoin de plusieurs points de suture.

« Je vous en prie, asseyez-vous. » Juliette montra un fauteuil en cuir et chrome devant un miroir et une enfilade de tiroirs laqués de blanc.

Caroline se demanda ce qui, de la beauté rayonnante de cette femme, relevait de l'artifice et ce qu'elle devait à un tirage heureux à la loterie génétique. Sans lâcher la main de Savannah, Juliette posa une main assurée dans le dos de Caroline en la poussant doucement dans le fauteuil. Puis elle se pencha au-dessus de son épaule et hocha la tête d'un air approbateur en observant leurs reflets dans la glace.

Aucun maquillage ne pouvait faire une telle différence. Même les cheveux couleur miel de Juliette avaient l'air naturel.

« Nous allons nous amuser, dit Juliette avant de se tourner vers Savannah. Quant à toi, ma jolie, j'ai une surprise pour toi. »

Elle fit un clin d'œil à Caroline et attrapa une boîte de taille moyenne. « C'est pour toi, mon ange. »

Savannah lui fit un sourire timide et jeta un regard à sa mère pour lui demander sa permission.

« Vas-y, ma chérie… Ouvre-la. » Caroline observa Juliette en essayant de deviner sa réaction à ce qu'elle venait de dire. La jugeait-elle prudente et attentionnée, ou bien sévère et trop stricte ? « Nous lui avons appris à ne rien accepter de la part d'inconnus.

— C'est sage. Quand mes garçons avaient son âge,

je ne supportais pas qu'ils disparaissent une minute de ma vue ! s'esclaffa Juliette. Et c'est encore le cas ! »

Savannah prit le cadeau d'un air très excité et le considéra avec la même précaution qu'elle mettait en tout.

« Être mère est terrifiant, vous ne trouvez pas ? dit Caroline.

— C'est vrai. Depuis que j'ai eu mes enfants, je suis incapable d'ignorer un coup de téléphone. Mais vous connaissez aussi la terreur dans votre travail... Analyser les chances qu'a une personne de vivre ou de mourir n'a rien à voir avec tout ça ! » Elle montra d'un geste la pièce, les crèmes dans les flacons en verre givré, les pinceaux et les palettes de rouge à lèvres, et leva les yeux au ciel.

« Comment savez-vous ce que je fais ? » Caroline s'affola. Quelqu'un dans son équipe avait-il mentionné à quel point elle avait vieilli ? Qu'avait-on dit ? De folles pensées se bousculèrent dans sa tête tandis qu'elle fixait son reflet dans le miroir avec un sentiment de malaise.

« Oh, c'est comme ça que je... que nous vous avons sélectionnée. Nous recherchons des femmes qui exercent des professions où elles n'ont pas le temps de se faire plaisir. Des femmes comme vous, qui sont enfermées dans un laboratoire et travaillent sur les cancers de l'enfant – rien moins que cela ! Nous offrons un service spécial afin de remercier celles qui font les métiers les plus exigeants. En espérant bien que vous nous ferez connaître dans votre domaine... Puisque nous avons tant de succès, c'est notre façon de donner en retour.

— Oh… » Caroline acquiesça. « Je me posais la question. Pourquoi ne l'avez-vous pas indiqué dans votre courrier ?

— Nous ne voulions pas susciter des attentes avant de vous avoir rencontrée. » Juliette effleura l'épaule de Savannah. « Installons cette petite fille, après quoi nous pourrons commencer. »

Elle l'emmena s'asseoir sur un petit canapé en cuir. « Dis-moi ce que tu en penses, ma chérie, dit-elle en montrant le paquet encore emballé. J'ai plus l'habitude des garçons que des filles. »

Savannah caressa le papier noir poudré et le ruban mauve. « Je peux garder le ruban pour mes poupées ?

— Bien entendu. » Caroline eut peur de paraître brusque, ou qu'on prenne sa fille pour une pauvre gamine à qui sa mère refusait régulièrement des rubans !

Caroline attendit que Juliette revienne de la salle de garderie, où elle avait emmené Savannah pour qu'elle joue avec ses poupées de papier, un nouveau modèle sur lequel les habits tenaient comme par la magie d'un aimant et ne nécessitaient pas de ciseaux.

Les talents de Juliette déconcertèrent Caroline, qui déjà au lycée avait été impressionnée de voir les filles les plus en vue se transformer en beauté américaine idéale devant le miroir de leur casier en quelques coups de houppette et de spray. Par contraste, ses tentatives maladroites de mettre du rouge à lèvres semblaient si tape-à-l'œil que son instinct lui soufflait de l'enlever au plus vite. Le jour de son mariage, la mère et les sœurs de Peter avaient voulu lui imposer un teint pâle de masque de kabuki, mais, dès qu'elle avait été seule, elle avait enlevé le plus gros de ce que la maquilleuse lui avait mis sur le visage. Son premier baiser de femme mariée avait été tel qu'elle le voulait : des lèvres nues sur des lèvres nues.

La porte s'ouvrit. Juliette avait enfilé une blouse noire sur son chemisier et son pantalon en soie. « Savannah a l'air très contente… Ne vous inquiétez pas, quelqu'un de la garderie viendra vous prévenir s'il y a le moindre problème.

— Oh, elle se débrouillera très bien ! Savannah est toujours très placide avec les inconnus. » Dire cela était-il bizarre, comme si elle passait son temps à la confier à des inconnus ? « Je veux dire par là que c'est une enfant extrêmement sûre d'elle.

— Je suis certaine que c'est parce que vous êtes une bonne mère. » Juliette approcha successivement trois blouses de couleurs différentes du visage de Caroline. Une rose, une noire, puis une bleu marine. « Je veux d'abord voir ce qui flatte le plus votre teint pour qu'on parte sur de bonnes bases.

— La couleur ne risque pas de dénaturer l'effet ? De faire paraître mon teint mieux qu'il n'est en réalité ?

— Ce n'est que du trompe-l'œil, là ! s'exclama Juliette en riant. Le maquillage n'est qu'une illusion. Raison pour laquelle on commence avec la meilleure toile de fond. Comme vous devez le faire quand vous choisissez vos vêtements, non ? »

Si elle l'avait pu, Caroline aurait choisi une blouse blanche de laboratoire.

« Bleu marine », décréta Juliette en l'observant

dans le miroir. Le tissu soyeux ondula lorsqu'elle le lui mit autour du cou. « Vous devriez porter souvent cette couleur. »

Caroline acquiesça, comme si elle croyait que porter du bleu marine allait changer sa vie.

Juliette lui effleura la joue. « Vous ne vous maquillez pas du tout, n'est-ce pas ? » Caroline confirma que non. Juliette versa un peu d'huile sur ses doigts et l'étala sur son visage.

« Je procède juste à un rapide nettoyage… Si vous voulez, on pourra prévoir un rendez-vous pour un soin de la peau. Avec Paloma. C'est elle la meilleure. Mais ne le répétez à personne, je ne suis pas censée avoir une préférée ! Elle vous fera un diagnostic complet de la peau. Mais là, je vais vous donner quelque chose de gratifiant immédiatement. »

De ses doigts assurés, Juliette massa le visage de Caroline afin de bien faire pénétrer l'huile. Caroline aurait pu rester là des années… Mais soudain, la scientifique reprit le dessus. « De l'huile ?

— Une huile d'olive vierge purifiée par juliette& gwynne. Il n'y a rien de mieux ! Cette huile nettoie la peau, débarrasse du maquillage, sert de tonique et d'hydratant… et il suffit de la rincer à l'eau tiède. Je pourrais continuer, mais Paloma vous expliquera tout cela beaucoup mieux que moi.

— C'est ce que vous utilisez ? » demanda Caroline. L'idée d'être purifiée avait beau lui plaire, s'imaginer faire ça matin et soir la fatiguait déjà d'avance. Juliette effectua plusieurs pressions sur la zone de ses sinus qui était souvent douloureuse. Rien que pour ça, le déplacement valait le coup !

« Nous ne vendons aucun produit que je n'utilise pas, ou n'utiliserais pas, en fonction de mon type de peau. » Elle lui passa un gant chaud sur le visage. Le léger frottement du tissu donnait une sensation saine et vivifiante.

« Vous utilisez quoi pour vous laver le visage ? » demanda Juliette.

Caroline sourit. « Du savon Ivory.

— Pur à 99,44 % ! » s'amusa Juliette. Après avoir tapoté le visage nettoyé, elle lui palpa le front, les ailes du nez et les joues. « C'est ce qui explique que vous ayez la peau sèche. »

Juliette lui mit ensuite de la crème. « Adoucir la peau lui donne un aspect moins ridé. » Leurs regards se croisèrent dans le miroir. « Nettoyer avec un meilleur produit, utiliser un bon hydratant… tout ça aide. Et ajouter des ingrédients repulpants là où on veut retendre la peau. Paloma vous précisera la marche à suivre en détails.

— Elle pourrait peut-être me recevoir en urgence ! plaisanta Caroline.

— Ne vous en faites pas, dit Juliette en riant et en lui pressant l'épaule. Je vais vous arranger ça. »

Apparemment, son humour était trop pince-sans-rire – Juliette l'avait-elle vraiment prise au sérieux ? Ce matin, elle avait à peine eu le temps de venir. Des femmes faisaient-elles régulièrement ce genre de choses ?

À mesure qu'elle appliqua plus de crèmes et de couleurs qu'elle n'aurait jamais rêvé en utiliser, Caroline commença à se trouver presque jolie grâce au miracle de l'alchimie cosmétique.

Juliette sélectionna un pot, puis un autre. Elle essaya cinq nuances de fond de teint sur le maxillaire avant de sélectionner celle qui la satisfaisait – et dire que Caroline avait toujours considéré le fond de teint comme une chose réservée aux vieilles dames ! Tout en l'étalant, elle lui fit gentiment la leçon sur l'importance de mettre de l'écran total. Caroline le médecin, qui le savait pertinemment, passait sa vie à batailler contre Caroline la fille, dont la mère dingue de plein air avait toujours affirmé que seules les chochottes se tartinaient de crème solaire.

« Regardez ! Votre point fort, ce sont vos yeux… » Juliette recula pour admirer le trait fin qu'elle venait de lui dessiner sur les paupières. « Des yeux verts, c'est tellement magnifique ! Comme Savannah. Les siens sont d'un brun sombre incroyable ! Ce sera son point fort à elle aussi. Ils sont étonnants. Votre mari a les mêmes yeux foncés ? On dirait des yeux italiens ou grecs.

— Savannah est une enfant adoptée.

— Ah… Fermez les yeux, s'il vous plaît. » Juliette lui appliqua du mascara. « Vous pouvez les rouvrir… Une de mes amies a adopté tous ses enfants. Trois garçons.

— Quel âge ont-ils ? » Caroline se dit qu'elle avait l'air trop avide d'informations.

« Entre dix et quinze ans. Ils sont plus grands que Savannah. Mon amie est très active dans toutes sortes de groupes de soutien. »

Caroline ne faisait partie d'aucune association, ni n'avait jamais participé à la moindre réunion susceptible de l'aider à devenir une bonne mère adoptive.

En dehors d'acheter à Savannah les meilleurs livres sur le sujet, Peter et elle n'avaient pas fait grand-chose pour apprendre à être des parents adoptifs. Elle savait qu'ils auraient dû suivre une formation plus poussée, mais, comme il avait refusé, elle avait choisi la facilité en respectant son manque d'enthousiasme.

Peter englobait Savannah dans l'ensemble de leur famille, comme si en faisant semblant que tout était super, ça l'était. Il voulait que leur fille se mélange avec ses cousins et la couvée familiale.

« Et tout se passe bien ? Pour votre amie ? »

Juliette étala une touche de rose à joues. L'effet était délicat, opalescent – la teinte évoquait l'intérieur d'un coquillage. Aube, l'appelait-elle. Puis elle recula en penchant la tête pour juger du résultat.

« Il lui arrive d'avoir quelques problèmes… Entendre des gens dire que l'adoption est aussi naturelle que mettre des enfants au monde, et qu'il faut les traiter de la même façon, la met en rage. Elle trouve que ça ne laisse aucune place aux mères adoptives pour parler de leurs difficultés. »

Caroline l'encouragea à continuer d'un hochement de tête.

« Grâce à son expérience, j'ai compris qu'on exigeait moins des mères biologiques. On a le droit de faire une dépression post-natale ou ce genre de choses… Mais vous le savez, puisque vous êtes médecin…

— Pathologiste. Je travaille plus sur des échantillons de tissus qu'avec des personnes. Et je ne suis pas sûre d'avoir vu les choses de cette façon… » Caroline agrippa les bras du fauteuil. « Mais vous avez raison. » Les sœurs de Peter se plaignaient sans cesse de leurs enfants, et elle n'osait jamais se joindre à leurs discussions.

« Absolument. On fait toujours comme si les parents adoptifs devraient être tellement reconnaissants d'avoir un enfant qu'ils n'ont pas le droit de se plaindre. »

10

Tia

Dans moins de dix minutes, Bobby arriverait à leur… Mon Dieu, n'était-ce pas un rendez-vous galant, ce dîner du samedi soir auquel il l'avait invitée, en lui faisant miroiter qu'il l'emmènerait ailleurs qu'à Southie ou Jamaica Plain ? Tia ne savait pas pourquoi elle avait accepté, ni comment le simple fait qu'il l'eût raccompagnée chez elle l'avait autorisée à ouvrir la porte – qu'elle croyait fermée et barricadée avec des barres en acier – à cette liaison qu'elle redoutait, et pourtant, elle était là.

Il y avait longtemps que personne ne l'avait touchée. C'était d'ailleurs une des raisons pour lesquelles elle se rappelait sa grossesse avec bonheur, car, en dépit de sa solitude, elle ne s'était jamais sentie seule.

La nuit de juin où Honor avait été conçue – elle était certaine que c'était cette nuit-là –, elle portait une robe blanche en lin si légère que le moindre souffle d'air soulevait la jupe évasée. Une large ceinture rouge soulignait sa taille fine. Des sandales à talons mettaient en valeur la première pédicure qu'elle s'était offerte de sa vie.

Ils avaient descendu les trois marches par lesquelles on accédait au bar discret et s'étaient arrêtés dans l'entrée, le temps que leurs yeux s'accoutument de passer du crépuscule de juin flamboyant à la lumière tamisée. L'endroit, niché dans une petite rue de Cambridge perpendiculaire à Mass Street, la surprenait chaque fois qu'ils y venaient. Qui se serait attendu à trouver une piste de danse de la taille d'un timbre-poste et des serveuses plus toutes jeunes en jupe de rayonne noire et corsage blanc dans cette partie de la ville connue pour ses lectures de poésie ? La plupart des habitués étaient nés à Cambridge. Tia reconnaissait en eux ce même ADN de la classe ouvrière qu'elle et ses amis de Southie.

Les clients écoutaient des chansons depuis longtemps oubliées et dansaient sur la musique langoureuse qui correspondait à la bande-son de son enfance. Le dimanche matin, au lieu d'aller à l'église, sa mère jouait du Herb Alpert, Al Green, Etta James, Frank Sinatra… Cette musique rendait Tia nostalgique d'un passé qu'elle n'avait pas connu ; une époque qui lui semblait plus glamour que ne le serait jamais sa vie.

Nathan portait une chemise impeccablement repassée. Lorsqu'elle se serrait contre lui, elle essayait de ne pas penser à la personne qui avait pris ce soin méticuleux et fait en sorte qu'il s'en dégage cette odeur de propre et d'existence saine.

Après avoir commandé à boire, Nathan s'était levé en lui tendant la main. « Tu danses avec moi ? » avait-il demandé comme s'il avait eu peur qu'elle refuse – comme si toutes ses danses, ses pensées et son avenir n'avaient pas été rien qu'à lui.

Il la serrait de près. Il sentait le shampoing et l'after-shave, des odeurs qu'elle aimait parce qu'elles étaient les siennes, et qu'en même temps elle détestait vu que c'était sans doute Juliette qui les avaient choisies.

Cet homme l'obsédait tellement qu'elle avait laissé tomber ses amis et ses loisirs. Aux yeux du monde, elle semblait dévouée à son travail, se consacrer exclusivement aux personnes démunies du foyer où elle travaillait alors, comme si les programmes de travaux manuels pour les seniors étaient sa seule raison d'exister.

Sa joue reposait sur le bras musclé de Nathan. Il l'engloutissait. Après *Moon River* était passée la chanson de Sinatra *The Way You Look Tonight*. Il l'avait serrée encore plus fort.

« Je voudrais qu'on reste toujours comme ça », avait-elle murmuré.

— Je sais… Moi aussi. »

Mais il avait menti. S'il avait voulu qu'ils soient ensemble, il aurait été là à l'instant. Aurait répondu à sa lettre. Aurait regardé la photo de Honor et se serait reconnu.

On sonna au rez-de-chaussée.

Tia appuya sur le bouton de l'interphone pour laisser entrer Bobby. Pendant qu'il montait l'escalier en colimaçon, elle termina le vin qu'elle s'était servi, puis remit le verre dans le placard sans le laver pour qu'il ne le voie pas. Après quoi elle but une rasade de bain de bouche directement au goulot.

La façon timide que Bobby eut de frapper à la porte l'ennuya. Puisqu'elle lui avait dit oui, pourquoi faisait-il comme si elle avait pu oublier qu'il venait ?

Si Nathan avait su faire s'exprimer chez elle ce qu'elle avait de plus tendre, elle craignait qu'avec Bobby ce ne fût pile le contraire.

Il avait mis un costume ; elle portait un jean et un simple chemisier en soie. Leurs tenues disaient déjà à quel point cette soirée représentait davantage pour lui que pour elle. Cette disparité lui déplut – un éléphant balourd dans la pièce.

« Désolée, dit-elle en montrant son jean. Je croyais qu'on allait dans le coin.

— Non, non… c'est ma faute. Je ne t'avais rien dit. » Il rougit. Pauvre Bobby, si blond et si pâle que sa peau le trahissait…

« Laisse-moi une minute. Je vais me changer en vitesse.

— Non, non… Tu es très bien comme ça. J'enlèverai ma veste. » Il fit mine de l'enlever et desserra sa cravate.

Tia aurait juré voir des rouages tourner dans sa tête : Fallait-il modifier le programme de la soirée ? Chercher un restaurant moins élégant ? Elle l'arrêta en lui touchant l'épaule. « Stop. Accorde-moi juste cinq minutes. »

Elle courut dans la chambre et passa en revue sa penderie. Elle toucha la robe blanche en lin enfouie au fond, toujours aussi magnifique mais importable – elle empestait trop l'amour à sens unique. Elle choisit une robe bustier noire qu'elle habilla avec les seuls jolis bijoux qu'avait possédés sa mère, désormais ses uniques trésors : de ravissantes boucles d'oreilles que lui avait offertes son père et un médaillon en filigrane renfermant des photos jaunies de ses grands-parents.

Ils étaient assis dans des fauteuils en cuir cloutés de cuivre. La Oak Room du Compley Plaza était un endroit où se fêtaient les grandes occasions : fiançailles, contrats de cinéma, offres d'emplois de rêve… Les intentions de Bobby n'étaient que trop claires.

La salle était aussi peu éclairée que le bar où elle était allée danser avec Nathan, mais, alors qu'elle avait le souvenir d'une pénombre un peu jaune, ici le moindre recoin baignait dans une délicate lumière rosée. Les lustres reflétaient les boiseries sculptées et les tons rouges des tapisseries.

« Aujourd'hui, j'ai vendu un appartement, dit Bobby. Entièrement refait, un loft pour artiste. Avec une belle lumière. Je l'ai vendu une grosse somme, surtout compte tenu du marché actuel.

— Je croyais que les prix avaient baissé.

— Putain, pas à Southie ! » Bobby devint rouge cramoisi. « Excuse-moi. »

Tia leva les yeux au ciel. « Tu n'es pas obligé de t'excuser parce que tu as dit *putain*. Et pourquoi est-ce qu'à Southie…

— D'abord, à cause du front de mer. L'offre est limitée. »

Elle avait du mal à faire le rapport entre les résidences luxueuses qu'il décrivait et le quartier d'où elle venait. « Tu dois avoir raison…

— Il y a des occasions incroyables… » Il approcha sa main comme s'il allait prendre la sienne, puis la retira. « Tu ne croirais jamais au projet énorme que je suis en train de mettre sur pied – un truc super haut de gamme !

— On dirait qu'ils envahissent tout.

— Ils ? » Bobby sourit. « Pourquoi ceux qui s'en vont sont toujours les plus nostalgiques ?

— Aucune personne ayant grandi là ne peut se permettre d'y acheter quoi que ce soit.

— Et alors ? Le quartier est supposé pourvoir aux besoins des plus feignants ?

— Parce qu'on est un feignant si on ne peut pas claquer un demi-million de dollars dans un deux-pièces ? »

Le serveur apporta les boissons. Tia termina son verre quasiment d'un trait. Elle avait l'impression d'être encore beaucoup trop sobre.

Bobby leva le sien. « À notre première dispute ! »

Cette remarque la gêna. Elle trinqua avec lui. « À ton premier million ! »

Tia passa à pas furtifs devant le bureau de Katie, sans prêter attention à l'œil noir qu'elle lui lança avant de regarder sa montre. Sa collègue considérait qu'arriver en retard était un défaut majeur.

Katie ne lui demanda pas comment s'était passé son week-end, et Tia ne lui demanda pas quel effet faisait le nouveau papier peint dans sa salle de bains. Bien que leurs bureaux fussent disposés à angle droit, ce qui les obligeait à de gros efforts pour éviter de se regarder toute la journée, elles exécutaient une danse rodée à la perfection en faisant comme si elles jouissaient d'un minimum d'espace privé.

Après une matinée de réunions avec des clients et de coups de fil interminables avec des administrations municipales et nationales, Tia déplaça les papiers qui encombraient son bureau jusqu'à ce qu'elle trouve la liste de plus en plus longue de choses à faire inscrites sur un bloc jaune. Elle refusait de mettre cette liste sur son ordinateur, car, une fois enregistrée en version électronique, il lui serait impossible de la froisser, de l'arracher, de la déchirer ou de la faire disparaître de la surface de la Terre comme une vulgaire feuille de papier. N'était-ce pas ce qu'on voyait tout le temps dans *Law & Order* ? Des dossiers effacés survivaient dans de minuscules recoins des ordinateurs qu'un simple mortel non spécialiste ne retrouvait jamais.

À faire en mars :

Inspection appartement Mrs. Jankowicz
Foyers possibles pour les Graham ?
Organiser table ronde en avril
Rappeler à Katie réunion interagences Senior Fair
Subvention Fondation Walker
AA pour Jerry Conlin - trouver réunions à JP
Mr. O'Hara se nourrit-il ?

Tia examina la liste, puis l'actualisa en rayant « mars » en haut de la page et en écrivant « avril ».

Elle regrettait de ne pas pouvoir passer ses journées à emmener ses clients dans des endroits sympathiques. *Venez, Mrs. G., nous allons déjeuner à Newbury Street ! Regardez, Mr. O'Malley, il est temps d'aller chercher le dernier roman de John Grisham à la bibliothèque ! Hé, Mrs. Kuffel, le nouveau film d'Adam Sandler est sorti !*

Mrs. Kuffel avait quatre-vingt-neuf ans, et Adam Sandler était soi-disant son célèbre petit-fils.

Tia avait beau adorer ses clients, elle détestait une trop grande partie de son travail. Les paperasses constantes, les rapports, les conneries entre agences et les demandes de subventions, que son chef, Richard, leur faisaient remplir à elle et à Katie, lui faisaient horreur.

La paresse de Richard pesait sur leur charge de travail à toutes les deux. Il mettait leur patience quotidiennement à l'épreuve. Tia était persuadée qu'il avait bossé juste assez pour accéder à ce poste dans le seul but de pouvoir ensuite mettre les pieds sur le bureau et ne plus rien faire. Elle soupçonnait ses « réunions matinales », qui justifiaient ses absences au bureau jusqu'à midi ou au-delà, d'être des rendez-vous avec son ordinateur, sur lequel il s'adonnait à son addiction au football.

Katie commença à s'agiter. Tia prit soin de l'ignorer.

« Bon, j'y vais », annonça sa collègue.

Le ton saccadé lui fit l'effet d'un clou planté dans son mal de tête. Elle leva les yeux et vit Katie serrée dans son imperméable, ses lunettes de soleil à la main, prête à affronter à la fois la pluie et les rayons nocifs pour les rides.

« Tu as une réunion ?

— Je dois voir la maîtresse de Natasha. »

Tia la dévisagea sans rien dire, l'incitant à se lancer dans un flot de justifications.

« Elle a eu des problèmes… Des peurs inexpliquées. Je ne comprends pas ce qui se passe. Elle a des terreurs nocturnes, se bourre de nourriture en douce… J'ai retrouvé un sachet de chips sous son lit. »

Tia eut de la peine pour la petite fille, mais sa jalousie de voir Katie capable d'exprimer son inquiétude tout haut l'emporta, faisant ressortir ce qu'il y avait de plus médiocre en elle. « Tu comptes revenir à quelle heure ?

— Revenir ? » Katie mit ses lunettes sur sa tête, repoussant son brushing très Newbury Street. « Le temps que je revienne, il sera l'heure de partir…

— Pourquoi as-tu pris rendez-vous si tôt ? » Tia aurait voulu stopper ce déluge de saloperies, mais c'était plus fort qu'elle. Sa mère n'arrêtait pas de lui répéter qu'elle devait maîtriser ses humeurs. Cependant, elle n'avait jamais su. « Un jour, avait dit sa mère, un jour, ce sera trop tard. »

« Pour l'amour du ciel, toi tu débarques au bureau à dix heures du matin ! » Katie resserra son imper.

« Il était neuf heures et demie, et j'ai bien l'intention de travailler jusqu'à cinq heures et demie. En plus, j'ai une réunion après avec un client. Une visite à domicile, mentit Tia.

— Qu'est-ce qui te prend ? C'est important, mon rendez-vous. »

Tia était entièrement d'accord. Qu'est-ce qui lui prenait ? Pourquoi n'arrêtait-elle pas ?

« De toute façon, est-ce que Richard ne va pas venir ? » ajouta Katie.

Tia fit une grimace qui voulait dire qu'il était inutile d'envisager une telle éventualité. « Tu sais bien comme c'est compliqué de gérer les coups de fil et de travailler en même temps… » Elle lui agita sa liste sous le nez. « Regarde un peu tout ce que j'ai à faire…

— Tia, tu ne comprends pas la tension dans laquelle je suis… Pourquoi tu me fais ça ? »

Elle se détourna de son regard accusateur. Elle était allée trop loin. C'était encore une chose que sa mère avait tenté de lui enseigner : « Ne cherche pas à faire croire aux autres qu'ils sont nuls histoire de passer pour mieux. Sois une meilleure fille, ma chérie. »

Sa mère avait une gentillesse naturelle, même quand elle était trop épuisée pour faire quelque chose de particulièrement bien. Tia avait peur d'avoir hérité du caractère de son père. Sa mère qualifiait sa famille paternelle de bande d'acariâtres. Or elle ne voulait pas être acariâtre. « Désolée, Katie. Je… je suis désolée.

— Être mère n'a rien d'un petit boulot… Peut-être que tu le comprendras un jour. » Katie remonta son sac sur son épaule et tourna les talons.

« Oh, oublie… marmonna Tia.

— Qu'est-ce que tu as dit ?

— C'est bon, vas-y… d'accord ? » À la vérité, Tia était ravie de la voir partir. Elle mourait d'envie d'être seule.

« On est dans un bureau, pas dans un bar, tâche de t'en souvenir ! S'il le faut, j'en parlerai à Richard. Je ne te laisserai pas passer ta mauvaise humeur sur moi.

— Écoute, Katie… Il nous arrive à tous ici d'avoir des humeurs…

— Pas comme toi. Je suis sérieuse, Tia. Je ne sais pas ce qu'il t'arrive depuis quelque temps, mais tu ferais bien de faire attention ! »

Deux heures plus tard, Tia entendit frapper à la porte du bureau restée entrouverte. Elle vit Richard passer la tête, tignasse échevelée, grosses lunettes et barbe broussailleuse. Richard vivait encore quelque part dans les années 1970 – il était même resté fidèle à une vieille paire de sandales en cuir qui attiraient le regard sur de répugnants orteils tout poilus.

« Il paraît que tu as été désagréable avec Katie. » Il croisa les bras sur sa bedaine. « Elle m'a appelé quasiment en larmes.

— Elle t'a précisé qu'elle était partie à l'heure du déjeuner en me laissant tout le boulot sur les bras ?

— Elle m'a dit qu'elle avait un truc avec ses gosses. » Richard la regarda par-dessus les verres crasseux de ses lunettes.

« Elle avait un rendez-vous avec la maîtresse de sa fille. Pourquoi est-ce qu'elle ne l'a pas pris plus tard dans la journée ? »

S'entendre gémir ainsi lui fit honte. On aurait dit une élève de CE2 en train de cafter ! Qui plus est, Richard était le champion pour s'en aller tôt du boulot. Tant qu'elles recevaient les clients et ne flanquaient pas le feu aux poubelles, pour lui, tout allait très bien.

Il reprit sa respiration. « Tu sais sans doute que je m'efforce de diriger ce centre avec bienveillance. Et que je t'accorde autant de compréhension et de flexibilité qu'à Katie. »

Tia jeta son stylo d'un geste rageur. « J'en ai marre des gosses qui servent d'excuses à tout bout de champ ! Au nom de la sacro-sainte maternité, j'ai droit à *Tia s'en chargera. Katie doit changer une couche !* »

Richard parut décontenancé. « Être parent impose certains sacrifices, dit-il d'une voix lasse.

— Pourquoi faut-il toujours que ce soit moi qui me sacrifie ? »

Il regarda le téléphone muet, le bureau immaculé de Katie et les piles de papiers amoncelées sur celui de Tia. « Tu es surchargée ?

— Le problème n'est pas là ! » Elle aurait bien voulu savoir où il était.

Richard ferma les yeux et demeura immobile quelques secondes, tel un yogi prêt à entrer en transe. Puis, sans rouvrir les yeux, il dit : « Et si tu rentrais chez toi ? Prends le reste de la journée. Je répondrai aux coups de fil. »

11

Tia

La tête baissée pour résister au vent, Tia se repassait la scène avec Katie et Richard en boucle. Une fois de plus, elle s'était laissé piéger par la colère. Nathan détestait la voir dans cet état. Le combat était perdu d'avance : elle lui reprochait de ne pas vouloir s'engager, et il levait les mains d'un geste théâtral comme pour la repousser.

Ils étaient ensemble depuis deux mois lorsqu'elle avait commencé à l'interroger sur ses prétendues intentions. Et elle avait continué à le faire lorsqu'il l'avait quittée au bout d'un an. Peut-être avait-elle trop insisté, et trop tôt.

« N'y pensons pas pour l'instant, répétait Nathan. Profitons de ce que l'on a. La situation se résoudra d'elle-même. »

Rétrospectivement, elle ne comprenait pas comment elle avait pu être aussi naïve. L'amour l'avait rendue aveugle à ce que signifiaient à l'évidence ses mots – *S'il te plaît, tais-toi et réfugie-toi comme moi dans le déni.*

Pourtant, elle avait été convaincue qu'il l'aimait. Avait-elle tout imaginé ?

« Je n'ai jamais eu l'intention de tomber amoureux de toi, lui avait-il dit un jour.

— Tu avais l'intention de quoi ? » Voulait-il dire par là qu'il ne l'aimait pas, qu'il n'avait jamais voulu l'aimer ? Elle avait souri d'un air crispé et inquiet. Elle l'avait aimé depuis le début. Intelligent, protecteur, passionné par son travail et par le monde, jamais elle n'avait connu d'homme comme lui. Aussi bien par sa conversation qu'en l'emmenant dans sa voiture, il lui faisait découvrir des endroits exotiques dont elle ignorait l'existence si près de Southie.

Comment trouvait-il le temps de lui faire visiter des lieux tels que le Fruitlands Museum à Lincoln ? L'avait-elle attiré au point qu'il avait surmonté sa culpabilité d'abandonner sa femme et ses fils toute une journée, ou bien avait-il simplement voulu fuir loin d'eux ?

N'aurait-il pas dû être à la plage au lieu d'aller avec elle à Fruitlands, la maison où avait vécu un temps la communauté fondée par la famille de Louisa May Alcott, l'auteur des *Quatre Filles du docteur March* ?

En ce chaud après-midi de juin, Tia s'était appliquée à chasser ce genre de pensées. Elle avait déplié la couverture que Nathan lui avait demandé d'emporter et il avait disposé des fruits, du fromage et des crackers en lui expliquant ce qu'était le transcendantalisme. À l'instar des idées qu'il lui exposait, tout ce qu'il lui faisait goûter avait pour elle l'attrait de la nouveauté. Des tranches sensuelles de papaye au lieu du croquant des pommes, et le gorgonzola tartiné sur des crostini n'avait rien à voir avec le gruyère sur les crackers Ritz qu'elle avait mangé depuis l'enfance.

« Des gens viennent maintenant se marier dans cette maison, lui avait-il raconté. À l'époque de sa fondation, c'était une communauté extrêmement radicale. Leur projet consistait à rompre avec l'économie du pays, à produire leur nourriture, à fabriquer tous leurs objets, bref, à mettre en pratique les idées qu'ils prêchaient. »

Elle savait qu'il mourait d'envie qu'elle lui posât des questions. Nathan adorait étaler son savoir, ce qui ne la dérangeait pas. Qu'il fût aussi savant l'excitait. « Et quelles étaient ces idées ?

— C'est un mouvement assez difficile à définir, mais, en gros, leur démarche avait un but spirituel. » Nathan avait croisé les jambes et s'était mis à parler avec plus de ferveur. « Il s'agissait de rompre avec ce qu'ils considéraient être une société matérialiste, en privilégiant l'intuition et non le dogme.

— Et c'est là qu'a grandi Louisa May Alcott ?

— En réalité, sa famille n'est restée qu'environ sept mois – sept mois qui les ont néanmoins profondément marqués. »

Tia avait essuyé ses mains dégoulinantes de jus de papaye et s'était allongée sur le plaid écossais. Seul un nuage très blanc troublait le bleu éclatant du ciel. Nathan s'était étendu à ses côtés et lui avait pris la main. Elle avait caressé la peau calleuse sur son index. « C'est venu à force de corriger des copies », avait-il plaisanté quand elle lui avait dit qu'elle trouvait ses mains viriles.

Elle avait roulé sur le flanc en lui offrant la courbe de sa hanche. Il l'avait caressée.

La première fois qu'ils avaient fait l'amour, elle avait pleuré.

« Qu'est-ce qu'il y a ? s'était inquiété Nathan en essuyant les larmes sur sa joue. Je t'ai fait mal ? Tu es triste ?

— Je pleure parce que je suis heureuse. » Elle ne savait pas comment expliquer sa peur de ne pas pouvoir s'accrocher au bonheur qu'elle venait de découvrir. « J'ignore où peut aller cette histoire. »

Et pour la première d'innombrables fois, il avait rétorqué : « N'y pense pas... » Avec gentillesse, même si ses mots la blessaient. Il lui avait demandé l'impossible... Comme s'il avait été en son pouvoir de maîtriser la bande de singes qui s'étaient mis à caqueter dans sa tête depuis la première fois qu'il était reparti de chez elle !

Le singe numéro un disait la même chose que n'importe quelle femme de Southie lui aurait dit si elle en avait interrogé une au hasard :

Il ne quittera jamais sa femme.

Il te raconte des craques.

Le singe numéro deux était sa mère.

Chérie, ce que tu fais là est un péché.

Pourquoi ne te trouves-tu pas un brave garçon, un garçon qui ne ment pas et ne triche pas ? Tu crois vraiment que tu vas rester belle toute ta vie ? Réclame ton dû tant que tu as encore de quoi séduire.

Le singe numéro trois était la femme de Nathan.

Pourquoi vous ne nous laissez pas tranquilles ?

Il m'aime. Vous n'êtes pour lui qu'un divertissement.

Les singes faisaient d'elle une sale fille ; ils balançaient leurs crottes jusqu'à ce qu'elle pue.

Et maintenant, des années plus tard, de nouveaux singes avaient fait leur apparition. Les religieuses qui la jugeaient du coin de l'œil. Les mères vertueuses poussant des poussettes. Les hommes qui la reluquaient en sachant qu'elle ne méritait pas mieux que d'être un plaisir pour leurs yeux.

Hé, chérie, donne du sucre à Papa !

Tu sais quel genre de femmes abandonne son enfant ? Les putes et les salopes. Les femmes égoïstes et complaisantes.

Je crois que Honor te réclame en pleurant, Tia. Tu l'entends ?

Elle prit son téléphone et appela Robin.

« Je viens d'ouvrir la porte de la boutique à la seconde ! dit son amie en décrochant. Comment ça va ?

— J'ai besoin de toi. Tu ne pourrais pas revenir ?

— Tee, je n'arrête pas de te le dire… Je suis ici chez moi. Pourquoi toi tu ne viens pas ? »

Robin l'encourageait sans cesse à serrer les dents et à surmonter sa peur des voyages en avion.

« J'ai besoin de toi, répéta Tia.

— Je suis là. » Comme elle ne répondait pas, Robin soupira. « Qu'est-ce qui ne va pas ?

— Je ne peux aller nulle part. Quoi que je fasse, je fais du surplace et je n'arrive à rien.

— Ouh là ! Bonjour la crise existentielle… Tu peux décortiquer le problème ? »

Tia aurait pleuré rien que d'entendre une voix amicale. Et de pouvoir être sincère. Elle oubliait parfois combien lui pesait de devoir sans cesse faire semblant. « Personne ne m'aime à mon boulot.

— Et toi, tu les aimes ?

— Pas vraiment…

— As-tu déjà réfléchi au fait que tu n'étais pas là où il fallait ? Si tu as l'impression de faire du surplace, c'est peut-être parce que c'est le cas. Mais tu es la seule à pouvoir te bouger.

— Pour aller où ?

— Dans des tas d'endroits. Il existe des tas d'endroits où travailler en dehors de ce centre du dernier espoir !

— C'est un bon endroit pour moi.

— Non, Tia, c'est seulement plus facile. Tu choisis de rester à Boston à défaut d'autre chose.

— Vivre ici n'a rien d'une partie de plaisir…

— C'est vrai. C'est un plat sans saveurs. Mais tu sais très précisément ce que tu as.

— Certaines raisons m'empêchent de partir, et tu les connais.

— Tu n'as qu'à laisser ton adresse dans ton dossier à cet organisme d'adoption. Nathan te trouvera aussi bien en Californie qu'à Jamaica Plain. Le monde est aussi petit qu'il est vaste. Est-ce que le mot Google te dit quelque chose ? »

Tia ne répondit pas.

« Oh, Tee, il ne te cherche même pas…

— Il n'y a pas que ça, tu le sais.

— Non, en fait, il n'y a rien d'autre. Les services postaux fonctionnent très bien en Californie. On reçoit des lettres. Et aussi des photos !

— Oublie ça… On se reparlera plus tard.

— Rappelle-moi, insista Robin. Ce soir. Même très tard. »

Tia appuya sur la touche *Raccrocher* et caressa l'écran comme si c'était l'épaule de Robin.

L'année de ses dix ans, elle avait quitté le HLM où elle habitait avec sa mère dans D Street pour emménager dans une petite maison entièrement rénovée et transformée en deux appartements d'une superficie aussi microscopique qu'illégale. Sa mère s'en moquait parce qu'elles pouvaient enfin habiter à la Pointe, du bon côté de Southie, et Tia aussi étant donné que déménager avait fait entrer sa voisine Robin dans sa vie.

Comme ses parents passaient la majorité de leur temps à crier, Robin vivait pratiquement chez elle. La porte de sa chambre ouvrait sur la cuisine, si minuscule qu'il était tout juste possible d'y manger à deux. Tia prenait tous ses repas devant la télévision. Sa mère les laissait accaparer l'appartement, heureuse que quelqu'un fût là pour tenir compagnie à sa fille, dans la mesure où son nouveau poste à Brandeis, comme elle le disait toujours, lui pompait toute son énergie, ne lui laissant que des rides.

Tia descendit Washington Street d'un bon pas jusqu'au Doyle's, un bar fréquenté par des politiciens qui faisaient semblant de venir là pour la compagnie et non pour le whisky, des sportifs qui s'autorisaient encore les hamburgers et la bière, des natifs de JP et des gens qui, comme elle, voulaient seulement se fondre dans ce mélange.

Elle poussa la porte latérale et pénétra dans la pénombre. Lorsqu'on avait envie d'un verre à deux heures de l'après-midi, la semi-obscurité était parfaite. Elle jeta un regard alentour, craignant que quelqu'un du centre n'eût pu venir ici pour un rendez-vous.

Les hautes parois des vieux box occupaient une grande partie de la salle. Elle s'installa au bar dont le bois était tout éraflé par les chopes de bière qu'on y posait sans ménagement depuis des années et se regarda dans le miroir qu'avaient terni des décennies de fumée de cigarette. Tia se réjouissait que la loi antitabac soit passée. Jamais elle n'aurait réussi à se débarrasser de la cigarette s'il avait été encore possible d'en taper une à quelqu'un.

Elle avait arrêté de fumer dès qu'elle avait su qu'elle était enceinte. Étant donné qu'elle ne pourrait pas offrir grand-chose à son bébé, au moins lui donnerait-elle de l'oxygène pur pendant qu'il serait dans son ventre.

Il y avait peu de clients. Un vieil homme d'un gris de cendre – la peau et les cheveux – était avachi sur un tabouret à sa droite. Son verre de vin rubis était la seule touche de couleur. Un autre homme entre deux âges était penché sur sa bière. Trois peintres en salopettes maculées de vert mangeaient des frites en buvant des verres.

Plus près, sur le tabouret à sa gauche, un jeune homme lisait un journal froissé en sirotant un grand verre rempli de glaçons. De la vodka ? Du gin ? De l'eau ?

« Qu'est-ce que je vous sers ? » La serveuse passa un torchon sur le comptoir devant Tia et mit un sous-verre censé éponger la maladresse des buveurs.

« Un café. » Elle espéra un instant s'en contenter, mais elle ne put résister. « Avec une dose de Jameson.

— Dans la tasse ou à côté ? » Le teint clair de la jeune femme avait beau lui donner envie de se présenter sous son meilleur jour, c'était trop tard. Commander un whisky la rangeait dans le camp de ses voisins Cendre et Penché.

« C'est du café frais ? » Comme si décider que mettre son whisky de deux heures de l'après-midi dans sa tasse ou pas dépendait de la fraîcheur du café, et non de son envie de booster son taux de caféine avec de l'alcool !

« Tout frais et tout chaud. » La serveuse avait de longs cheveux roux bouclés. On aurait dit une étudiante en art qui devait dessiner des portraits peu flatteurs de ses clients en fin de soirée. Tia était sans doute destinée à figurer dans une obscure exposition à Jamaica Plain à Noël. *Femme sous influence*, prix de vente : soixante dollars.

« Alors, dans la tasse. » Elle se força à sourire. Elle avait peur de voir s'éloigner de plus en plus ses rêves de réussite. Sa mère l'avait toujours poussée à sortir de la classe ouvrière, avait rêvé de voir sa fille mener une existence qui lui permettrait de s'acheter une voiture neuve plutôt qu'un vieux tas de ferraille et d'être propriétaire de sa maison. Tia voulait une place dans le monde où elle se servirait à la fois de sa tête et de son cœur.

Au moins avait-elle fait en sorte que Honor fût de l'autre côté de la barrière sociale.

Le jeune homme qui lisait le journal rentra avec elle.

Les cheveux blonds, les yeux bleus, on aurait dit une allégorie du printemps. Ce fut en tout cas ainsi qu'elle s'efforça de le voir tandis qu'ils étaient assis dans un box au fond du Doyle's.

Cependant, avec ses cheveux filasse qui avaient grand besoin d'un shampoing et ses verres de lunettes sales, il lui faisait l'effet d'être une punition. Le liquide transparent qu'il buvait et qui évoquait la pureté était en réalité de la vodka. Renonçant au subterfuge du café, elle continua au Jameson et grignota un hamburger. Son compagnon engloutit un burger végétarien avec des frites tout en lorgnant sur sa viande.

Ils discutèrent de choses et d'autres qui semblaient vitales dans un brouillard de séduction et d'alcool. Du voyage qu'il avait fait en Grèce sac au dos. De son projet d'enseigner la littérature à des émigrés. De son intention à elle de reprendre ses études pour faire un master, afin de pouvoir mettre en œuvre des moyens législatifs contre la haine des vieux, un rêve dont elle n'avait jamais eu conscience avant d'avaler son quatrième whisky. Elle termina par un discours démagogique sur le traitement épouvantable réservé aux personnes âgées.

Puis ils rentrèrent chez elle.

À peine la porte refermée, il l'attira contre lui.

Elle ne se rappelait plus son nom.

Il lui bava sur la bouche.

Patrick ?

Paul ?

Jeremy.

« Hé, mon chou, dit-elle. Du calme.

— Mmm ?

— Pas si vite, mon vieux. » Elle détestait le contact de ses lèvres molles qui avaient du mal à articuler une phrase.

En guise de réponse, il la serra si fort qu'elle le sentit bander à travers son jean. Puis il lui prit la main et l'appuya sur son sexe en l'invitant à le caresser. Elle ne bougea pas. Il serra sa main plus fort.

Tia se dégagea et le repoussa. « J'ai dit : du calme.

— Je ne peux pas m'en empêcher… Tu me rends complètement dingue ! Putain, t'es magnifique ! »

Au bar, elle s'était regardée dans le miroir des toilettes. Pendant l'après-midi et la soirée, elle avait inconsciemment ébouriffé ses cheveux avec une sorte de nervosité. Et elle s'était tellement frotté les yeux qu'elle ressemblait à un raton laveur. Le maquillage flatteur qu'elle avait mis le matin lui donnait un air négligé.

« Écoute, mon chou… » Elle s'appliqua à parler distinctement. « J'espère que je ne t'ai pas dragué. »

Foutaises. Bien sûr qu'elle l'avait dragué… Ils s'étaient assis dans le box côte à côte, et elle avait apprécié qu'il passe sa main sur sa cuisse, si haut qu'elle avait dû résister à l'envie de se coller contre lui. Maintenant que l'effet du whisky s'estompait, elle trouvait ses mains envahissantes.

Il recula et caressa du pouce chacune de ses pommettes. Tia brûlait d'envie d'avoir une nouvelle histoire. N'importe laquelle pourvu qu'elle fût nouvelle. Il y avait tellement longtemps qu'elle n'avait pas fait l'amour qu'elle ne se rappelait plus ni où ni quand elle l'avait fait la dernière fois, juste que c'était avec Nathan.

Il lui releva le menton. « Tu ressembles à une actrice… »

Elle avait soif d'admiration, de l'approbation de quelqu'un qu'elle ne connaissait pas, quelqu'un qui n'exigerait rien d'elle la minute d'après ou le lendemain. Qui ne se demanderait pas si elle avait un bébé caché quelque part.

Il la poussa dans un coin de la cuisine contre la machine à laver. Se pressa, se pressa, se pressa. Il glissa une main trop chaude – celles de Nathan étaient toujours sèches et fraîches – sous son chemiser et la posa directement sur sa poitrine. Où était passée la délicatesse des pouces sur ses pommettes ? Il lui palpa les seins. Se frotta tout contre elle.

Un désir inattendu se propagea dans son ventre.

Il se pencha et plaqua les lèvres sur les siennes. Il sentait la vodka, le café et les haricots noirs poivrés du burger végétarien. Sa barbe lui râpa la peau.

Lorsqu'ils eurent terminé, elle eut envie d'aller se doucher.

Après avoir accouché, elle avait continué à prendre la pilule, sachant bien qu'il finirait par lui arriver quelque chose de ce genre. Elle ne pouvait pas se faire confiance, pas plus qu'à quiconque.

Les yeux clos, il s'étala dans son lit, le corps flasque et moite. Cette vision la rendait malade, et elle ne le connaissait pas assez bien pour le dissimuler. Elle se leva et attrapa le peignoir en chenille qui avait appartenu à sa mère.

D'un doigt hésitant, elle lui tapota le bras. Puis plus fort. Avec deux doigts.

« Hé, quoi… Qu'est-ce qu'il y a ? » Il se tourna vers elle en clignant ses yeux injectés de sang.

« Jeremy, il faut que tu t'en ailles. » Sa voix sonnait plate.

Il plissa les yeux et secoua la tête. « Suis trop crevé…

— Désolée. Il est l'heure.

— J'ai même pas ma voiture.

— L'arrêt de bus est au coin de la rue. Sinon, tu peux aller prendre la ligne Orange.

— Non, je vais rentrer à pied. »

Abruti ! Dans ce cas, pourquoi parler de voiture ?

« Seulement, c'est loin, dit-il. Et aucun bus ne va de chez toi à chez moi.

— Qu'est-ce que ça change ? Le problème sera le même demain matin. » Il lui tardait de le voir partir.

Il lui tapota le nez. « Tu me déposeras demain matin, d'accord ?

— Je n'ai pas de voiture. »

Il fit la grimace. « Mmm, problème… Une chance pour toi que j'en aie une ! Je n'aurai qu'à rentrer chez moi à pied et la ramener ici. Et ensuite, je t'emmènerai prendre un petit déjeuner.

— Il faut que j'aille travailler.

— Alors je te déposerai à ton boulot. »

Tia remonta le col de son peignoir. « Jeremy, il faut que tu partes.

— Je ne m'appelle pas Jeremy, dit-il, l'air vexé. Moi, c'est David. »

12

Juliette

À New York, Juliette se sentait invisible. Trop de monde, trop de circulation, trop peu d'espace entre les immeubles. Boston était déjà bien assez grand pour une fille qui avait grandi à Rhinebeck.

Nathan roulait vers chez ses parents avec l'aisance de celui qui était né dans cette ville. Les garçons étaient à l'arrière. Brooklyn se déroulait devant eux, Coney Island Avenue s'offrant dans tout son mélange hétéroclite. Les stations-service, les épiceries ethniques et les agences immobilières jouxtaient des synagogues, des mosquées et des restaurants pakistanais.

Juliette jeta un coup d'œil dans le rétroviseur. Max s'était endormi. Somnoler la tête renversée en arrière lui donnait l'air plus jeune, et on voyait mieux son visage de petit garçon grassouillet.

Le visage de Savannah. Le même que Max en version fille. Un enfant qui aimait mélanger la pâte à brownie sans éprouver le besoin de faire exprès des gouttes qui ressemblaient à des crottes.

Juliette refoula ces images, consciente qu'elle risquait d'avoir des problèmes. Et si Nathan avait lu dans ses pensées ? Que dirait-il de son idée, à savoir que, si Savannah les connaissait, ils pourraient former une famille ? Elle ne serait plus l'exclue. Comment pouvait-elle dire à qui que ce soit qu'elle rêvait de faire entrer la petite dans leur vie ?

Il fallait qu'elle se débarrasse de cette obsession. Aller chez les parents de Nathan imposait qu'elle se force à dissocier les choses. Elle se tourna vers les garçons dans l'espoir de se distraire, mais, bien qu'il fût réveillé, Max était plongé dans un jeu électronique comme son frère.

Lucas se concentrait sur son iPhone comme s'il étudiait la Torah. Sans doute que ses enfants, si experts à se débrouiller sur les écrans miniatures, auraient toujours une longueur d'avance sur elle et son mari. Aucun d'eux n'avait réussi à se familiariser assez vite avec les nouvelles technologies pour rattraper leurs fils, bien que Nathan eût essayé. À moins d'en avoir l'usage dans son travail, Juliette résistait aux nouveaux gadgets. Les smartphones lui donnaient l'impression d'être totalement idiote.

L'immeuble d'Avraham et Gizi n'avait pas changé, bien que les drapeaux colorés qui battaient au vent pour célébrer Pessah parussent nouveaux. Elle se demanda si un entrepreneur malin avait déjà conçu une bannière spéciale pour la fête. L'an prochain, peut-être verrait-on des banderoles décorées de matzot pastel et de coupes d'Élie en argent se balancer au gré de la brise.

Au moment où ils s'engagèrent dans Albemarle Road, Max s'étira et se pencha vers sa mère. « On est arrivés ?

— Oui, on y est.

— Pourquoi personne ne dit rien ?

— Abruti ! Comment tu peux savoir que personne n'a rien dit puisque tu dormais ? demanda Lucas.

— Je ne dormais pas vraiment. La voiture me fait somnoler, gueule puante !

— Surveillez votre langage, dit Juliette.

— Hé, les garçons, on est censés être d'humeur méditative ! C'est la Pâque juive, leur rappela Nathan.

— Je croyais que Yom Kippour était le temps de la réflexion et Pessah la fête de la liberté, dit Lucas.

— Comment on le saurait ? On n'a même pas fait notre bar-mitsvah ! rétorqua Max d'un ton accusateur. De toute façon, Lucas et moi, on n'est pas tout à fait juifs. Même si on l'est aux trois quarts, puisque Mamie Sondra n'est pas juive. Benjamin Kaplan a dit qu'on était juif par la mère. »

Mamie Sondra. La mère de Juliette insistait pour que ses petits-fils l'appellent Mamie et non Grandma, en raison de ses origines françaises qui remontaient à dix générations, mais Juliette savait qu'elle avait fait ce choix parce que ça faisait plus jeune. Aurait-elle choisi Grand-mère, un mot reconnaissable en Amérique ? Non. Elle avait préféré un mot qui lui donnait un air plus exotique.

« Les gens ne se préoccupent de ces règles obscures que dans les communautés les plus orthodoxes, dit Nathan.

— Alors, pourquoi Lucas et moi on n'a pas fait notre bar-mitsvah ?

— Qu'est-ce qu'on en a à faire ? s'exclama Lucas.

— Tu aurais voulu aller à l'école hébraïque, Max ?

lui demanda son père. Et avoir du travail en plus en rentrant de l'école ? » Il tourna à droite dans l'allée de ses parents. « Je me rappelle que je devais trimballer deux sacs de livres à l'école. Et ce n'était pas marrant, fiston, pas marrant du tout !

— Tu nous as même pas laissé le choix, rétorqua Max.

— Mais qu'est-ce qu'ils ont ? » Nathan se tourna vers Juliette en cherchant son soutien. Elle le dévisagea d'un œil impassible. L'air de dire : c'est toi le juif à part entière, le vrai ; à toi de leur répondre.

« Quand Josh Simons a fait sa bar-mitsvah, il a eu trois mille dollars ! » Max écarta les bras, mains en l'air, comme s'il pesait la somme. « Trois mille !

— Oh, c'est pour l'argent, alors ! » Cette fois encore, Nathan essaya d'accrocher son regard. Et, cette fois encore, elle le fixa sans piper mot. Il réagit différemment, fronça les sourcils et pencha légèrement la tête, ce qui en langage de mari signifiait : Quoi ? Qu'est-ce qu'il y a ?

Ses yeux étaient remplis de questions. Juliette détourna le regard.

La maison de ses beaux-parents sentait la cuisine juive hongroise. Les poivrons rouges à l'étouffée. La recette de Gizi du chou farci. La tarte au chocolat et aux noisettes – une merveille à base de chocolat noir et de matzot.

Gizi attrapa le visage de Max et de Lucas entre ses mains tour à tour, observant chacun des garçons avant de l'embrasser, d'abord sur la joue droite, ensuite sur la gauche. Après quoi, elle se tourna vers Juliette.

« Ma chérie… » Gizi lui sourit comme si la voir lui faisait chaud au cœur. « Regarde-toi… *Szép !* Magnifique… Mon fils est l'homme le plus chanceux sur la terre ! »

Juliette embrassa la joue veloutée de sa belle-mère. Sa peau était à peine ridée, bien qu'elle ne mît sur son visage que de la vaseline et quelques concoctions, ainsi qu'elle les appelait. Elle avait beau la combler de produits juliette&gwynne, Gizi se contentait de les aligner sur les étagères de sa salle de bains comme des sculptures.

« Je les adore, ma chérie, disait-elle. Regarde comme c'est beau ! » Néanmoins, Gizi s'en tenait aux sages principes que lui avait transmis sa mère : porter un chapeau en toute saison et étaler de la vaseline sur sa peau quand elle était encore humide. Gizi avait été l'inspiration de son affaire : à l'époque où ils étaient à court d'argent, sa belle-mère lui conseillait de mettre du miel et de l'avocat mélangés avec quelques gouttes d'huile d'olive sur son visage.

« Maman… » Nathan serra sa mère dans ses bras. Puis il se plaça derrière Juliette et la prit par les épaules. « Ma femme n'est-elle pas plus belle d'année en année ? »

Ses mains lui parurent aussi lourdes que des barres de fer.

« Ça va, ma chérie ? » Gizi fronça le nez en regardant sa belle-fille d'un œil inquiet.

« Qui est-ce qui ne va pas ? » Avraham arriva en s'essuyant les mains sur un torchon. « Ah, mes garçons ! » Il étreignit Lucas tel un ours et donna ensuite une bise sonore à Max.

« Tout le monde va bien, dit Gizi en poussant les garçons. Allez… On s'installe dans le salon. »

S'installer voulait dire qu'Avraham avait placé des guéridons devant les fauteuils club et disposé dessus des sodas qu'elle n'autorisait jamais à ses fils, ainsi que des chocolats et des amandes qu'elle ne leur aurait jamais proposés avant un repas.

« Je peux faire quelque chose ? demanda-t-elle.

— Me tenir compagnie le temps que je termine… » Gizi prit le torchon à Avraham. « Toi, emmène ton fils faire un tour avant qu'on passe à table. »

Juliette savait que Gizi s'inquiétait qu'Avraham mange trop au déjeuner, au risque de voir son taux de diabète monter en flèche, et qu'elle voulait qu'il fasse un peu d'exercice.

« Viens, Papa. » Nathan le prit par le bras. « Sortons pendant qu'elles nous y autorisent. »

Des casseroles sales, des bols grattés et des cuillers en bois tapissées de pâte recouvraient la moindre surface de la cuisine. Ses beaux-parents n'avaient rien changé depuis qu'ils avaient acheté la maison lorsque Nathan avait dix ans. Gizi avait horreur du changement. Chaque fois qu'Avraham suggérait de refaire la maison, elle agitait la main en disant : « Et la prochaine que tu voudras refaire, ce sera moi ! »

« Bon, qu'est-ce qui ne va pas ? » Gizi lui tendit une éponge. « Sors les verres, s'il te plaît. Il faut enlever la poussière qui a dû s'accumuler dessus depuis la dernière Pâque. »

Le langage de Gizi, aussi immuable que sa maison, reflétait les cours d'anglais pour immigrants qu'elle avait suivis de longues années auparavant à Brooklyn

College. Juliette traîna le vieil escabeau en métal dans l'arrière-cuisine, puis lui passa les précieux verres en cristal d'Ajka. Ses beaux-parents les avaient acquis pièce par pièce. Elle trouvait incongru que des gens qui avaient fui leur pays pour échapper aux persécutions aient fait de leur maison un temple à la mémoire de ce même pays. Nathan appelait cela la force de la dissonance cognitive.

Peut-être que la dissonance cognitive décrivait également son couple. L'amour qu'elle avait pour son mari était en conflit avec la souffrance dans laquelle la plongeait le fait de connaître l'existence de Tia. Elle avait camouflé le côté sombre de son mariage.

Gizi trempa les verres un à un dans une cuvette remplie de vinaigre et d'eau tiède placée dans l'évier.

« Alors, tu ne réponds pas à ma question ? »

Juliette ne se donna pas la peine de faire semblant. Sa belle-mère percevait les nuances de l'existence avec une acuité troublante. Même si elle ne savait pas ce qui n'allait pas, elle reniflait la nature des problèmes comme un vrai chien de chasse.

Elle chercha une réponse adéquate. Il était hors de question qu'elle prononçât les mots qui se pressaient derrière ses lèvres : *Tu as une petite-fille. Elle a les cheveux et les yeux sombres couleur noyer. Exactement comme toi.*

« J'ai un peu le cafard, mais rien de grave… Je vais avoir mes règles. »

Sa belle-mère l'observa avec attention. « Je me disais bien que tu avais l'air un peu bouffie. »

Formidable. Ses règles s'étaient terminées la semaine précédente. En plus du reste, elle avait donc grossi. « Merci. »

Gizi redressa la tête. « Oh, Juliette, toi qui es déjà si belle et si bénie des dieux, tu peux bien te permettre quelques jours d'excès de sel dans ton organisme ! »

Elle serra sa belle-mère affectueusement dans ses bras. « Je vais me changer. Je reviendrai ensuite t'aider. »

La chambre d'amis qui leur était réservée était juste assez grande pour contenir une commode et un lit. Juliette passa la main sur la tête de lit en bois sculpté qui se cognait contre le mur au moindre mouvement, ainsi qu'elle s'en était rendu compte la seule fois où ils avaient fait l'amour dans cette chambre. Un soir, Nathan avait proposé qu'ils le fassent par terre, mais elle avait répondu qu'il n'y avait pas suffisamment de place pour s'allonger, même l'un sur l'autre, terrifiée à l'idée de rester coincée dans une position compromettante.

Comment allait-elle pouvoir rester dans cette chambre avec Nathan ? Tout le monde allait se coucher de bonne heure, laissant Avraham devant la télévision, le volume si fort qu'il était le seul à le supporter. Les enfants avaient une petite télé dans l'ancienne chambre de Nathan où ils dormaient. Gizi s'endormait à neuf heures et demie. Nathan et elle lisaient, entrelacés, dans ce qui n'était pas vraiment un grand lit.

Juliette regretta, ce n'était pas la première fois, de n'avoir jamais trouvé de consolation dans l'alcool. Dommage que le chocolat et le sucre n'aident pas à dormir.

Les verres en cristal scintillaient sur la table, d'un rouge cramoisi encore plus intense une fois remplis de vin. Les poivrons cuits étaient dans des coupelles vert émeraude, le *farfel kugel* dans des assiettes bleu cobalt. Les chandelles tremblotaient. Avraham lut la Haggadah dans un vieil exemplaire de chez Manischewitz. Max posa les quatre questions d'une voix éraillée. Avraham cacha les *afikomen* que les garçons iraient chercher après le repas. Selon la tradition, seul celui qui trouvait la matsa avait droit à une récompense, mais Avraham ne donnait jamais quelque chose à un seul de ses petits-fils.

Juliette avait le sentiment que son cœur allait se briser en deux. Elle adorait ses beaux-parents, mais elle n'avait tellement pas envie d'être là qu'elle avait peur d'exploser. Les murs de la petite salle à manger semblaient se resserrer autour d'eux. Nathan lui faisait du genou sous la table. Et chaque fois qu'elle s'écartait, il se rapprochait.

Nathan en fit des tonnes devant sa mère et son père. Elle sentait déjà son désir, l'imagina se coller contre elle dans le lit minuscule en essayant encore de la convaincre d'y faire l'amour. Il s'envelopperait autour d'elle toute la nuit, et elle n'aurait aucun endroit où s'échapper.

« Un repas merveilleux, Maman ! » Nathan se tourna vers son père. « Nous sommes des hommes chanceux. »

Avraham hocha la tête. « Je sais. Assure-toi de ne jamais l'oublier. »

Ses beaux-parents étaient-ils au courant de la période houleuse qu'ils avaient traversée ? Nathan leur avait-il parlé de quelque chose ? L'amour qu'ils avaient pour lui n'était pas dépourvu de lucidité.

Gizi tapota la main de son fils. « Il sait, il sait… Notre famille est bénie du Ciel. »

Peu après qu'ils eurent terminé le dernier macaron, Juliette entraîna son mari dans la petite chambre. Leurs sacs, qu'ils n'avaient pas encore défaits, étaient posés sur le lit plein de bosses. L'air que soufflait le radiateur soulevait les rideaux en dentelle couleur thé. La chaleur et le désinfectant parfumé au citron se mélangeaient dans une odeur écœurante.

« Je veux rentrer à la maison », déclara Juliette.

Nathan la regarda comme si elle lui parlait en chinois. « Quoi ? » Il inclina la tête, comme si ça pouvait l'aider à mieux comprendre.

« Je. Veux. Rentrer. Ce soir. Là. Tout de suite !

— Tu es folle ? On n'arriverait pas chez nous avant une heure du matin… Qu'est-ce que tu as ? »

Comment lui dire qu'elle ne supportait pas de dormir avec lui dans ce petit lit ? Qu'elle n'avait pas envie de respirer son haleine ou de rester éveillée toute la nuit sans pouvoir se réfugier ailleurs. Même si elle se levait en faisant le moins de bruit possible, Gizi surgirait dans la seconde en lui proposant un réconfort dont elle ne voulait pas.

Veux-tu du thé ? Une bouillotte ? Un morceau de gâteau ? Tu préfères des flocons d'avoine ? Je peux aussi te faire des œufs, ma chérie.

« Je conduirai, dit Juliette.

— Oublie ça… Donne-moi une seule raison qui justifie cette idée insensée. »

Elle réfléchit à ce qu'elle pouvait dire pour s'échapper d'ici. Sa tête allait éclater. Et n'importe quoi risquait d'en sortir. S'ils roulaient de nuit, au moins, les garçons dormiraient. Et Nathan aussi.

« Je viens de te dire que je conduirai. » S'il le fallait, elle boirait dix cafés. « C'est juste que trop de boulot m'attend. Il faut que je parte. Je veux me réveiller et me mettre tout de suite au travail.

— C'est Pâques, bon sang ! Qu'est-ce que je suis censé dire à mes parents ? Et aux enfants ? »

Elle le regarda droit dans les yeux. « Ça m'est égal. Pourvu que tu m'emmènes loin d'ici. Maintenant. Je ne plaisante pas. Là, tout de suite. »

Ce qu'il perçut dans son regard le persuada de sortir de la chambre pour aller annoncer ce soudain changement de programme.

Juliette esquiva les questions de ses beaux-parents et leur regard déconcerté ; elle faillit même changer d'avis lorsqu'elle vit à quel point ils étaient blessés. Elle serait éventuellement restée si elle avait pu faire dormir les garçons dans la chambre d'amis et passer la nuit avec Nathan dans les lits jumeaux de son ancienne chambre. Mais jamais les garçons n'accepteraient de partager le même lit, et du reste, Gizi et Avraham ne seraient pas dupes.

La tristesse de leur regard au moment où Nathan chargea les bagages dans la voiture la hanta tout au long du trajet, qui se déroula dans un silence total. Leur départ avait confirmé à Gizi que son intuition avait été la bonne. Toutefois, s'ils étaient restés, Juliette aurait fini par lâcher le cri qu'elle retenait depuis trop longtemps.

Nathan conduisit.

Ils arrivèrent chez eux à deux heures du matin.

Les enfants rentrèrent dans la maison en titubant pendant que leurs parents sortaient les bagages.

« Bonne nuit ! marmonna Max d'une voix ensommeillée en montant l'escalier.

— Bonne nuit, mon chéri ! dit Juliette. Bonne nuit, Lucas ! »

Lucas grommela dans sa barbe. Il n'avait pas prononcé un mot depuis qu'ils étaient partis de chez les grands-parents. À son silence et ses épaules raidies, elle comprit qu'elle avait gâché son projet d'aller visiter le musée d'Histoire naturelle avec son grand-père. À quatorze ans, Lucas aimait encore arpenter les salles en marbre remplies de dinosaures, sans compter qu'ils avaient prévu d'aller voir *Collisions cosmiques*, un spectacle sur l'espace donné au planétarium.

Après avoir rentré le dernier sac, Nathan se tourna vers Juliette. C'était la première fois qu'ils se retrouvaient en tête à tête depuis qu'ils étaient partis de Brooklyn.

« Qu'est-ce qui t'arrive ? » Ses yeux se plissèrent de frustration comme deux fentes. De façon insupportable, il semblait la dominer. La colère le faisait paraître plus grand.

Voyant qu'elle ne répondait pas, il s'avança et se pencha vers elle. « J'aimerais savoir ce qui était si important pour qu'insulter mes parents t'ait semblé une bonne idée ? Je n'ai rien dit parce que je n'ai pas voulu leur faire plus de peine qu'ils n'en avaient déjà. Et dans la voiture, je n'ai rien dit à cause des enfants. Mais là… on n'est que tous les deux. »

Juliette recula. « Ça n'a rien à voir avec tes parents…

— Et c'est sans importance, n'est-ce pas, puisque c'est de chez eux qu'on vient de partir en pleine nuit ? » Il balança le sac à dos de Max par terre, puis jeta les clés sur la console de l'entrée.

« Arrête ! murmura-t-elle. Tu vas perturber les garçons. » Elle prit les clés et les mit dans la coupe destinée à protéger le bois des éraflures.

« C'est maintenant que tu t'en inquiètes ? Après ton petit numéro, rien ne risque de les perturber ni de les réveiller ! Il est quelle heure ? Quatre heures du matin ?

— Il est seulement deux heures. » Juliette s'éloigna vers la cuisine.

Nathan la suivit. « Tu vas où, bon Dieu ? »

Aussitôt, elle se retourna. « Ne me parle pas sur ce ton ! Je ne suis pas une de ces filles qui écarquillent les yeux d'adoration devant toi !

— Seigneur… Mais qu'est-ce qui se passe, Jul ? »

Ils se dévisagèrent. En voyant Nathan s'efforcer de deviner ce qu'elle ne disait pas, un torrent de mots lui vint et resta coincé au fond de sa gorge. Dès qu'elle lui aurait dit la vérité, tout serait changé. En attendant, si mal qu'elle pût se sentir, ils étaient toujours tous les quatre : elle, Nathan, Lucas et Max. Dès qu'elle parlerait de Savannah, la petite ferait partie de la famille, et plus rien ne serait jamais pareil.

« Pourquoi es-tu aussi furieuse ? demanda Nathan. Tout ça n'a aucun sens ! »

Elle dit alors la seule chose qui pourrait en avoir. Si elle laissait échapper un indice, peut-être saurait-elle si oui ou non il avait vu Tia, s'il était au courant pour

Savannah. « À cause d'elle.

— Elle ? Qui ça, elle ? »

Voir que sa question était apparemment sincère la soulagea. « Cette femme. Celle avec qui tu as couché.

— De qui parles-tu ?

— Parce qu'il y en a eu plusieurs ?

— Tu veux parler de Tia ? Tu es sérieuse ? C'est pour ça qu'on est repartis de Brooklyn ? Putain, qu'est-ce qui te prend, Juliette ? » Il mit sa tête entre ses mains et la secoua d'avant en arrière. « Tu fais quoi ? Une sorte de flash-back traumatique ? »

Une immense solitude l'envahit. Être seule à savoir une chose aussi terrible menaçait de l'engloutir.

« Peut-être », dit-elle tout bas. Elle s'approcha et l'enlaça par la taille. « Peut-être que c'est ça, mon problème. »

Les choses ne pouvaient pas continuer ainsi, elle le savait, mais elle ne voyait pas comment faire. À l'instant, elle ne voulait qu'une chose : être la seule mère des seuls enfants de son mari.

13

Juliette

La semaine qui suivit Pessah se déroula dans un esprit de détente provisoire. Juliette s'anesthésia en feuilletant le *Vogue* et le *Elle*. Nathan passa la plupart de ses soirées à son bureau.

Ensuite arriva le jour de Pâques, un jour de congé qui ne manquait jamais de la déprimer. À Rhinebeck, les filles portaient des volants et du taffetas. Des rubans de satin s'enroulaient sur les paniers remplis de poussins jaunes en guimauve, de bonbons à la gelée et de barrettes roses. Au déjeuner, assises sur des piles d'annuaires, elles mangeaient du jambon et des patates douces sucrées. Tout le monde les prenait en photo tellement elles étaient mignonnes.

Juliette détestait le jour de Pâques.

Ses parents ne respectaient aucune tradition. Était-ce parce que leur père était juif ? Ils n'avaient jamais fêté Pessah non plus. Parce que son père et sa mère enseignaient à Bard College, connu pour être un grand bastion de l'humanisme ? Sa mère étant professeur de danse, et son père de sciences politiques, étaient-ils trop sophistiqués pour les poussins en guimauve et trop libéraux pour les jupons ? Le dimanche de Pâques, ses parents ne faisaient rien de plus que les autres dimanches, sinon que la veille, après qu'elle se fût endormie, sa mère mettait un lapin en chocolat sur sa commode. Le matin de Pâques, elle le dévorait en entier pendant que ses parents faisaient la grasse matinée.

Quand Lucas avait eu deux ans, elle lui avait fabriqué un panier de Pâques digne d'un prince. Nathan était arrivé alors qu'elle était en train de friser les derniers rubans – une ribambelle de rubans jaunes et bleus entortillés autour de la paille.

« Qu'est-ce que tu en penses ? » lui avait-elle demandé en brandissant son chef-d'œuvre.

Il avait posé un doigt timide sur la fourrure blanche toute douce du lapin en peluche, avait effleuré les moustaches en les écartant et en les laissant rebondir. « Un panier de Pâques ?

— Ça te pose un problème ?

— Ne sois pas sur la défensive, Jul !

— Je ne le serais pas si tu ne prenais pas cette voix.

— Quelle voix ? » Il avait croisé les bras.

« Cette voix qui dit ton-niveau-de-stupidité-me-laisse-stupéfait ! » Elle avait posé sa main sur le panier comme pour le protéger en retenant ses larmes.

« On était d'accord pour élever Lucas dans la religion juive.

— Pour faire plaisir à tes parents. Mais je ne pense pas que lui donner un animal en peluche fera de lui un catholique ou un communiste ! Tes parents ne risquent rien.

— Inutile de faire dans le sarcasme. Je croyais qu'on s'était mis d'accord. »

Mais dans cet accord, elle obtenait quoi ? De ne pas avoir à écouter le sermon de son mari sur l'importance des traditions juives pour sa famille ? Elle mourait d'envie qu'ils s'inventent des traditions rien qu'à eux.

Juliette avait le sentiment que leur vie n'était plus qu'une série de compromis qui penchaient toujours du côté de l'échelle morale de Nathan Soros.

Si elle essayait de le faire changer d'avis, il lui rappelait que, étant donné que son père à elle était juif, les enfants étaient en réalité plus juifs qu'autre chose – comme si Max et Lucas étaient des mesures génétiques !

À présent, les dimanches de Pâques étaient en tout point semblables à ceux qu'elle avait connus étant petite. La tradition familiale se perpétuait. Une nouvelle génération sans rien de spécial. Sans même un lapin en chocolat, bien qu'elle prévît toujours un dessert qui sortait de l'ordinaire. D'un genre que Nathan jugeait un peu goy, comme un gâteau recouvert d'un glaçage blanc. Elle y ajoutait de l'herbe verte, un soleil jaune et un ciel bleu avec des colorants alimentaires. Rien contre quoi il aurait pu réellement objecter, néanmoins, le simple fait de le lui servir la réjouissait.

Quelle rébellion pathétique… Un gâteau tendance catholique pour compenser l'interdiction des paniers de Pâques ?

Juliette tira la section Style du *Times* coincée sous la jambe de Nathan.

« Soulève ta cuisse », dit-elle.

Il obtempéra sans rien dire.

« Encore, dit-elle pour attraper la section magazine.

— J'allais justement le lire.

— Tu ne peux pas tout garder pour toi. » Elle tira sur le journal. « Puisque tu ne l'as pas dans les mains, on peut bien le prendre. »

Nathan rit sans lever le nez des pages Business. « Qui t'a élue reine de l'étiquette en matière de journaux ? »

Elle tira sur le journal jusqu'à ce qu'une page se déchire et qu'elle se retrouve avec un bout de papier imprimé dans la main. « Bon sang, donne-moi ce foutu journal, Nathan ! »

Cette fois, il la regarda. « Qu'est-ce qui ne va pas, Jul ? » Il lui passa le cahier Style.

« Tu n'as pas besoin de tout amasser. Personne ne lit plus d'une section à la fois.

— Alors pourquoi tiens-tu à la main *et* le magazine *et* la section Style ? » Il sourit, s'efforçant d'alléger la tension.

« Tu ne lis jamais la section Style. Tu dis toujours que c'est de la merde. D'ailleurs, tu penses que tout ce que je fais est de la merde et que tout ce que tu fais tient de je ne sais quel don génial super sacré d'ordre divin ! » Elle lui jeta le journal. « Tiens, prends-le, prends tout… De toute façon, tu obtiens toujours ce que tu veux ! »

Sur ces mots, elle sortit en trombe de la chambre et s'enferma dans la salle de bains en claquant la porte. Puis elle ouvrit le robinet de la douche à fond pour qu'il ne l'entende pas pleurer. Un peu plus tard, il lui ferait probablement remarquer qu'elle participait à la destruction de l'environnement en laissant couler l'eau.

Juliette referma le robinet en pensant à Lucas, à Max et à ses futurs petits-enfants.

Après s'être mouchée un bon coup, elle enfouit son visage dans une serviette pour étouffer sa tristesse et sa colère.

« Va-t'en Nathan ! chuchota-t-elle lorsqu'il vint frapper à la porte.

— Maman... Ça va ? »

Lucas.

Elle recroquevilla les orteils. Chacun de ses muscles se raidit. « Oui, oui, mon chéri...

— Tu pleures ? demanda-t-il.

— Non.

— On dirait que tu pleures », dit alors Max.

Et merde... Ils étaient là derrière la porte tous les deux, les fils sentinelles gardant leur mère cinglée.

Elle pressa ses paumes sur son front.

« Qu'est-ce que tu as, Maman ? » demanda Lucas.

Ton père m'a trompée. Tu as une petite sœur. J'aime toujours ton père.

« Laissez Maman tranquille, les garçons. » La voix de Nathan se voulait ferme et rassurante. « Elle a eu un matin un peu triste. Ça arrive à tout le monde de temps en temps.

— Pourquoi elle a eu un matin triste ? interrogea Max. Elle était triste à cause de quoi ? »

Que vas-tu répondre, Nathan ?

« Quand Maman était petite, Pâques était pour elle un moment difficile. Et là, je crois que je n'ai pas su faire mieux. » On aurait dit qu'il caressait la porte comme si c'était son dos. « Venez, laissez-la un peu en paix. »

Ils s'éloignèrent. Juliette détesta Nathan plus que jamais. S'il la connaissait si bien, pourquoi ne la soutenait-il pas plus souvent ? Pourquoi ne pouvait-il pas être toujours comme ça ?

Pourquoi était-il allé avec cette femme ?

Elle sortit des serviettes chaudes du séchoir, regrettant de ne pas pouvoir s'en faire un nid douillet dans lequel se pelotonner. À la boutique, le mardi était un jour tranquille. Elle était arrivée de bonne heure, impatiente de fuir Nathan et les questions qui lui martelaient la tête.

Une clé tourna dans la serrure de la porte d'entrée. Le pas léger de Gwynne s'approcha.

« Qu'est-ce que tu fais ?

— Je plie les serviettes.

— Helen ne vient pas ? »

Helen était leur femme de ménage, leur plieuse de serviettes et leur pleurnicheuse officielle. Elles essayaient de la calmer en l'inondant de cadeaux. (Tenez, Helen, un parfum au freesia pour masquer l'odeur de la déception ! Un rouge à lèvres coquelicot à étaler sur vos lèvres ridées !) Cette femme rendait tout le monde malheureux, mais ni Gwynne ni Juliette n'avaient le courage de la renvoyer.

« Elle nettoie les toilettes. » Elle haussa les sourcils en regardant Gwynne.

« Ce qui veut dire que tu dois plier les serviettes ?

— Il fallait que j'aille quelque part où je ne l'entendrais pas marmonner "des cochons, des cochons, tous des cochons". »

Gwynne la regarda d'un air sceptique.

« Bon, d'accord, j'avais besoin de faire quelque chose d'idiot.

— Qu'est-ce qui ne va pas, Juliette ? Voilà maintenant des semaines que tu as l'air à bout.

— Non, ça va…

— Ça ne va tellement pas que je me dis que je devrais te servir un thé arrosé de brandy.

— Je t'assure. Ce n'est rien. »

Et ce « rien » lui brûlait la gorge tandis qu'elle s'appliquait à l'empêcher de jaillir et de tout ébouillanter dans la jolie boutique. Si elle ne s'était pas retenue, elle aurait pu cracher un torrent de « la vie est décidément trop moche ! » sur les sols immaculés d'Helen.

« Tu sais ce qu'on dit : pleurer aide à évacuer la tristesse. » Le ton léger de son amie ne dissimula pas son inquiétude.

« Et le blues de Nathan, il s'évacue comment ? demanda Juliette.

— Qu'est-ce qu'il a encore fait ? » Gwynne était au courant de l'histoire avec Tia. Si Juliette ne lui en avait pas parlé, elle aurait explosé comme la fille transformée en myrtille dans *Charlie et la Chocolaterie*, sauf que, au lieu d'exploser de s'être gavée de friandises, c'est la connerie qui l'aurait réduite en miettes.

Juliette plaqua une serviette sur son visage. Trop tard. Le tissu avait refroidi, et il allait maintenant falloir la relaver… De quoi donner une nouvelle raison à Helen de détester les Américains.

Gwynne prit la serviette et la jeta dans le panier de

linge sale. « Arrête. On dirait que tu te voiles en te couvrant la bouche comme ça. »

Juliette eut beau battre des cils, les larmes coulèrent sur ses joues.

« Il voit quelqu'un ? demanda Gwynne.

— Je ne crois pas. » Elle reprit la serviette pour s'essuyer les yeux.

Gwynne alla s'asseoir sur le canapé et lui fit signe de venir la rejoindre. Cette arrière-salle, où se trouvaient la machine à laver, les magazines périmés, les vestiaires des employées et des tables sur lesquelles s'empilaient les échantillons de produits cosmétiques, n'était pas élégante. Les fauteuils élimés et les coussins râpés terminaient leur vie dans cette pièce où personne ne se donnait la peine de rentrer le ventre.

« Il a une fille.

— Il a une fille, répéta Gwynne.

— Nathan a une fille. Elle a cinq ans. » Juliette se pencha en arrière et écarta ses cheveux de son visage. Elle avait révélé son secret, l'avait rendu réel. Maintenant que Savannah, Honor, le bébé de Tia, l'enfant de Caroline, la fille de Nathan, ne vivait plus seulement dans sa tête, elle allait devoir lui faire face.

Pendant le dîner, elle essaya d'être aimable, pour Lucas, pour Max, mais aussi pour mener à bien son plan. Elle avait mis au point une stratégie avec Gwynne en vue de parler à Nathan. Elle resterait calme. Complaisante. Lui laisserait l'occasion d'exprimer ce qu'il ressentait avant de lui donner son point de vue.

Autrement, elle se mettrait à hurler, il battrait en retraite, et ça ne servirait à rien.

Qu'y avait-il de plus effrayant dans un couple que ces moments où vous surpreniez votre mari en train de vous fixer d'un œil froid en montrant qu'il ne vous aimait pas trop à cet instant ? Elle s'abstint de balancer les boulettes de viande à la suédoise sur la table et les fit glisser délicatement.

« Des boulettes de bœuf ? » Max en saliva d'avance.

« Espèce d'andouille ! C'est sûrement de la dinde, hein, Maman ? répliqua Lucas en piquant une boulette avec sa fourchette.

— Attendez que le reste soit servi. » Du parmesan dessinait un grand *S* parfait – *S* comme Soros – au milieu des spaghettis. « Et, non, ce n'est pas de la dinde.

— De la vraie viande ? Hé, merci pour le miracle ! » Lucas étala le *S* sur ses pâtes. Juliette se demanda si une fille aurait pris la peine de la complimenter sur sa présentation avant de la bousiller de cette façon.

« Tu crois vraiment que tu ferais la différence ? » lui demanda-t-elle.

Lucas attendit une seconde avant de mordre dans sa boulette. « Pourquoi, c'est pas de la viande ? »

Max mastiqua la sienne à grand bruit avant de l'avaler. « En tout cas, c'est bon !

— Toi, si Maman mettait du fromage dessus, tu trouverais bonnes des boulettes de merde !

— Lucas, surveille ton langage ! dit Nathan.

— Peut-être que ce sont des boulettes de soja », suggéra Juliette.

Lucas renifla d'un air méfiant. « Tu rigoles ?

— Goûte. Tu verras bien si ça te plaît. Je te dirai après. »

Nathan enroula des spaghettis sur sa fourchette et piqua un morceau de boulette. « C'est du bœuf, déclara-t-il après avoir mâché. Du bœuf Coleman.

— Allez, Papa... Comment tu pourrais le savoir ? » Comme toujours, Lucas rajouta du sel avant même d'avoir goûté.

« Parce que votre mère n'en servirait pas d'autre. Elle m'aime trop pour ne donner autre chose que du bon bœuf élevé en liberté en pleine nature.

— Tu voulais pas dire plutôt qu'elle *nous* aime trop ? demanda Max. Tous les trois.

— Bien sûr qu'elle nous aime tous les trois... » Nathan fit un petit sourire et un clin d'œil à sa femme. « Mais c'est moi qu'elle a aimé d'abord ! »

Juliette se servit un grand verre de cabernet.

Nathan ne manquerait pas de le remarquer. Il était rare qu'elle boive.

Pourquoi ne pas tout oublier ?

Elle regarda son mari enlever sa chemise. Des poils crépus tapissaient sa poitrine, quelques-uns poussaient dans son dos. C'était assez laid, mais pas à ses yeux. Étant donné qu'il ne pouvait pas voir son dos, elle avait l'impression que cette partie de lui n'appartenait qu'à elle.

Avant qu'elle se laisse aller davantage à cette admiration sentimentale du corps de Nathan, la jalousie surgit, lui gâchant tout son plaisir. Car Tia aussi avait vu son dos.

Pourquoi les hommes trompaient-ils les femmes ?

Cette rengaine tournait en boucle dans sa tête. L'idée de l'entendre éternellement la terrifiait.

Gwynne avait pour théorie que Nathan avait été trop aimé de ses parents – « Tu sais, le précieux enfant unique des immigrants... D'abord ils l'élèvent pour qu'il se débrouille dans la vie en lui assurant qu'il est brillant. Tellement beau, si unique en son genre ! Et quand ensuite il réussit, ils se répandent en Oh, notre Nathan ! Un professeur ! Si intelligent ! Et tes enfants sont si magnifiques ! Et ta femme est tellement unique ! »

Qui aurait pu le supporter ? Juliette était-elle supposée dire à son mari qui rotait, se grattait et laissait traîner partout des tasses de café sales qu'il était un cadeau des dieux pour la planète et pour elle ?

Néanmoins, elle avait peur que le fait qu'il eût eu une liaison fût sa faute. Elle était devenue ennuyeuse, parlait plus volontiers de crèmes hydratantes et de maquillage que du conflit israélo-palestinien. Peut-être qu'elle était devenue un robot sexuel, qui suivait toujours les pistes qu'ils avaient tracées au début : *Touche-moi ici, caresse-moi là, frotte-toi ici.*

Nathan enfila sa robe de chambre.

« Je t'ai donné quoi comme raison ? » Les mots jaillirent malgré elle, dépourvus de la sérénité qu'elle s'était promise. Elle se laissa tomber sur le lit, attrapa un oreiller qu'elle plaqua d'abord sur son visage et ensuite sur son ventre.

Il se retourna, l'air à la fois inquiet et déconcerté.

« Une raison pour quoi faire ?

— Tu le sais très bien. » Elle jeta l'oreiller par terre, puis remonta ses genoux contre sa poitrine et les entoura de ses bras. « Elle », marmonna-t-elle entre ses cuisses.

Il fallait lui reconnaître ça : il ne fit pas semblant de ne pas comprendre. Il vint s'asseoir à côté d'elle. « Encore elle ? Elle n'existe plus, Jul. J'ai tenu parole. Je n'ai même jamais été tenté. »

Juliette releva la tête juste assez pour observer les commissures de sa bouche qui le trahissaient dès qu'il mentait.

Il ne mentait pas.

La belle affaire…

Il fallait néanmoins qu'ils en parlent, ce dont elle n'avait aucune envie. Il lui toucha la jambe. Aussitôt, elle eut envie de l'attirer contre elle et de faire l'amour d'une façon qui n'aurait rien de la routine – et sinon tant pis, ça lui laverait le cerveau. Elle avait envie de s'abrutir de sexe.

Félicitations, Juliette ! C'est pas de chance que le passé fasse ses premiers pas en ayant les jambes de Max et les cheveux de Nathan.

« Tu as une fille. » La main de Nathan se figea. « Elle a cinq ans. »

Il retira sa main.

« Peut-être le savais-tu ? Tu le savais ?

— Si je le savais ? »

Il cherchait à gagner du temps. Elle vit les rouages tourner dans sa tête.

« Tu connais Honor ?

— Honor ? » Il avait l'air sincèrement surpris.

Bon, d'accord, il ne savait pas que Tia l'avait affublée de ce nom ridicule.

— Savannah ? Tu es au courant pour Savannah ?

— Savannah ? Honor ? Franchement, je ne comprends pas de quoi tu parles.

— Tu veux dire que tu connais pas ces noms ou que tu ne vois pas quel est le sujet ?

— Ni l'un ni l'autre. »

Là, il mentait. Ses lèvres tremblèrent de cette façon subtile qu'elle connaissait par cœur.

« Menteur ! Je sais tout.

— Tu sais quoi ? »

Elle savait qu'il avait envie de sauter par la fenêtre.

« Je sais que tu savais que Tia était enceinte. Je le sais ! »

Il était évident que cette fille s'était servie du bébé pour faire pression sur lui dans l'espoir qu'il la quitte. Une harceleuse obsessionnelle qui envoyait des cartes illustrées d'un cœur ferait n'importe quoi.

Nathan se laissa tomber au bout du lit, la tête dans les mains.

« Qu'est-ce que tu comptes faire ?

— À propos de quoi ? Je n'ai aucune idée de ce que tu racontes. D'ailleurs, comment…

— J'ai ouvert la lettre qu'elle t'a envoyée, dit Juliette en croisant les bras.

— Quelle lettre ? » Une pointe de colère était perceptible dans sa question. « Une lettre qui m'était adressée ? »

Va te faire foutre, Nathan ! Quoi, ça te pose un problème ?

Juliette ouvrit le tiroir de sa table de nuit. L'enveloppe donnait l'impression d'avoir essuyé une dizaine de tempêtes. « Tiens… Tu n'as qu'à la lire. »

Nathan ouvrit l'enveloppe et regarda d'abord les

photos. Était-il plus curieux de l'enfant que de Tia ? Et si c'était le cas, est-ce que c'était bien ou est-ce que c'était mal ?

Pendant de longues minutes, il observa l'enfant. Sa fille. Elle savait qu'il s'appliquait à garder un air impassible ; et elle avait beau voir son émotion, elle ne savait pas trop comment l'interpréter.

Il déplia la lettre. Juliette pétrit le dessus de lit, puis alla se pencher au-dessus de son épaule.

Après lui avoir laissé le temps de la lire cinq cents fois, elle n'y tint plus. « Qu'est-ce que tu as l'intention de faire ?

— À propos de quoi ?

— *À propos de quoi ?* » Elle se leva d'un bond. « Qu'est-ce que tu ressens ? Tu ressens quoi par rapport à cette enfant ? Par rapport à elle ?

— Juliette, j'ignorais tout de cette enfant avant de lire cette lettre. Je ne lui ai pas parlé depuis…

— Depuis quand ? Depuis que tu m'as juré que c'était fini ? Depuis qu'elle t'a annoncé qu'elle était enceinte ? »

Nathan garda le silence.

« Alors… quoi ? Réponds-moi ! »

Il reprit sa tête entre ses mains.

« Ne fais pas l'autruche…

— Jul, laisse-moi au moins une minute…

— Dire la vérité ne prend pas de temps. Tu n'as pas besoin d'une minute. Parle ! »

Il secoua la tête. « Je ne peux pas. Pas encore. J'ai besoin de digérer tout ça…

— Il faut qu'on décide ensemble comment tu vas réagir par rapport à Tia, à la nouvelle de l'existence de Savannah, sans quoi, ça nous séparera. Je t'en supplie, Nathan !

— Ça suffit. Tu as raison, tu as raison… Mais toi tu y as déjà réfléchi, au point d'en devenir obsédée… Moi, je viens de le découvrir. Tu peux tout de même comprendre ça ? »

Elle tourna en rond dans la chambre, prenant un collier sur la coiffeuse pour le ranger dans sa boîte à bijoux, puis attrapant une serviette dans le linge sale qu'elle plia avec nervosité. « Bon sang, parle-moi… Dis-moi ce que tu penses.

— Pas maintenant. » Il secoua la tête comme si elle existait à peine. « J'ai besoin de réfléchir. »

Après avoir serré la serviette à en avoir mal aux doigts, elle la lui lança à la figure. « Qu'est-ce que tu ressens ? cria-t-elle. Est-ce que tu ressens que tu as une fille ? Est-ce que ça te fait te sentir lié à Tia ? Et Max et Lucas ? On leur dit quoi ? »

Il se leva et la saisit par les épaules. « Laisse-moi du temps, dit-il entre ses dents serrées. Je suis sérieux. Je ne peux pas te répondre comme ça. Pas maintenant. »

14

Caroline

Le hall de l'hôtel Marriott de San Diego était quasi désert. Caroline jeta un regard alentour en se sentant aussi coupable qu'une gamine qui sèche l'école. Elle s'était éclipsée de la salle de conférences en prenant l'air du médecin appelé en urgence, mais elle voulait juste sortir respirer un peu d'air frais pour se remettre du décalage horaire.

Un nouveau paradigme dans la prise en compte des ramifications des traitements du rétinoblastome lui avait offert un nouveau paradigme pour somnoler les yeux grands ouverts. À l'évidence, les participants à la conférence *Avenir de la pédiatrie* avaient voulu bien faire – et même mieux –, dévoués et désireux qu'ils étaient de partager leur expérience. S'ils avaient distribué des tablettes de caféine à l'entrée, peut-être aurait-elle pu apprécier leurs paradigmes.

Le hall donnait sur une immense place bétonnée. Sur la droite se trouvait un bureau Fedex, de l'autre côté une enfilade de petites boutiques. Caroline partit vers la gauche et fut ravie d'apercevoir un Starbucks.

Parfait. Après avoir passé une heure à bâiller, elle avait bien besoin de caféine.

« Un grand café », dit-elle quand arriva son tour d'être servie.

La serveuse la regarda sans dissimuler son ennui. « Vous voulez un *Venti* ? » Pourquoi cette fille soulignait-elle ses yeux d'un trait de crayon aussi épais ? Les demi-cercles verts faisaient penser à un écriteau grotesque annonçant son humeur massacrante.

Caroline leva les yeux sur le mur pour y chercher de l'aide. *Grande* devait vouloir dire plus grand, mais à quoi correspondait *venti* ? *Long* voulait dire grand aussi, sauf que c'était ici le terme pour petit. Les Starbucks lui donnaient l'impression d'être débile. Comment était-elle supposée comprendre les formats de leurs gobelets ? Fallait-il apprendre l'italien pour boire un café ?

Elle se lança. « Je crois que je voulais dire *Grande.* »

Miss Cercle vert prit un air dédaigneux. « C'est un médium. C'est ça que vous voulez ? »

L'homme qui attendait derrière elle lui tapota l'épaule. « Vous voulez un grand café, c'est bien ça ? »

Caroline acquiesça.

« Un *Venti* pour madame et un grand latte glacé pour moi, dit-il. Avec du lait écrémé et pas trop de glaçons, s'il vous plaît.

— Merci. J'avoue que je m'y perds un peu… » L'homme lui paraissait familier, un gringalet avec des lunettes à monture métallique et un air de chiot impatient.

« Je suis connu pour ça, dit-il. Je parle le Starbucks

couramment. » Il lui tendit la main. « Je suis sorti de la conférence juste derrière vous. »

En lui serrant la main, Caroline se rendit compte qu'elle avait oublié la serveuse qui lui demandait de payer. Elle sortit un billet de vingt dollars.

« Laissez, dit son nouvel ami en mettant l'argent dans la main de la fille.

— Merci. » Caroline remit son billet dans son porte-monnaie, consciente qu'elle venait de lui donner droit à quelque chose. Oh, pas grand-chose… Mais quelque chose.

Ils s'installèrent à l'intérieur – comme deux personnes vivant sur la côte Est qui craignaient le soleil, ce qui se révéla être le cas. Jonah – le Dr Jonah Weber – avait un cabinet privé dans le Vermont.

« Le Vermont ou le royaume du Nord-Est ! Ça en jette, n'est-ce pas ?

— Et ça l'est vraiment ? » Caroline s'enfonça dans le fauteuil club en velours en se sentant soudain inondée de bien-être. Outre qu'elle venait d'échapper à la conférence, elle était à cinq mille kilomètres de la cage dorée qu'elle réintégrait tous les soirs.

« La région est d'une extrême beauté. Et en même temps atroce.

— En quoi ?

— En quoi c'est beau ? Ou en quoi c'est atroce ?

— Les deux, répondit-elle. Parlez-moi des deux.

— Le paysage est quasi mythique. Tantôt escarpé, tantôt tout en collines ondoyantes… De chez moi, on a une vue à trois cent soixante degrés. En revanche, la ville est pleine de pauvres, à un point que vous ne pouvez pas imaginer.

— Votre cabinet est petit ?

— Trop grand, en réalité. Je couvre une bonne partie du territoire. Il me faudrait de l'aide. Rares sont les médecins qui veulent vivre dans un endroit où la saison de la boue s'étend très au-delà de l'été. Je ne suis pas pédiatre. Je suis généraliste. Ce qui, là où je vis, signifie être tout pour tout le monde.

— Vous avez grandi dans le Vermont ?

— Oui. Je m'en suis échappé un peu. » À cette pensée, il eut soudain l'air heureux. « J'ai fait mon internat ici à San Diego et y suis resté après pendant un temps. Vivre quelque part où je n'avais pas besoin de dix pantalons doublés de flanelle et de cinq paires de bottes me plaisait énormément !

— Alors pourquoi êtes-vous reparti ?

— Je ne sais pas trop… Vous pensez que je suis fou ?

— Vous n'en avez pas l'air.

— Sans doute que certains d'entre nous qui ont grandi dans un contexte si particulier – comme une fleur dans une serre, ou, dans mon cas, une herbe dans la boue – ont besoin de cet environnement pour fonctionner. Même si on ne l'aime pas. »

Caroline songea à la solitude qu'elle avait tant appréciée étant jeune. Rester des heures sur son lit fait au carré, lire, dessiner des maisons tout en angles pendant la période où l'architecture l'avait intéressée, écouter Jascha Heifetz durant les années où elle avait joué du violon… Elle avait alors eu le sentiment d'être un être complet.

« Vous avez besoin de la boue et de la neige pour fonctionner ? demanda-t-elle.

— C'est probable... Je n'y ai pas réfléchi depuis longtemps. J'imagine que je suis content d'être là où je suis. »

Caroline lui jeta un regard. L'alliance rassurante à son doigt la débarrassa d'une vague inquiétude. Aucun risque ; c'était à peine un flirt. Rien que des confrères qui séchaient les cours. Des inconnus échangeant quelques confidences.

Jonah plia les serviettes en papier en carrés et ensuite en triangles.

« Et vous ? Il vous faut quoi pour fonctionner ? »

Tout ce à quoi elle put penser fut à des choses qui ne l'aidaient en rien à fonctionner ; par exemple, Savannah exigeant sans cesse sa présence ou l'envie de Peter d'avoir une famille idéale.

« La paix. J'aime la paix.

— C'est tout ?

— Ça me suffit. Sans ça, tout le reste me submerge.

— Et pour le travail ? »

Caroline croisa ses longs doigts. « Le travail ne me pose jamais de problème. Même quand le rythme devient trépidant, j'arrive à trouver la paix intérieure. J'adore mon boulot. À condition d'avoir mon lot de tranquillité.

— Et lorsque ce n'est pas le cas ? »

Elle n'avait pas envie de répondre. Elle se contenta d'un sourire d'autodérision qu'il interpréterait comme bon lui semblerait. Parler à un inconnu avait ça de bien : il n'y avait aucun enjeu.

« Et votre mari ? Vous avez des enfants ? »

Lui aussi avait remarqué son alliance.

« Mon mari est mort. »

Quoi ?

« Oh, je suis désolé… Récemment ?

— Il y a trois ans. Mon mari et ma fille sont morts dans un accident de voiture. »

L'horreur la saisit. Son estomac se noua. Était-elle devenue folle ? Comment pouvait-elle revenir sur ses paroles sans lui donner l'envie de fuir ?

« Je n'aime pas en parler, s'empressa-t-elle d'ajouter. Du tout.

— Naturellement, naturellement… » Il posa sa main sur la sienne. Elle repoussa l'atrocité de ce qui venait de lui échapper. La peau de Jonah avait la sécheresse d'un hiver passé à pelleter de la neige et à briser de la glace. Rugueuse, et pourtant agréable. Pas du tout comme si elle sortait d'une serre.

Arrivée devant chez elle, Caroline paya le chauffeur de taxi. Lentement, elle ouvrit la portière, encore avide de solitude bien qu'elle se fût absentée quatre jours.

Il était sept heures du soir. Peter avait peut-être emmené Savannah dîner… Rien que tous les deux, ils devaient s'en donner à cœur joie au McDonald's, se comporter comme s'ils étaient enfin libres en attendant que Maman revienne et rappelle les règles. Peter aimait lui attribuer pour rire le rôle de la maman sévère mais aimante, tandis que lui incarnait le papa rigolo et faisait de leur fille sa complice dans leur jeu de rébellion domestique.

Sauf que ce n'était que ça. Un jeu.

D'où était sorti ce Peter-là, cet homme qui voulait

la modeler en quelqu'un de différent ? Il était tombé amoureux de la chercheuse en biologie tranquille qu'elle était, prétendant adorer son aura de calme si rassurante. Alors pourquoi essayait-il de la transformer en une femme qui aimait s'amuser, se fichait du désordre et confectionnait des gâteaux ?

Quant au rôle qu'il avait réservé à Savannah... Leur fille était aussi rebelle qu'une comptable. La petite observait ses moindres gestes comme pour la juger en fonction d'une règle d'évaluation secrète qu'elle était seule à connaître.

La porte du garage était refermée, bien sûr. Peter détestait qu'elle restât ouverte, tandis que Caroline détestait l'entendre grincer quand elle s'ouvrait ou se refermait, prise de la peur irrationnelle qu'elle se rabatte sur elle.

Elle détestait leur garage. Tout comme leur maison était un minipalais bien trop grand pour eux trois, le garage était un abri d'une taille ridiculement exagérée pour leurs voitures. Cette consommation ostentatoire dont se délectait Peter la gênait – surtout en ce moment, avec toutes les retombées dues à la mauvaise situation économique. Il adorait lui rappeler qu'il avait été malin de retirer l'argent qu'ils avaient placé en actions à risque pile au bon moment pour le convertir en obligations.

Les parents de Caroline avaient réussi à offrir le confort à leurs enfants sans le bruit et la fureur qu'exigeait Peter. Elle craignait qu'il ne l'enterrât sous les objets avant qu'il n'eût réussi à se remettre de son éducation. Elle trouvait ses origines parfaitement acceptables ; mais chaque fois qu'elle le lui disait, il éclatait d'un rire de phoque et rétorquait : « Il n'y a vraiment que les riches pour apprécier ce que la pauvreté a de beau. »

Peter n'avait pas grandi dans la misère, mais dans une famille modeste. Et si son père avait transporté des victuailles sur de longues distances, il possédait son propre camion, et en avait même eu deux autres par la suite. « C'est presque un nabab, mon père ! » se moquait Peter avec un sourire douloureux. Sa mère s'était mise à la couture, cependant, ce n'était pas comme si elle avait dû rester courbée sur une table à peine éclairée dans une pièce glaciale emmitouflée de haillons ! Elle avait eu pour clientèle des femmes coquettes qui lui faisaient copier une robe de couturier ou un tailleur chic pour aller à un mariage.

Lorsqu'elle l'avait rencontrée, la famille de Peter l'avait enchantée. Une tribu bruyante et blagueuse, très différente de ses parents et de ses sœurs à elle, qui restaient mutiques sauf lorsqu'ils jouaient à un sport d'équipe sur la pelouse – auquel elle-même ne participait d'ailleurs jamais.

Caroline mit sa clé dans la serrure et entrouvrit la porte de quelques centimètres. Une bonne odeur de chocolat l'accueillit. Dans la famille de son mari, la nourriture était le symbole de tout ce qu'il y avait de plaisant dans la vie, et ils en enfournaient des quantités prodigieuses. Chez elle, chaque portion était calculée – Tiens, une demi-tasse de petits pois et un blanc de poulet ! Deux quartiers de pommes de terre rissolées ! La sauce, c'était seulement au restaurant, le beurre n'était disponible qu'en miniplaquette, et un gâteau était synonyme d'anniversaire ou de mariage.

Elle se dirigea vers la voix de Savannah qui chantait et découvrit sa fille et son mari dans la cuisine en train d'étaler un glaçage sur des brownies – autrement dit d'en rajouter. Les brownies n'étaient-ils pas déjà suffisamment sucrés ?

Caroline n'avait aucune envie de jouer au méchant flic de la maison – le parent qui dit toujours *non, non, non* en délimitant une zone précise où il n'est pas question de rigoler. L'enthousiasme de Peter la refrénait, comme si une sorte de mécanisme obligeait les couples à se compenser l'un l'autre pour parvenir à un équilibre.

« Maman ! s'exclama Savannah dès qu'elle l'aperçut. Papa, aide-moi à descendre…

— Tout de suite, ma jolie ! » Peter la souleva du haut tabouret sur lequel elle était agenouillée devant le comptoir. Du chocolat noir était étalé sur le carrelage blanc, ainsi que sur le tablier rouge de Savannah et sur ses joues.

« On met des boules de gomme sur les brownies ! » se réjouit-elle. Elle se précipita vers Caroline, qui s'appliqua à ne pas tiquer en voyant le chocolat tacher son imperméable beige.

« Ouah ! C'est sucré. »

Savannah se raidit, relâcha sa mère qu'elle entourait de ses bras et, d'un seul coup, se décomposa.

« Ça m'a l'air délicieux. » Caroline essaya de faire passer *sucré* pour un compliment, et non comme l'expression de ce qu'elle pensait réellement ; à savoir que mordre dans des trucs bourrés de sucre sur des brownies déjà hypercaloriques était répugnant, et en plus mauvais pour les dents.

« C'est vrai ? » demanda Savannah en fronçant les sourcils. Des rides renfrognées apparurent sur son petit visage de nouveau grave. Depuis une minute à peine que Caroline était à la maison, elle avait réussi à faire s'envoler le sourire de sa fille.

« Mais oui, c'est vrai », assura Peter. Il embrassa sa femme légèrement sur la bouche. « N'est-ce pas, Maman ? » Il lui pinça discrètement le haut du bras, ce qui dans la langue de Peter avait valeur de mise en garde : *Ne joue pas les rabat-joie.*

Caroline borda sa fille comme celle-ci aimait qu'elle le fît. D'abord lisser le haut de la couette, la rabattre sous ses pieds – en prenant le temps de presser les orteils de chaque pied –, puis bien border d'un côté et ensuite de l'autre. Tout comme sa mère, Savannah avait besoin de routine et de répétition.

« Je t'aime, Maman.

— Je t'aime, ma chérie. »

Les lèvres serrées, la petite fille la fixa de ce regard intense qui parfois l'effrayait, la mettait souvent mal à l'aise et lui donnait toujours envie de lui épargner de souffrir.

« Est-ce que tu m'aimes autant que Papa ?

— Naturellement ! » Tous les jours et toutes les nuits, elle priait pour les aimer mieux qu'elle n'y parvenait.

« Est-ce que tu m'aimes plus que Papa ? »

Caroline avait peur de transmettre des messages subliminaux à sa fille. Comme souvent les enfants, peut-être avait-elle un sixième sens qui lui permettait de mesurer la sincérité d'un amour.

S'ils étaient prêts à l'accepter, sans doute les adultes pouvaient-ils posséder eux aussi ce sixième sens.

Mais qui voulait savoir ce genre de choses ?

Elle commença à élaborer des réponses du genre « je t'aime autrement », mais la fatigue l'incita à opter pour la facilité. « Je vous aime toi et Papa exactement pareil.

— Est-ce que tu m'aimes autant que Grandma ? »

Grandma était la mère de Caroline. Savannah appelait celle de Peter Nana. Elle prit sur elle de ne pas céder à l'impatience. « Oui. »

Savannah loucha, ressemblant à l'adolescente qu'elle serait plus tard, et qui jugerait sa mère pour lui faire honte. « D'accord », finit-elle par dire.

D'accord. Quel mot étrange de la part de son étrange petite visiteuse débarquée d'une autre planète… Le cœur de Caroline se brisa dans un amour alambiqué. Elle se pencha et lui planta trois baisers comme elle aimait : un sur le front, un sur la joue droite, un sur la joue gauche.

Une fois de plus, elle fit le vœu de s'arracher à cette roue de hamster qui la faisait s'inquiéter sans cesse, et de renoncer à souhaiter des choses aussi impossibles qu'épouvantables.

Caroline entra dans la chambre.

Peter était au lit et arborait son sourire sexy.

Elle calcula depuis combien de temps ils n'avaient pas fait l'amour, hésitant à prétexter une migraine, le décalage horaire ou un mal de dos à cause du voyage en avion.

Deux semaines.

Elle avait toujours été rapide en calcul.

« Tu m'as manqué, ma chérie... Vraiment manqué. »

Il insista sur le mot pour être sûr que le sens ne lui échappe pas. Elle maîtrisa son envie de râler. Au début de leur relation, à l'époque où leur amour pétillait et gazouillait tels des oiseaux bleus à la Walt Disney, elle avait adoré ce code sténographique. Leur langage secret lui avait paru romantique. Ces mots codés qui signifiaient « Faisons l'amour » la faisaient frémir d'avance.

À présent, la plupart du temps, elle frémissait d'horreur.

« Laisse-moi aller me doucher, dit-elle, espérant qu'il dormirait lorsqu'elle reviendrait.

— Tu n'as pas besoin de te doucher...

— Crois-moi, après ces longues heures de vol, si ! »

Peter l'implora du regard.

Caroline sentit son estomac se nouer.

« Je reviens tout de suite. » Elle fila dans la salle de bains sans se retourner, de peur que voir l'ardeur du désir de son mari ne la dissuade plus encore.

En ouvrant l'armoire à pharmacie pour prendre de l'aspirine – elle avait bel et bien mal à la tête –, elle vit les flacons et les tubes prometteurs de beauté. Toutes ces boîtes noir et mauve flambant neuves qu'elle n'avait même pas ouvertes.

Peter lui avait demandé comment s'était passé son voyage au pays de la beauté. Le jour où elle était revenue de chez juliette&gwynne, il l'avait trouvée irrésistible – il avait même appelé la nounou en lui proposant le triple du tarif horaire pour emmener sa femme dans un restaurant à la mode.

Mais elle n'avait pas su quoi répondre, car rien de ce qui lui passait par la tête n'était possible à dire.

Il avait d'abord meublé la conversation en ruminant sur son travail. Puis il l'avait entraînée dans une conversation au sujet de leur fille. Que pensait-elle de l'école où Savannah entrerait à la maternelle en septembre ? Y avait-elle réfléchi ? Fallait-il qu'ils l'inscrivent dans une école privée ? Commettraient-ils une erreur en l'envoyant au jardin d'enfants ? Ne devraient-ils pas l'envoyer en colonie de vacances ? Laquelle, à son avis, conviendrait le mieux ?

Caroline ôta le bouchon sécurisé sur le tube d'aspirine.

Parfois, lorsqu'elle n'arrivait pas à dormir, des fantasmes surgissaient de son subconscient – des cauchemars.

Déraillements de trains.

Accidents de voitures.

Crashs d'avions.

Peter et Savannah étaient parmi les passagers.

Certes, c'était toujours sans douleur, et il n'y avait jamais de flammes, rien qu'une mort instantanée suivie d'une rapide ascension au ciel.

Dès lors, elle serait seule.

Après qu'elle avait eu ce genre de pensées, elle ne se supportait pas.

Ces choses horribles qu'elle avait racontées à Jonah Weber n'étaient pas sorties de nulle part.

Elle avala deux comprimés d'aspirine, contente de sentir le goût amer. Elle méritait d'être punie.

Sur le rayon du haut, hors d'atteinte de Savannah, se trouvaient ses cachets pour les urgences. Ambien et Xanax. Elle compta combien il en restait dans chacune des boîtes.

Cinq Ambien.

Trois Xanax.

De la même façon qu'elle avait calculé depuis combien de jours elle n'avait pas fait l'amour avec son mari, elle calcula à quand remontait la dernière fois où elle avait pris un cachet.

Une semaine. Bon, elle pouvait en prendre un. Lequel ?

Si elle choisissait l'Ambien, elle serait à peine consciente pendant qu'ils feraient l'amour.

Son indifférence à faire l'amour – à la limite du dégoût – était de pire en pire. Au début, lorsqu'ils avaient adopté Savannah, elle avait mis cette réaction sur le compte de l'épuisement. Mais maintenant que leur fille avait cinq ans et ne la réveillait plus en pleine nuit, elle ne pouvait plus attribuer ce qu'elle ressentait à la fatigue. Pourtant, son envie de repousser Peter dès qu'il la touchait s'était accentuée – au point qu'elle était résolue à se droguer afin de diminuer son aversion pendant leurs ébats.

Elle croqua la moitié d'un Xanax. Avec ces minuscules pilules, ce n'était pas facile, mais il fallait à tout prix qu'elle les fît durer.

15

Caroline

Le Xanax fit son effet au moment où Peter abandonnait ses lèvres pour l'embrasser dans le cou. Elle arriverait à faire l'amour ; son corps participerait pendant que son esprit vagabonderait ailleurs.

Caroline poussa de petits gémissements de plaisir, s'efforçant de l'exciter pour qu'il se dépêche de jouir.

« Viens ! » murmura-t-elle.

Lui susurrer des mots cochons l'aiderait-il à venir plus vite ? En y songeant, sa gorge se noua comme si elle avait inhalé une saleté.

Caroline n'avait jamais été du genre à dire des mots cochons.

Peter l'étreignit plus fort.

Fut un temps où ses étreintes l'avaient électrisée.

Son haleine était tiède dans son cou.

À cette époque, elle aurait pu survivre à peine deux jours sans faire l'amour.

Il se raidit sur elle.

Elle ferma les yeux en retenant ses larmes.

Le dimanche suivant, Caroline et Savannah étalèrent trois robes sur le lit afin de décider laquelle conviendrait le mieux pour aller fêter Pâques chez les parents de Peter. Savannah délibéra sur chacune avec l'air d'une experte en matière de style. Elle palpa le taffetas de l'une, approcha ses chaussures en cuir rose de l'autre, puis mit la dernière devant elle en se regardant dans le miroir.

« Celle-là te plaît, Maman ? »

Caroline l'observa d'un air sérieux. « Le rouge te va bien. » C'était vrai, cette couleur mettait en valeur ses cheveux bruns et ses yeux sombres.

« Est-ce que je suis grosse ? » demanda soudain la petite fille.

Dieu du ciel, elle avait cinq ans… Où donc était-elle allée chercher cette idée ?

« Bien sûr que non, ma chérie. Comment pourrais-tu être grosse ? Tu es parfaite. » Caroline repensa à ces ados et préados anorexiques sur lesquelles elle avait lu des articles, certaines âgées de seulement huit ans.

Savannah caressa la ceinture en satin rouge de sa robe préférée. « Janine m'a dit que j'étais du genre à exploser. » Elle lança un regard laser à sa mère. « Ça veut dire grosse, hein ? »

Qui diable était Janine ?

« Hein, Maman ? Elle veut dire que je suis grosse ? »

Ah oui… La nièce de Nanny Rose. « Inutile de t'inquiéter de ça, ma chérie. » Caroline prit note de bannir cette Janine de la maison.

« Est-ce que je suis grosse ? » Savannah exigeait de savoir.

Jamais sa fille ne se satisfaisait d'une réponse toute faite. Quand quelque chose la perturbait, elle insistait pour que sa mère lui fournisse une explication complète.

Caroline la prit par la main et l'emmena sur le lit. Elle la fit asseoir sur ses genoux et la serra très fort dans ses bras. « Tu es parfaite. Et tu es forte. » Elle lui palpa le bras. « Sens-moi un peu ces muscles !

— Nanny Rose dit que je suis consistante. Est-ce que c'est bien ? » Savannah fit la grimace. « On dirait qu'elle parle d'une soupe… Comme si j'étais une grosse soupe. »

Une grosse soupe malencontreusement très intelligente. Il était temps qu'elle ait une longue conversation avec la nounou.

« Être fort, c'est formidable.

— Et consistant, c'est formidable aussi ?

— Évidemment… ça veut dire qu'on a du muscle, et c'est toujours bien. » S'efforçant d'être convaincante, Caroline plia le bras en faisant saillir ses biceps. « Tu as vu les miens ? J'en suis très fière. »

Manifestement peu convaincue par la démonstration, Savannah lui attrapa la main et la posa sur son poignet. « Fais un cercle autour », dit-elle.

Caroline hésita.

« Maman… s'il te plaît. »

Elle forma un bracelet avec ses doigts.

Sa fille entoura son poignet à son tour. « Mes doigts ne se rejoignent pas. Nanny Rose dit que, pour être jolie, il faut qu'ils se rejoignent.

— Je doute qu'elle t'ait dit ça. » Elle n'aurait jamais dû laisser la nounou la tanner pour qu'elle commande tous ces magazines de mode. Elle passait des heures avec Savannah à les étudier de près. Caroline avait trouvé charmant qu'elles fabriquent des poupées en papier en découpant les pages des magazines, combinant l'habileté à l'imagination. Sans compter que ça apprenait à Savannah à recycler les choses, ce qui était très politiquement correct de la part de la nounou.

Visiblement, ces petits jeux n'avaient servi qu'à détruire la confiance en elle de sa fille.

« Tu es magnifique. » Peut-être devrait-elle ajouter que la beauté n'avait guère d'importance. Sauf que, dans ce monde, c'était un mensonge et que Savannah était bien trop maligne pour le gober. À cinq ans, elle en conclurait aussitôt que sa mère ne la trouvait pas belle.

Elle s'agenouilla devant Savannah. « Tu es une petite fille super, intelligente et magnifique… et je t'aime ! »

Trois pâtés de maisons avant d'arriver chez les parents de Peter, Caroline regretta qu'ils ne fussent pas allés ailleurs. Au cinéma. Au parc. Ou même au zoo – et Dieu sait pourtant si elle détestait les zoos !

Savannah dormait à l'arrière, son chien en peluche favori, Pudding, serré dans les bras. Peter était concentré sur le match des Red Sox retransmis à la radio. Il adorait les Red Sox. Encore un de ces passe-temps qui déclenchait chez lui une ferveur explosive et un fol enthousiasme. Allez les Red Sox ! Vite, il me faut un Big Mac, là tout de suite ! Partons en Europe la semaine prochaine !

Quel était ce paradigme de l'amour qui voulait que ce qui vous attire au début finisse par vous répugner ?

Sans doute était-elle trop jeune lorsqu'ils s'étaient installés ensemble et ne s'était-elle pas encore remise d'avoir vécu comme la sœur du milieu invisible. Celle de l'après-coup, dont on ne remarquait l'absence qu'en voyant sa chaise vide ; alors qu'elle était au fond de son lit en train de lire et n'avait pas entendu la cloche que sa mère sonnait à l'heure des repas.

Peter se gara à côté d'autres voitures au bord de la pelouse qui descendait jusqu'à la rue. Malgré la proximité des maisons, cette partie de Chelmsford n'avait pas de trottoirs. L'allée des Fitzgerald était encombrée de véhicules. Peter resta un instant immobile, la main sur le bouton de la radio, et attendit d'entendre le score. Caroline se laissa aller contre l'appuie-tête en savourant son dernier moment de paix.

Les trésors du passé remplissaient la maison des Fitzgerald. Des photos des enfants dans tous les costumes possibles tapissaient les murs – toge noire de fin d'études, maillots de Little League ou uniformes de marins. D'autres photos des petits-enfants, plus petites, s'accumulaient à côté de celles de mariage en grand format.

Les sœurs de Peter s'affairaient dans la cuisine avec Mrs. Fitzgerald. Étant donné que la cuisine était dans l'axe de l'entrée, sa belle-mère l'aperçut à la seconde où elle franchit la porte.

« Caroline ! Envoie-moi Savannah ! s'écria Faith, la plus jeune sœur de Peter. On colorie des œufs. Maman a acheté des trucs Disney. »

Faith, le bébé de la famille, de dix ans plus jeune que Peter, possédait l'assurance de ceux qui savent qu'il y aura toujours quelqu'un pour les porter.

Savannah se faufila près de sa mère. « Viens avec moi.

— D'accord, ma chérie… On va d'abord t'enlever ton manteau.

— Non ! Je veux le garder…

— Savannah, tu ne peux pas peindre des œufs avec ton manteau.

— Pourquoi ?

— Qu'est-ce qu'il y a ? » Irene Fitzgerald arriva en s'essuyant les mains sur un tablier aux couleurs éclatantes – des poussins jaunes dans de l'herbe verte sur un fond de ciel bleu vif. Caroline n'avait aucune idée où sa belle-mère dénichait du tissu pour confectionner ce genre de choses. Existait-il un magasin spécialisé ? Un site web meilleuresmamansdumonde.com ?

« Tout va bien, Irene. » Le nom se coinça dans sa gorge. Peter lui rappelait chaque fois que sa mère aurait adoré qu'elle l'appelle Maman – pourquoi fallait-il donc qu'elle en fasse toute une histoire ? « Parce que ce n'est pas ma mère », répondait-elle, gênée par son côté immature, voire intraitable, mais refusant de faire un pas de plus pour être absorbée dans le clan Fitzgerald.

« Je veux garder mon manteau ! » Savannah, qui était en général l'enfant la plus obéissante du monde, se plantait aussi raide qu'un bout de bois quand on la contrariait à propos d'une chose qui était pour elle une question de vie ou de mort.

« Quel est le problème ? demanda Irene. Laisse-la

donc le garder. Elle l'enlèvera une fois qu'elle se sera réchauffée…

— Je ne pense pas que ce soit une bonne idée de peindre des œufs dans son nouveau manteau. » Caroline eut beau se forcer à faire un sourire, celui-ci ne remonta pas jusqu'à ses yeux.

« Ne sois pas une éternelle inquiète, Caro ! » Irene était la seule qui se permettait de l'appeler comme Peter. « Elle n'aura qu'à mettre un tablier.

— Je veux mettre un tablier, Maman.

— Que dirais-tu de celui avec les cœurs ? proposa Irene. Je l'ai gardé pour quelqu'un de spécial. »

Caroline ne pouvait pas expliquer à la mère de Peter pourquoi elle voulait que sa fille retire son manteau. Elle n'avait aucune envie qu'Irene fasse des commentaires là-dessus devant tout le monde – Savannah se distinguait déjà bien assez comme ça ! Les nièces et les neveux Fitzgerald étaient tous ou squelettiques ou maigres. D'après elle, sur les quatorze petits-enfants aux quatorze nuances de blond et de roux, la plupart devait correspondre pile à la moyenne à 90 % pour la taille et à 10 % pour le poids.

Il fallait qu'elle parle avec la nounou, et qu'elle débarrasse Savannah de cette image de la norme et de la beauté qu'imposaient les magazines féminins. Elle l'appellerait dès ce soir, bien qu'elle redoutât la conversation. Chaque fois qu'elle la chargeait d'une tâche, Rose faisait autrement. Elle aurait volontiers cherché une autre nounou depuis longtemps, mais, comme le faisait valoir Peter, Nanny Rose aimait sincèrement leur fille, une qualité plus importante à ses yeux que tout le reste.

En outre, obliger la pauvre Savannah à retirer son manteau ne l'encouragerait pas à avoir une bonne image d'elle-même. Quelle idée ridicule… Et pourtant, elle aurait voulu lui arracher son manteau bleu.

Caroline aurait tant aimé voir sa fille courir partout comme ses cousins, les cheveux au vent, les chaussures sales et éraflées…

Savannah était une enfant angoissée.

Non, Savannah était une enfant bien élevée et à l'esprit ouvert.

Sauf que, de temps en temps, elle se braquait.

Ce qui était plutôt une qualité. Aurait-elle voulu d'une fille qui dise toujours oui à tout ?

« D'accord, ma chérie. » Elle l'embrassa sur le haut de la tête. « Tu peux garder ton manteau. »

Irene avança la main comme pour retenir Savannah. « Mais n'oublie pas que tu risques de le salir.

— Pas si tu me donnes un tablier, hein, Grandma ?

— Rien ne reste jamais parfait, Savannah ! » Irene se pencha et l'embrassa sur la joue. « Ne t'inquiète pas. Les taches, ça s'en va! »

Caroline espérait qu'il y aurait autre chose à boire que de la bière. Elle avait failli apporter une bouteille de vin à ses beaux-parents, mais sa plus grande crainte lorsqu'elle venait chez eux était de se faire remarquer.

Elle alla dans la salle de séjour déserte. Les bibelots préférés d'Irene, des objets en cristal et des figurines, étaient enfermés derrière une vitrine dans la bibliothèque encastrée tout le long d'un mur. Les romans policiers de Joe et les revues d'Irene sur l'artisanat rangées dans des reliures en cuir étaient alignés sur les étagères.

Elle le savait, elle aurait dû rejoindre Peter qui jouait dehors au foot, ou ses sœurs qui aidaient leur mère dans la cuisine. Les petits-enfants étaient dispersés dans la maison – du moins, ceux en âge de ne pas être dans les bras de leurs parents ou de ne pas rester constamment sous leur surveillance. Elle s'assit sur le grand canapé.

Des figurines de Pâques étaient disposées sur la table basse en bois sombre de style colonial. Irene les changeait tous les mois. Caroline passa le doigt sur le petit garçon qui peignait des œufs, les deux petites filles coiffées d'un foulard noué sous le menton qui caressaient un lapin. Sous les arbres et les fleurs plantés dans l'herbe immobile étaient cachés des œufs de Pâques. Les petits-enfants se battaient pour avoir le privilège de toucher les miniatures, aucun d'eux n'osant s'en approcher sans en avoir reçu l'autorisation. Même le plus jeune savait qu'il était interdit d'y toucher. Comment Irene s'y prenait-elle ? Comment parvenait-elle à se faire obéir de tous les enfants, quel que soit leur âge ?

Caroline prit un petit œuf rose caché sous une feuille et le fit rouler sur sa paume.

« T'as intérêt à pas le perdre ! » Sissy, la sœur aînée de Peter, entra dans la pièce. « À moins que tu veuilles que ma mère t'expulse de la famille ! »

Caroline ouvrit la main. Sissy prit l'œuf entre deux doigts et le remit à sa place.

« Pourquoi tu restes ici toute seule ? Tu t'estimes trop bien pour nous ? » Sissy lança sa pique avec un grand sourire qui fit remonter ses pommettes parsemées de taches de rousseur vers ses yeux d'un bleu éclatant. Puis elle rassembla ses cheveux en queue-de-cheval et les laissa retomber en une cascade de boucles.

« Je suis juste fatiguée.

— Alors tu t'es dit que tu allais venir jouer avec les figurines ?

— Je les admirais. » Caroline caressa la tête du petit garçon qui peignait des œufs.

« Ben, voyons ! » se moqua Sissy, qui ne supportait pas sa belle-sœur. Peter avait beau le nier, Caroline le savait. En revanche, Faith l'admirait. Parce qu'elle était médecin, parlait trois langues et menait un style de vie élégant, toutes choses qui agaçaient profondément Sissy.

« Ta mère en possède une sacrée collection…

— Tu crois berner qui ? Tu as vu ta maison ? Celle de Maman doit te paraître une blague… D'un mauvais goût très daté années 1980 !

— Ce n'est pas du tout ce que je pense. Je trouve la maison de ta mère charmante. »

Et elle était sincère. Depuis le milieu des années 80 où Irene s'était prise d'une passion pour Laura Ashley, la maison avait conservé ce style fleuri de cottage anglais. Et même si cela ne correspondait pas exactement à son goût, elle la trouvait chaleureuse, la préférant de très loin à la demeure blanche glaciale où elle vivait avec Peter.

Sissy promena un regard circulaire dans la pièce comme si elle s'efforçait de voir la maison de sa mère à travers les yeux de Caroline. « Arrête… Comparée à ta baraque ? » Elle lui reprit la figurine. « Ce que tu peux être menteuse ! »

16

Tia

« David, réveille-toi… » Tia lui toucha le bras. Voyant qu'il ne bougeait pas, elle lui tapota l'épaule. Par chance, elle ne souffrait que d'une légère gueule de bois, mais il ne lui tardait pas moins de le virer de son lit pour rester seule avec son mal de crâne et son estomac barbouillé. Il y avait maintenant trois semaines qu'elle entretenait une relation avec un homme qu'elle pensait ne même pas apprécier.

Tia n'avait jamais été une marie-couche-toi-là. Après avoir perdu sa virginité avec Kevin, elle avait fermé boutique pendant si longtemps que les garçons l'avaient surnommée la Reine de glace. Que lui arrivait-il ?

« Va-t'en, dit David dans l'oreiller.

— Il faut bien aller au boulot…

— Non. Je commence tard, marmonna-t-il sous les couvertures.

— Pas toi, moi.

— Au revoir. » Il faufila une main hors des couvertures en lui faisant un vague salut.

Elle aurait voulu cligner des yeux et qu'il ne fût plus là. Ou frétiller du nez. Ou sauter par la fenêtre.

« Je t'ai fait du café, dit-elle. Allez, je dois partir dans cinq minutes… Il faut que tu t'en ailles.

— Tu n'as qu'à me laisser une clé. » À présent qu'il avait l'air réveillé, il essayait de lui soutirer sa clé ! « Je fermerai. Je ne voudrais pas que tu te mettes en retard… »

Tia regarda les verres sur la table de nuit. Dans l'un restaient des traces brunes de whisky, dans l'autre le jus d'airelle d'un Cape Codder. Sa boisson du printemps, avait-il dit. Peut-être que changer de boisson selon les saisons était un signe d'alcoolisme… Peut-être que son père passait au lait de poule allongé de rhum chaque année à Noël…

Jamais elle n'aurait ramené David chez elle si elle n'était pas allée au Doyle's.

Autant être honnête, sans doute ne serait-elle jamais allée au Doyle's si elle n'avait pas été à la recherche d'un David.

Seigneur, pourquoi avait-elle fourré ce type dans son lit ? Garder l'empreinte d'un homme était trop facile. Vous couchiez avec un seul type en cinq ans, et bam, vous étiez marquée ! Être désirée, même par le pire d'entre eux, ouvrait la porte à cette reconnaissance épouvantable que l'on éprouve à cette seule idée. Ajoutez à cela le plaisir d'un corps chaud contre soi, et que si vous mourez dans la nuit quelqu'un le saura, et, hop, on pouvait se retrouver mariée à n'importe qui !

Tia le poussa du bout de son gros orteil. Puis une seconde fois, plus fort.

« Bon sang, mais qu'est-ce que t'as ? » David rabattit le drap et se leva d'un bond.

« Parfait. Tu es debout. » Elle lui tendit la tasse de café refroidi. « Bois. »

Son bureau était le reflet de ce qu'était devenue sa vie : désordonné, négligé, exigeant plus d'énergie qu'elle n'était capable d'en rassembler. Elle qui s'était toujours vantée d'avoir un espace de travail bien rangé, de son joli appartement et des trésors qu'elle chinait au marché aux puces ou dans les brocantes ! De minuscules étoiles en verre, des chandeliers en cuivre, des coussins surpiqués à la main…

« Qu'est-ce qui ne va pas ? demanda Katie. Tu as l'air fatiguée.

— Je me suis couchée tard hier soir. » Tia prépara une sorte de plan. Elle allait répartir toute cette pagaille en deux tas – d'un côté les dossiers, de l'autre les feuilles volantes – et les trierait après son rendez-vous avec Mrs. Graham.

Katie haussa les sourcils. « C'était bien ?

— Rien de très excitant… Une banale insomnie.

— Ça se passe bien avec David ? »

Tia regrettait de l'avoir laissé l'accompagner au centre. Sa collègue était arrivée d'un pas nonchalant au moment précis où il la déposait, si bien qu'elle n'avait pu faire autrement que de les présenter.

« C'est juste un ami.

— Un peu plus qu'un ami, non ?

— Juste un ami. » Elle attrapa son agenda et le dossier de Mrs. Graham.

Elle sortit un morceau de gingembre confit de son sac, tentant de dissiper son mal au cœur pour la troisième fois de la matinée.

Il fallait qu'elle se débarrasse de David. Vite. Et qu'elle trouve quelqu'un de normal.

Parfois, c'était comme si Nathan avait siphonné sa vie entière et qu'elle n'arrivait même plus à remplir une tasse. Après avoir fait l'amour, ils parlaient pendant des heures. Les histoires qu'il lui racontait sur ses parents qui avaient fui la Hongrie lui ouvraient tout un monde, lui faisaient voir les livres d'histoire en trois dimensions, l'incitaient à réfléchir à des possibilités qu'elle n'avait jamais crues envisageables. Ses rêves d'enfant étaient revenus en force.

« Ça va te sembler fou, lui avait-elle dit un jour, mais, quand j'étais gosse, je voulais – surtout, ne ris pas ! – devenir quelqu'un comme Elizabeth Blackwell. Enfin, pas être la première femme médecin, mais accomplir quelque chose qui aurait du sens. Être quelqu'un capable de transformer la vie des gens. »

Nathan ne s'était pas moqué. « Il n'est pas trop tard.

— À dire vrai, je crois qu'il est un peu tard pour être la première en quoi que ce soit !

— L'important n'est pas de savoir *quand*, mais *si.* » Les mains croisées derrière la tête, il était étendu à côté d'elle et fixait le plan de Paris accroché face à eux. « Pourquoi Paris ? » avait-il demandé.

Elle avait posé sa jambe sur la sienne. « Je trouve que c'est joli. »

Il avait secoué la tête comme s'il n'était pas d'accord. « Ce n'est pas vrai. On ne choisit jamais une carte sans raison. Tu as envie d'aller là-bas ? »

Tia ne lui avait jamais avoué que l'idée de prendre l'avion la terrifiait. À de trop nombreux égards, elle était déjà l'élément faible dans leur relation. Tout en disant au revoir à Paris d'un signe de la main, elle avait fait comme si ses rêves n'avaient aucune importance. « J'aimerais aller dans tellement d'endroits… Mais je ne vois pas comment je le pourrais. »

Il avait roulé sur le côté pour la regarder en face. « Libre à toi de faire tout ce que tu veux. Tu es une femme capable, intelligente… Mais, et c'est un gros mais, il faut que tu commences d'abord par t'enraciner. »

Ce n'était pas le conseil qu'elle aurait souhaité. Elle aurait voulu qu'une super grande main l'aide à s'extraire d'elle-même.

Tia attrapa son sac dans lequel elle fourra le dossier de Mrs. Graham. Elle remit les papiers et les dossiers en piles bien droites sur le bureau, sortit même sa liste de choses à faire et la plaça sur le dessus. Après avoir vu Mrs. Graham, elle s'y mettrait pour de bon. « Ne t'en fais pas, dit-elle à Katie. Je te préviendrai quand il faudra que tu te cherches une tenue pour venir à mon mariage. »

Katie se fendit d'un grand sourire, comme si elle imaginait déjà ce qu'elle porterait.

Tia se demandait parfois si elle avait la moindre emprise sur la réalité de ses rapports avec les autres. Était-il possible que Katie l'aime bien ?

Plus souriante que d'habitude, elle lui fit un petit signe avant de franchir la porte.

Mrs. Graham attendait patiemment sur le banc. Tia avait renoncé depuis longtemps à arriver la première à leurs rendez-vous – après avoir réalisé que la vieille dame n'avait nulle part d'autre où aller qu'aux visites médicales et à Lost Hope. Arriver en avance lui permettait d'avoir l'impression de faire partie du monde quelques instants de plus.

« Bonjour, Mrs. G. » Tia mit son sac sur son épaule et tapota le bras de la vieille dame avant d'introduire une clé dans la serrure du bureau où étaient reçus les clients. « Marjorie, murmura-t-elle.

— Une autre est encore morte hier. » Mrs. Graham la suivit et posa son sac d'un geste las.

« Oh, je suis désolée… Qui ? » Comme tous ses clients, Mrs. G. démarrait sa journée en lisant la rubrique nécrologique, bien que, désormais, la quête ne fût plus très fructueuse. Elle comptait plus d'amis morts que vivants. Pauvre Mrs. G. qui n'avait presque plus personne à y chercher…

« Alma Kelleher, soupira-t-elle d'un air affligé. On était ensemble au lycée Saint Clare's. Alma était la plus jolie fille qu'on ait jamais vue.

— Je suis navrée. C'est extrêmement triste. » Tia attendit que sa cliente se fût installée dans le fauteuil face au vieux bureau. « Alors, comment vous sentez-vous aujourd'hui ?

— Pas très bien.

— Qu'est-ce qui ne va pas ? » Tia se demandait si elle pouvait quitter David sans drame, sans même avoir à lui parler. Étaient-ils déjà trop engagés pour qu'elle rompe avec lui par mail ? Ou, mieux encore, pouvait-elle ignorer ses appels, ses mails, ses textos et tous les autres moyens avec lesquels il s'était incrusté dans sa vie ?

« Sam. J'arrive à peine à le faire se déplacer pour pouvoir… le laver correctement. »

Se concentrant de nouveau sur Mrs. G., elle griffonna *Aide pour Sam – infirmière* sur son bloc. « Il faut que nous parlions d'une aide pour votre mari. C'est important.

— Si vous teniez vraiment à m'aider, vous m'enverriez une femme de ménage… Comment est-on censé se débrouiller avec tout ça ?

— Tout ça quoi ? Expliquez-moi. » Tia observa la vieille dame. Les clients en danger avaient un air débraillé, quand ils ne renonçaient pas carrément à se laver. Mrs. G. avait le même rouge à lèvres prune que d'habitude, ses cheveux étaient coiffés en un casque de boucles grises, et son cardigan bleu lavande semblait propre et pas du tout fripé.

« La vaisselle, la lessive, les sols… Oh, croyez-moi, ma petite, l'âge n'aide en rien à tenir sa maison ! » Mrs. Graham rapprocha son sac dont elle caressa le cuir marron comme si c'était un animal familier.

« Je suis désolée, Mrs. G. » Tia se pencha et tapota la main aux veines saillantes. Elle aurait voulu la prendre dans ses bras, l'envoyer faire une croisière où le personnel la traiterait comme une reine. « Nous ne pouvons pas vous trouver de femme de ménage, mais c'est justement en cela qu'une résidence pour personnes dépendantes serait une bonne idée. Vous ne seriez plus obligée de tout faire *et* de vous occuper de Sam. On lui donnerait son bain et… »

Elle chercha comment évoquer les accidents de

Sam sans offenser sa cliente – notamment le fait qu'il dépendait de plus en plus de sa femme pour sa toilette.

« … on veillerait à ce qu'il soit confortablement installé.

— Pourquoi est-ce que tout le monde s'empresse toujours de conclure que Sam et moi devrions être casés ? Pourquoi pas nous abattre ? Ou nous laisser partir à la dérive sur un morceau de banquise ? »

Tia rapprocha son fauteuil. Elle s'en voulut d'avoir contrarié cette pauvre femme. Se montrer aussi irritable n'était pas son genre. Sa mère avait eu raison. Elle aurait mieux fait de tenir sa langue. Elle dégainait toujours trop vite.

« Croyez-moi, je ne voulais pas insinuer par là que vous êtes incapable. » Mrs. G. avait besoin qu'on l'admire, pas qu'on la malmène ; se plaindre était son droit. « À dire vrai, vous vous en sortez de façon spectaculaire… Vous feriez honte à la plupart des gens avec qui je travaille ! »

Elle lui fit encore quelques compliments, décidée à terminer l'heure sur une note de soutien positif. Sa cliente sembla en effet s'être radoucie lorsqu'elle lui dit au revoir et lui serra doucement l'épaule au lieu de lui donner une poignée de main.

À quatre heures de l'après-midi, après trois autres rendez-vous, une réunion avec le Département des enfants et des familles, une visite à un client placé en centre de désintoxication et une autre à domicile, Tia se sentait prête à voler une heure afin de rentrer tôt. Elle entassa ses derniers dossiers et papiers dans le tiroir du bas de son bureau, forçant un peu pour le fermer de manière à s'épargner de nouvelles réflexions de la part de Katie sur son éternel désordre.

« Oh, Tia, tu veux de l'aide ? Ton bureau est un vrai bazar. » C'était ce qu'elle lui avait dit l'autre jour.

« Eh bien, tu n'as qu'à regarder ailleurs ! » C'était ce qu'elle avait eu envie de lui répondre, mais elle avait eu trop honte – son bureau était bel et bien dans un état épouvantable. Un tel fouillis était indéfendable.

Tia descendit Washington Street et entra au Doyle's. « Un café arrosé », commanda-t-elle au serveur, celui au visage aplati qui lui prêtait à peine attention. Elle s'en fichait. Il savait ce qu'elle buvait, et il eut la main généreuse.

La première gorgée lui sembla délicieuse. Elle lui réchauffa la gorge, puis le cœur, et ensuite l'estomac.

À la deuxième, l'image de la triste Mrs. Graham et de tous ses clients s'effaça juste assez pour qu'elle arrive à respirer à fond.

David se glissa à côté d'elle sur le tabouret.

« Que dirais-tu d'un peu de compagnie ? »

Elle l'observa. Son visage n'exprimait aucune inquiétude. Il allait boire et se mettre à pérorer sur les méfaits de la TVA ou les implications de l'euro sur le long terme dont il était apparemment le seul à être au courant.

Il se pencha pour l'embrasser. Elle se laissa faire.

« Tu me ramènes ? demanda-t-elle.

— Tu permets que je finisse ton verre avant qu'on y aille ? »

Tia sourit, prête à accepter David comme son dû. « Mais oui, je t'en prie », dit-elle en faisant mine de l'aguicher.

Il termina son verre, puis lui caressa le dos. « C'est exactement ce que j'avais en tête. »

Étant donné son état d'hébétude, elle sentit à peine sa main, et, sur l'instant, elle jugea ce niveau d'insensibilité pas loin d'être parfait.

17

Tia

« Tia, on a un problème. »

Pitié, pas aujourd'hui… Elle détestait les matins où Richard passait la tête dans le bureau pour se lamenter sur telle ou telle chose avant même qu'elle eût enlevé sa veste. Elle n'avait pas encore bu son café. Et elle avait mal au crâne d'avoir trop picolé avec David la veille au soir.

« Tu m'écoutes ?

— Oui, oui, j'ai entendu… On a un problème. » Il croyait quoi ? Qu'ils bossaient à la NASA ? Elle retira le couvercle de son gobelet et aspira une gorgée de café brûlant.

« On a un vrai problème.

— D'accord. » Elle ôta une manche de sa veste. « J'ai compris. On a un vrai problème.

— Garde ta veste. Il faut qu'on y aille.

— Qu'on aille où ? » Elle essaya de remettre le couvercle sur le gobelet tandis qu'elle suivait Richard dans l'entrée, puis dans l'escalier.

« Chez ta cliente. »

Un peu de café éclaboussa son chemisier. Elle tenta

de tenir le gobelet droit le temps de s'essuyer tout en redressant l'épaule droite pour empêcher son sac de glisser.

« Laquelle ? » demanda-t-elle au dos de son chef. Sa veste en tweed était couverte de poils de chien.

« Mrs. Graham. »

Une rafale de vent tiède lui cingla le visage au moment où il ouvrit la porte qui donnait sur le parking. Tia se figea sur place. « On va chez Mrs. Graham ?

— Oui, dépêchons-nous… La police nous attend.

— La police nous attend ? »

Richard se retourna, son air impatient accentué par le rouge sombre que prenait son teint lorsqu'il était soucieux ou en colère. « Pourrais-tu s'il te plaît arrêter de répéter tout ce que je dis et monter dans cette foutue voiture ? »

Mrs. Graham resserra son gilet. Tia avait envie de la réconforter, mais deux officiers de police montaient la garde d'un air sévère.

Elle n'avait jamais vu la vieille dame sans rouge à lèvres ou habillée autrement qu'avec des vêtements parfaitement repassés. Le gilet marron tout peluché dans lequel elle était enveloppée devait sortir de l'armoire de Sam.

« Oh, Mrs. G., est-ce que ça va ? demanda Tia. Avez-vous besoin de quelque chose ? »

Mrs. Graham leva les yeux d'un air furieux et secoua la tête en pinçant les lèvres. Le poids qui oppressait la poitrine de Tia s'accentua. Le tapis était jonché de linge sale, de journaux, de vêtements couverts de taches d'origine indéterminée, de courrier non ouvert, et, au milieu de tout ça, trônait une planche à repasser sur laquelle était posé un fer tel un soldat au garde-à-vous.

« Un verre d'eau ? » Tia éprouvait le besoin de lui proposer quelque chose.

« Ce n'est pas possible, madame. » Le ton de la femme policier était sans appel. « On n'a pas fini de relever les indices. »

Des piles d'assiettes sales penchaient sur la table basse. Sur celle du dessus restaient des traces vert pâle de ce qui ressemblait à des épinards – des épinards à la crème ?

Mrs. Graham était accusée de tentative de meurtre. C'était ce que Richard lui avait expliqué pendant le trajet. Elle avait soi-disant mis des cachets dans la nourriture de son mari, après quoi elle avait paniqué et appelé les secours.

Tia sortit un rouleau de bonbons Life Savers de son sac. « Vous en voulez un ? demanda-t-elle en regardant Mrs. Graham, ne sachant pas trop si elle devait en offrir un à la jeune femme policier.

« Pourquoi n'avez-vous pas répondu à mon appel ? » Le visage de la vieille dame se fripa de désespoir.

« Je… » Oh, mon Dieu, elle avait dû appeler juste après son départ. Les choses se seraient-elles passées différemment si elle était restée au bureau jusqu'à cinq heures ? Si elle l'avait rappelée, aurait-elle empêché Mrs. Graham d'écraser ces cachets ?

« Il n'y avait personne d'autre, Tia. » Mrs. G. tendit les mains, les paumes en l'air, en implorant son aide. « J'avais pourtant besoin de vous.

— Mrs. G., je suis… » Elle se tut en sentant les doigts de Richard s'enfoncer dans son épaule et remit les bonbons en vitesse dans son sac.

« Il y a des procédures légales à respecter, lui souffla-t-il à l'oreille.

— Qu'est-ce qu'on fait là, si je ne peux même pas lui parler ?

— Elle t'a réclamée. Elle a dit qu'elle n'avait pas d'autre parent en vie. La police nous a appelés, et j'ai pensé qu'il valait mieux venir voir.

— Je ne suis pas sa parente.

— Elle voulait sans doute dire qu'elle ne connaissait personne d'autre… Je leur expliquerai.

— Si vous m'aviez rappelée, tout se serait bien passé. » Mrs. Graham tripota un trou dans son gilet.

Tia garda le silence, contente que Richard lui eût interdit de parler, étouffant sous les ondes de chagrin et de reproche qui émanaient de Mrs. Graham.

« Je peux me laver les mains ? demanda la vieille dame à la policière qui se tenait sur sa droite.

— Non, je regrette, madame.

— Mais elles sont sales, très sales ! dit Mrs. Graham au policier sur sa gauche.

— Ce ne sera pas long, dit celui-ci.

— Tia, vous n'auriez pas une lingette ou quelque chose à me donner ? »

Tia rouvrit son sac, voulant à tout prix lui apporter un peu de réconfort.

La femme policier leva une large main. « S'il vous plaît, madame, non.

— Pourquoi on est là, Richard ? murmura Tia.

— Ils ont besoin de renseignements.

— Sam a eu un accident. Il fallait bien que je le nettoie ! s'écria Mrs. Graham. S'il vous plaît, laissez-moi aller me laver les mains. » Ses plaintes se transformèrent en petits sanglots.

« J'ai besoin d'aller aux toilettes, annonça Tia en se levant, s'attendant à ce qu'on l'en empêche.

— Il va falloir que vous sortiez. Il y a un café juste en bas. » La femme policier tendit le doigt comme si le mur du salon était transparent.

Tia sortit en courant avant que Richard puisse la retenir et que Mrs. Graham lui dise autre chose, mais ses paroles la suivirent dans l'entrée.

« Ce n'est pas ma faute, n'est-ce pas ? » La voix de la vieille dame la transperça. « Que pouvais-je faire ? Laisser un inconnu le nettoyer ? Sam n'aimerait pas ça. Sam est un homme fier, sans doute le plus fier d'Amérique. »

Tia ferma les yeux très fort un instant, puis elle revint sur ses pas pour entendre ce qu'avait à dire la vieille dame.

En la voyant, Mrs. Graham se redressa et la regarda de ses yeux bleus larmoyants. « Chez John Hancock, il dirigeait cinquante personnes. Cinquante ! Tout le monde le respectait. Je me moque de ce que vous pouvez dire. Sam savait tout le temps ce qui se passait, savait qui lui donnait à manger, qui lui faisait sa toilette…

— Vous vous êtes bien débrouillée », dit Tia.

Richard la fusilla du regard.

« Il savait quand quelqu'un venait à la maison, reprit Mrs. Graham. Je ne pouvais quand même pas lui faire honte en laissant les gens le voir dans cet état…

— Vous lui avez prouvé votre amour tous les jours. Il le savait. » Des larmes coulèrent sur les joues de Tia. « Je suis désolée de ne pas avoir rappelé. »

Elle s'éloigna et s'arrêta à l'entrée de la cuisine, vit l'endroit où Sam avait été étendu avant qu'on l'emmène en ambulance. Un flacon de pilules vide était posé à côté d'un bol de compote à moitié mangé, dans lequel Mrs. Graham avait apparemment écrasé un à un des cachets d'Ativan.

Le calmant que Tia l'avait persuadée de réclamer à son médecin.

À la seconde où il claqua la portière, Richard explosa. « Bon sang, à quoi tu joues, Tia ? À quand remonte ta dernière visite à domicile ?

— Il va peut-être s'en tirer… Combien de cachets elle a pu lui faire avaler ?

— Qu'il vive ou qu'il meure, on est dans la merde ! Quand est-ce que tu es allée chez eux la dernière fois ?

— Les visites à domicile n'étaient pas mandatées dans son cas. » Elle se laissa aller contre l'appuie-tête et se redressa aussitôt. Toute la voiture était imprégnée d'une odeur de chien. « Elle aimait bien venir au bureau. Ça la sortait de chez elle. Elle venait pendant que Sam faisait la sieste.

— Oui, et ces siestes, j'imagine comment elle les lui faisait faire !

— Elle l'aimait.

— Elle a essayé de le tuer.

— Elle l'a fait pour lui.

— Elle l'a fait alors qu'elle était sous notre

surveillance. » Richard mit le contact. « Sous ta surveillance.

— Elle ne voulait pas que je vienne chez eux.

— Et ça ne t'a pas mis la puce à l'oreille ? » Il tapa du poing sur le tableau de bord. « Tu sais ce qu'on va raconter dans le *Globe* ?

— Il n'y avait aucun signe de maltraitance, insista-t-elle. Aucun.

— Ah oui ? » Il s'engagea dans le flot de la circulation. « Tu as vu l'état de l'appartement ? Comment as-tu pu la laisser vivre dans une porcherie pareille ? »

« Ce n'est pas ta faute. » Bobby se rapprocha d'elle sur le muret de pierre qui longeait Day Boulevard. La mer était paisible sous le ciel noir d'encre. Il la prit par les épaules.

« Bien sûr que si, c'est ma faute. » Elle lui saisit la main. « J'aurais dû m'en rendre compte.

— Tu l'as dit toi-même, elle était toujours tirée à quatre épingles… Et il n'y avait pas de mandat pour des visites à domicile.

— Entre un mandat et faire ce qu'il faut, il y a de la marge ! »

Tia aurait bien voulu avoir un pack de six bières comme ils en apportaient dans leur jeunesse. Elle avait demandé à Bobby de l'amener ici parce qu'elle se sentait incapable d'affronter la foule au Fianna's. Ce soir, elle ne supporterait pas les plaisanteries. Il l'avait emmenée dîner dans un restaurant à Dorchester, et ils étaient ensuite venus ici.

« J'aurais dû aller chez elle.

— Tu ne pouvais pas t'en douter… Elle a fait de son mieux pour te cacher la situation. »

Tia s'appuya contre lui. « J'aurais dû voir au-delà de son déni. » L'épaule de Bobby semblait suffisamment solide pour ne pas casser. Elle glissa sa main au creux de la sienne. Elle avait besoin d'un ami.

Après l'incident chez Mrs. Graham, Tia se rendit au travail à pied tous les jours. Plus question d'aller au Doyle's. Ou de boire de l'alcool. Ou de coucher avec David. Elle avait mis un terme à leur relation au cours d'un sobre face-à-face.

Cette semaine, elle avait vu Bobby trois fois, en tout bien tout honneur. Ils étaient sortis dîner deux fois, étaient allés au cinéma une fois, et, chaque fois, il l'avait rassurée. Dans le monde de Bobby, rien n'était gris. Soit on avait tort, soit on avait raison. Aucun souvenir d'avoir pris une décision regrettable ne venait troubler la boussole de sa morale.

Tia aurait adoré se comporter avec autant de rigueur. Sam survivrait, mais ne pas savoir si c'était une bonne chose ou pas la laissait perplexe. Certes, pour elle, et pour le centre, c'était bien. Curieusement, la presse n'avait pas dit un mot du drame qui avait failli se produire.

Qui cherchait-elle à berner ? Le drame avait bel et bien eu lieu, et elle n'avait été d'aucune aide. Qu'allait-il arriver à présent à Mrs. G. ? Et à Sam ?

Bobby ne cessait de lui répéter qu'elle devrait être moins dure avec elle-même. N'avait-elle pas été l'amie de Mrs. G. ? N'était-ce pas elle que la vieille dame avait réclamée ? Comment pouvait-elle sauver les gens alors que tout le système était aussi lamentable ? Il n'arrêtait pas de lui rappeler que Mrs. Graham avait refusé son aide. Elle ne pouvait quand même pas le faire toute seule, si ?

Ses paroles avaient beau l'apaiser, elle savait très bien ce qu'il en était. Elle avait foiré. Bien qu'elle eût appliqué le règlement à la lettre, elle avait fait preuve de laxisme en ne s'interrogeant pas plus que ça sur sa cliente.

Tia sortit son iPod et suivit le conseil de Bobby en marchant de plus en plus vite. *De l'air frais ! De l'exercice ! Des endorphines ! Ne te fais pas de reproches !*

Elle accéléra tellement l'allure qu'elle arriva devant le café voisin du centre en moitié moins de temps que d'habitude. La file d'attente devant le Fazenda ne lui sembla pas aussi décourageante que d'ordinaire. En l'absence de mal au crâne et de gueule de bois, les choses coulaient presque toutes seules.

Si seulement elle avait trouvé Bobby aussi excitant que réconfortant… Le grain de sa peau, le ton de sa voix, la texture de ses cheveux, elle aurait voulu être électrisée par tout ça comme elle l'avait été avec Nathan.

Voulant chasser cette obsession pour son ancien amant, elle recourut à la technique que lui avait recommandée Bobby, sans se douter une seconde qu'elle l'utiliserait dans ce but. Elle imagina Nathan comme un gros rocher qu'elle poussait du haut d'une falaise.

Adios, Nathan !

« Deux scones aux myrtilles et un muffin au maïs », commanda Tia à la jeune employée. Richard aimait bien les muffins ; Katie et elle étaient dingues de scones. Elle allait leur apporter une petite douceur.

Agis de façon positive, et tu seras positive.

Elle avait trouvé le moyen de rendre visite à Mrs. Graham à la prison de Suffolk County. Richard continuait à lui refuser l'autorisation – il tenait à consulter d'abord leur hiérarchie –, mais tout avançait avec une telle lenteur qu'elle avait eu peur que les deux Graham ne fussent morts avant qu'elle ait obtenu le feu vert pour y aller.

Au moment où elle entra dans le bureau, Richard et Katie étaient déjà là à l'attendre. Dommage… Elle aurait voulu leur faire la surprise en déposant les pâtisseries sur leurs bureaux.

Et elle n'était même pas en retard. Pourquoi restaient-ils immobiles comme ça ? Plantés devant leur bureau les bras croisés, on aurait dit deux flics.

« Qu'est-ce qu'il y a ? » Elle serra son sac contre sa poitrine. « Sam est mort ? »

Honteusement, elle priait pour que le vieil homme survive dans l'espoir de s'en sortir les mains un peu plus propres, même si, à la vérité, mourir aurait été préférable pour lui.

« Bonjour. » Le regard que lui lança Richard lui fit l'effet d'une gifle. « Question : quelque chose récemment te serait-il sorti de l'esprit ? »

Katie la dévisagea comme si elle avait de la boue sur la figure. Avaient-ils exhumé des rapports qu'elle n'aurait pas remplis ?

« De quoi tu parles ? » Elle s'approcha de son

bureau. Katie lui bloqua le passage. Richard brandit un dossier.

« Qu'est-ce qui se passe ? demanda Tia.

— On l'a trouvé ! s'exclama Katie, le menton en avant. Plus la peine de le cacher.

— Trouvé quoi ?

— Est-ce que tu te rends compte de ce que ça va nous coûter ? » Richard jeta le dossier sur son bureau.

Quelque chose n'allait pas. Tout sur son bureau était de travers, au milieu des piles de dossiers alignées au bord.

« Comment tu as pu faire une chose pareille ? s'écria Katie en agitant la tête comme si elle pleurait. Nos clients, ce sont eux qui vont en souffrir, tu sais !

— Je n'ai pas la moindre idée de quoi vous parlez. »

Si seulement c'était vrai… L'anxiété qu'elle avait repoussée depuis des semaines explosa brusquement dans son ventre. *Pop.* En une seconde, son estomac se remplit d'acide.

La subvention Walker.

« Ah, ça y est, tu t'en souviens ! dit Richard en scrutant son regard. Tu t'aperçois finalement que tu as failli nous mettre au chômage ! »

Était-elle très en retard ? La demande de la subvention Walker lui était sortie de l'esprit depuis de si longues semaines qu'elle ne se rappelait plus quelle était la date limite.

« Comment as-tu pu faire ça, Tia ? » Katie avait les yeux rouges et tout gonflés. « Tu as conscience de ce que tu nous as fait ? »

Les gobelets de café commencèrent à fuir : elle sentit du liquide chaud dans sa main, mais, vu que Katie et Richard lui bloquaient le passage, elle ne pouvait pas les poser sur son bureau. Alors que le sac menaçait de se déchirer, elle le leur tendit. « Je nous ai apporté des cafés. Des scones. Et un muffin pour toi, Richard.

— Ce n'est pas le moment de plaisanter… » Il se frotta le front du plat de la main. « C'est très sérieux. On aura de la chance si on a encore des bureaux sur lesquels boire du café quand ce sera fini ! L'argent de Walker représente soixante pour cent de notre budget ! » Il éleva la voix. « *Soixante pour cent !* »

Tia se mordit la lèvre pour s'empêcher de lui demander à quand remontait la dernière fois où il avait supervisé quoi que ce fût dans le centre. « Je suis sûre que ça va aller. Pour les demandes de subvention, tout le monde est toujours en retard, non ?

— Pas de deux mois ! tonna Katie. Ils ont appelé hier avant que tu arrives pour savoir si on était encore en activité. Ils vont réallouer la somme et veulent l'affecter à une autre agence de Jamaica Plain. »

Daphne Morrow avait dû appeler, alors qu'elle n'aurait pas dû parler à quelqu'un d'autre qu'à Tia. Peut-être devrait-elle appeler son superviseur et déballer à quel point c'était pénible de travailler avec Daphne…

« Tu ne comprends pas, dit Richard. Il est possible qu'on ne récupère jamais ces fonds…

— La Fondation Walker est folle de rage, renchérit Katie. Tu nous as fait passer pour des personnes qui n'ont pour eux aucun respect !

— Ils ont dit avoir essayé de te joindre à plusieurs reprises. Et que tu avais ignoré leurs mails. » Richard se pencha trop près. « Tu pensais les avoir effacés ? Tu ne sais donc pas qu'ils sont encore dans ton ordinateur ? »

Ils s'étaient permis d'aller fouiller dans son ordinateur. Seigneur… Ils avaient cherché un moyen de se débarrasser d'elle. Richard ne pouvait pas agir ainsi en prétextant Mrs. Graham, d'autant qu'il l'avait à peine supervisée depuis qu'il l'avait embauchée.

Le sachet qui contenait les cafés allait craquer. Ne sachant pas quoi faire et se sentant idiote, elle finit par récupérer un journal dans la corbeille à papier, le posa sur l'armoire des dossiers et mit le sac sur ce set de table improvisé.

« Dis-moi ce que je dois faire. Je suis désolée, d'accord. J'ai commis une erreur. J'ai confondu les dates.

— Non, pas du tout, dit Katie. Je l'ai vue inscrite dans ton agenda. Tu le savais parfaitement.

— Tu fouilles dans mes affaires ?

— C'est moi qui lui ai demandé, dit Richard.

— Tu lui as demandé de fouiller dans mes affaires ?

— Ce ne sont pas tes affaires, ce sont celles du centre. J'ai prié Katie de le faire afin de connaître la vérité.

— Tu aurais pu me le demander.

— Je viens de te le dire… Je voulais la vérité.

— Et j'ai tout trouvé ! s'écria Katie. Les rapports que tu n'as jamais rendus, les visites à domicile… Tu n'as rempli aucun formulaire. Pas étonnant que Mrs. Graham… »

Richard l'interrompit d'un geste de la main. « Tout

est précisé dans la lettre du comité de direction. » Il sortit une enveloppe de la poche de sa veste et la tendit à Tia. « Je regrette. Tu ne m'as pas laissé le choix. Tu es virée. »

18

Juliette

Juliette pensait pouvoir imaginer une vie sans Nathan, mais ces deux dernières semaines lui avaient donné un avant-goût de ce à quoi cette vie ressemblerait. Ils s'endormaient en étant aussi loin qu'il était possible de l'être à deux personnes couchant dans le même lit. Et, une fois endormis, ils ne formaient de nouveau plus qu'un. Elle se réveillait contre lui, réconfortée de sentir la chaleur de son dos et de ses reins. Puis elle remontait des abîmes, ils se retournaient en même temps, il se lovait contre elle, et, l'espace d'un instant, ils dansaient leur ballet habituel. Alors brusquement elle se souvenait, et elle le repoussait en roulant à l'autre bout du matelas.

Nathan lui jurait qu'il n'avait rien su de l'enfant, mais qu'il se doutait de quelque chose. De quoi ? En juger dans ce vide empli de silence était impossible. Il refusait de parler ; elle n'insistait pas. Elle se réfugiait dans un brouillard de faux-semblants, histoire de lui laisser du temps et de l'air, s'accrochant par tous les moyens à la fragile illusion que rien ne changerait.

Ce samedi-là, un jour où elle détestait en principe sortir de chez elle, Juliette fut contente d'aller travailler. Elle vaqua à diverses tâches de dernière minute – remplir le lave-vaisselle, trier la pile de courrier sur son bureau, se remettre du baume à lèvres.

Elle se félicita d'avoir l'occasion de sortir de la maison. Et de laisser ruminer Nathan et ses promesses de lui parler bientôt. Des pas martelèrent l'escalier alors qu'elle suspendait le tas d'imperméables et de sweat-shirts jetés du haut de l'escalier.

« On va où cet été ? » Max tenait un magazine de bandes dessinées. Lucas arriva derrière lui. Ces derniers temps, ils la suivaient partout comme de petits gamins anxieux.

Avant de répondre, Juliette fourra dans son sac qui débordait déjà le dernier numéro d'*Allure*, qui vantait les mérites du mascara naturel juliette&gwynne, élu coup de cœur de la rédaction. Le magazine serait également envoyé à la boutique en trois exemplaires, mais elles en perdaient en général au moins deux, des clientes se permettant d'arracher des pages ou de carrément voler le magazine. Cet exemplaire-là était tout neuf et pourrait être encadré.

Cet article dans *Allure* déclencherait une avalanche de commandes. Elle aurait dû planer de joie.

« Regarde les choses d'un autre point de vue, dit Lucas. L'été n'est que dans deux mois. Papa appellerait ça un exemple de la théorie de la relativité.

— Est-ce qu'on ira à Rhinebeck ? » Le pyjama de Max était trop court aux manches. Juliette prit note mentalement de lui en acheter un neuf.

« On peut en reparler plus tard, les garçons ? Il n'y

a aucune urgence à planifier les vacances d'été… On va toujours à Rhinebeck. »

Gwynne et Juliette se relayaient à la boutique un samedi sur deux, excepté pendant la saison des mariages et les vacances où elles venaient toutes les deux. Peut-être remplacerait-elle son amie les samedis suivants.

« Est-ce que Papa viendra ? » Lucas avait beau essayer d'avoir l'air normal, elle perçut sa nervosité. Et aussi son angoisse. Comment aurait-il pu en aller autrement ? Nathan et elle se croisaient dans l'entrée tels des étudiants en colocation qui se supportaient l'un l'autre dans l'attente de la fin des cours. Comment les garçons auraient-ils pu ne pas remarquer la tension ?

« Écoute, je te promets qu'on parlera de l'été ce soir, on décidera quand on ira à Rhinebeck, on discutera des petits boulots, des colonies de vacances et de tout ça, d'accord ? Mais pas maintenant. Il faut que j'aille ouvrir la boutique avant qu'il y ait la queue devant la porte.

— C'est sûr, dit Lucas. Tu ferais mieux de filer, Maman… Urgence rides !

— Alerte peau sèche ! » Max bondit en l'air en agitant les bras comme pour appeler des sauveteurs. Lucas reprit l'idée. « Éruption de boutons à Wellesley ! – nous ferons le point sur la situation à onze heures ! »

Leurs blagues avaient quelque chose d'un peu forcé, comme si ses fils avaient besoin de se prouver que tout allait bien – *Tu vois, on peut se moquer de Maman comme on le fait d'habitude !* Juliette sentit sa gorge se nouer.

« Je vous aime tous les deux. Rappelez à Papa de vous emmener vous faire couper les cheveux. »

Max la prit dans ses bras de façon inattendue. « Je t'aime, Maman.

— Je t'aime. » Lucas s'appuya contre elle et lui tapota maladroitement le dos.

Elle serra Max trop fort et embrassa Lucas sur la joue. « Coupe de cheveux, n'oubliez pas ! »

Juliette ouvrit la boutique, referma la porte à clé le temps que le personnel arrive, et emporta son café dans son bureau. Être sur place de bonne heure voulait dire qu'elle pouvait… qu'elle pouvait quoi ? Elle ne savait pas ce qu'elle devait faire. Que fait-on quand on voit sa vie se disloquer ?

Elle enleva ce qu'il y avait sur son bureau et entassa le tout sur le long meuble bas. La cire qu'elle vaporisa sur le bois parfuma l'air d'une odeur chimique à l'orange. Elle aggrava son écoterrorisme en prenant des serviettes en papier au lieu d'un torchon. Une première pour étaler la cire. *Merde.* Une deuxième pour la passer sur le bureau. *Merde à Nathan*. Et une troisième pour l'essuyer. *Merde à elle.*

Juliette nettoya son téléphone avec une autre serviette en papier et le remit sur le bureau. Elle disposa ensuite l'agrafeuse, le distributeur de Scotch et la corbeille de courrier départ/arrivée, déplaçant et replaçant chaque objet jusqu'à ce qu'il soit dans un alignement parfait. Puis elle prit la photo dans le cadre en argent que la mère de Nathan lui avait offert le jour de l'inauguration de la boutique.

« La famille d'abord, l'avait prévenue Gizi. Ne laisse jamais ton travail assombrir cette priorité. »

Assombrir cette priorité. Sa belle-mère employait des mots sophistiqués dans des formes grammaticales parfois approximatives, si bien que son anglais, qui n'était pas sa première langue, devenait une sorte de poésie.

La famille d'abord
Ne laisse jamais
Ton travail
Assombrir
Cette priorité.

La photo de famille était déjà datée. Nathan tenait leur petit Max qui venait de naître comme s'il avait remporté un Oscar. Dès le départ, il avait été un père merveilleux. Quand Lucas était tout bébé, et que Juliette hésitait à lui couper les ongles de peur de le blesser, Nathan s'en était chargé sans dire un mot et avait continué jusqu'à ce qu'elle se sente à l'aise de le faire.

Elle déroula la liste de ce qu'elle aimait chez lui.

Il était chaleureux et gentil. La plupart du temps.

Il était intelligent.

Il était intéressant.

Le côté physique de leur relation avait toujours été extraordinaire, bien que cela ouvrît la porte à des questions insupportables.

Il comprenait très bien pourquoi ses parents la rendaient folle.

Il savait à quel point elle aimait ses parents à lui.

Il était le père de Max et de Lucas.

Elle l'aimait.

Elle ne voulait pas vivre sans lui.

Juliette reposa le cadre et décrocha le téléphone aseptisé. Voir son bureau en ordre l'apaisa. Plus son espace de travail était impeccable, plus ses décisions étaient tranchées – pas forcément judicieuses, mais rapides. Aussi rapides que des balles.

Elle alluma son ordinateur, puis cliqua sur son carnet d'adresses et fit défiler la liste jusqu'à la lettre *F* – *F* comme Fitzgerald.

Le samedi suivant, elle arriva la première à son rendez-vous avec Caroline. L'aspect vieillot du petit café Newton la rassura. Les gros fauteuils et les vieilles tables en bois s'harmonisaient bien avec l'éclairage tamisé.

Bien que ce fût l'heure du déjeuner, elle était trop nerveuse pour avaler quoi que ce soit. Au téléphone, elle avait seulement dit à Caroline qu'elle avait quelque chose d'important à lui raconter au sujet de Savannah. Lui assurer qu'elle avait de bonnes intentions sans révéler la vérité l'avait obligée à jouer les funambules. Aussi avait-elle frôlé le mensonge en prétendant avoir eu des informations de son amie qui avait adopté des enfants.

Juliette réalisa que, si elle avait réussi à la convaincre de venir, elle n'avait en revanche pas bien préparé leur rencontre.

Caroline entra en jetant des coups d'œil dans le café d'un regard neutre. Lorsque Juliette lui fit signe, elle leva la main d'un geste hésitant.

« Bonjour ! Ça me fait plaisir de vous revoir… »

Elle posa un journal sur la table et montra la tasse de Juliette. « Je vais me chercher un café. Vous en voulez un autre ?

— Non, merci, ça ira. »

Juliette la regarda s'éloigner. Caroline ne portait aucun maquillage. Pas même le mascara marron dont elle lui avait promis qu'il suffirait à la rendre éblouissante.

Était-ce cela qui n'allait pas chez elle ? Qu'elle pense à un mascara à un moment où sa vie s'effondrait ? Nathan avait-il rencontré Tia parce qu'il avait envie d'une femme moins superficielle ?

Caroline revint avec un café allégé. « J'avoue que je suis très impatiente de savoir ce que vous vouliez me dire… Vous avez l'air préoccupée. »

Juliette s'efforça de mettre de l'ordre dans ses pensées. Comment raconter une telle histoire ? Pour finir, elle se lança. Caroline l'écouta, immobile et tendue, sans l'interrompre tandis qu'elle lui expliquait en quoi elles étaient liées. Lorsqu'elle eut terminé, Caroline resta silencieuse un long moment pénible. Quand enfin elle prit la parole, ce fut d'une petite voix ténue.

« C'est insensé.

— Je sais que ça doit donner cette impression.

— C'est ce qui explique que vous m'ayez envoyé cette invitation… » La main de Caroline se crispa sur la serviette en papier toute chiffonnée. « Sans doute ai-je été crédule… Vous avez dû me prendre pour une parfaite idiote ! »

Juliette essaya de deviner ce qu'elle voulait dire par là. À l'instant, elle ne savait pas si Caroline avait envie de la tuer, d'étancher sa curiosité ou de s'enfuir de dégoût. À sa place, elle aurait été incapable de garder son calme.

« Foutez le camp et laissez-nous en paix moi et ma famille ! aurait-elle hurlé. Vous voulez quoi ? Si vous avez quelque chose à dire, adressez-vous à mon avocat ! »

« Ce que vous m'avez raconté est-il exact ? demanda Caroline. Le jour où je suis venue à la boutique, m'avez-vous dit la vérité au sujet de votre amie qui a adopté ses enfants ?

— Oui, c'était vrai. J'ai bien une amie qui a adopté des enfants, et elle a du mal à admettre qu'elle n'aime pas tout le temps être mère. »

Le hochement de tête que fit Caroline la laissa sceptique.

« Qu'est-ce que vous cherchez ? interrogea-t-elle. C'est votre mari qui vous envoie ? »

Elle s'efforça d'imaginer Nathan lui confier ce genre de mission. « Non. Le jour où vous êtes venue à la boutique, il ne savait même rien au sujet de votre fille.

— Mais maintenant, il sait ?

— Oui. Il sait.

— Et il ignorait tout de Savannah ?

— Il était au courant pour la grossesse, mais pas de ce qui s'est passé ensuite. C'est du moins ce qu'il m'a dit.

— Et il vous l'a dit quand ? »

Juliette éprouva un curieux soulagement à parler à Caroline ; trop de secrets se bousculaient dans sa tête. Un jour, Max lui réclamerait une tartine, et elle lâcherait : « Tu as une demi-sœur, Max, alors, s'il te plaît, arrête de pleurnicher pour avoir une tartine ! »

Elle lui raconta presque tout, censurant uniquement ce qui la ferait passer pour une folle. Par exemple, traquer Tia et conserver une photo de Savannah sur elle où qu'elle allât.

« Vous n'en avez pas parlé avec votre mari depuis que vous lui avez dit ce que vous saviez ? » s'enquit Caroline dès que le torrent de mots de Juliette eut pris fin.

« Non.

— Pourquoi êtes-vous ici ? Que voulez-vous de moi ?

— Au risque de vous paraître fourbe et hypocrite, sincèrement, je ne sais pas trop.

— Prononcer le mot *sincèrement* dans une phrase m'a toujours paru être le signe qu'on mentait, ou qu'on pouvait en tout cas avoir un doute. Alors ?

— Vous me demandez si je mens ou si je doute ?

— L'un ou l'autre…

— Je ne vous mens pas. Je ne sais pas ce que je veux. Mais peut-être avez-vous raison d'en douter, car il me passe certaines idées par la tête que vous n'apprécieriez sûrement pas.

— Par exemple ?

— Par exemple, que Savannah devrait rencontrer ma famille. Elle a des grands-parents merveilleux qui seraient prêts à se couper un bras et une jambe pour la connaître. Nathan est leur fils unique, et ils ont toujours fait tout ce qu'ils ont pu pour nos enfants depuis leur naissance. J'y pense chaque fois que je regarde sa photo. »

Caroline se tenait si droite qu'on aurait dit que des tiges d'acier lui soutenaient le dos. « Savannah a déjà des grands-parents merveilleux qui l'aiment beaucoup.

— Bien entendu… » Juliette se rendit compte qu'elle allait trop loin. « Je vous en prie, n'allez surtout pas croire que j'attends quoi que ce soit de vous ou de votre famille. »

Caroline croisa les doigts et appuya ses poings serrés sur sa poitrine. « Quelque chose vous a incitée à venir ici. Tout comme quelque chose vous a poussée à nous rencontrer Savannah et moi. Soit vous ignorez quoi, soit vous ne me dites pas la vérité. Alors ? »

Juliette regrettait d'être venue.

« Cherchez-vous à récupérer Savannah ? » Caroline se pencha tel un faucon prêt à fondre sur un colibri. « Vous et votre mari ?

— Seigneur, non ! Nathan serait furieux s'il savait seulement que je suis là.

— Alors, que voulez-vous ?

— Je… » Juliette ne sut pas quoi répondre – que voulait-elle vraiment ? « J'aime mon mari, dit-elle tout bas.

— C'est donc par amour que vous êtes ici ? » Caroline croisa les bras.

« Non. Bien sûr que non… Je sais que ça paraît fou. »

Caroline inclina la tête de côté. « Vous voulez avoir un lien avec elle… » Elle parla avec lenteur en l'observant d'un air qui lui donna envie de fuir. « Vous cherchez quoi ? »

L'épuisement eut raison de Juliette. Il fallait qu'elle rentre chez elle. Qu'elle se mette au lit. « Franchement ? Je n'en sais rien du tout. »

19

Juliette

Ses talons claquèrent tandis qu'elle faisait les cent pas devant le restaurant en guettant la voiture de Nathan, chaque claquement résonnant comme une nouvelle prière pour qu'il arrive.

Après avoir quitté Caroline, Juliette était retournée à la boutique, où elle s'était quasiment cachée pour ne pas devoir avouer à Gwynne d'où elle venait. La prophète en catastrophes qu'était son amie la mettrait en garde contre toutes les complications qu'elle aurait pu ainsi déclencher. Actions en justice… Ordonnances de restriction… Rupture conjugale… Gwynne vivait chaque jour dans l'attente qu'il se produise un désastre. Juliette pariait qu'elle avait en permanence une robe noire repassée toute prête pour un enterrement.

Caroline lui avait demandé ce qu'elle voulait. Et elle n'avait pas menti quand elle avait répondu ne pas le savoir. Elle savait juste que ce n'était pas bien que la fille de Nathan vive là quelque part sans qu'ils la connaissent, et, en même temps, l'idée que Nathan puisse la rencontrer la rendait malade.

Et s'il lui avait tout avoué lorsqu'il avait appris que Tia était enceinte ? Aurait-elle accepté d'ouvrir son cœur à ce bébé ?

Juliette avait choisi ce restaurant à cause de son atmosphère étouffante, comptant sur les boiseries en acajou et l'épaisse moquette pour atténuer l'explosion à laquelle elle s'attendait de la part de son mari. Il arriva dans un état de nervosité inhabituel, le regard brillant d'espoir et habillé sur son trente et un. Comme si cette soirée allait marquer pour eux un nouveau départ – ce qu'il ne cessait de lui réclamer.

« *Es-tu devenue complètement dingue ?* » Nathan laissa tomber sa fourchette dans son assiette, assez fort pour attirer l'attention des clients de la table d'à côté. « Tu es allée voir la mère de l'enfant ?

— Nathan, on ne peut pas fermer les yeux sur le problème…

— Il n'y a pas de problème. Cette enfant a une mère et un père. Et, d'après ce que tu m'en as dit, ils sont plus que parfaits !

— Non. Quelque chose ne va pas… Je le sens.

— Une femme médecin et un homme d'affaires qui habitent à Dover ? L'argent ? L'éducation ? C'est quoi, leur vice caché ? Ils violent les enfants ?

— Ne plaisante pas avec ça. »

Un apprenti vint débarrasser les assiettes dans lesquelles ils avaient mangé l'entrée. Tous les trois jouèrent aux gens civilisés le temps que le jeune garçon balaye les miettes sur la nappe blanche.

Le serveur aux cheveux ultra-gominés déposa un steak devant Nathan et donna son saumon à Juliette.

Elle avait renoncé aux pommes de terre, espérant que ce sacrifice lui porterait chance.

Si elle chipait rien qu'une frite à Nathan, le charme serait-il rompu ? La fée de la chance lui en voudrait-elle pour une seule malheureuse frite ?

Le serveur s'éloigna. Juliette attaqua ses haricots verts.

« Excuse-moi, dit Nathan. Tu as raison. Je ne devrais pas plaisanter là-dessus. »

Elle ne mangerait plus jamais de pommes de terre.

« C'est juste que je suis troublé… Diable, troublé décrit mal ce que je ressens ! » Il ouvrit les mains dans un geste qui l'implorait de l'écouter. « Je t'aime. J'aime les garçons. J'aime la famille que nous sommes.

— Je sais. Même si je ne comprends pas comment tu as pu faire ce que tu as fait, je sais que tu nous aimes. » Elle détacha un morceau de saumon avec sa fourchette. « Seulement, je ne sais plus si je peux avoir confiance en toi alors que tu m'as caché une chose aussi importante qu'un… qu'un enfant. » Comment qualifier une relation comme celle qu'il n'avait jamais eue ? Une grossesse ? Une fille ?

« Je veux regagner ta confiance.

— Tu pourrais commencer par parler de Savannah.

— En quoi ça aidera ? » Il trempa une frite dans une mare de ketchup. « Il s'agit de nous.

— Et elle a un lien avec nous.

— Je ne vois pas comment. »

De nouveau, il fit un geste implorant, sauf que cette fois il tenait une frite dans une main. Juliette la lui piqua et l'enfourna dans sa bouche.

Cet homme la déstabilisait.

« Prends ce que tu veux, dit-il en poussant son assiette vers elle.

— Tu vois, c'est exactement ce que je veux dire.

— Quoi ? Tu en voulais, non ?

— Tu me proposes toujours ce qui ne va pas. »

Nathan eut l'air décontenancé. Blessé.

Connard.

« Comment en est-on arrivés là ?

— Je suis le seul responsable.

— C'est moi qui t'y ai poussé ?

— Merci de me tendre une perche, mais je ne peux rien te mettre de tout ça sur le dos.

— Alors… pourquoi ? » Juliette repoussa son assiette.

« Peut-être que j'étais juste avide. »

Elle songea à la façon qu'il avait de dévorer les livres, tout comme la viande ou même les séries télévisées. Ils avaient acheté le DVD d'une série qu'il n'avait jamais vu et lui en avait fait regarder deux, trois, quatre épisodes – toute la série – jusqu'à deux heures du matin. Était-ce pareil avec les femmes ? Tia était-elle un épisode qu'il avait englouti ?

« Comment puis-je savoir que tu ne le seras pas de nouveau ?

— Je te demande de me faire confiance. Depuis cette histoire, je ne t'ai jamais menti. Est-ce que tu me crois si je te dis que je sais à quel point je t'ai fait souffrir ? »

Il la connaissait bien, savait qu'elle mourait d'envie de le croire.

« Je veux être la première dans ton cœur.

— Tu ne sais donc pas que tu l'es toujours, que tu l'as toujours été ?

— La première et la seule. Sans doublure.

— Évidemment. »

Juliette esquissa un sourire sans joie. « Ne me regarde pas comme si tu venais de gagner la guerre !

— Ah oui ? Parce qu'on est en train de se battre ?

— On se bat pour sauver notre couple. Ou pas. On ne peut pas faire comme si cette enfant n'existait pas. » Elle le vit écarquiller les yeux, comme s'il avait laissé un instant s'immiscer Savannah. « Et tes parents… Que se passera-t-il s'ils apprennent qu'on leur a caché ça ? »

Nathan prit la bouteille dans le seau et se resservit du vin. Le serveur se précipita aussitôt, mais il le renvoya d'un geste.

« Comment peux-tu laisser une enfant penser que son père biologique n'a pas voulu d'elle ? » Elle tendit son verre pour qu'il la serve. « Comment peux-tu ne pas vouloir d'elle ?

— Je n'ai pas encore les réponses… Tout ça est nouveau pour moi.

— Elle te l'avait dit, n'est-ce pas ? Qu'elle était enceinte. Ce n'est donc pas tout à fait nouveau.

— Oui. Mais je me faisais plus de souci pour nous que pour quoi que ce soit d'autre. »

Juliette secoua la tête. « Oublie… Et parle-moi d'aujourd'hui.

— Tu veux que je fasse quoi ? »

Elle sortit la photo de Savannah de son sac et la fit glisser sur la table. « Regarde-la. Regarde-la vraiment. »

Nathan prit la photo qu'elle avait mise dans une pochette en plastique. Sa main trembla. Il se mordilla la lèvre.

« Elle te ressemble. Elle ressemble à Max. » Juliette vit l'envie sur son visage. Nathan avait grandi dans la vénération de la famille dont elle avait hérité en se mariant avec lui.

Et s'ils pouvaient recevoir Savannah chez eux en formant une sorte de famille ouverte ? Ce genre de chose arrivait tout le temps. Ils ne l'arracheraient pas à son foyer, ils l'agrandiraient – lui donneraient plus de tendresse, plus d'amour. Les enfants pouvaient toujours accepter que davantage de personnes les aiment. Max et Lucas seraient d'abord choqués, mais ensuite ça irait.

Et elle n'aurait pas honte. Elle serait fière qu'ils aient su agir dans le meilleur intérêt de l'enfant. Elle imaginait sentir les cheveux soyeux de la petite fille sous sa main.

Caroline et elle deviendraient amies.

« C'est vrai, dit Nathan. Elle me rappelle un peu Max… Mais elle a aussi beaucoup de sa mère. »

Juliette claqua la portière. Elle aurait dû prendre sa voiture. « Tu n'as pas vu ta tête, Nathan ! C'est pour ça que tu penses que ce n'est pas grave », dit-elle alors qu'il mettait le contact.

Les coudes appuyés sur le volant, il pressa ses deux pouces entre ses yeux. « Tout ce que j'ai dit, c'est qu'elle ressemblait à sa mère. Est-ce si surprenant ? Si épouvantable ?

— Tu n'as pas vu ta tête ! répéta Juliette. On

aurait dit que tu venais de voir un fantôme. Un fantôme que tu aimes. »

Nathan voulut lui prendre la main. Elle se dégagea d'un geste brusque. Elle avait vu cette douceur l'envahir en parlant de Tia.

« Tu m'as vu regarder la petite, rien d'autre, se défendit-il. Pour l'amour du ciel, je découvre ma fille de cinq ans que je n'avais jamais vue ! »

Elle aspira un peu d'air pour reprendre sa respiration. « La fille que tu as eue avec *elle* ; c'est ce qui fait que ça n'a rien d'ordinaire.

— Je croyais que c'était ce que tu voulais… Que je voie l'enfant, que je m'implique et m'investisse affectivement.

— Avec l'enfant, Nathan. Pas avec elle. »

20

Caroline

Le ciel s'assombrit tandis que Caroline écoutait Savannah se plaindre au téléphone. Elle alluma la lampe de son bureau et se concentra sur la flaque de lumière projetée sur son bloc-notes.

« Maman, quand est-ce que tu rentres ? » demanda Savannah, le téléphone portable donnant un son métallique à sa voix.

Caroline serrait l'appareil si fort qu'elle en avait des crampes dans les doigts. Une vilaine migraine l'élançait au-dessus de l'œil gauche. Lorsqu'elle retira ses lunettes, la phrase qu'elle venait de lire – *Lors de la consultation, certaines observations cliniques peuvent indiquer des éléments de pathologie à haut risque dans le rétinoblastome unilatéral* – se transforma en une abstraction de minuscules lettres floues. Elle était censée mener une discussion sur cet article à la réunion du personnel le lendemain matin, et elle avait à peine lu les vingt-six pages particulièrement denses.

« Devine ce que Nanny Rose va te préparer ce soir, petite citrouille. Des spaghettis ! »

Bien plus que les repas à cent dollars rapportés de

chez le traiteur, manger des cochonneries allait droit au cœur de Savannah.

« Mais quand est-ce que tu reviens à la maison ? »

Caroline contempla le travail étalé devant elle. « Je viendrai t'embrasser dès que je serai rentrée. Même si tu dors.

— Tu ne seras pas revenue avant que je dorme. » Le ton de Savannah était plus déprimé qu'accusateur. Caroline aurait préféré qu'elle fût plus en colère, plus étonnée. Pas aussi magnanime.

« Je lui ai dit de rajouter du fromage dessus. » Elle prit l'appareil dans l'autre main et passa en revue les mémos sur son bureau.

« D'accord.

— Comment vont les Bitty Twins ? gazouilla Caroline avec un enthousiasme exagéré. Pourquoi tu ne leur fabriques pas une plage dans le jardin avec Nanny Rose ? » Bien qu'on ne fût que fin avril, la température était montée à plus de vingt-cinq degrés. La veille, à minuit, elle avait ressorti les vêtements d'été rangés dans les malles.

« Maman ! Il fait nuit…

— Oh, que ta maman est bête… Je t'aime, bout de nez de lapin ! »

Oui, elle l'aimait.

« Moi aussi je t'aime, Maman. »

Simplement, elle ne voulait pas être avec elle tout le temps.

« Tu promets de venir m'embrasser quand tu rentreras ? »

Caroline ferma les yeux.

« Évidemment. »

Elle ouvrit la porte qui communiquait avec le garage.

Dans le bureau en plus qu'ils n'utilisaient quasiment jamais, Peter l'attendait, assis dans l'élégant fauteuil à bascule assorti au canapé en cuir rouge qui faisait partie des meubles qu'ils avaient achetés en imaginant que cette pièce serait plus tard l'endroit où Savannah ferait ses devoirs. Les pieds plantés sur le parquet ciré, Peter semblait être prêt à se lever d'un bond. Rien ne détonnait dans la pièce en dehors de son pantalon de pyjama froissé.

« Tu sais quelle heure il est ?

— Désolée. » Caroline passa la main dans ses cheveux qui sentaient l'hôpital et le laboratoire. Elle tenait à la main un sac de la petite boutique de l'hôpital, laquelle restait ouverte suffisamment tard pour qu'elle eût pu y faire un saut pendant une pause.

Elle brandit le sac en signe d'apaisement. « J'ai un cadeau pour Savannah. »

Peter éteignit la télévision et lança la télécommande sur la table basse. « Bon sang, Caro… Elle a environ trois millions de jouets ! Ce dont elle n'a pas assez, apparemment, c'est plutôt de toi !

— Ce n'est pas juste. Tu sais ce que je faisais ce soir ?

— Je suis sûr que c'était important. C'est justement là le problème. Dans ton travail, tout est important. Quand est-ce qu'on figurera en premier sur ta liste ? »

S'il te plaît, Peter, tais-toi.

Elle était impatiente de sortir le Johnny Town-Mouse miniature, qui avait pile la bonne taille pour le mettre dans une poche. Savannah adorait les petits jouets. Elle avait prévu de déposer l'animal en peluche à côté des pantoufles de sa fille pour qu'elle ait la surprise en se levant. Pendant le trajet, elle avait imaginé la réveiller le lendemain matin et la voir se réjouir en découvrant la souris habillée d'un petit blazer, exactement comme dans les histoires de Beatrix Potter qu'elle lui lisait. Si elle n'était pas trop fatiguée, peut-être même fabriquerait-elle un lit pour la souris…

« Est-ce que tu vas me répondre ?

— Pardon. Je n'avais pas compris que c'était une vraie question.

— L'ironie n'aidera en rien, tu sais !

— J'ignorais que j'avais besoin d'aide, rétorqua Caroline. Que nous avions besoin d'aide.

— Tu vois ? Tu recommences… » Peter soupira.

« Quoi ? Je recommence quoi ?

— On est en train de se noyer. J'ai l'impression que notre famille est en train de sombrer sous le poids de ton travail. »

Elle lâcha le sac sur la table et s'effondra dans le canapé, trop épuisée pour rester debout, trop lasse pour alimenter la dispute. « Peut-être que je devrais revoir mon emploi du temps et trouver un meilleur moyen de gérer tout ça… » Elle montra le mur comme si *tout ça* y était accroché.

Peter se laissa tomber à côté d'elle et posa la main sur son genou. « Il ne t'est jamais venu à l'idée que tu pourrais arrêter de travailler ? Ne serait-ce qu'un petit moment ? »

Caroline repoussa sa main et se tourna face à lui. Son mari ne la connaissait-il donc pas ?

« Je crois que ce serait mieux pour Savannah, reprit-il. Je ne suis pas sûr de cette histoire de nounou… Savannah a l'air… »

Cette histoire de nounou ? Nanny Rose était chez eux depuis que leur fille avait trois semaines !

« Quand je repense à la façon dont j'ai grandi, avec ma mère toujours là, toujours disponible… C'était bien de grandir de cette façon. J'aimerais la même chose pour Savannah. Je pense qu'elle devrait avoir ça. » Il se racla la gorge. « Ta mère aussi était tout le temps à la maison… Est-ce que ça n'a pas énormément compté pour toi ?

— Je n'ai jamais connu autre chose. » Elle eut de la peine à articuler la phrase.

« Tu avais la sécurité. Tu n'as jamais vécu dans l'inquiétude. »

C'était comme ça qu'on flinguait un couple. Un mari évoquait quelque chose de si horrible aux yeux de sa femme que cela risquait de mettre fin à leur univers, d'autant plus qu'il le présentait comme une hypothèse sérieuse.

« Peut-être est-ce *toi* qui devrais arrêter de travailler », dit-elle d'une voix atone. À l'instant, il lui paraissait si étranger qu'elle se fichait pas mal de sa réponse.

« Je sais que tu adores ton boulot. » Il lui pinça le genou. Elle réprima l'envie de repousser sa main. « Mais, moi aussi, et, soyons honnêtes là-dessus, je gagne quoi… dix fois ton salaire ?

— Je pourrais changer de poste », répondit-elle, comme si cette discussion absurde méritait d'être prise au sérieux. Car c'était ça qu'il avait fait : il avait mis la poubelle sur la table en l'incitant à faire comme si c'était le dîner.

« Même si tu arrivais à trouver un boulot qui paie autant que le mien – sans parler du fait que je suis propriétaire de ma boîte –, tu m'imagines rester à la maison toute la journée ?

— Non, Peter. Pas une seconde. » Elle se leva. « Ce qui me fait peur, c'est que tu puisses m'imaginer le faire, moi. »

Le jouet serré au creux de la main, Caroline entra à pas de loup dans la chambre. Savannah dormait entortillée dans sa couette, le pouce près de la bouche.

Après l'avoir rebordée, elle s'assit en tailleur par terre et regarda la poitrine de sa fille monter et descendre en repensant à ce qu'avait suggéré Peter. Elle n'aurait pas dû lui crier dessus. Et au moins envisager cette possibilité.

Si elle restait à la maison, les choses s'arrangeraient sans doute pour eux, et pour toute la famille. Elle retomberait amoureuse de son mari et cesserait de retenir son souffle chaque fois qu'il la touchait. Elle se prendrait d'un amour resplendissant pour Savannah, comme l'avait fait Peter, au lieu d'avancer péniblement dans la maternité.

« Maman ? » Un étonnement assoupi teintait la voix de Savannah. « Qu'est-ce que tu fais ?

— Je t'avais promis de venir t'embrasser, non ? » Elle posa un baiser sur la joue satinée de sa fille.

« Tu me fais un câlin ? »

Caroline laissa la souris sur le tapis et se glissa dans le lit. Savannah se rapprocha le plus possible,

son petit corps tout chaud et ferme sous son pyjama.
« C'est bon de te sentir, Maman.

— Toi aussi, mon trésor. »

Une délicieuse torpeur l'envahit. Elle ferma les yeux.

« Tu vas rester avec moi ?

— Oui, petite citrouille.

— Toute la nuit ?

— Toute la nuit, se força à répondre Caroline.

— Tu es ma gentille mère, dit alors sa fille en lui tapotant le bras. Comme la bonne fée dans *Cendrillon*. »

21

Caroline

À cinq heures moins le quart du matin, une alarme intérieure sonna dans sa tête en lui rappelant la consultation prévue à huit heures – un cas d'entérocolite nécrosante. S'il s'agissait de cette grave inflammation intestinale, il faudrait poser très vite un diagnostic pour démarrer le traitement.

Délicatement, elle s'extirpa des bras de Savannah, soulagée de voir qu'elle dormait à poings fermés. Elle alla prendre une douche dans la salle de bains de la chambre d'amis, s'habilla sans faire de bruit et s'éclipsa un peu avant six heures en laissant un mot à Peter où il ne pourrait pas manquer de le voir.

Le Mass Pike était d'un calme voluptueux comparé à l'heure où elle l'empruntait d'habitude. Moins de quarante-cinq minutes après être partie de chez elle, elle était passée se chercher un café et un yaourt à la cafétéria, s'était installée à son bureau et avait allumé son ordinateur.

Elle tria son courrier qu'elle répartit en trois tas distincts : *Attention*, *Poubelle*, *Dossiers*.

Son téléphone portable vibra. Caroline avait coupé

la sonnerie. Au bout de quelques secondes, le signal qu'elle avait un message s'afficha. Elle voulut l'ignorer, mais elle eut peur tout à coup qu'il n'y eût un problème ; quelque chose d'essentiel qu'elle aurait oublié. *Où es-tu ?* disait le texto de Peter.

Une urgence, répondit-elle. Elle le lui avait écrit sur le mot qu'elle lui avait laissé – urgence au labo.

Il faut qu'on parle. Ce soir, lui renvoya-t-il.

Ses mails s'affichèrent sur l'écran de l'ordinateur.

Au milieu des mémos de collègues, des rapports de laboratoire et des requêtes émanant d'écoles et d'hôpitaux, elle remarqua un mail de Jonah.

Ils s'étaient écrit plusieurs fois depuis la conférence à San Diego – des messages innocents sur la saison de la boue dans le Vermont, le match d'ouverture des Red Sox à Boston, mais principalement sur le travail. Ils entretenaient une relation du style pause-café collégiale sur le Net. Quelques semaines après l'avoir rencontrée, Jonah lui avait parlé d'une de ses patientes souffrant d'un déni d'anorexie. Et comme il était inquiet, elle lui avait fait part d'un cas qu'elle-même avait pu observer récemment – malheureusement, au stade de l'autopsie.

Elle lui racontait qu'elle vivait sa vie tranquille de veuve entourée de livres, ce qui l'amena à lui avouer qu'il passait la plupart des heures où il ne recevait pas des patients à bouquiner au coin du feu. Les romans policiers avaient sa préférence, avait-il précisé d'un air embarrassé. En retour, elle avait reconnu avoir un faible pour les biographies de célébrités quand elle avait besoin de s'évader.

Caroline cliqua sur le mail de Jonah avec plus d'impatience qu'elle ne jugea approprié. Elle le parcourut en vitesse avant de le relire avec plus d'attention ; il séjournait à Boston et voulait la voir. Aussitôt l'excitation et la peur l'envahirent dans un mélange d'émotions fatal.

Il était évident que Jonah désirait plus que lui faire la conversation et qu'elle devait battre en retraite. Néanmoins, elle s'attarda sur le mail. L'idée de passer un moment avec un homme qui ne la voyait pas comme une mère, une épouse et un échec l'attirait, même si le fait que cet homme réclamât de l'attention ne la tentait pas du tout. Ce dont elle mourait d'envie, c'était de se perdre pendant des heures dans ses diapos et ses revues, d'y découvrir des débuts de réponses avant que tout se cristallise dans une sorte d'immuabilité. Dans son travail, même les pires vérités apportaient une certaine clarté. Alors que la vie domestique possédait un côté obscur qui menaçait de l'aspirer de façon permanente. Tous les matins, elle se levait en endossant un rôle qui ne lui convenait pas jusqu'à ce qu'elle arrive enfin à l'hôpital.

Pendant qu'elle participait à une vidéoconférence en ligne, Nanny Rose appela pour dire qu'elle aurait besoin d'une journée de congé dans trois semaines – et, à propos, trouvait-elle normal qu'une femme de son âge ait encore de l'acné ? Ne devrait-elle pas prendre cette pilule qui soi-disant permettait de s'en débarrasser ?

Peter appela pour lui répéter qu'il fallait qu'ils parlent et qu'elle devrait au moins réfléchir à son idée. « Tâche simplement d'y penser », lui dit-il.

Sa mère laissa un message en lui rappelant la séance d'essayage en vue du mariage de sa sœur. La couturière les attendait toutes les trois samedi matin à huit heures tapantes.

Sa belle-sœur Faith lui envoya un texto pour lui demander si elle voulait bien l'aider à remplir sa demande d'inscription en troisième cycle.

Sa secrétaire lui murmura que ses rapports horaires étaient en retard. Deux jours s'étaient écoulés sans que personne ait connaissance du nombre d'heures qu'elle avait consacrées à tel et tel projet. Caroline se surprit à plus ou moins s'en moquer.

Pire encore que tout cela, elle dut s'esquiver aux toilettes après le déjeuner pour l'unique raison qu'elle avait regardé ses pieds et s'était mise à pleurer. Ses chaussures étaient moches et tout éraflées, le bas de son pantalon élimé. Ses genoux lui donnaient l'impression d'être vieux et trop osseux. Elle ne s'était jamais souciée de son apparence, sachant qu'elle n'était pas belle, mais que ça allait. Parfaitement bien. Ça n'avait jamais eu d'importance étant donné qu'elle avait toujours eu une tête plus que bien faite. Or son psychisme lui faisait l'effet de n'être plus qu'une couverture pleine de trous qui laissaient passer les faits et les idées à travers.

Le temps qu'elle rentre chez elle – à l'heure –, elle était prête à filer sous la douche et à se mettre au lit avec un livre. La journée n'avait pas été difficile, rien que des choses habituelles, sauf que celles-ci étaient désormais un constant SNAFU[1] – situation normale : c'est le bordel.

---

1. *Situation normal, all fucked up*. Acronyme d'origine militaire. *(N.d.T.)*

Cependant, elle ne prit pas de douche et ne se mit pas au lit. Elle ajouta des petits pois dans des pâtes au blé complet au cheddar qu'elle décida de qualifier de repas équilibré.

Elle donna à Savannah un bain plus long que d'ordinaire – autorisant les Bitty Twins à le prendre en même temps, allant jusqu'à leur sécher les cheveux, au grand ravissement de sa fille.

Au lieu de reparler à Peter de sa proposition, elle l'embrassa en mimant la passion, leur servit un verre de vin et prit l'initiative de lui faire l'amour, l'endormant avec autant d'efficacité que Savannah.

Surfer sur des sites pornos lui aurait paru moins risqué que les sites qu'elle consultait derrière la porte close de son bureau. À trois heures du matin, la solitude se transforma en un total isolement, du genre qui pousse à aller sur des forums tel que *Insight : adoption ouverte*. L'entrevue avec Juliette, à laquelle vinrent se superposer les idées insensées de Peter, la tint en éveil d'une façon préoccupante. Prendre un nouvel Ambien la terrifiait ; elle était lasse d'aborder l'existence en se refermant comme une huître. Il était grand temps qu'elle fasse des recherches sur sa vie.

Après avoir tapé « adoption » sur Google à plusieurs reprises, Caroline revint sur le site Insight. Elle ouvrit un dossier qu'elle intitula « Adoption Psych » et commença à prendre des notes, ainsi que divers renseignements qu'elle jugea intéressants. Des passages entiers nécessitèrent d'être coupés puis collés dans un document Word.

« Où que votre enfant ait été adopté, vous devrez, en tant que parents adoptifs, “faire avec” sa famille biologique, que vous connaissiez celle-ci ou non. Cette famille biologique fait partie de ce qu'est votre enfant. »

Elle repensa à Juliette et à ses allusions à ces grands-parents que Savannah ne connaîtrait jamais.

« Au cours de la procédure de préplacement, nombre de professionnels de l'adoption incitent les futurs parents biologiques et les futurs parents adoptifs à décider du niveau de contact “qui sera le plus confortable pour eux”. Toutefois, la philosophie du confort omet de prendre en compte plusieurs facteurs essentiels, l'un d'eux étant que l'adoption ouverte ne devrait pas être basée sur la volonté des adultes concernés de se sentir à l'aise, mais plutôt sur celle de pourvoir aux besoins de l'enfant. »

Caroline réfléchit un instant. N'était-il pas curieux, voire injuste, que Peter et elle, Tia, Juliette et son mari en sachent tous davantage les uns sur les autres que Savannah sur eux ? Était-ce pour le bien de leur fille qu'ils limitaient ce qu'elle savait aux contes de fées et aux histoires pour enfants du genre « nous t'avons choisie », ou était-ce pour son confort à elle et à Peter ?

« Une grande partie de l'expérience de l'adoption ouverte a quelque chose d'inconfortable et étrange, surtout au début… Patricia Martinez Dorner, auteur de *Children of Open Adoption* et de *Talking to your Child About Adoption*, nous encourage à considérer l'adoption ouverte comme une autre forme de famille recomposée… L'enfant adopté est ainsi en mesure de connaître ses parents biologiques tels qu'ils sont, plutôt que de s'inventer un parent biologique imaginaire. Au lieu de passer d'innombrables heures à évoquer l'image d'une personne inconnue, il peut mettre cette énergie dans d'autres choses. En outre, cela donne à l'enfant le sentiment d'un tout. »

Caroline copia ce passage dans un document, puis commanda l'ouvrage. Il était déjà ancien, voire dépassé, mais ce serait un début.

22

Tia

La sonnerie du téléphone, si assourdie qu'elle aurait pu venir du toit, rivalisait avec un épisode de l'émission *The Doctors* sur le cancer de la peau, le son à plein volume. Affalée sur le canapé avec la télécommande à la main, Tia ne bougea pas, sinon pour resserrer la couverture boulochée autour de ses jambes. Avant qu'elle n'en eût hérité, le plaid en laine polaire avait été jeté sur le canapé de sa mère durant des années. Non qu'il s'agisse d'un bien de famille précieux : sa mère l'avait probablement acheté à Old Navy pour cinq dollars après les fêtes de Noël. Néanmoins, l'idée qu'il l'avait jadis réchauffée lui apportait une sorte de paix.

Ses journées consistaient à regarder la télé et à s'occuper de son dossier de chômage. Katie – qui l'aurait imaginé ? – avait convaincu Richard de ne pas s'opposer à sa demande. Elle l'avait même appelée pour l'informer que Sam survivrait. Quant à Mrs. G., elle n'irait pas en prison, juste dans un foyer médicalisé où elle devrait suivre des soins psychiatriques. Ce qui, naturellement, équivaudrait pour elle à une prison.

Tia jeta un coup d'œil sur la pendule, regrettant qu'elle n'indiquât pas déjà trois heures de l'après-midi, heure à laquelle elle s'autoriserait à caresser l'idée d'ajouter une goutte de Kahlua dans son café. Après quoi elle irait prendre une douche pour se préparer à l'arrivée de Bobby dans la soirée.

Elle laissa le répondeur prendre l'appel. Bobby était la seule personne à qui elle avait envie de parler, et il rappellerait. Ou elle le rappellerait. La patience de ce garçon semblait sans limites, y compris au lit – or là, quel homme en avait ? Par moments, elle ne supportait pas qu'il la touche ; à d'autres, elle s'accrochait à lui comme s'il était son unique source de subsistance sur la planète.

Quelques semaines après qu'elle avait été licenciée – ou quelques jours, elle ne se rappelait plus très bien –, Bobby était devenu son petit ami régulier à l'infinie patience. Si elle avait eu son vieux maillot de foot, elle se serait enveloppée dedans. Elle aurait voulu être revenue à l'époque du lycée, sauf que, cette fois, ce serait avec Bobby qu'elle irait au Sugar Bowl. Elle coucherait avec lui, l'épouserait et lui donnerait des enfants. Et lorsque les bébés seraient grands, elle les enverrait à l'école avec une lunch-box parfaitement équilibrée. Elle-même aurait alors repris des études et serait enseignante, médecin ou avocate.

Cinq sonneries s'égrenèrent avant que la voix de Nathan résonne dans son système nerveux central telle une détonation.

« Tia. C'est Nathan. »

Comme si elle aurait pu ne pas reconnaître sa voix…

« Il faut qu'on parle. »

Maintenant ? Il y avait si longtemps qu'elle lui avait envoyé cette lettre...

« À propos de... de l'enfant. »

Tia agrippa la couverture.

« Je... ma femme... Bon sang, Tia, comment tu as pu envoyer cette lettre chez moi ? As-tu seulement réfléchi aux conséquences que ça pouvait avoir ? »

L'accusation la fit se recroqueviller. La culpabilité la remplit de honte. Ensuite arriva la colère.

As-tu seulement songé à ce qui m'était arrivé après avoir eu ton bébé ? As-tu pensé une seule fois à cette enfant ?

Quel effet ça t'a fait de vivre ta vie sans même savoir si c'était un garçon ou une fille ?

« Appelle-moi. Sur mon portable. J'ai un nouveau numéro », annonça la voix désincarnée.

Elle le savait déjà. L'ancien ne marchait plus. Elle s'était même demandé s'il en avait changé pour qu'elle ne puisse pas le joindre. Nathan répéta le numéro. Elle le nota. Puis elle conserva le message au cas où elle aurait mal compris.

Au cas où elle voudrait le réécouter.

Idiote ! Il avait téléphoné pour l'engueuler, pas pour l'aimer.

Toujours est-il qu'il avait appelé. La dernière fois qu'elle avait entendu sa voix, elle était enceinte de cinq mois. C'était le jour où elle avait fait une ultime tentative pour le convaincre de lui faire une place dans sa vie en l'implorant. « Mais tu m'aimes ! Je le sais. »

Les choses s'étaient passées ainsi de trop nombreuses fois. Elle avait préparé un long discours rationnel et s'était retrouvée en train de le supplier : « Je sais que tu m'aimes. Je le sais. Je le sais. Je le sais ! »

Si bien qu'elle avait fini par s'obliger à affronter la possibilité qu'elle eût projeté sur lui sa folie obsessionnelle. Pendant trop longtemps elle avait cru que l'amour qu'il avait pour elle était sincère, tout comme elle avait cru aux phrases qu'il prononçait pour lui faire part de ses sentiments – « Oh, Tia, tu ne ressembles à personne… Tu es si vraie, si authentique… Je t'aime. »

Son « je t'aime » voulait peut-être dire en fait : « Je t'aime bien, poulette ! » Ou : « Tu me fais bander, ma jolie, mais je suis trop civilisé pour l'avouer. »

Était-il possible qu'il l'aime et qu'il aime aussi sa femme ?

Pouvait-il l'aimer et lui tourner le dos en sachant qu'ils allaient avoir un enfant ?

Tia pria pour que son fantôme le hante, comme elle-même l'était par le sien. Elle avait envie de l'obséder.

Chaque fois qu'elle connaissait des moments difficiles, elle avait envie d'appeler Nathan. Son besoin désespéré d'être réconfortée ne la dispensait-il pas de s'empêcher de l'appeler ? L'intimité qui avait été la leur pendant cette année passée ensemble ne lui en donnait-elle pas le droit ? Après la mort de sa mère : *Je pourrais appeler Nathan !* Quand elle avait fait une chute et s'était cassé trois côtes : *Nathan va m'aider !* Même après avoir été virée, sa première pensée avait été de lui téléphoner.

Mais elle ne l'avait jamais fait. Quand elle était

honnête, elle reconnaissait n'occuper que rarement les pensées de Nathan, alors qu'il ne quittait jamais les siennes. Du coup, c'était Robin qu'elle appelait à l'aide, s'autorisant à imaginer Nathan la consoler uniquement lorsqu'elle attendait que vienne le sommeil.

Tia se passa de l'eau froide sur la figure. Elle faillit aller se doucher, voulant être prête pour quoi que Nathan eût à lui offrir, mais elle craignait que quelques minutes de retard risquent de l'emporter au loin à tout jamais. Rien que prendre le temps de se servir un café pourrait être dangereux. Et si pendant ce temps-là il changeait d'avis et ne voulait plus lui parler ? Et si, à la seconde même où elle regardait le café brûlant couler dans la tasse, sa femme se servait de sa pureté et de sa beauté pour l'éloigner du téléphone ?

Elle lut le numéro qu'elle avait noté, puis le recopia en plus gros. Seulement après, elle appela Nathan.

« Tia ?

— Voir qui est le correspondant gâche la surprise, n'est-ce pas ? »

Oh, mon Dieu… Sa voix la fit frémir.

« Ce n'en est pas vraiment une, puisque je t'ai appelée il y a deux minutes. »

Elle se força à se concentrer, chercha à deviner son humeur. Deviner Nathan avait autrefois été un de ses talents. L'intonation de sa voix l'informait si elle pouvait être taquine. Vers la fin de leur histoire, elle s'était surprise à faire correspondre chacun de ses mots à son état d'esprit. Là, il avait l'air méfiant.

Néanmoins, elle crut détecter une pointe de curiosité. L'étudiante de Nathan qu'elle avait été perçut de l'intérêt dans sa voix, si minime fût-il.

« J'ai été étonnée d'avoir de tes nouvelles, dit-elle.

— Je ne vois pas pourquoi, vu ce que tu m'as envoyé.

— Je t'ai adressé ces photos il y aura bientôt deux mois !

— Je ne les ai eues que très récemment. » Il prit sa voix sincère. « Juliette les a interceptées.

— Comment ça, interceptées ?

— J'ai déménagé, tu sais. »

Nathan excellait à changer de sujet. « Non, dit-elle. Je ne le savais pas. Comment l'aurais-je su ? »

Un silence gluant s'étira.

« Bonne question, dit-il. Comment l'aurais-tu su ? D'ailleurs, c'est sans importance. Écoute, je suis sincère, je n'ai trouvé les photos qu'il y a peu. Juliette a ouvert l'enveloppe, mais elle me l'a dit seulement maintenant. »

Cette phrase ouvrit un million de questions. Tia se figea, ne sachant trop à quoi réagir en premier.

« Elle nous ressemble, dit-il dans le silence. L'enfant. »

Tia agrippa le téléphone. Nous. Il y avait toujours un « nous ». Elle sortit la photo de Honor du tiroir. Oui, Nathan avait raison. Ils s'étaient finalement réunis. Dans leur fille.

« Elle est étonnante, dit-il.

— Étonnante ? Ça veut dire quoi ?

— Pas banale. Elle a l'air…

— Je sais ce que signifie le mot. » Nathan, l'éternel

professeur ! « Qu'est-ce que tu entends par là ? Tu veux dire qu'elle n'est pas jolie ? Pas mignonne ? »

Sa ravissante princesse blonde de femme avait-elle dit : *Oh, elle n'est pas jolie, Nathan, mais elle est étonnante* ?

« Non, je voulais dire étonnante dans le sens elle m'étonne. Elle me stupéfie, à vrai dire.

— Comment cela ?

— Elle ressemble tellement à Max, mon plus jeune fils. Juliette n'a pas arrêté d'en parler. »

Le café lui remonta dans l'estomac quand elle imagina Juliette observer la photo de Honor. Penser à elle. Se répandre en commentaires. « Qu'est-ce que Juliette a d'autre à dire ? » Elle s'appliqua à ne pas mettre de guillemets dans son intonation en prononçant le nom de *Juliette*.

« Tia, c'est difficile pour tout le monde.

— Ça l'est pour toi uniquement parce que je t'ai ouvert les yeux. Si je n'avais pas envoyé ces photos, tu aurais vécu toute ta vie sans savoir si ta fille était étonnante ou pas. »

Cette fois il se tut.

« Est-ce que tu t'en es soucié ? T'es-tu demandé si tu avais un fils ou une fille ? M'aurais-tu jamais appelée ?

— Tu veux savoir si je me suis soucié de l'enfant ou bien de toi ?

— Peu importe. » Elle s'accrocha à la pensée de Bobby. Après son licenciement, il l'avait soutenue, même quand elle avait été si saoule qu'elle avait vomi sur ses chaussures. Elle n'allait pas laisser Nathan la troubler avec ses conneries il-n'y-a-que-moi-quicompte-ma-femme-et-ma-famille. « Tu n'as jamais appelé.

— Juliette pense que je devrais la voir. »

Le lendemain matin, ils se retrouvèrent dans un café à Quincy, une ville relativement proche en kilomètres, mais très loin de Jamaica Plain ou de Wellesley. Un endroit choisi par Nathan, qui proposa de lui payer un taxi.

Tia prit la Red Line.

Il l'attendait dans un box aux banquettes de cuir. Elle essaya de dissimuler son émotion, retenant son souffle tandis que le sang affluait dans sa tête. Il avait l'air en forme. Plus vieux, mais toujours aussi désirable. Peut-être un peu plus gros. Solide. Elle mourait d'envie de lui caresser la main.

« Ta femme sait-elle qu'on se voit ? demanda-t-elle, la voix tremblante.

— Pas vraiment. » Il lui prit la main et la serra dans la sienne. Elle ne reconnut que trop bien le contact de sa peau. « Je t'ai commandé un café et un scone. »

Pas vraiment voulait dire non. Elle retira sa main et se trémoussa sur la banquette. Les sièges étaient trop hauts. Elle détestait avoir les jambes qui pendaient dans le vide et ne pas sentir le sol sous ses pieds. Elle avait mis des talons et une robe bain de soleil avec un cardigan jeté sur les épaules. Une tenue Nathan, d'un genre très fille comme il aimait.

Il poussa le scone devant elle. « Goûte-le. À vrai dire, mon muffin est plutôt bon.

— Pourquoi ça t'étonne tant ? Il existe des choses décentes chez Starbucks et Whole Foods. »

Nathan reposa son muffin et sourit. « Tu aimes bien me cataloguer, hein ? Rien n'a changé… Tu es toujours ma petite crapule.

— Qui catalogue qui ? Et je ne suis ta petite rien du tout. » Elle réduisit son scone en miettes en se demandant comment avoir l'air plus intelligente, moins *crapule*. Ça l'avait embêtée à l'époque et ça l'embêtait encore ; elle jouait les délurées tandis que lui représentait l'homme sérieux. « Je suppose que la réponse est non, elle ne sait pas que tu es ici.

— J'ai besoin de savoir ce que tu veux, Tia. Et pourquoi tu as envoyé ces photos. Tu te doutes bien que ça a affecté Juliette. Les trouver a été terrible pour elle. »

Juliette. Juliette. Tia murmura le nom dans sa tête en pestant.

Elle détestait l'entendre dans la bouche de Nathan : un son si doux, si pur et élégant… Bientôt, elle détesterait tous les mots qui commençaient par *J*.

Jonquille.

Je t'aime.

Joie.

Tia, avec son *T*, sonnait trop dur. *Tonner. Troubler. Tirailler.*

« Juliette voudrait savoir qui sont ces gens – la famille adoptive. Moi aussi. Maintenant que tu as rompu le silence, nous voulons tout savoir. »

Il portait une chemise bleue si bien repassée qu'elle se demanda comment c'était possible. Elle-même ne parvenait jamais à obtenir ces plis parfaits et ce devant tout lisse. Les autres avaient-elles des fers plus performants ? Les femmes comme Juliette avaient peut-être accès à des appareils que seules pouvaient se procurer les bourgeoises : des armes de beauté que vendaient des sites secrets sur Internet et des fers qu'on ne pouvait acheter que si on connaissait le mot de passe.

« Pourquoi J… Juliette – elle trébucha sur le nom – veut-elle savoir quoi que ce soit, et plus encore tout savoir ?

— Elle se sent liée. Après tout, cette enfant est ma fille.

— Ta fille ? » Tia agrippa le bord de la table. « Elle est peut-être ton enfant biologique, mais elle n'est pas ta fille ! Et, comment le dire de façon claire, elle n'est rien, absolument *rien,* pour ta femme !

— Tu dis *ta femme* comme si c'était quelque chose d'horrible. » Il ne lui avait jamais parlé de Juliette de manière aussi directe, pas plus qu'il ne l'avait entendue, elle, en parler aussi simplement. « Pourquoi tu lui en veux ? N'est-ce pas plutôt à moi que tu devrais en vouloir ? »

Tia n'avait pas la réponse. Nathan avait raison.

« Juliette est pareille dès qu'elle parle de toi.

— Peut-être est-ce notre problème… Comme on n'a pas encore trouvé comment te haïr vraiment, on s'en prend l'une à l'autre. »

Il se leva et vint s'asseoir à côté d'elle. Tia sentit la chaleur de sa hanche. Leurs cuisses se touchaient, et elle se demanda si c'était voulu ou pas.

Nathan la prit par l'épaule en l'attirant contre lui. Il lui donna le baiser-bonjour qu'il ne lui avait pas encore donné. Un baiser très bref, du bout des lèvres. Ce n'en était pas moins un baiser.

Elle cligna des yeux en sentant peser son bras, un poids qu'elle avait cru ne plus jamais ressentir. Pourquoi avec lui avait-elle cette sensation de bien-être et de sécurité ? Elle se força à oublier ces bêtises.

« On trouvera, dit-il. Je te le promets. »

Jusqu'à ce matin, elle ne s'était pas doutée qu'ils avaient quelque chose à comprendre, ni même qu'il y avait un *ils*. Et là, tout à coup, ils étaient parents ensemble.

« Juliette voudrait aller la voir avec moi. »

Tia respira plusieurs fois pour se calmer. Du bout du doigt, elle suivit les marbrures blanches sur la table noire. « C'est nous qui devrions aller la voir. Ce devrait être à nous de juger comment elle va. »

Nathan lui prit la main. « Tu as peut-être raison. »

Elle douta de sa sincérité.

« Oui. Tu as peut-être raison, répéta-t-il. Je t'appellerai. »

23

Tia

Tia revint de Quincy débordante d'énergie. À peine arrivée chez elle, elle commença à remettre de l'ordre, rangea les parapluies et les chaussures à leur place, enleva les publicités accumulées sur la table et les étagères de l'entrée. Des gants orphelins, des sacs de supermarché et un grattoir à givre tout mâchouillé rejoignirent immédiatement le tas destiné à la poubelle.

Le grattoir devait être le vestige d'un passé révolu, un objet égaré qu'elle avait oublié de jeter lorsqu'elle avait emménagé. Alors pleine d'optimisme, peut-être avait-elle pensé s'acheter une voiture.

Elle alla chercher des sacs-poubelle et l'aspirateur, puis revint dans l'entrée. Elle fourra le tout dans les sacs sans même regarder, passa l'aspirateur sur le tapis d'Orient élimé, puis descendit les sacs dans la cour.

Un foutoir – elle vivait dans un foutoir humiliant. Depuis son licenciement, bien qu'elle disposât de tout le temps nécessaire, c'était à peine si elle avait passé le balai ou un chiffon. Avant, elle remettait de l'ordre tous les matins avant de partir au travail. Et le week-end, elle faisait le ménage à fond, ne serait-ce que par respect pour elle-même. « La saleté est inexcusable », disait sa mère chaque fois qu'elle lui mettait un chiffon à poussière dans les mains. Cette phrase lui était sortie la première fois à l'époque où elles habitaient dans un HLM. Sa mère n'avait que du mépris pour ceux qui préféraient une bière à l'eau de Javel.

Elle entendait déjà ce qu'elle aurait dit si elle avait vu l'appartement de sa fille.

« Aucune excuse, Tia ! Il n'y a aucune excuse à vivre de cette façon. »

Et pourquoi donc s'y attelait-elle maintenant ? Elle essaya de ne pas mettre ce sursaut d'énergie sur le fait que Nathan allait venir la voir.

Bon, qu'elle que fût la cause, inutile de se mentir, l'appartement avait besoin d'un grand ménage. Comment Bobby faisait-il pour venir ici sans avoir envie de vomir ? La tolérance et la compassion dont il faisait preuve à son égard lui donnaient envie de crier. Pourquoi s'asseyait-il au milieu de la poussière et de la vaisselle sale sans lui faire une remarque du genre : « Dis donc, et si tu passais un coup d'aspirateur ? »

Et Nathan, que dirait-il ? « Qu'est-ce qui ne va pas, Tia ? Tu ne penses pas que ta maison reflète ton état d'esprit ? »

Elle l'entendait déjà prononcer une phrase dans ce goût-là, et elle tenait à lui montrer que son état d'esprit allait très bien.

Non qu'elle s'attendît à ce qu'il vienne.

Sûrement pas.

Mais… qui sait ?

« Ouah ! » Bobby respira à pleins poumons. Elle avait ouvert les fenêtres en grand pour laisser entrer l'air du printemps.

« Ouah quoi ?

— Ouah, c'est superbe ! Est-ce mal de le dire ? Ne me cherche pas, Tia… » Il la prit dans ses bras. « Et tu es magnifique… Comme toujours. »

En réalité, bien qu'elle eût briqué l'appartement à fond et disposé ses plus beaux objets avec soin – sa collection de verre bleu cobalt à l'endroit exact où donnait le soleil l'après-midi, ses plus jolis presse-papiers sur des piles de papiers, sans oublier de cacher les bouteilles de lait qui lui servaient de vases et que Nathan pourrait trouver de mauvais goût –, elle n'avait pas fait grand-chose pour se mettre en valeur à part prendre une douche. Au lieu de perdre du temps à appliquer de l'eye-liner et du blush, elle avait passé en revue ses livres, cherchant ceux qui la feraient paraître plus intelligente et réfléchie. Elle avait planqué ses polars sous le lit dans un carton, ne laissant que ceux que Nathan jugerait intéressants, tels ceux d'auteurs norvégiens ou africains.

« L'appartement est bien, pas moi.

— Chérie, tu n'as besoin d'aucun maquillage pour être au mieux. Tu as l'air pleine d'énergie, ce qui te donne encore plus de charme que d'habitude. Attends, j'ai quelque chose pour toi… » Bobby retourna dans l'entrée et revint avec un pot de jacinthes roses et blanches. « Quand je les ai vues, je me suis rappelé que tu adorais ces fleurs. »

Tia respira le parfum délicat. Les jacinthes et les

freesias étaient ses fleurs préférées. Le pot violet faisait ressortir la nuance pâle des fleurs.

« Tu aimes bien les jacinthes, non ? » Il ferma la porte et la verrouilla. Bobby le méfiant.

« Des gens les volent, tu sais.

— Des gens les volent ?

— Ils les arrachent de terre, dit-elle. Elles sont très appréciées. Et chères. »

Elle posa le pot sur la table de la cuisine, le déplaçant vers la droite puis vers la gauche avant de s'estimer satisfaite. Elle toucha la terre du bout du pouce pour voir si elle avait besoin d'eau. « J'adore les jacinthes, dit-elle en se tournant vers Bobby. Et j'adore que tu t'en sois souvenu. »

Elle admira son évier blanc étincelant en se lavant les mains pour les débarrasser de la terre. Elle l'avait frotté jusqu'à ce que toutes les traces noires ou presque aient disparu – elle avait même cherché quelles étaient les meilleures méthodes, allant jusqu'à préparer la concoction que recommandait l'Institut de l'émail et de la porcelaine :

« … mélangez de la poudre à récurer et de l'eau jusqu'à l'obtention d'une bouillie, puis étalez-la sur la surface à nettoyer. Laissez agir pendant environ cinq minutes. »

Elle n'aurait pas dû se sentir aussi fière. C'était de la bouillie, rien de plus !

« Fais-moi l'amour. » Elle l'enlaça par la taille.

Tia se coucha sur lui, prête avant même qu'il eût commencé. Ses synapses explosaient à la vitesse d'un million de kilomètres par minute.

Nathan. Nathan. Nathan.

Elle chevaucha Bobby en psalmodiant le nom de Nathan dans sa tête comme une incantation qui la fit monter au septième ciel. « Oh, mon Dieu ! soupira-t-elle dans un murmure.

— Oh, Seigneur… », s'exclama Bobby lorsqu'il jouit à son tour.

Après, elle se lova dans ses bras et caressa les fins poils roux sur son torse. Rien à voir avec ceux de Nathan. Tout chez lui était sombre et épais.

Ses doigts mouraient d'envie de toucher Nathan. Elle posa sa tête sur l'épaule de Bobby, une épaule large et musclée, comme celle de Nathan.

« Eh bien… » Bobby l'embrassa sur le sommet du crâne. « Dorénavant, j'apporterai des jacinthes chaque fois que je viendrai chez toi !

— Est-ce que tu as faim ?

— Parce que tu as préparé à manger en plus d'avoir fait le ménage ? » Le ton était moqueur, mais le ravissement se lisait sur son visage. Il savait qu'elle ne cuisinait jamais – elle détestait ça. Si elle lui avait mijoté un petit plat, il aurait immédiatement cru au grand amour.

« Il y a des œufs au réfrigérateur, dit-elle. Mais je ne sais plus de quand ils datent. »

Bobby se redressa. « Je vais nous faire une omelette. Sortir serait trop fatigant. » Il lui donna un baiser plein de tendresse. « Est-ce que tu as envoyé des CV, aujourd'hui ?

— Aujourd'hui, j'ai fait le ménage. »

Il prit ses mains dans la sienne. « Je ne cherche pas à te mettre la pression, je voudrais juste faire partie de ta vie, la rendre plus agréable.

— Tu es trop gentil avec moi », dit-elle, le cœur serré. Elle rit pour ne pas pleurer. « Et moi, est-ce que je suis gentille avec toi ? »

Il lui caressa les cheveux comme s'il cajolait un chaton. « Mais oui, chérie. »

Nathan ne viendrait jamais. Elle s'était comportée comme une gamine éperdue d'amour, avait fait le ménage pour lui… Dieu lui-même avait dû la regarder frotter en riant aux larmes avec Jésus !

Il avait appelé uniquement parce que sa femme lui avait ordonné de voir où elle en était. Ils avaient des intentions cachées, quelque chose qui avait un rapport avec Honor. Elle ferait mieux de regarder la réalité en face.

Le salon impeccable lui donnait le sentiment de s'être purifiée. Sa vie offrait certaines possibilités. Elle pouvait oublier Nathan. Le revoir n'avait abouti à rien de pire qu'un grand ménage, et à persuader Bobby qu'il était le héros dans les bras duquel elle rêvait d'être enlevée. Rien de catastrophique.

Dès demain, elle s'occuperait de son CV.

Bobby posa le plateau sur la table toute propre et disposa deux assiettes. « Madame est servie ! »

Le fromage râpé s'étirait en longs fils dans les superbes omelettes entourées de quartiers de pomme – des pommes farineuses, mais tout de même des pommes – et de muffins, qu'il avait probablement extraits du fin fond du congélateur en enlevant le givre. Les muffins étaient étonnamment délicieux, toastés à la perfection et bien imbibés de beurre fondu.

« J'ai ouvert la bouteille de charles-laffitte que j'avais mise au frais la semaine dernière », dit-il en lui tendant un verre de champagne.

Personne d'autre que Bobby ne lui avait jamais apporté de champagne pour la seule raison qu'elle aimait ça.

« Trinquons, dit-il.

— À quoi ?

— Au fait d'être là. J'y ai pensé pendant longtemps.

— Et les choses ont tourné comme tu l'espérais ? » Elle mordit une bouchée de muffin.

« Tu me rends heureux, Tia. Peut-être que c'est comme le dit le proverbe : "À chaque marmite son couvercle." J'ai toujours eu l'impression que tu étais faite pour moi. » Il embrassa ses lèvres pleines de beurre et de miettes. « Je voudrais te rendre heureuse.

— Je ne voudrais pas te rendre malheureux. »

Il recula légèrement. « Qu'est-ce qui t'inquiète ? »

Si ténue que fût leur relation, maintenant que Nathan était de retour dans sa vie, elle risquait au moindre faux pas de se perdre de nouveau en lui. Autant vivre sa vie en dansant sur le fil du rasoir.

« J'ai eu un bébé. » Les mots jaillirent d'une voix tendue.

Bobby la dévisagea, l'air dérouté. « Quand ça ? finit-il par demander.

— Ça fera cinq ans en mars. »

Il vint s'asseoir près d'elle et lui prit la main. « Que s'est-il passé ?

— J'aimais un homme qui ne m'aimait pas. Ou qui ne m'aimait pas assez. »

Elle enfonça ses doigts tremblants dans ses cuisses.

« Il était marié… J'ai péché avec lui… Et comme je ne voulais plus pécher, je ne me suis pas débarrassée de l'enfant… Mais je l'ai abandonnée. »

Elle lui dit tout ce qu'elle put.

Ils demeurèrent un moment immobiles. En silence.

« Est-ce que tu l'aimes toujours ? » demanda Bobby en lui tendant un mouchoir.

Tia pinça les lèvres pour s'empêcher de répéter sa question.

L'aimait-elle toujours ? Est-ce que ça comptait que son sang circule plus vite depuis qu'elle avait revu Nathan ? Que son nom soit le seul qu'elle ait envie de prononcer et qu'elle sente encore la peau de sa main sous son pouce ?

« Non. Bien sûr que non.

— Et le bébé ?

— Quoi, le bébé ?

— Est-ce que tu l'aimes ?

— Qu'est-ce que ça peut faire ?

— C'est que… c'est tellement triste d'abandonner un bébé… » Il lui prit la main. « Je préfère ne pas t'imaginer faisant ça, c'est tout. Je ne juge pas. C'est lui qui devrait être jugé. C'est lui qui était marié et qui t'a laissée tomber. »

La seule chose qui lui vint à l'esprit fut une phrase banale, des mots qui leur éviteraient de parler de Nathan et de Honor. « L'eau coule sous les ponts, j'imagine.

— Je ne te crois pas, dit Bobby. Tu as l'air trop malheureuse. Cette histoire explique tellement de choses sur toi… Et sur nous.

— Nous ?

— Tu te sentais obligée de garder tout le monde à distance, y compris moi. Connaître la vérité devrait changer la donne…

— Sans doute. » Peut-être avait-il raison. Bobby serait celui qui saurait. Elle pouvait lui faire confiance. Il lui offrirait un abri sûr.

« On dirait qu'on t'a poussée à l'abandonner…

— Qui ?

— Lui. Il t'a rejetée, a rejeté le bébé… Tu n'étais pas en état de prendre des décisions. Et puis ta mère était en train de mourir, Tee… Tu ne pouvais pas réfléchir comme il faut. »

La sincérité entre un homme et une femme avait ses limites. Comment lui expliquer que Honor lui aurait trop rappelé Nathan ? Qu'elle s'était comportée comme la pire lâche qui soit… Qu'elle avait été folle d'amour ou avait cru l'être… Au bout du compte, ça changeait quoi ?

« Tout est sa faute. Ça ne va pas du tout, reprit Bobby, les joues empourprées de colère. Bon sang, c'est ta fille ! Elle est à toi…

— C'est trop tard. Elle a cinq ans. J'ai signé pour l'abandon. Je me rappelle encore les termes : *définitif et irrévocable*.

— On pourrait au moins consulter un avocat. Ça ne peut pas faire de mal… Il y a toujours des vides juridiques. »

Des vides juridiques. Bobby parlait comme un vrai gars de Southie. Elle savait au fond d'elle qu'elle devait refuser. Et que lui ferait tout pour la convaincre d'accepter.

24

Juliette

La boutique était glacée. À moins que ce ne fût elle… Toujours est-il que Juliette frissonnait assise à son bureau comme si on venait de marcher sur sa tombe. C'était ce que disait la mère de Nathan chaque fois que quelqu'un frissonnait.

Les juifs pouvaient être d'une noirceur effrayante. Son père aurait-il été morose si sa mère n'avait pas été là pour l'égayer ? Sa mère avait une âme aussi légère que l'hélium. Elle-même s'inquiétait d'avoir hérité d'une âme flottante. Si elle avait été plus mélancolique, Nathan ne se serait pas désintéressé d'elle pour s'intéresser à des femmes d'humeur plus sombre.

À l'instant, elle se sentait suffisamment sombre pour déprimer un cirque entier ! Elle qui avait espéré que tout partager avec lui l'aiderait à se sentir mieux, c'était au contraire comme si elle lui avait remis les clés du magasin de bonbons ! Désormais, il avait une excellente raison de voir Tia. Depuis qu'elle lui avait parlé de l'enfant, il ne lui avait donné que des réponses superficielles sur ce qu'il avait fait ou comptait faire.

« Nathan, lui avait-elle répété d'un ton suppliant, ne me laisse plus à l'écart. Plus jamais. »

Il lui avait jeté un regard torturé. « Pour le moment, Jul, je suis un peu perdu… Laisse-moi du temps, tu veux ? »

Après l'avoir mis devant le fait accompli, toute sa flamme l'avait quittée. Quand il se renfermait sur lui-même, il prenait sa colère à elle avec lui. Et peut-être aussi son amour – sans cette flamme, elle avait peur qu'ils meurent.

« Juliette ? » Gwynne passa la tête par la porte, l'air inquiet. « Quelqu'un demande à te voir. »

Elle prit sa tête entre ses mains. Il était trop tôt pour qu'elle aille affronter une cliente venue réclamer une consultation sourcils en urgence ou la supplier de choisir une couleur de rouge à lèvres qui lui garantirait une bague de fiançailles à trois carats, ou encore une représentante mal informée qui ignorait que juliette&gwynne ne vendait que les produits qu'elles fabriquaient.

« Tu veux bien dire que je ne suis pas là ? » Elle se massa les tempes. « S'il te plaît… Je ne peux voir personne pour l'instant.

— Je doute d'arriver à convaincre celle-là de s'en aller… » Gwynne se pencha sur le bureau si près qu'elle fut contrainte de lever les yeux.

« Qui est-ce ? » Soudain, elle craignit que le jour qu'elle avait tant redouté ne fût arrivé, ce jour où une cliente furax débarquerait à la boutique la peau en feu, défigurée par une crème juliette&gwynne. Bien qu'elle fût certaine des ingrédients utilisés dans leurs produits, comment empêcher une femme d'y mélanger une toxine et de venir ensuite les accuser ?

« Ce n'est pas une cliente. C'est Tia. »

Maîtrisant tant bien que mal son tremblement, Juliette gagna l'avant de la boutique. Madge, la réceptionniste âgée de soixante-trois ans qu'elles avaient choisie comme une réclame pour la beauté mature, déplaça des papiers tout en observant la scène.

L'air était chargé d'étincelles.

Juliette aborda Tia comme si elle se préparait à un duel. Elles n'avaient jamais été si près l'une de l'autre. Elle croisa les bras si fort qu'elle en eut mal aux muscles. Tia paraissait très jeune – plus jeune que ses vingt-neuf ans. Elle avait douze ans de moins que Juliette. Arracher cette information à Nathan avait été aussi laborieux qu'extraire un clou rouillé d'un bout de bois pétrifié.

« Quelle importance ? avait-il demandé.

— Ça en a », avait répondu Juliette.

C'était comme une génération de différence.

Les vêtements de Tia avaient l'air bon marché. Son tee-shirt noir en coton fin au décolleté trop échancré laissait apercevoir le haut de son soutien-gorge. Son jean avait une coupe passée de mode depuis longtemps.

Et en dépit de cette tenue peu seyante, elle était ravissante. Dans le genre joli lutin qui s'en fout. Ses immenses yeux bruns, couleur de terre humide, étaient d'une profondeur abyssale. C'était dans ces yeux-là que Nathan s'était perdu.

Et cette taille fine… Un bébé avait-il grandi là ?

Tia soutint son regard. À en juger par la façon dont les avait dévisagées les quelques clientes dans la salle d'attente, la tension devait être palpable. Madge continua à faire semblant de ne pas regarder, tout en mémorisant le moindre de leurs gestes qu'elle rapporterait ensuite aux autres employées. Et elle avait beau ne pas très bien comprendre ce qui se passait, son petit doigt lui soufflait de coiffer sa casquette de colporteuse de potins.

Finalement, Gwynne s'approcha. « Juliette, peut-être devrais-tu emmener ton… ton rendez-vous dans ton bureau. » Elle lui pinça doucement le bras. « Je vais vous apporter du café. »

Son amie lui faisait comprendre qu'elle passerait jeter un œil. Pensait-elle qu'elles allaient rouler par terre en se balançant des gifles et en se tirant les cheveux ?

Juliette acquiesça. « Vous voulez bien me suivre ? » dit-elle tout bas.

Elles s'éloignèrent dans le couloir sans prononcer un mot, puis Juliette invita Tia à entrer dans son bureau et lui indiqua un fauteuil. Elle n'avait pas l'intention de l'installer dans le canapé ou les gros fauteuils cosy près de la fenêtre. Non, le fauteuil en chêne réservé aux employées à problèmes suffirait.

« Que puis-je faire pour vous ? » Elle se composa un masque aussi engageant qu'un cadavre.

« Je crois que la question est tout autre, rétorqua Tia. Que pensez-vous que je peux faire pour vous ?

— Je ne comprends pas ce que vous voulez dire. » Son beau-père lui avait inculqué un principe : en affaires, toujours laisser l'adversaire annoncer le premier la couleur. Là, l'affaire concernait son couple.

« Oh, je vous en prie… » Le rire nerveux de Tia lui donna envie de lui lancer les trombones à la figure. « Je suis persuadée que si ! »

Une chaleur qui partait du cerveau se propagea jusque dans ses doigts crispés. Juliette prit sa tasse vide et fit semblant de boire une gorgée de café. « À vrai dire, non.

— Honor. Ma fille. En quoi vous intéresse-t-elle ? Pourquoi avez-vous envoyé Nathan me parler ?

— Envoyé Nathan ?

— Vous savez qu'il est venu me voir, non ? »

Juliette pria le Ciel pour que l'anse ne se brise pas dans sa main. « Naturellement, mentit-elle. Mais qu'est-ce qui vous fait croire que c'est moi qui l'ai envoyé ?

— *Juliette veut la voir*. C'est ce que m'a dit Nathan, que vous vouliez voir ma fille. Pourquoi ? »

Quel salaud ! Il ne lui avait pas dit qu'il avait parlé à Tia, et encore moins qu'il l'avait vue. Pourquoi l'avait-il fait en douce ?

Elle ne pouvait que très bien l'imaginer…

« En réalité, je ne vous dois aucune explication, répondit-elle. Je n'ai aucune idée de ce qui vous amène, ni de ce que vous attendez de moi.

— Je veux que vous vous teniez à distance de ma fille. » Tia croisa les mains sur ses genoux comme si elle était à l'école.

« Et moi que vous vous teniez à distance de mon mari.

— Je n'ai aucun projet avec lui, rétorqua Tia en

agrippant les bras du fauteuil, l'air prête à bondir. « Je suis venue vous dire que vous n'aviez aucun droit sur ma fille. Cette histoire ne vous regarde pas. Aucun de vous. *Laissez-la tranquille.*

— Vous l'avez abandonnée.

— Je lui ai trouvé de bons parents. Des parents formidables. Je pense à elle tous les jours. Nathan n'a jamais rien fait pour elle. Il ne l'a même pas reconnue. »

Juliette ferma les yeux en priant pour qu'elle disparaisse.

« Vous pensiez pouvoir aller rencontrer ma fille sans même me prévenir ? Laissez-la tranquille.

— Votre fille ? Savez-vous seulement ce qu'elle préfère manger ou quelle histoire elle aime qu'on lui raconte le soir ? Savez-vous quelle couleur elle aime ? »

Tia se mordit la lèvre comme pour se retenir de pleurer. « Vous croyez me connaître, n'est-ce pas ? »

Juliette ne voulait en aucun cas se laisser contaminer par sa tristesse. « Cette enfant est la fille de Nathan. Ce qui, par conséquent, me relie à elle.

— S'il vous plaît, laissez-la tranquille. »

La jeune femme avait l'air effrayée. Juliette fit un effort pour rester invulnérable. Cette fille avait bousillé sa vie. « Je ne peux pas vous le promettre. »

Tia se leva. Arrivée devant la porte, elle se retourna, la main sur la poignée. « Il m'a embrassée, vous savez. Nathan m'a embrassée. À votre avis, pourquoi a-t-il fait ça ? »

Dès que Tia fut partie, Juliette appela Nathan. Très vite le combat s'engagea, un combat à sens unique. Tandis qu'elle fulminait de rage, il marmonna des *hum hum* dans le téléphone, sous prétexte qu'il était en train de traverser le campus et craignait que quelqu'un l'entende. Juliette ne crut pas plus à son excuse qu'au reste de ce qu'il lui dit.

« Pour l'amour du ciel, Jul, je l'ai fait pour nous ! Pour nous protéger.

— On ne peut pas avoir de secrets. Tu crois que je ne m'en doute pas ? J'aurais voulu que tu me tiennes au courant de ce que tu fais.

— J'avais prévu de t'en parler… je te le jure ! »

Quand elle rentra à la maison, il était là, seulement les garçons aussi.

Ils dînèrent tous les quatre. Nathan alla ensuite ouvrir son courrier et régler des factures. Juliette répondit à des mails et rangea la cuisine. Puis ils embrassèrent les garçons en leur souhaitant bonne nuit. Finalement, ils se retrouvèrent seuls dans la salle de séjour, lui dans le fauteuil club, elle sur le canapé. Juliette reposa le magazine qu'elle avait pris histoire de se donner une contenance et se tourna vers son mari. La télécommande à la main, il s'apprêtait à allumer la télévision.

« Tu l'as embrassée. » La télé resta éteinte. « Je n'arrive pas à croire que tu l'aies embrassée !

— Embrassée ? Un baiser chaste sur la joue, Jul. » Il se pencha et lui caressa la main. « Ça ne voulait rien dire. C'était juste un bonjour. »

Elle dégagea sa main. « Comment as-tu pu ne pas me dire que tu étais allé chez elle ?

— Je ne suis pas allé chez elle. On s'est vus dans un café.

— Où ça ?

— Qu'est-ce ça peut bien faire ?

— Qu'est-ce que ça peut te faire de me le dire ? Pourquoi tu ne me réponds pas au lieu de répéter mes questions ?

— À Quincy. On s'est retrouvés à Quincy.

— Parce que tu ne voulais pas qu'on vous voie ?

— Chérie, parle plus bas… Tu tiens vraiment à ce que les garçons nous entendent ? »

Juliette mit un coussin sur son ventre, en le serrant si fort que des tiges de plumes s'enfoncèrent dans sa peau.

« Tu n'es qu'un imbécile, murmura-t-elle. Quincy ? C'est loin d'être pratique ! »

L'air mal à l'aise, Nathan garda le silence.

« Quincy est un de vos anciens terrains de jeux ? »

Il reposa la télécommande. « Chérie, c'est toi-même qui m'as dit qu'on devrait voir Honor…

— Savannah. Son nom est Savannah. » Elle prit sur elle pour ne pas hurler, pour ne pas pleurer. « Je t'ai dit qu'on devrait voir l'enfant, pas que tu devais voir cette femme !

— Et j'étais censé faire quoi ? Débarquer à Dover en demandant à voir la petite ? Je n'ai jamais eu aucun contact avec eux.

— Cette enfant, ce n'est pas toi qui l'as abandonnée, c'est *elle* !

— D'une certaine façon, si, dit-il d'un air misérable qui la toucha. En quittant Tia sans même lui dire un mot, j'ai de fait abandonné le bébé. »

En l'entendant prononcer son nom, elle ferma les yeux le plus fort possible et garda la tête baissée pour qu'il ne voie pas son visage.

« Je lui ai demandé de s'en débarrasser », reprit Nathan.

Le visage de Savannah – qui ressemblait tellement à Max – flotta dans la pièce telle une apparition.

« Je lui ai demandé d'avorter », précisa-t-il, comme s'il n'avait pas été assez clair.

Que deux pensées aussi contradictoires cohabitent dans sa tête semblait impossible à Juliette : l'épouvante à l'idée que la petite fille ait pu être éliminée et le désir rétrospectivement que l'avortement ait bel et bien eu lieu.

« Il m'était impossible d'aller voir l'enfant sans en parler à Tia, même si tu estimes le contraire. Ça n'aurait pas été juste. Tu peux sûrement le comprendre.

— Non, mais tu t'entends ? Tu me prends pour qui ? » Elle se leva et se mit à tourner en rond. « Je ne suis pas ta mère, pleine d'amour inconditionnel et de compassion !

— Tu es quelqu'un de bon, je le sais. Pourquoi sinon aurais-tu proposé d'aller voir Honor ?

— Savannah, dit-elle tout bas. Savannah, Savannah, Savannah.

— Savannah, répéta-t-il. Je t'aime, Jul.

— Promets-moi de ne plus jamais la revoir. *Jamais*.

— Comment est-ce que je le pourrais et faire en même temps ce que tu veux en allant voir Hon… Savannah ?

— Elle l'a a-ban-do-nnée ! s'écria-t-elle en détachant chaque syllabe. Juridiquement, elle n'a aucun droit. Les seuls à qui on doit parler sont les parents de Savannah. Ses seuls parents sur le plan légal.

— Souhaiter une chose ne suffit pas à la rendre vraie. Que ça te plaise ou non, Tia a mis cette enfant au monde.

— Et l'a ensuite abandonnée. Tu ne comprends donc pas ?

— Et toi ? » Nathan s'énerva. « Elle l'a abandonnée à cause de moi, parce que je l'ai abandonnée, elle !

— C'est ce que tu penses ? Que ta fragile petite amie y a été forcée, comme la petite Nell de Dickens qui s'est retrouvée dehors dans le froid ? Est-ce toi qui lui as arraché le bébé des bras ? »

Elle se pencha au-dessus de lui en agrippant les accoudoirs du fauteuil. « À ton avis, j'aurais fait quoi si je m'étais retrouvée enceinte et que tu m'avais demandé de me séparer de mon bébé ? Si tu m'avais dit que tu n'en avais rien à foutre de moi ? Est-ce que j'aurais avorté de Max ? Est-ce que j'aurais abandonné Lucas ?

— Ça n'a rien à voir… Tu compares des situations complètement différentes.

— Non, Nathan ! Il y a des choses essentielles, et pour moi c'en est une ! Rien, absolument rien, ne m'aurait convaincue d'abandonner mon enfant. »

Il leva les yeux et secoua la tête. « Pour elle, ce n'est pas pareil…

— Je n'arrive pas à croire que tu prennes sa défense !

— Il ne s'agit pas de ça. C'est simplement que la situation est celle-ci », dit-il. Nathan le rationnel. « Une situation infiniment triste.

— Et qui t'autorise manifestement à aller n'importe où, alors que moi je ne peux passer que par toi… Oh, sauf quand ta petite amie déboule dans mon bureau !

— Elle a peur. Elle croit qu'on veut se liguer contre elle.

— Et pourquoi on ne le ferait pas ? » Juliette serra les poings. « Elle a couché avec un homme marié, a abandonné un bébé… Je ne lui dois rien !

— Je suis désolé. Je ne pense pas comme toi. Ça ne me paraît pas juste. Je sais que je suis épouvantable et que ce que je t'ai fait est terrible… Mais, Jul, ce que je lui ai fait à elle est terrible aussi. »

Il se leva. Juliette vit le regret et le désir dans son regard – une tristesse pleine de mélancolie pour une femme qui n'était pas la sienne.

25

Nathan

Il regarda sa femme, attendant, et voulant, qu'elle se radoucisse, conscient de réclamer un miracle – une seconde absolution.

« Va-t'en. » Juliette parla si bas que sa voix était à peine audible. « Je veux que tu t'en ailles. Va-t'en.

— Que je m'en aille ? » Il feignit de ne pas comprendre. Tout allait trop vite pour qu'il sache comment prendre soin de tout le monde. Il avait l'impression d'être une tête de clown en carton qui apparaissait et disparaissait dans un théâtre de marionnettes où tout le monde essayait de l'assommer.

Juliette l'observa, la tête penchée de côté, le regard meurtri et furieux. Pour la millième fois, il regretta de ne pas pouvoir effacer le mal qu'il avait fait.

« Nathan, il est trop tard pour jouer à des petits jeux.

— Je t'aime, Jul. Tu le sais. »

Elle le regarda droit dans les yeux. « Tu m'aimes, tu m'aimes… Je le sais bien que tu m'aimes, là n'est pas la question. Je ne sais plus quoi penser de toi. Tu la défends devant moi, tu me demandes de comprendre… Sais-tu seulement ce qui me ravage ? Après tout ça, tu as recommencé. Tu… ton péché par omission m'exclut. Une fois de plus, je me retrouve l'outsider. »

Il la regarda trembler. Sans un mot, elle alla dans la chambre, où il s'empressa de la suivre. Toujours sans rien dire, elle regarda autour d'elle, comme si la réponse se trouvait là quelque part, puis elle alla claquer la porte d'un geste délibéré comme si elle avait voulu faire trembler le toit.

« Je ne veux pas que les enfants nous entendent. »

Il la rejoignit alors qu'elle lâchait la poignée. « Jul, écoute-moi. Tu n'es exclue de rien. Jamais. Mais j'ai besoin d'arranger les choses avec elle au mieux avant qu'on règle cette histoire. »

Il lui effleura l'épaule.

Elle le repoussa. « Ne me touche pas !

— Je croyais qu'on allait y faire face ensemble…

— Si c'était le cas, tu ne serais pas allé la voir sans me le dire ! Que tu la baises ou non, tu as une relation avec elle, tu viens de le prouver. » Juliette prit sa chemise de nuit et ouvrit la porte de la salle de bains.

« S'il te plaît, non… » L'intensité de ses mots l'étonna. Non quoi ? Voulait-il dire : *Ne me quitte pas* ? *Ne t'en va pas* ? Apparemment, il y avait un million de choses qu'il n'avait pas envie qu'elle fasse. Juliette ne se changeait jamais dans la salle de bains ; elle laissait toujours mijoter son désir pendant qu'il la regardait se déshabiller – un plaisir tacite dans leur couple.

Elle ne fit pas semblant de ne pas avoir compris. « Je ne peux plus rien te donner.

— Jul, s'il te plaît… N'exagérons rien. Un baiser ? Diable, ce n'était pas un vrai baiser… Il s'agit d'amitié, d'une histoire du passé. Elle t'a seulement donné son point de vue.

— Pour ce qui est d'exagérer… Et pourquoi dis-tu *elle* au lieu de l'appeler par son nom ? » Elle serra la chemise de nuit contre sa poitrine. « Tia Adagio… La Mère Teresa des maîtresses !

— Juliette, elle n'est pas ma maîtresse !

— Écoute-toi t'indigner…

— C'était il y a un million d'années !

— C'était il y a six ans, six ! » Elle froissa la chemise de nuit en boule. « Si c'était fini… si toi et cette fille – cette femme – en aviez réellement fini, tu ne m'aurais pas menti et tu m'aurais dit que tu l'avais vue !

— Je ne t'ai pas menti…

— Mais tu ne me l'as pas dit ! » Elle éclata en sanglots. « *Tu ne m'en as rien dit.* »

Nathan ne sut quoi répondre. Des larmes roulèrent sur le dessus de lit. Il s'allongea près d'elle et lui toucha la hanche. Voyant que cette fois elle ne le repoussait pas, il se pencha et embrassa ses larmes.

Il aimait sa femme. Il se détestait de lui avoir fait autant de mal.

Sa peau était douce et chaude sous ses doigts, comme toujours. À aucun moment il n'avait cessé de la désirer. C'était ce qu'elle ne comprenait pas. Il avait besoin qu'elle comprenne qu'ils étaient comme les deux faces d'une même pièce – liés par leurs enfants, leur amour et les années vécues ensemble.

Il avait vu cette femme mettre leurs deux fils au monde.

Il embrassa ses lèvres salées.

Sa femme.

Il déboutonna son chemisier.

Le désir monta, l'amour monta. Cette femme, il l'aimait. De la meilleure des façons. De la bonne façon.

Il l'embrassa dans le cou.

« Ne me touche pas, dit-elle en le repoussant. Va dormir dans la chambre d'amis, dans ton bureau ou sur la pelouse, je m'en fous… Peu m'importe du moment que tu ne restes pas ici. » Elle remonta ses genoux et les entoura dans ses bras. « Je veux que demain tu sois parti. »

Nathan s'éclaircit la gorge avant de s'apprêter à anéantir la vie de ses deux fils. Les garçons lui faisaient face dans un box rose et orange chez Dunkin' Donuts. Il avait supplié Juliette de revenir sur sa décision.

« *Comment peut-on faire ça aux garçons ?* avait-il fait valoir.

— *Ce n'est pas moi qui fais ça aux garçons. C'est toi.* »

« Max, Lucas… Je vais devoir m'absenter pendant quelque temps. » Il avait répété, cherché comment leur parler, mais il ne réussit qu'à dire les choses simplement.

Max écarquilla tout grands les yeux. « Tu t'en vas ? » Sa voix se cassa. « Tu nous quittes ? Tu quittes Maman ? Tu vas demander le divorce ? »

Pourquoi avait-il choisi cet endroit ridicule ? Aurait-il pu choisir pire ? Des clients se pressaient dans tous les sens, et même s'il ne connaissait personne, quelqu'un risquait de le reconnaître lui ou les garçons. Quelqu'un du football, de la Little League ou des réunions municipales. Les rumeurs circulaient vite. Et si Max se mettait à pleurer ?

Merde, merde et merde.

Il n'arrivait toujours pas à croire que Juliette ait voulu ça – qu'elle l'ait jeté dehors.

C'est à toi de leur parler, lui avait-elle dit. *C'est toi qui nous as mis dans cette situation.*

Nathan regarda les cochonneries posées devant eux. D'énormes coupes mousseuses remplies de crème, de chocolat et de caféine se disputaient la table au milieu des donuts bourrés de sucre et des muffins géants luisants de beurre. Ou de lard. Sans Juliette pour le surveiller, une maladie cardiaque le terrasserait probablement en moins d'un an.

« Non, nous n'allons pas divorcer. On fait une pause. Juste une pause.

— Tu parles ! Depuis quand les familles font des pauses ? lança Lucas.

— Pourquoi t'as besoin d'une pause ? Et ça va durer combien de temps ? » Max mâchouilla son ongle rongé. « Tu vas où ? Pourquoi, Papa ? »

En l'entendant dire Papa, Nathan sentit se comprimer sa poitrine.

« C'est Maman qui t'oblige à partir ? demanda Lucas. Ces temps-ci, elle est complètement folle… »

Et ne t'avise pas de rejeter la faute sur moi, l'avait prévenu Juliette. *Puisque tu veux mentir, mens ! Tu es très doué pour ça.*

« Le problème n'est pas Maman. Parfois, les adultes

ont besoin d'un peu d'espace. » *Oui, Lucas, ce sont des conneries. Mais je n'ai rien d'autre à te dire.*

« D'espace ? se moqua Lucas. C'est de ça qu'il s'agit ? D'espace ? T'es vraiment qu'un connard. »

Nathan hésita à le reprendre. Aucun de ses fils ne l'avait jamais insulté.

« Lucas, je sais que tu es en colère, mais ça ne te donne pas le droit de dire des gros mots.

— Connard ! répéta Lucas.

— Je ne comprends pas, dit Max.

— Alors, si Max et moi on dit qu'on veut de l'espace, on peut se tirer ? » Lucas tapa du poing sur la table. Le couple âgé à côté leva les yeux sur eux. Nathan leur sourit pour s'excuser. Un sourire qui disait *Vous savez bien comment sont les garçons !*

« Votre mère et moi sommes mariés depuis de longues années. Il arrive que les couples aient besoin d'un peu de répit.

— Tu as besoin d'un *répit* de Maman ? » Lucas dessina des guillemets en l'air. « De mieux en mieux !

— Non, pas de Maman…

— De qui alors ? De nous ? » Lucas écarta une mèche de ses yeux. Nathan remarqua que son fils était devenu musclé – bientôt, il serait un homme. Il n'avait aucune envie de quitter ses garçons.

« Non, non, pas de vous, jamais ! dit-il.

— Qu'est-ce qui reste, alors ? La maison ? Tu veux t'éloigner de la maison ? Du jardin ? De la voiture ? De l'allée ? Qu'est-ce que tu fous, Papa ? » Lucas fondit en larmes. Il avait eu peur que Max craque, pas Lucas. Comment avait-il pu infliger ça à son fils ?

« Venez, les garçons… Allons-y. » Il se leva et prit

Lucas par les épaules. Celui-ci se leva en repoussant son bras. Max se plaça tout près de son frère.

Il les entraîna vers la sortie. Une fois dehors dans l'air tiède, il ne sut ni où aller ni quoi dire. *Oui, les garçons, j'ai besoin de m'éloigner de cette vieille allée. Le jardin et moi avons besoin de nous séparer pendant un temps.*

Lucas avait raison. Il n'était qu'un connard.

Une semaine plus tard, Nathan s'était installé à l'hôtel. Il détestait ça. Chaque fois qu'il entrait ou sortait, il avait l'impression que les employés le jugeaient, comme s'ils savaient qu'il était au Royal Sonesta parce qu'il avait trompé sa femme.

Sentant le regard de sa mère sur lui, il rangeait sa chambre pour que la femme de ménage ne le prenne pas pour un affreux bon à rien. Il ne voulait pas lui compliquer la tâche en laissant le lavabo plein de dentifrice. Là, bien que ce fût le soir, et qu'aucune femme de ménage ne dût venir, il s'empressa de mettre son linge sale dans un sac. Histoire de s'occuper et qu'une minute lui paraisse un peu moins vide.

Il était déjà sept heures passées. Tia l'attendait à sept heures et demie, et l'hôtel Cambridge était à une bonne demi-heure de chez elle. Il prit ses clés de voiture sur le bureau.

La dernière fois qu'il était allé à l'hôtel sans Juliette, c'était avec Tia – le premier soir où ils avaient couché ensemble. Ils avaient roulé pendant une heure, le plus loin possible de Waltham et des regards indiscrets, et s'étaient arrêtés dans un endroit anonyme fréquenté par des hommes d'affaires et des touristes.

À peine la porte refermée, ils s'étaient jetés l'un sur l'autre. Ceux qui prétendaient que la première fois n'était jamais formidable oubliaient ce qu'elle offrait de merveilleux. Sans doute était-il allé trop vite, et peut-être avaient-ils été un peu gauches, mais la frénésie du désir l'avait emporté sur la maladresse.

Le corps ferme et musclé de Tia l'avait subjugué. Retrouver les rondeurs de Juliette après l'avait profondément troublé.

Rien ne justifiait le temps qu'il avait passé avec la jeune femme, sinon qu'il se sentait bien – très bien ! – et avait décidé de ne pas s'en priver. Lorsqu'il l'avait rencontrée, six ans plus tôt, Lucas avait neuf ans et Max quatre. La vie était devenue une série de corvées succédant à des corvées, aussi bien chez lui qu'au travail – même les visites chez ses parents nécessitaient un nombre de bagages digne du mini-royaume que constituaient leurs deux petits pachas, et l'adoration de ses parents s'exprimait sous forme d'idolâtrie, les inondant Juliette et lui de toujours davantage de jouets, de livres ou de vêtements qu'il fallait entasser au retour dans la voiture.

Non qu'il eût couché avec Tia parce que ses parents étaient gagas des enfants. Mon Dieu, cette idée donnait de lui une image épouvantable… Toutefois, il était passé du sentiment d'être prêt à conquérir le monde – son mariage avec sa splendide Juliette, un poste de professeur prestigieux, la publication de ses essais – à des week-ends occupés à faire la lessive et à accompagner Max et Lucas au terrain de jeux pendant que sa femme rattrapait le boulot qu'elle avait dû laisser de côté pendant la semaine.

Et il ne le lui reprochait pas une seconde. Mais comme son père avait toujours été le centre de l'univers de sa mère, y compris lorsqu'elle lui avait fait une place sur ce piédestal, il avait cru qu'il en irait de même dans son couple.

Avec Tia, il était passé du papa qui en avait secrètement ras le bol de lire à Max les livres pour enfants qui avaient remporté la médaille Caldecott et les *Harry Potter* à Lucas, et du mari fatigué de faire la vaisselle après que Juliette avait préparé à manger, à un bel homme intelligent et excitant. Même si cela l'effrayait, Tia le prenait pour un dieu. L'adoration qu'avait pour lui la jeune femme était devenue une sorte d'addiction. Et en la voyant l'aimer ainsi, il s'était cru amoureux.

Rétrospectivement – cette idée l'écœurait –, ils étaient en fait tombés amoureux de lui tous les deux.

Depuis une semaine, il travaillait le plus tard possible et allait tuer le temps dans le centre commercial en face de l'hôtel. Il errait d'un magasin à l'autre – Sears, Yankee Candle, Swarovski… il existait de multiples façons de gaspiller de l'argent – en cherchant quelque chose susceptible de faire plaisir à Juliette. De la convaincre de lui parler. S'il lui achetait un flacon en cristal, en sortirait-il un génie prêt à lui accorder le pardon ?

Il rentrait ensuite à l'hôtel et appelait sa femme en la suppliant de le laisser revenir. Et chaque soir, elle lui fixait un nouvel ultimatum.

« Règle les choses avec Tia de façon qu'on n'entende plus jamais parler d'elle. »

« Pose-toi la question de savoir si tu l'aimes. »

« Convaincs-moi, Nathan. Convaincs-moi que c'est réellement terminé. »

Elle ne lui fournissait cependant aucun indice sur le moyen dont il devait s'y prendre.

Et pour finir, il avait appelé Tia.

« Te voilà. » Les deux mots qu'elle prononça étaient empreints de lassitude. Elle se tenait devant la porte de l'appartement, les bras croisés sur son torse menu.

« Tu veux bien me laisser entrer ? » demanda Nathan.

Tia lui fit un sourire en coin et s'écarta juste assez pour le laisser passer. Elle sortait de la douche et sentait le savon, mais il ne reconnut pas son parfum. Un savon différent, quelque chose de vif et citronné, pas l'odeur fleurie dans laquelle il s'était perdu autrefois.

Ses cheveux, plus courts que jamais, étaient hérissés en épis furieux. À l'époque où ils étaient ensemble, ses cheveux très noirs auréolaient sa tête comme du vison épais, révélant son cou gracile. Elle portait alors du rouge à lèvres coquelicot et rien d'autre. Là, du noir et du bleu soulignaient ses yeux. Son corps ferme, autrefois drapé de mousseline et de soie, avait l'air décharné dans son jean et son débardeur noirs.

« Pourquoi tu es venu ?

— On peut s'asseoir ?

— Je ne sais pas… Tu es venu parce qu'elle t'a envoyé ?

— Non. »

Tia s'écarta. Il avança dans le salon et s'assit dans un vieux fauteuil déglingué. Elle le suivit, ses épaules tendues trahissant son anxiété.

« Est-ce qu'on peut se parler ? demanda Nathan. Vraiment ? »

Elle se laissa tomber sur le canapé et croisa les jambes.

« J'attends quelqu'un. On n'a pas beaucoup de temps.

— Qui ? » Il regretta aussitôt sa question – il allait donner l'impression d'être jaloux.

« Qui ? » Tia esquissa un sourire amusé qui lui rappela comme il avait aimé prendre soin d'elle – une faiblesse qu'il ne pouvait pas s'autoriser.

« Ça ne me regarde pas. Excuse-moi. »

Elle devrait le détester. Tout aurait été plus simple pour eux deux. Il ne pouvait rien faire de pire que l'inciter à se montrer affectueuse avec lui.

« Je reconnais que j'ai été lâche. » Il choisit ses mots avec précaution, s'appliquant à éviter de mentionner Juliette tout en abordant tout ce qu'avait exigé sa femme pour qu'elle le laisse revenir. « Je ne mérite rien, et même encore moins. Cela dit, il faut qu'on parle de… de tout ça. »

Il enchaîna ses questions dans l'ordre le moins à même de la mettre en colère. Il prit une grande respiration et essaya de parler normalement. « Qu'est-ce qui se passe pour toi ?

— J'ai rencontré quelqu'un. » Tia se pencha en avant. « Je crois que c'est sérieux. Je lui ai parlé de Honor.

— Est-ce que tu lui as parlé de nous ?

— Je lui ai parlé de toi. Il n'y a pas de *nous*.

— Qu'est-ce que tu as dit sur moi ? »

Elle se recula et s'adossa aux coussins. « Mon Dieu, mais qu'est-ce que ça peut te faire ? D'ailleurs, il voulait que je lui parle de Honor, pas de toi !

— Il est comment ?

— Gentil.

— Tant mieux. J'en suis très heureux. » Et il était sincère. « Qu'est-ce qu'il pense du fait que tu as une fille ?

— Il trouve ça très bien. »

Le sous-entendu était clair : *Pas comme toi.* « Je voudrais la voir.

— Je ne suis pas sûre de me soucier encore de ce que tu veux, rétorqua Tia en se mordant la lèvre trop fort pour qu'il la croie.

— Est-ce que mon nom figure sur l'acte de naissance ? »

Elle ne répondit pas.

« Est-ce qu'il y figure ? répéta Nathan.

— *Débarrasse-t'en, Tia, fais-le pour moi !* C'est tout ce que tu m'as proposé. Et maintenant, tu as besoin de moi ? Je n'ai rien à donner.

— Pourquoi m'as-tu laissé venir, alors ?

— Je ne sais pas trop. » Elle le dévisagea de ce regard scrutateur qu'il avait détesté du temps où ils étaient ensemble, un regard qui disait : *Qu'en est-il de nous ? Est-ce que tu m'aimes assez, me désires assez ? Est-ce que tu prendras soin de moi ?*

Il ne détourna pas les yeux. N'était-ce pas ce qu'il était censé découvrir ? *Demande-toi si tu l'aimes*, lui avait dit Juliette. *Et toi, est-ce qu'elle t'aime ?*

Avait-il jamais aimé Tia ? Elle avait déboulé dans sa vie, âgée de vingt-quatre ans et issue d'un monde différent, exotique et sexy, pleine d'enthousiasme à l'idée de l'assister dans ses recherches. Elle l'avait rendu dingue… Quand elle était tombée amoureuse de lui, il avait essayé de se persuader qu'il l'aimait, et qu'il n'était pas seulement fou de désir. Une façon de se sentir moins dégoûté par ses choix.

« Comment puis-je retrouver ma fille ? demanda-t-il. S'il te plaît… Comment je peux faire pour rencontrer ses parents ? »

« *Va la voir*, avait dit Juliette.

— *Comment* ? avait-il demandé.

— *Tu as su comment la concevoir sans moi. Alors débrouille-toi !* » Juliette insistait pour qu'il rencontre sa fille, mais elle refusait de lui expliquer comment mener à bien sa mission.

Nathan ne savait pas par où commencer. Fallait-il qu'il cherche leur numéro, qu'il passe chez eux à l'improviste et demande à voir sa fille ?

« Pose la question à ta femme », répondit Tia.

Il ne parvint pas à deviner sa véritable intention. Elle avait l'air désespérée. Il vint s'asseoir sur le canapé et lui prit la main. « Je t'en prie. Ne jouons plus à ces petits jeux. »

Elle se dégagea. « Je pense que tu devrais partir. » Elle détourna la tête, mais il entendit les larmes brouiller sa voix.

« Tia, je suis désolé… » Il se rapprocha. « Pour tout… Je suis vraiment désolé. »

26

Caroline

Caroline referma sa sacoche en forçant un peu pour bloquer la serrure. En rentrant chez elle, elle aurait une dizaine de revues à lire, ainsi qu'un dossier débordant de mémos et, plus important, il faudrait qu'elle relise ses notes pour sa prochaine présentation sur *Les effets de la chimiothérapie combinée à une thérapie focale sur le rétinoblastome intraoculaire en vue d'éviter l'énucléation et la radiothérapie.* Rien que lire l'intitulé l'épuisait. Elle aurait voulu se tasser dans son fauteuil et fermer les yeux, seulement, elle avait promis à Savannah de ne pas rentrer tard et elle allait tenir parole.

Le téléphone sonna à l'instant où elle finissait de remettre ses papiers en piles bien droites pour le lendemain. Voir s'afficher le nom de Jonah sur l'écran fut loin de la réjouir. Après quelques secondes d'hésitation, elle décrocha. Elle n'avait pas répondu à son mail, et elle ne se rappelait pas lui avoir donné son numéro, mais sans doute la trouver à l'hôpital n'était-il pas compliqué.

« Jonah…

— Surprise ? » Il n'en dit pas plus. Elle l'entendit déglutir.

« Oui.

— J'aimerais vraiment te voir.

— Tu es en train de picoler ? demanda Caroline.

— Un peu. Juste ce qu'il faut.

— Juste ce qu'il faut pour quoi ?

— Juste ce qu'il faut pour t'appeler… et te dire que je n'arrête pas de penser à toi. »

Il bredouillait. Elle avait envie qu'il raccroche. Tout de suite. « Jonah ? Il ne se passera jamais rien.

— Je sens bien que tu es malheureuse… Comme moi… On pourrait s'entraider…

— Jonah, va voir ta femme ! »

Caroline arriva chez elle dans un état d'esprit positif ; sa fatigue s'était envolée, et elle était décidée à se réconcilier avec Peter. Le stress donnait à son mari des idées folles, comme celle qu'elle renonce à son travail. Peut-être prendraient-ils quelques jours de vacances en famille.

La maison sentait bon la cire au citron, et également ce que Nanny Rose et Savannah avaient passé l'après-midi à faire cuire. Des biscuits à l'avoine ?

Le silence régnait – impossible de deviner où se trouvait Savannah. Elle jeta un œil dans la salle de jeux, dans la cuisine – déjà rangée, et elle ne s'était pas trompée, c'était bien des biscuits à l'avoine –, puis dans la chambre de sa fille. Personne. Croquant un biscuit chipé au passage, elle se dirigea vers le jardin.

« Maman ! » Savannah accourut du bac à sable.

« Tu as trouvé les cookies ! C'est nous qui les avons faits. »

Caroline s'écarta de ses mains toutes sales et embrassa ses cheveux humides de sueur qui s'échappaient d'une queue-de-cheval plus ou moins défaite. « Ils sont délicieux. Bravo !

— On mange quoi ce soir ?

— Des cookies et du lait ?

— C'est vrai ? » Les yeux de sa fille brillèrent de joie.

Caroline lui donna une pichenette sur le bout du nez. « Non. Je rentre me changer… Rose, mon mari a-t-il appelé ? »

La nounou releva la tête avec ce regard ennuyé qu'elle avait depuis quelque temps, comme si elle percevait les tensions au sein de leur couple. « Il ne va plus tarder », répondit-elle. Peut-être sentait-elle la présence de Jonah…

Caroline la fusilla du regard. *Arrête d'avoir ce petit sourire suffisant ! Il ne s'est rien passé du tout.* Pourtant, il s'était bien passé quelque chose. N'avait-elle pas envisagé d'aller rejoindre Jonah ? Fallait-il se sentir coupable d'avoir failli aller voir quelqu'un ? Elle imagina Peter parler à une autre femme. Echanger des mails. Lui faire des confidences. Aller jusque-là, et ensuite s'arrêter.

L'aurait-elle félicité de s'être arrêté à temps ? Ou lui en aurait-elle voulu d'avoir fait ne serait-ce qu'un tout petit pas ?

Elle lui en aurait voulu.

« Si on préparait quelque chose de rigolo pour le dîner, ma chérie ?

— Oui, Maman ! » se réjouit Savannah en la serrant très fort. Elle prit son petit visage entre ses mains et le couvrit de minuscules baisers. Sa fille adorait ces baisers de fée.

Une heure plus tard, elle regretta d'avoir proposé un repas rigolo. Cuisiner n'était jamais amusant. Sans doute était-elle quelqu'un de pas très rigolo, un point c'est tout.

Alors qu'elle roulait une énième boulette, elle repensa à sa mère qui leur avait appris à elle et à ses sœurs à faire la cuisine. Jusqu'au jour où Caroline s'en était dispensée, elle avait été obligée de participer à un cours atroce une fois par semaine.

« On peut faire une boulette qui rigole ? Comme fait Papa ? » Savannah avait les mains luisantes de gras, tout comme elle. Caroline réprima son envie de lui frotter la peau, de jeter les boulettes à la poubelle et de manger une simple salade. Ce soir, c'était la seule chose dont elle avait envie : de la verdure, éventuellement agrémentée de grains de raisin, de noix de pécan et de tranches de pomme.

Elle reposa la dernière boulette qu'elle supporterait de rouler et se précipita devant l'évier. Elle s'enduisit les mains de savon au citron et les passa ensuite sous l'eau chaude – trop chaude. « Viens, Savannah… On va te laver les mains.

— Pas tout de suite, Maman… Je veux faire des boulettes serpents.

— Non. Il est temps de les mettre au four. Papa va bientôt arriver. Il faut qu'on fasse cuire les boulettes avant de les ajouter aux spaghettis.

— Non ! Je veux des serpents dans mes spaghettis… insista Savannah en faisant la moue. Les spaghettis seront les vers de terre, et les boulettes seront les serpents. Sauf les rondes, qui seront les asticots.

— Ma chérie, pourquoi voudrait-on des asticots dans son assiette ? »

Savannah se renfrogna. « T'avais dit qu'on ferait un dîner rigolo…

— J'ai dit rigolo, pas répugnant ! Les asticots sont de sales trucs.

— Mais ils sont rigolos. J'en ai vu dans un livre…

— Pas du tout. Ils sont répugnants. Et il n'est pas question qu'on en fasse. Laisse cette viande et viens te laver les mains… Tout de suite !

— Non… Je fais des asticots ! T'avais promis. »

Caroline posa une casserole sur le bord de l'évier d'un geste brusque. « Bon sang, Savannah, je ne t'ai jamais promis que tu pourrais faire des asticots !

— T'as promis que ce serait rigolo !

— Viens ici. *Tout de suite.*

— *Non.*

— J'ai dit *tout de suite* ! »

Savannah souleva l'assiette de boulettes toute grasse et l'entoura d'un bras protecteur comme si sa mère allait la lui enlever.

« C'est dégoûtant, Savannah… Repose cette assiette !

— Non. C'est pas dégoûtant ! » La petite recula sur la chaise sur laquelle elle était montée qui finit par basculer. Elle tomba, sans lâcher l'assiette. Les boulettes s'éparpillèrent sur le plancher. « Je veux un dîner rigolo ! sanglota-t-elle.

— Qu'est-ce qui se passe ? » Peter entra dans la cuisine, posa son attaché-case et se précipita vers Savannah. « Qu'est-ce qui t'arrive, ma chérie ?

— Maman veut pas que je fasse des boulettes asticots ! »

Il prit sur lui pour ne pas rire. Caroline eut envie de le tuer.

« Viens là, Cookie ! » Sans se préoccuper de tacher son costume, sa chemise blanche et sa cravate en soie, il prit sa fille dans ses bras et embrassa ses joues crasseuses. « Si on allait te laver et qu'ensuite je commandais une pizza ? »

Peter entra dans le bureau avec un sourire satisfait. « Elle s'est endormie. Il a fallu trois histoires, mais elle est partie pour faire sa nuit.

— Je suis une mère épouvantable.

— Qu'est-ce que tu racontes ? » Il s'assit sur le canapé et retira la revue qu'elle tenait à la main. « Chérie, il arrive à toutes les mères de se disputer avec leurs enfants... Je m'étonne que le Département des services sociaux n'ait jamais débarqué chez nous quand j'étais gosse ! Tu aurais dû entendre mon pauvre père jouer les arbitres chaque fois que ma mère partait en vrille !

— Non. C'est autre chose. Le problème n'est pas que je perde mon calme. Je ne suis pas une bonne mère, c'est comme ça. Et tout le temps, pas seulement ce soir ! »

Il la prit par les épaules. « De quoi tu parles ? Tu es une excellente mère...

— Écoute, Peter, c'est ce que je suis. C'est ce

qu'est la femme à qui tu demandes de rester à la maison et de s'occuper de notre fille à temps complet. » Elle se recula. « Regarde-moi… Je ne supporte pas la saleté, jouer avec elle m'ennuie tellement que je serais capable de lancer une poupée contre le mur, je n'ai aucune envie de faire des cookies, pas plus que d'organiser des goûters pour des gamins, et l'idée de lire pour la énième fois *L'adoption c'est pour toujours* m'est insupportable !

— Caro, si tu passais davantage de temps avec d'autres mères, tu saurais que c'est normal. Si tu entendais parler mes sœurs… »

Caroline essaya en vain de ravaler les mots qu'elle avait sur le bout de la langue et qui allaient les étrangler tous les deux. « Peter, quand je suis avec elle, j'ai l'impression de perdre l'esprit. Elle m'ennuie. Tu écoutes ce que je te dis ? Être mère me rend cinglée. Je n'y peux rien. Je la déçois. Elle mérite bien mieux !

— Il faut simplement que tu te calmes. C'est un âge difficile. "Joue avec moi, joue avec moi…" Il faudrait qu'elle ait plus d'amis. Cet été, on l'inscrira à un programme pour enfants. Et maintenant, laisse-moi te servir un verre de vin.

— Tu ne m'écoutes pas… » Caroline pressa ses doigts sur ses tempes. Elle se balança d'avant en arrière, puis plaqua la main sur sa bouche. « Je ne suis pas sûre d'en être capable.

— D'être capable de quoi ? De quoi tu parles ? »

La dernière brique qui tenait le mur de déni s'effondra. La tête rejetée contre le dossier du canapé, elle ferma les yeux et lâcha : « J'ai pris un café avec la femme du père de Savannah.

— Le père de Savannah ? Sa femme ? Mais qu'est-ce que tu racontes ? Tia ne savait pas qui était le père... » Peter sembla doubler de volume. « Qui est cette femme ? Et pourquoi as-tu parlé avec elle ? Qu'est-ce qui se passe, bon sang ?

— C'est elle qui m'a appelée. » Caroline croisa les bras et respira un grand coup. « Apparemment, Tia nous a menti. Elle a eu une liaison avec le mari de cette femme. Ils habitent à Wellesley. »

Peter se leva et fit les cent pas dans le bureau. « Tu parles avec je ne sais quelle cinglée qui prétend que son mari est le père de Savannah ? Qu'est-ce qui t'arrive ? Est-ce que tu t'entends ? Tu es folle !

— Je ne suis pas folle, et elle n'est pas cinglée...

— Une femme t'appelle en te racontant que son mari a eu une liaison avec Tia et que la petite est sa fille, et tu ne te demandes pas si elle n'y va pas un peu fort ? Et tu ne m'en dis rien ? Qu'est-ce qui se passe ? »

Caroline faillit lui parler de juliette&gwynne et de la façon dont elles s'étaient rencontrées, mais elle se rendit compte que Juliette lui paraîtrait encore plus cinglée. Peut-être qu'il avait raison... et que Juliette était en effet une cinglée. Une fatigue douloureuse l'envahit.

« Oublie ça, dit-elle.

— Oublier ? Tu plaisantes ! » Il se passa les doigts dans les cheveux. « On ne peut pas oublier ça. »

Caroline ne comprenait pas comment, sur l'instance de son mari, elle avait accepté de rencontrer

Tia. Il fallait qu'elle fasse davantage de recherches et de lectures. Elle agrippa le volant, passa sur la station NPR, puis coupa la radio. Les voix l'insupportaient. Non, Peter n'était pas du genre à patienter et à lire.

Il passerait tout de suite en mode défensif : « Qu'est-ce que ça veut dire ? Qu'est-ce qu'ils veulent ? Quel rôle Tia joue-t-elle là-dedans ? » Et, Peter étant Peter, il avait besoin d'agir.

« Commençons par le commencement, lui avait-il dit. Tu as parlé à la femme du soi-disant père biologique. Ce qui nous dit quoi, à part qu'ils ont des problèmes dans leur couple ? Ils n'ont aucun droit sur le plan juridique. »

Et Caroline était là, en mission de reconnaissance, chose pour laquelle elle se sentait particulièrement inadaptée, néanmoins, s'il y était allé, Peter était convaincu que Tia se serait affolée – et Dieu sait alors comment elle réagirait ! Bien qu'elle n'eût légalement aucun droit, elle pourrait faire de leur vie un enfer.

À Jamaica Plain, la circulation avançait laborieusement dans Centre Street. Caroline essaya de repérer les restaurants et les magasins que Tia lui avait indiqués en lui expliquant comment venir : Fire & Opal Gifts, Purple Cactus, Boing…

Peter lui avait suggéré d'aller frapper directement à sa porte, mais elle ne s'en sentait pas le droit. Débarquer chez quelqu'un sans y avoir été invité aurait été le comble de la grossièreté. Sa mère avait inculqué les bonnes manières à ses enfants, or passer à l'improviste chez quelqu'un figurait en haut de la liste des impolitesses.

Leur conversation avait été brève. Caroline avait demandé à la voir, et lorsque Tia avait voulu savoir pourquoi, elle avait répondu qu'elle préférait lui parler de vive voix. Comment lui expliquer qu'elle avait l'intention de la cuisiner pour savoir si elle connaissait Juliette ?

« Vois s'il se passe quelque chose, Caro, avait ordonné Peter. Qui sait ? Peut-être que Tia et ce connard continuent à se voir... Ou qu'ils ont je ne sais quelle idée foireuse de récupérer Savannah ! » Il s'était frappé la main d'un coup de poing comme si c'était la tête du connard. « Moi vivant, ils ne s'approcheront pas de ma famille ! »

Caroline avait proposé de venir chez Tia, pensant que ce serait plus facile pour elle, mais elle n'avait eu droit qu'à un long silence. Pour finir, Tia lui avait dit : « Retrouvons-nous au City Feed. C'est au bout de la rue. On pourra y prendre un café. »

Elle se gara sur une place de parking limité à une heure, estimant peu probable qu'elles se parlent plus longtemps.

City Feed and Supply, à la fois boutique à sandwichs bio et épicerie haut de gamme, tout en vitres étincelantes et parquets cirés, avait l'air flambant neuf, et pourtant, l'endroit semblait déclarer : « Mais oui, nous sommes là ! Que pourrait-il y avoir d'autre à ce coin de rue ? »

Quelques tables en bois étaient installées sur la droite, où Tia attendait, les mains crispées autour d'une grande tasse blanche. Caroline posa son sac sur une chaise et lui tendit la main en souriant.

« Merci d'être venue...

— Pas de problème. » Tia avait la main glacée. Elle n'avait presque pas changé. Certes, elle n'était plus enceinte, mais, même à ce moment-là, elle avait eu un air fragile, pas du tout comme Savannah. En revanche, ces yeux étaient bien les yeux de sa fille. Tout comme les lèvres roses charnues qui l'embrassaient pour lui souhaiter bonne nuit.

« Vous permettez que je prenne un café ? demanda Caroline. Vous voulez autre chose ? »

Tia fit signe que non et lui montra le comptoir où il fallait commander.

La perspective de commencer par un mensonge la déstabilisa. Le scénario qu'avait mis au point Peter lui semblait peu crédible – il leur fallait des renseignements sur l'histoire médicale de la famille de Savannah.

Sa première mission consistait à juger Tia, ce qui la faisait se sentir horrible. S'ils prenaient en compte l'idée de Juliette selon laquelle Savannah devrait connaître son père, elle se sentait obligée de prévenir Tia, mais Peter serait fou de rage.

Elle essaya de ne pas renverser de café lorsqu'elle posa la tasse sur la table. Elle avait mis trop de lait dans l'espoir d'apaiser ses maux d'estomac.

Elle s'assit.

Elle but une gorgée.

« Comment va-t-elle ? » demanda Tia.

En voyant ses mains tremblantes et ses ongles rongés, Caroline se sentit prise d'un élan protecteur envers la jeune femme, qui avait dix ans de moins qu'elle.

« Elle va bien. »

Tia esquissa un sourire sans joie. « Vous pouvez m'en dire un peu plus ?

— Pardon… » Caroline mit ses mains froides qui tremblaient elles aussi autour de la tasse. « C'est juste que… vous voir a quelque chose de perturbant. Ce n'est pas vous qui me perturbez… seulement, c'est troublant. »

Tia dessina des huit sur la table. Ses doigts laissèrent de légères traces. « Est-ce qu'elle me ressemble ?

— Oui. Un peu. Mais vous devez l'avoir vu sur les photos.

— Sans doute. »

Le regard avide de Tia contredisait sa réponse mal assurée. Elle avait l'air si désireuse d'avoir des nouvelles de Savannah que Caroline eut encore plus honte de lui cacher la véritable raison de sa venue.

« Qu'est-ce qu'elle aime faire ?

— Elle adore ses poupées. Malgré tous nos efforts pour qu'elle s'intéresse aux cubes et aux camions, elle préfère les poupées et les animaux en peluche. » Elle porta la tasse à ses lèvres pour gagner du temps, puis but une gorgée. « Savannah adore chanter. Et faire des gâteaux. C'est une petite fille très intelligente… Elle lit beaucoup. Elle entrera à la maternelle l'année prochaine.

— Le jardin d'enfants lui plaît ? »

Caroline prit conscience qu'elle avait été avare d'informations dans les lettres qu'elle envoyait une fois par an. En plus des photos, elle mettait un mot – oh, mon Dieu, elle avait utilisé les cartes de visite imprimées d'un énorme monogramme que sa mère lui offrait chaque année à Noël, en gribouillant dessus une phrase misérable – *Savannah adore planter des fleurs !* ou *L'auteur préféré de Savannah est Rosemary Wells.*

« Elle ne va pas au jardin d'enfants. » La culpabilité l'envahit en se rendant compte qu'elle avait eu tort. La laisser avec Nanny Rose avait été une solution de facilité. Elle s'était convaincue comme Peter que les goûters qu'organisait la nounou suffisaient.

« Quand est-ce qu'elle voit d'autres enfants ? demanda Tia.

— Elle va dans un groupe de jeux deux fois par semaine. À la bibliothèque. » Caroline s'abstint de préciser que c'était la nounou qui l'emmenait. « Comme c'est bientôt l'été, nous allons sans doute chercher quelque chose de plus régulier… Mais, comme je vous le disais, elle a le groupe à la bibliothèque. Et plusieurs enfants qui font partie de ce groupe viennent à la maison. »

Groupe de jeux, tu parles ! Elle s'écouta enjoliver l'heure de lecture. Et c'était Nanny Rose qui invitait les autres petites filles, pas elle ! En très peu de temps, Tia venait de lui démontrer qu'elle aurait été une bien meilleure mère. Elle s'était satisfaite de trop peu pour Savannah, avait fait d'elle une petite fille solitaire sans autre compagnie que sa nounou et ses poupées. Elle se promit de lui trouver un programme d'été.

« Elle a des amies ? Quand j'étais gamine, les mères déposaient tout le temps leurs enfants les unes chez les autres.

— Eh bien, notre quartier n'est pas très propice à… aller et venir chez les autres.

— C'est vrai ! dit Tia en riant. Il faudrait d'abord que les moins de cinq ans apprennent à conduire !

— Que voulez-vous savoir d'autre ? » Où donc avait-elle eu la tête pendant toutes ces années ? Elle ne s'était même pas interrogée sur Tia. S'était-elle vraiment persuadée qu'abandonner Savannah avait été pour elle un soulagement ?

« Est-ce qu'elle est heureuse ? » Tia l'observa avec attention. « Elle a quel genre de caractère ?

— Elle est plutôt appliquée. Non, ce n'est pas le bon terme… C'est une enfant sérieuse.

— Vous voulez dire qu'elle est triste ? »

Voyant la peine dans le regard de la jeune femme, Caroline s'empressa de rectifier. « Non, non, pas triste… Elle est réfléchie. Je ne crois pas qu'elle soit d'un tempérament insouciant – je veux dire, génétiquement. Son père était comment ? »

Tia recula. « Je vous l'ai dit. Je ne sais pas qui est son père. »

Caroline agrippa le bord de la table. Elle détestait mentir. Peter aurait mieux fait de venir… Elle se pencha pour ne pas être obligée de parler trop fort. « Je suis désolée, Tia, mais je sais que vous le savez.

— Qu'est-ce qu'il y a ? Pourquoi êtes-vous ici ?

— La femme de l'homme… » Comment le dire ? « Le père de Savannah… Sa femme a pris contact avec moi.

— La femme de Nathan vous a envoyée me voir ? » Tia parut soudain horrifiée. « Juliette ? C'est elle qui vous envoie ? »

27

Tia

« L'expérience prouve que les lois sur l'adoption favorisent les parents biologiques », dit l'avocat.

Bobby lui avait donné le numéro de téléphone de cet avocat auquel il avait vendu un appartement l'année précédente. C'était ce qu'il y avait de bien à Southie, tout le monde s'entraidait, sans être trop occupé à gagner des tonnes d'argent pour oublier de se soutenir.

Pour qui Caroline se prenait-elle de laisser sa fille enfermée toute la journée avec une putain de nounou ? Elle n'avait même pas pu se débrouiller pour inscrire Honor au jardin d'enfants ! À Southie, même les mères les plus abruties en savaient assez pour laisser leurs gamins en fréquenter d'autres.

« Mais au bout de cinq ans, les chances de voir un tribunal annuler l'adoption sont quasiment nulles, enchaîna l'avocat. À moins de circonstances exceptionnelles. Par exemple, si quelqu'un a menti, ou s'il n'y a pas eu consentement plein et entier. »

Tia passa la main sur l'album de photos de Honor. « Et si le père n'avait rien su, s'il n'avait pas donné son autorisation ? » Ses doigts se crispèrent sur le téléphone. « Est-ce que ça compterait ?

— La procédure n'en serait pas moins extrêmement compliquée… Disons qu'on aurait une chance sur un million. Mais, si c'est le cas, je peux toujours étudier votre dossier. Et il va de soi que le père devra être présent. En outre, il faudrait fournir des preuves irréfutables sur les raisons pour lesquelles enlever l'enfant aux parents qu'elle connaît depuis sa naissance serait dans son meilleur intérêt. »

La perspective d'en parler à Nathan la mettait mal à l'aise. Et celle de décevoir Bobby lui donnait envie de pleurer. Néanmoins, la colère de savoir que la femme de Nathan avait pris contact avec Caroline lui redonna du courage.

« Merci, maître… Je vous rappellerai bientôt. »

« Passe chez moi. Ce soir. »

Elle refusa de lui en dire davantage. Quand Nathan voulut savoir pourquoi, elle se contenta de répéter la même chose avant de raccrocher, puis elle envoya un bref mail à Bobby pour annuler leur rendez-vous.

« Je dois m'occuper ce soir d'une vieille affaire au boulot, écrivit-elle. Rien de grave, ne t'en fais pas. On s'appelle demain. »

Attendant que les heures passent avant que n'arrive Nathan, Tia marcha de long en large comme un lion en cage, allumant et éteignant la télé, surfant d'un site à l'autre sur l'ordinateur, faisant même à un moment donné des exercices de gymnastique, mais rien de cette agitation fébrile ne parvint à la calmer.

La dernière fois qu'elle l'avait vu, elle s'était maquillée et avait choisi sa tenue avec soin. Cette fois, elle ne se donna pas cette peine. Qu'il aille se faire foutre ! Elle avait passé assez de temps comme ça à mettre de jolies robes et des poudres magiques. Là, elle avait envie de se couvrir la figure de peintures de guerre, de tracer des lignes rouges brisées sur ses joues et de l'accueillir avec un cri de haine.

Finalement, elle alla se doucher, ouvrit les fenêtres pour aérer et passa l'aspirateur. Par amour-propre, sans doute, comme si aspirer la poussière pouvait améliorer son humeur.

Un peu plus tard – bien trop tard –, la sonnette retentit.

Elle respira à fond en se regardant dans le miroir. À défaut d'eye-liner, la colère faisait briller ses yeux.

Tia ouvrit la porte. Nathan attendit sur le seuil sans rien dire.

Le pire, c'était qu'elle avait encore du désir pour lui.

« Devine qui j'ai vu la semaine dernière ? attaqua-t-elle d'emblée.

— Aurais-je raté une partie de la conversation ? » Il avança d'un pas. « Je peux entrer ? »

Elle se retint de dire : *Non. On peut très bien parler ici sur le palier.*

Elle se recula et il entra.

« Tu permets que je rentre vraiment ? demanda-t-il en montrant le séjour.

— Allons dans la cuisine. »

Il la suivit et s'assit à la table.

« Tu veux quelque chose à boire ? » Elle se força

à prononcer cette phrase, déterminée à ne pas passer pour une sauvage.

« Qu'est-ce que tu as ?

— J'ai l'impression que tout le monde me manipule, y compris toi et ta femme. Elle veut voir Honor, tu veux voir Honor… et moi je suis censée faire quoi ? Vous aider tous les deux ? »

Nathan leva les mains comme pour la dissuader de l'approcher. « Ouah ! Je peux avoir ce verre ? Ou au moins un peu d'eau ? »

Tia ouvrit le réfrigérateur, sortit une bière qu'elle posa avec brusquerie sur la table, puis se versa un verre de Jameson.

« Tu m'expliques ? » demanda Nathan, l'air nerveux.

Elle but la moitié de son whisky. « Caroline, la femme qui a adopté Honor, est venue me parler. Parce que, devine qui est allée la voir ?

— Mon Dieu…

— Exactement. Il semblerait que ta femme s'intéresse beaucoup à ma fille. J'aimerais savoir pourquoi.

— Que t'a dit cette Caroline ?

— *Cette Caroline* ? C'est comme ça que tu l'appelles ? Je te rappelle que cette Caroline est la femme qui élève ton enfant ! »

Il baissa les yeux et dessina des cercles sur le linoléum du bout du pied.

« Qu'est-ce qu'il y a, Nathan ? Qu'est-ce que tu ne me dis pas ?

— *Mon enfant*… Juliette le dit, et toi aussi, mais pour moi, ce n'est pas réel. Mes enfants, ce sont mes fils. Est-ce qu'elle est ma fille, étant donné que je ne la connais pas ? » Il avança la main. « Ne me saute pas à la gorge… C'est vrai.

— Non. Ce n'est pas vrai. Ce que tu ressens ne change rien au fait qu'elle est ton enfant ! Elle l'est. Ton problème, c'est que tout de suite on parle de toi. »

Il pressa ses doigts sur son front, si fort que sa peau rougit. « Et maintenant ?

— J'ai besoin de savoir pourquoi Juliette est allée voir Caroline. » Elle alla devant le comptoir déplacer du courrier pour s'empêcher de le secouer ou de le toucher. « S'il te plaît, Nathan. Dis-moi la vérité. »

Il caressa le goulot de la bouteille de bière. « Elle m'a dit qu'elle allait se renseigner sur ces gens. Sur Caroline et son mari. Sincèrement, je ne sais pas pourquoi elle est allée la voir ni ce qu'elle lui a dit. Mais je peux le deviner.

— Alors, vas-y, devine ! Je dois savoir.

— Ça a sûrement un rapport avec le fait qu'elle m'a mis dehors. Je ne te l'avais pas dit. Désolé. » Il montra la chaise à côté de lui. « Viens t'asseoir. Parlons comme deux adultes qui ont un enfant ensemble, quel que soit le mal qu'on ait pu lui faire ou se faire. »

Tia revint vers la table, les jambes soudain tremblantes. « Tu es parti de chez toi ? »

Une fois de plus, son univers se resserra sur Nathan. Il confirma d'un signe de tête, un geste trop discret pour une annonce capitale. Il ne dit rien pendant quelques instants. « Je n'ai aucune idée de ce qu'elle lui a dit. À Caroline.

— Pourquoi elle y tient tant ? Sois franc.

— Juliette pense que la petite fait partie de notre famille. Les photos l'ont bouleversée à plus d'un égard.

— *Notre* famille ? C'est-à-dire toi et elle ?

— Et nos fils. »

Elle eut de la peine à articuler. « Vos fils… » Ses cordes vocales ne répondaient plus, sa voix était à peine audible. « Elle pense que Honor a un lien avec vos fils ?

— Et avec mes parents. »

Tia resta médusée à l'idée que la femme de Nathan veuille avoir un lien avec Honor et l'intégrer dans sa famille, l'intégrer si bien que sa fille serait la garniture de l'omelette Soros avant que tout ce qu'elle tenait d'elle ne disparaisse à tout jamais.

« Ouvrir ta lettre et voir les photos de Savannah lui a fait un choc. Tu peux le comprendre ? »

Tia croisa les bras. Appeler cet avocat avait été la chose la plus maligne qu'elle aurait pu faire. La seconde serait de ne rien en dire à Nathan. Face à lui, elle continuait à se sentir affreusement vulnérable.

Il mit sa main sur son genou. « C'est bon. Je t'assure. Ça va aller. »

Elle se balança sur la chaise en bois. Dans son appartement, rien n'était coordonné, tout était aussi bancal que sa vie. Les chaises branlantes dépareillées entouraient la table en chêne striée d'entailles laissées par les anciens propriétaires.

Elle se pencha, coinça la main de Nathan entre sa poitrine et ses cuisses et laissa couler ses larmes. Elle sentit les poils sur ses mains, les jointures protubérantes de ses doigts, reconnut l'odeur et le contact de sa peau.

Il la fit se lever et la poussa vers le canapé. La fermeté de sa main dans son dos lui donna la même impression qu'autrefois – l'impression de rentrer chez elle. Quand elle l'enlaça par la taille, elle sentit le cuir raide de sa ceinture et le tissu brut de son jean. Son ventre était un peu plus mou, mais c'était toujours bien son Nathan.

Le désir l'envahit, fulgurant. Toutes ces années passées à espérer le retrouver faillirent la terrasser. Le sang circula plus vite dans ses veines, tous ses sens se mirent en éveil. Elle aimait cet homme et le voulait comme aucun autre.

Elle commença à défaire sa ceinture.

Il lui prit la main et, tout doucement, la repoussa. Les jambes flageolantes, elle retourna s'asseoir sur la chaise dans la cuisine.

« On ne peut pas », dit-il.

Un frisson glacé la parcourut, l'humiliation la laissa sans voix. Elle se contracta de tout son être pour ne pas fondre en larmes. L'horreur d'être repoussée, de ne pas être désirée, la laissa désemparée, mortifiée.

« Je suis désolé, Tia… Pour tout. Je ne sais pas si tu le croiras, mais je ne veux rien d'autre que ton bonheur. Seulement, ce n'est pas moi qui peux te le donner.

— Et si on s'était connus à une autre époque… à une époque où tu n'étais pas marié, est-ce que tu aurais voulu de moi ? *Est-ce que tu m'aurais voulue ?* »

Il la regarda dans les yeux. Elle le vit hésiter.

« Je n'en sais rien… Je ne sais pas. »

Le téléphone la tira d'un sommeil abrutissant.

« Je te réveille ? » demanda Robin en entendant son allô.

La tête migraineuse d'avoir bu trop de whisky, Tia jeta un coup d'œil au réveil. « Il est trois heures du matin… Oui, tu m'as réveillée. » Elle sentit la trace de l'odeur de Nathan sur son poignet. Après lui avoir dit au revoir en la prenant dans ses bras, il avait filé aussi vite qu'il avait pu, sans même croiser son regard.

« Désolée… Ici, il est seulement minuit. » Robin avait la voix légèrement éméchée. Pas trop. Elles devinaient instantanément la quantité d'alcool que l'autre avait absorbée.

« Minuit, c'est déjà très tard… Qu'est-ce qui se passe ?

— Je suis amoureuse !

— Comment le sais-tu ?

— Parce que je ne pense qu'à elle et à rien d'autre.

— Les biscuits Oreo me font souvent le même effet. Tu crois que je devrais me marier avec ?

— Ben, tu vis au Massachusetts, tu peux te marier avec qui tu veux ! Moi, je ne peux même pas épouser l'amour de ma vie.

— Tu n'as qu'à revenir ici.

— Tu plaisantes ? J'adore la Californie. Il faut juste que les lois changent.

— J'ai failli coucher avec Nathan.

— Oh, mon Dieu, non… Pourquoi tu as fait ça ?

— Parce qu'il était là. Et je n'étais même pas saoule !

— Et il était là pour quoi ?

— Elle l'a fichu dehors.

— Pour quelle raison ?

— Je n'en suis pas certaine, mais je crois que ça a à voir avec les photos que j'ai envoyées. Elle a découvert l'existence de Honor.

— Tu ferais mieux de chercher du boulot que coucher avec cet enfoiré, Tee !

— Je n'ai pas couché avec lui, j'ai dit que j'avais failli.

— Ah, je suis très fière de toi !

— Tu parles… C'est de lui que tu devrais être fière. Il m'a repoussée. C'est lui le saint, pas moi.

— Arrête ! Arrête de te faire des reproches à tout bout de champ… Il t'a repoussée ? C'est donc qu'il s'est approché assez pour essayer. Qu'il aille se faire foutre ! Qui ça intéresse qu'il fasse une crise de conscience à retardement ?

— Ça ne l'intéresse plus. Ça ne l'a probablement jamais intéressé. Je ne l'attire même plus. » Tia remonta la couverture et entortilla le drap entre ses cuisses. « Qu'est-ce qu'il y a chez moi qui ne va pas ?

— Tu as cru en lui. Tu as vu en lui un sauveur, sauf que, désolée, mais lui t'a vue comme un bon coup. Rien n'a changé, Tee.

— Si, quelque chose d'énorme a changé. Avant qu'il parte, je l'ai convaincu d'aller voir Honor avec moi.

— Tu rigoles ? Tu es sûre que c'est une bonne idée ? Et est-ce qu'ils sont d'accord ? Les adoptants, ou quel que soit le nom que tu leur donnes…

— Ils le seront. J'en suis sûre. » Tia eut soudain une envie folle d'une cigarette. « Parle-moi de ton amoureuse.

— Tu n'as qu'à venir faire sa connaissance ! Sérieusement, Tee, je ne pense pas que ce soit une très bonne idée... De voir Honor. Qu'est-ce qu'il pourrait en sortir de bon ?

— Que je rencontre ma fille ne l'est pas déjà assez ? Je suis sa mère. Personne ne peut m'enlever ça ! »

Un silence pesant s'étira à l'autre bout du pays.

« Qu'est-ce qu'il y a, Robin ? À quoi tu penses ?

— Je ne suis pas persuadée que ce soit une raison suffisante.

— Tu ne trouves pas bien que j'aille voir comment sont les gens à qui je l'ai confiée ? Ils écrivent une lettre, et, hop, tenez, prenez donc ma fille... Tu penses que c'était bien ?

— C'est la décision que tu as prise, Tee. Il faut que tu arrêtes de te torturer avec ça.

— Bon, si l'idée que j'aille la voir ne te plaît pas, tu vas adorer la suite... J'ai pris contact avec un avocat. » Elle resserra la couverture sur ses épaules. « Pour me renseigner sur la procédure d'adoption.

— Te renseigner sur quoi ?

— Peut-être que l'abandonner était une erreur. Peut-être qu'elle devrait être avec moi.

— Si tu veux mon avis, tu commets là une grosse, grosse erreur...

— À t'entendre, je ne fais que ça, des erreurs... Moi je pense que ma mère serait fière de moi, dit Tia, regrettant de ne pas voir le visage de son amie. J'en suis convaincue. »

28

Juliette

À l'approche du week-end, la solitude lui pesait tant que Juliette décida d'emmener les garçons à Rhinebeck, bien qu'ils dussent y aller quelques semaines plus tard passer le pont du Memorial Day comme chaque année. La perspective qu'ils restent un jour de plus tous les trois seuls dans la maison la décida à prendre la fuite. Soit les garçons l'observaient comme si elle était un mélange chimique délicat sur le point de bouillir avant de se volatiliser, et la dévisageaient sans bouger pendant qu'elle servait le petit déjeuner sur la table autour de laquelle manquait Nathan, soit ils exprimaient tout haut les pensées furieuses qui traversaient leur cerveau d'adolescents.

La semaine dernière, Max avait craqué parce qu'ils étaient arrivés en retard à l'entraînement de baseball. « Papa m'aurait accompagné à l'heure ! » s'était-il écrié avant de s'éloigner à grands pas. Trois jours après, elle avait entendu Lucas traiter son frère de connard parce qu'il donnait raison à Nathan.

Il lui donnait raison ? Le pire était qu'elle se sentait

si exténuée qu'elle avait fait semblant de ne rien avoir entendu.

Juliette quitta le Mass Pike et agrippa plus fort le volant tandis qu'elle s'engageait sur Taconic State Parkway, une route où il n'était pas rare que des cerfs surgissent de la forêt. Elle n'avait pas plus l'habitude d'être à la fois le conducteur et le navigateur que d'endosser le rôle de la mère et du père.

Nathan voyait régulièrement les garçons, et c'était bien pour eux, mais chacune de ses visites lui était pénible. L'entendre sonner au lieu d'ouvrir la porte avec sa clé n'était pas loin de la tuer. Max montait dans la voiture en traînant les pieds, des traces de peigne bien nettes dans les cheveux, et Lucas s'habillait de plus en plus n'importe comment au fil des semaines.

Chaque fois qu'elle voyait Nathan, elle guettait des signes qui lui indiqueraient quoi faire.

Était-il allé la voir ?

Aimait-il cette femme ?

S'il s'installait avec elle, reprendraient-ils Savannah pour former eux-mêmes une petite famille ?

Toutefois, elle ne pensait pas que ça marchait ainsi. Adopter un enfant n'était tout de même pas si simple que ça – *Oh, on préférerait que vous nous le rendiez, s'il vous plaît !*

« Maman, on arrive bientôt ? demanda Max.

— Si c'était le cas, est-ce qu'on serait encore sur Taconic Parkway ? répondit Juliette.

— Pas la peine d'être désagréable avec lui », marmonna Lucas.

Depuis le départ de Nathan, son fils aîné s'était

érigé en juge et conscience de sa mère tout en s'efforçant de jouer le rôle de son père. Elle jeta un coup d'œil dans le rétroviseur. Lucas faisait une nouvelle crise d'acné. Max avait les cheveux coupés si ras qu'on aurait dit un prisonnier de guerre. Son dernier passage chez le coiffeur avait été un désastre.

Juliette s'en voulut de juger ses fils à travers le regard hypercritique de sa mère. Elle ne se détestait jamais autant que lorsqu'elle se prenait en flagrant délit d'adopter le même point de vue sévère.

« Et si on allait à la foire, ce soir ? » Elle espérait compenser ainsi leur tristesse et leur mauvaise humeur. « On sera à Rhinebeck à trois heures.

— Tu rigoles ? Parce que tu crois que j'ai envie d'aller caresser des moutons ? rétorqua Lucas.

— Moi, je veux bien y aller, dit Max.

— Eh ben, vas-y, gros hamburger !

— Ne lui parle pas comme ça ! le réprimanda Juliette. Nous irons tous ensemble ou pas du tout.

— Tous ensemble ? Tu veux dire tous les *trois* ? » Le ton railleur de Lucas allait finir par la rendre folle… ou par la faire sortir de la route dans un accès de rage et de culpabilité.

« Grandpa et Mamie voudront peut-être y aller. » Tenant le volant d'une main, Juliette tendit l'autre vers l'arrière. « M&M's, siouplaît !

— Ben, voyons… Cette idée va emballer Mamie ! » Lucas appuya son pied sur le dossier du siège si fort qu'elle sentit le bout de ses baskets dans les reins.

« Max… ? » Elle agita une main impatiente et jeta un regard dans le rétroviseur. Max, qui tenait un paquet géant de M&M's, lui en mit une poignée dans la main. Ce paquet, ils l'avaient acheté dans un drugstore avant de prendre le Mass Pike, en plus des chips, du fromage en bombe et des trois sortes de sodas qui se trouvaient déjà dans le panier. Rien de ce qu'elle avait emporté pour le voyage n'était bio, riche en nutriments ou fait maison, de sorte que la voiture semblait être celle d'une autre famille.

Juliette fourra les bonbons dans sa bouche. Sentir la pellicule de sucre craquer, puis le chocolat granuleux lui tapisser la langue la soulagea un instant.

Elle se gara devant la superbe maison gris-bleu de style victorien-Queen Anne.

Cette maison, elle avait toujours l'impression de devoir rivaliser avec pour intéresser ses parents. À tel point que chaque fois que les balustres d'un blanc majestueux recevaient une nouvelle couche de peinture, elle ressentait une envie irrépressible de graver ses initiales dans le bois satiné.

Qu'ils lui aient fait confiance quoi qu'elle fasse ou décide depuis qu'elle était gamine l'agaçait. Ils ne s'étaient toujours souciés que du minimum. Son père vérifiait que ses vélos, et par la suite ses voitures, étaient en bon état, et sa mère veillait sur sa beauté – lui montrant clairement qu'elle la considérait comme une extension de sa propre solitude.

Faire preuve d'esprit de rébellion, suffisamment en tout cas pour que ses parents s'en inquiètent, aurait pu lui apporter un peu de soulagement, mais elle semblait destinée à être la seule personne sensée de la famille. Ses parents étaient du genre à tituber après avoir trop bu. Et à s'adonner à des expériences pas très discrètes avec la marijuana alors qu'elle avait dix-sept ans et que c'était elle qui aurait dû avoir envie de planer. Les voir regagner leur chambre en pouffant de rire l'avait toujours dégoûtée.

« Lucas, sors la valise qui est dans le coffre », ordonna Juliette.

Lucas eut du mal à soulever la valise. « Putain, Maman, qu'est-ce que t'as mis là-dedans ? »

Alors qu'elle s'apprêtait à le gronder d'avoir dit un gros mot, elle se ravisa. Puisqu'elle comptait sur lui pour faire ce que faisait son père – porter les bagages trop lourds ou vérifier la pression des pneus avant de prendre la route –, elle n'avait qu'à le laisser râler comme lui.

Glisser sur la pente du mauvais parent pouvait aller très vite.

« Max, prends ton sac à dos et celui de Lucas. » Agenouillée sur la banquette arrière, elle rassembla les rares cochonneries dont ils ne s'étaient pas goinfrés et les jeta dans un vieux sac en plastique. Après quoi elle alla enfouir le tout au fond de la poubelle de ses parents.

Juliette prit la mesure de l'inquiétude que l'absence de Nathan suscitait chez ses parents quand ils proposèrent de les emmener à la foire du comté. Étant petite, sa mère et son père la traînaient dans les brocantes, mais jamais à la foire. « Pourquoi voudrais-je voir des vaches ? » disait sa mère. « D'ailleurs, tu y vas avec l'école », ajoutait son père – c'était sa façon à lui de se déculpabiliser.

« Grandpa, on peut avoir des beignets ? demanda Max en tirant son grand-père par le bras.

— Chéri, pourquoi donc en voudrais-tu ? s'exclama sa grand-mère. Ce soir, Grandpa et moi avons prévu de vous emmener manger chez Gigi's. » Elle se tourna vers Juliette. « La cuisine est fabuleuse, mais c'est un endroit très simple. Pas la peine de se mettre sur son trente et un. »

Sa mère portait le même style de vêtements depuis son enfance. Et vu qu'elle n'avait pas changé de taille, peut-être étaient-ce d'ailleurs encore les mêmes. Si un chemisier ou une jupe voulait entrer dans la penderie de Sondra, il avait intérêt à s'harmoniser avec son body de danseuse et évoquer le style d'Audrey Hepburn.

« Un beignet de temps en temps ne peut pas faire de mal aux garçons, plaida son père.

— Mais à toi, si ! » Sa mère posa un regard appuyé sur sa bedaine avant de l'embrasser à pleine bouche. « J'ai plus besoin de toi que toi de cholestérol. » Elle lui tapota les fesses en lui faisant un sourire aguicheur. Juliette faillit vomir d'être obligée d'assister aux manifestations de tendresse constantes que se témoignaient ses parents – et devant ses fils, en plus !

« Beurk ! » marmonna Max.

Lucas s'éloigna, faisant semblant d'être fasciné par un cheval blanc robuste qui trottait vers eux d'un pas lourd.

Son père rit et murmura assez fort pour qu'on l'entende : « Je vais te dire un truc, Maxie… Ce qui se passe entre un grand-père et ses petits-fils ne regarde que le grand-père et les petits-fils. Pas vrai, les garçons ?

— Est-ce que ça veut dire oui ? demanda Max.

— Ça veut dire qu'il est temps qu'on aille faire un tour de notre côté. » Il attrapa Max par le cou. « Allez, viens, Lucas ! »

Lucas jeta un regard à Juliette, puis s'éloigna en haussant les épaules comme s'il choisissait la moins pire de deux versions de l'enfer. Elle les regarda s'en aller avec des sentiments mitigés. Seuls avec son père, les garçons auraient droit à davantage d'attention. Malheureusement, elle aussi.

« Des beignets ! Mais à quoi il pense, mon Dieu ? Tu verras que ton père en souffrira plus tard... Et, naturellement, je souffrirai avec lui. » Sa mère la prit par le bras. « Viens... Allons voir si on arrive à trouver quelque chose qui n'ait pas une odeur épouvantable et qui ne soit pas du poison. »

Juliette détestait le mépris avec lequel sa mère rejetait tout un pan de la vie populaire, encore plus que cette foutue foire lui faisait horreur.

« Donc, pas de Nathan. » Sondra les entraîna loin des parcs à bestiaux, divisés en horrifiantes sections de porcs, de vaches, de lapins et de chèvres. Une prison pour animaux.

« Tu as l'air très en forme, Maman... Et Papa aussi. » Et c'était vrai. À soixante-dix et soixante-huit ans, ils faisaient facilement dix ans de moins.

« Ne change pas de sujet, ma chérie... Mais je te remercie ! On essaie de se maintenir, ce qui m'oblige à le surveiller à chaque seconde. » Sa mère eut le sourire amoureux qu'elle réservait à son mari.

« Je montre ta photo en exemple à toutes mes clientes pour qu'elles voient ce qu'est une peau bien entretenue », dit Juliette. C'était un pur mensonge. La dernière chose dont elle avait besoin, c'était bien de voir la photo de sa mère toute la journée ! Mais elle était rompue à l'art de détourner sa mère des sujets qu'elle ne voulait pas aborder. Lui parler de sa jeunesse permettrait d'éviter le sujet Nathan.

« C'est flatteur, ma chérie. Tu es bien, toi aussi. Quoique, pour être franche, tu as un peu grossi. Tu es à un âge délicat, tu sais… »

Voyant qu'elle ne répondait pas, Sondra soupira. « Je sais bien que c'est à cause de Nathan… Quand leur mari les quitte, les femmes font n'importe quoi. La plupart de mes amies sont devenues maigres comme des clous, mais d'autres se sont mises à se goinfrer sans plus s'arrêter. C'est la voie que tu as choisie, ma chérie ? »

La voie qu'elle avait choisie… Comme si elle avait délibéré tranquillement entre la possibilité de rester mince ou de prendre des kilos. *Grosse ? Maigre ? Oh, et si je devenais aussi grasse qu'un pigeon ? Ce serait rigolo !*

Une odeur écœurante de barbe à papa flottait dans l'air.

« Il ne m'a pas quittée. C'est moi qui l'ai mis à la porte. »

Sa mère en resta stupéfaite, comme si Nathan était une telle prise qu'il fallait être particulièrement stupide pour le laisser partir.

« Mais pourquoi est-ce que…

— J'ai faim. » Juliette dégagea son bras. « Je vais

me chercher un hamburger… Là-bas. » Elle montra une baraque où des adolescents faisaient griller des hamburgers et secouaient des paniers à frites. Elle avait une folle envie de gras, de viande salée et de pain imbibé de sang.

« Oh, non, Juliette, pas ça… Il y a certainement un bar à salades quelque part. » Sondra mit les mains sur ses hanches – des hanches étroites de garçon, rien à voir avec les siennes monstrueusement proéminentes.

« Je n'ai pas envie d'une salade. Je veux quelque chose de roboratif.

— Réservons-nous pour le dîner chez Gigi's où les calories vaudront au moins la peine, d'accord ? » Sa mère la regarda avec un sourire de gamine, plissa ses yeux bleus en balançant sa longue frange blonde.

« Maman, ne sois pas aussi cliché… Ça ne te ressemble pas. » Que sa mère insiste ainsi était bizarre. En général, après lui avoir fait quelques remarques appuyées, elle ne lui parlait plus que d'elle-même et de son père – *Gordon a dit que. On est allés là.*

L'expression charmeuse s'évanouit. « Un cliché ? D'accord, je suis peut-être un cliché, mais tu as besoin de conseils. Tu devrais prendre soin de toi. Pardon d'être brutale, ma chérie, mais être jolie est ton boulot. Qu'est-ce que tu as fait ? Tu n'as mangé que des chips depuis qu'il est parti ?

— Tu n'as pas entendu ? Je t'ai dit que c'était moi qui l'avais mis dehors.

— La question n'est pas tant de savoir qui met dehors qui que de savoir pour quelle raison tu l'as fait. » Elle lui prit les mains en l'obligeant à la regarder. « Je ne suis peut-être pas la meilleure mère du monde, mais sache que je m'inquiète pour toi.

— Je n'en doute pas. » Pourtant, elle en doutait.

« Prends mon conseil au sérieux. Vivre sans un homme n'a rien d'une partie de plaisir !

— Ce n'en était pas une non plus quand il était là.

— Pourquoi ? Il a couché avec une autre femme ?

— Maman !

— Ne fais pas semblant d'être choquée ! Quoi ? Tu crois que ce genre de choses n'est jamais arrivé à aucune de mes amies ? À moi, jamais. Et tu veux savoir pourquoi ?

— Non.

— Parce que j'ai toujours mis ton père avant et au centre de tout. Il est ma vie, et il le sait.

— Qui ne le saurait pas !

— Ne fais pas l'enfant…

— Je te rappelle que j'en ai été une, Maman.

— Mais tu ne l'es plus. Il ne s'agit plus de la pauvre petite Juliette qu'on a négligée… Grandis ! Tu veux t'occuper de tes enfants mieux que je n'ai su le faire ? Alors, récupère leur père !

— Tu ne connais pas toute l'histoire.

— Eh bien, raconte-moi ! Mais tâche de m'écouter comme une femme et non comme ma fille.

— Comment ce serait possible ?

— À toi de profiter de l'occasion ! »

Sa mère l'entraîna sous une des tentes. Installés autour de longues tables en bois, des gens mangeaient toutes sortes de choses interdites. Des enfants mordaient dans des épis de maïs dégoulinants de beurre. Des hommes étaient penchés sur des assiettes de viande grillée au barbecue rouge de sauce. Des femmes tenaient des burritos de la taille d'un chiot.

Tout près de Juliette, une femme brûlée par le soleil léchait une montagne de boules de glace dans un cornet. En remarquant le bourrelet de graisse qui débordait de son jean, elle se sentit supérieure, et aussitôt honteuse. Elle était comme sa mère, le vernis en plus.

Sondra sortit deux bouteilles d'eau de son grand cabas en paille et lui en tendit une.

La femme au visage brûlé avait plus ou moins le même âge que Juliette. Le compagnon de Mme Coup de Soleil avait quinze kilos de plus qu'elle et un teint qui trahissait un abus de sucre et d'alcool.

Juliette accepta volontiers la bouteille d'eau. « Il m'a trompée.

— Je m'en doutais. C'est ce que j'ai dit à ton père, mais il a essayé de défendre Nathan.

— Papa a pris sa défense ?

— Oh, ne t'en fais pas pour ça ! Ton père s'inquiète à l'idée que tu te retrouves toute seule, alors il fanfaronne un peu.

— Papa n'a pas cru que Nathan pouvait me tromper ?

— Papa n'aime pas penser du mal des autres. Viens, marchons… Je ne supporte pas ces odeurs. »

Sondra essuya une goutte d'eau tombée sur son pantalon en lin jaune. Il lui arrivait de faire son âge à travers des manies étranges, comme refuser de s'habiller en blanc avant le Memorial Day. Cependant, bien que sa mère approchât des soixante-dix ans, et qu'elle-même dirigeât une affaire où les femmes dépensaient des sommes faramineuses pour rester belles, elle se sentait ingrate et lourdaude à côté d'elle.

Sa mère écarta une mèche de son visage. « Tu me fais penser à ton père. Il essaie toujours de voir les choses sous leur meilleur jour, cherche toujours à me convaincre que le monde est merveilleux… C'est peut-être ce qui explique que Nathan t'ait trompée tout le temps que tu l'as laissé faire. Tu pensais tellement de bien de lui qu'il ne t'est même pas venu à l'idée qu'il en était capable. »

Devant son silence, sa mère durcit ses propos. « Regarde-toi, qui restes là à pleurnicher et à engraisser en attendant qu'il retrouve son bon sens ! Ou qu'il prenne une décision.

— Ce n'est pas ce que je fais ! » Sa mère avait-elle raison ? Elle-même ne lui avait-elle pas conseillé de se demander s'il aimait cette femme ? D'aller voir l'enfant ? « D'accord… Tu as raison, Maman. Tu as raison sur tout. Sauf que tu ignores un petit détail… Il a eu un enfant. »

Sa mère se figea sur place. « Cette femme a eu un bébé de lui ?

— Et elle l'a donné à adopter.

— Dieu du ciel… Eh bien, tu deviens plus intéressante, Juliette, c'est certain ! »

Ne sachant pas si elle devait rire ou pleurer, elle éclata de rire, et sa mère en fit autant. Elles rirent si fort que leur mascara se mit à couler et qu'elles durent se mettre en quête de toilettes. Après s'être séché les mains et avoir remis du rouge à lèvres, Sondra proposa de récapituler.

« As-tu pensé que la réponse n'est peut-être pas

“aime-moi ou aime-la” ? Nous vivons dans un monde imparfait, ma chérie. Tu vas devoir décider si tu veux un couple irréprochable ou pas de couple du tout. Bat-il trop de l’aile pour vivre avec ça ? »

Juliette ignorait si elle serait capable de vivre avec Nathan en sachant qu’il tenait encore à Tia, même si c’était uniquement parce qu’elle était la mère de son enfant.

Il voulait revenir. Il le lui répétait chaque fois qu’il venait chercher les garçons. Elle détestait cette place vide dans le lit, détestait rentrer dans une maison où il n’était pas. Quand ils dînaient tous les trois, elle avait l’impression d’être assise sur un tabouret bancal. Mais elle n’était pas sûre qu’elle se sentirait mieux en le voyant allongé à ses côtés.

Est-ce que ce ne serait pas une autre forme de solitude ?

29

Nathan

« Je t'attends devant chez toi », dit Nathan avant de raccrocher avec Tia. Il avait passé la matinée à vérifier que ses vêtements étaient correctement repassés et qu'il était bien rasé – s'était préparé pour voir sa fille comme s'il allait à un rendez-vous galant.

Il avait envie de l'impressionner, voulait montrer à Caroline et Peter Fitzgerald qu'il n'était pas un raté, ce qui exigeait de lui un certain courage.

« Il faut qu'on le fasse, avait dit Tia. On en a l'occasion. Juliette ne pourra pas être plus fâchée contre toi. C'est elle qui t'a mis dehors. »

Il ne lui dirait pas qu'il avait prévenu Juliette qu'ils allaient voir Savannah. Tia avait déjà eu l'air à moitié hystérique lorsqu'elle lui avait téléphoné en disant : « Caroline n'a pas voulu me voir sans raison, il faut qu'on découvre laquelle. On doit aller voir si Honor va bien. »

Il n'y a pas de Honor.

Il y a Savannah.

C'est pour Lucas et Max que je m'inquiète. Comment peuvent-ils aller bien sans moi ?

« Il faut qu'on aille de l'avant. Je t'en prie. Viens avec moi ! l'avait supplié Tia. Comment savoir ce qui se passe ? Il faut qu'on voie où est Honor, à quoi elle ressemble, qui elle est… »

La veille, il avait eu une brève conversation avec Juliette au sujet des enfants – entraînement de foot, stages de vacances d'été, quel soir il les emmènerait dîner. Puis il avait lancé : « Je peux venir à la maison ? » Peut-être était-ce son imagination, mais il avait cru percevoir une faille dans son armure lorsqu'elle avait hésité à répondre. Après qu'elle eût dit « Non », ajoutant aussitôt « Pas encore. On verra », il avait compris qu'elle était indécise.

Pendant qu'il l'écoutait distraitement parler du prix que coûterait le stage de foot de Max, il avait décidé de lui dire qu'il prévoyait d'aller voir Savannah, avant de finalement y renoncer. Puis il avait encore changé d'avis en se rendant compte qu'il fallait qu'il dise la vérité.

Quand il s'était tu, Juliette était restée silencieuse. Et soudain, il avait entendu ses sanglots étouffés. Pourquoi pleurait-elle ? N'était-ce pas ce qu'elle voulait ? Ne lui avait-elle pas dit de s'arranger avec Tia ? D'aller voir sa fille ? De voir Tia et de la convaincre que tout était fini ? Bon sang, c'était ce qu'il s'évertuait à faire… Mais elle lui avait donné l'impression qu'il la torturait. Comme si la conversation précédente n'avait jamais eu lieu.

« Je ne peux pas te parler. » Elle l'avait dit d'une voix très lente, comme si elle avait de la peine à lâcher ces mots déprimants.

Qu'avait-elle voulu dire ? Je ne peux pas te parler là maintenant ? Plus jamais ? Cette semaine ?

Sa femme et ses fils lui manquaient si horriblement que le chagrin pendouillait sur sa poitrine comme un insigne à la con. Des plaques de son vieil ennemi – l'eczéma – étaient apparues derrière ses genoux. Il avait l'estomac sens dessus dessous. Dormir semblait un rêve impossible, et les cernes sous ses yeux se creusaient de jour en jour.

Tia se glissa dans la voiture, d'un calme inhabituel.

« Tu sais où on va ? demanda-t-elle.

— J'ai enregistré l'adresse dans le GPS.

— Comment sais-tu où ils habitent ? » Les questions de Tia fusaient tels des défis. Elle l'épuisait, cependant, il lui était redevable, il le savait.

Il voulait faire comme si l'autre soir n'avait jamais existé. L'enfouir sous un tas de bienséance. S'approcher si près de Tia était revenu à jouer avec le feu.

« Tu connais ce truc qui s'appelle Internet ?

— J'avais oublié comme tu étais prévoyant. »

Il lui sourit. « À une époque, ça ne te déplaisait pas.

— À une époque, tu m'aimais bien.

— Je n'ai jamais cessé de t'aimer bien, Tia.

— Mais tu as cessé de m'aimer. Si toutefois tu m'as jamais aimée ! »

Nathan se concentra sur la route.

« Est-ce que tu m'as aimée ? insista-t-elle.

— Évidemment. Je t'aimerai toujours.

— Tu m'aimeras comment ? Comme un oncle éloigné ? Un frère ? Un cousin obligeant ? »

Il lui prit la main et la serra dans la sienne. « Étant donné ce que nous partageons, tu ne crois pas qu'on tiendra toujours l'un à l'autre ? »

Elle dégagea sa main. « J'ai passé ces six dernières années à essayer de ne plus t'aimer… »

Il ne sut quoi dire. Qu'elle eût passé tout ce temps à l'aimer pendant que lui pensait à peine à elle était terriblement triste.

« Tu m'as brisé le cœur, dit Tia d'une voix posée. Tout ce que j'ai fait, je l'ai fait pour toi.

— Je ne le savais pas… Je suis désolé.

— J'ai été tellement stupide ! s'exclama-t-elle dans un soupir. Robin dit que je n'ai jamais été vraiment réelle pour toi. »

La vérité faisait mal.

Nathan admirait la volonté qu'avaient les femmes de décortiquer leurs relations, mais, la plupart du temps, ça le rendait fou. Comme Juliette et Gwynne. Il était persuadé que la collègue de sa femme savait tout de lui, et surtout le pire. Il lui arrivait de se sentir mal à l'aise avec elle à l'idée qu'elle n'ignorait rien de son infidélité, ni de sa tendance compulsive à vérifier tous les matins s'il avait encore perdu des cheveux.

Nathan jeta un regard dans le rétroviseur, vit un camion arriver à toute allure et se rabattit sur la voie de droite.

« Robin dit que j'étais la putain et ta femme la madone. » Elle lui donna une tape sur la jambe avec la familiarité des anciens amants. « Tu sais, le complexe de la madone et de la putain !

— Je sais ce qu'est le complexe de la madone et de la putain.

— Pardon, j'avais oublié le génie que tu es ! »

Avait-elle eu la dent aussi dure lorsqu'ils étaient ensemble ? Dieu sait qu'il aurait pu ne pas s'en apercevoir... Il avait été tellement entiché d'elle sexuellement...

Après cette histoire avec Tia, il lui avait été facile de rester fidèle – comme un pacifiste qui adopte la non-violence après être passé entre les balles au combat.

Nathan s'était menti, il n'avait pas cessé de faire l'autruche. En dehors des moments où un souvenir au lit l'excitait, il n'avait plus pensé à Tia. Et bien qu'il eût eu une curiosité malsaine au sujet du bébé, quand il n'avait plus eu de ses nouvelles, il s'était convaincu qu'elle avait avorté. Il s'était raconté que Tia était à jamais sortie de sa vie et qu'il vivrait heureux avec Juliette le restant de leurs jours – si reconnaissant à sa femme de lui avoir pardonné qu'il s'était lui-même absous et pardonné.

Il n'avait jamais cherché à savoir ce qu'avait décidé Tia par rapport à sa grossesse. Se battre pour obtenir le pardon de Juliette l'avait emporté sur tout le reste. Il s'était bien gardé de penser à son ancienne maîtresse, persuadé que sa dévotion renouvelée envers sa femme et les garçons faisait de lui un bon mari fidèle et un père irréprochable. Le passé avait disparu. Abracadabra : ses bonnes actions avaient effacé son infidélité.

C'était assurément du déni, mais c'était ainsi qu'il allait de l'avant. Sa capacité à rationaliser et à analyser les choses – à se rassurer sur le fait qu'il était un type bien – lui apparaissait à présent être le comportement d'un homme coupé de la réalité.

Juliette ne lâchait jamais le pourquoi, qui semblait

l'embêter plus que la chose elle-même. Elle cherchait une raison qui aurait fait de son infidélité un paradigme qu'elle serait à même de comprendre, et d'empêcher du même coup de se reproduire. Comme si le fait qu'il lui révèle la vérité lui permettrait de savoir comment le dissuader d'aller voir ailleurs.

Pourquoi l'avait-il trompée ? La vraie réponse ferait de lui une ordure. Avouer son désir de se voir à travers les yeux d'une femme entichée de lui renverrait l'impression qu'il était… exactement ce qu'il avait été.

Juliette n'avait jamais été moins qu'une amante satisfaisante. Aucune femme ne lui avait donné le sentiment d'être plus proche ou mieux, même si certaines lui avaient paru plus excitantes, mais seulement comme on peut avoir une envie de wasabi qui électrise la langue.

Désormais, Tia ne déclenchait plus chez lui que de l'agitation, pas de l'électricité. Coucher avec elle avait été idiot. Avait-il cru sincèrement qu'il s'en sortirait indemne ?

Il avait appris à vivre sans la foudre, mais elle était revenue dans l'intention de le frapper.

Caroline et Peter Fitzgerald se tenaient sur le seuil, chacun une main sur l'épaule de l'enfant placée entre eux deux. Nathan observa le couple avant d'oser regarder la petite fille.

Tia se rapprocha de lui. Il s'écarta légèrement.

L'expression neutre de Caroline Fitzgerald, la bouche ni souriante ni pincée, ne laissait pas deviner grand-chose. Saine et élancée, son charme n'était en rien menaçant.

Quant à Peter Fitzgerald, son expression n'était pas neutre du tout. Il avait les lèvres serrées, sans doute sur les paroles qu'il craignait de laisser échapper. À en juger par son regard, ses premiers mots pourraient être de leur demander de partir. Nathan se dit que, s'ils en venaient aux mains, Peter n'aurait probablement pas le dessus, mais il pouvait se tromper. De stature moyenne, Peter avait l'air d'un gosse des rues qui se ficherait de se bagarrer à la loyale. Vu comment il agrippait la petite et le regardait, Nathan n'aurait pas parié avoir le dessus s'ils se disputaient.

Il regarda la petite fille.

Sa fille.

Ce mot avait beau ne pas avoir vraiment de sens, la voir lui remua les entrailles.

Elle était adorable. Les joues roses et les cheveux si noirs qu'il l'aurait surnommée sa Blanche-Neige si elle avait été sa fille. Sa princesse. Il sourit. Elle le regarda d'un œil méfiant et agrippa la main de son père. « Tout va bien, petite citrouille, lui assura celui-ci.

— Si on entrait ? » proposa Caroline.

Tia et Nathan les suivirent. Savannah s'accrocha à Caroline et à Peter alors qu'ils traversaient le grand vestibule carrelé de blanc pour aller au salon. Contrairement à chez lui, où tout était bois chaleureux, coussins et tons subtils, la maison étincelait d'aluminium et de verre. Le soleil rebondissait sur les surfaces polies, révélant tout un chacun dans une clarté agressive. Tia avait l'air fatiguée, Peter irrité, Caroline anxieuse, et Savannah… la pauvre enfant semblait terrifiée.

« Tu veux qu'on aille chercher les cookies qu'on a faits ? » demanda Peter à la petite.

Elle hocha imperceptiblement la tête. « D'accord. »

Entendre sa voix pour la première fois mit Nathan K-O. Elle avait l'air si petite… une toute petite fille. Il s'était imaginé une présence aussi envahissante que malvenue ; le son de sa voix timide eut raison de son appréhension.

Avant de sortir de la pièce, Savannah se retourna vers Tia et croisa son regard. Il s'appliqua à ne pas prendre un air sévère. La voir en vrai le troublait. Il se sentait ballotté entre la curiosité, la peur et une sorte d'attirance atavique. Il aurait voulu sortir son portable et la prendre en photo. Pour la montrer à sa mère. Et la regarder plus tard.

« Que lui avez-vous dit ? » Tia posa la question dès que Savannah fut partie.

« La vérité. » Caroline parla sans détour. « Pourquoi avez-vous voulu venir ?

— Parce qu'elle est ma fille, répondit Tia.

— Votre fille biologique, elle l'est depuis sa naissance.

— Mais vous n'êtes jamais venus me voir… J'avais besoin de savoir ce qui avait changé, ce qui se passait… De voir si tout allait bien pour ma fille. »

Les épaules de Caroline trahirent sa tension quand elle arrangea les magazines sur la table basse, les remettant bien droit avant de les étaler en éventail comme dans une revue de décoration. Cette femme lui faisait plus penser à Juliette qu'à Tia. Son attitude un peu raide lui inspira même de la compassion. Caroline et Peter n'avaient sûrement pas prévu cette visite le jour où ils avaient adopté Savannah.

« Nous ne nous sommes pas présenté, dit-il. Je suis Nathan Soros.

— Oui, je sais. Votre femme est-elle au courant que vous êtes ici ?

— Bonne question… Oui, elle est au courant. » Nathan entendit Tia réprimer un soupir.

« Et quel est votre but en venant voir Savannah ? demanda Caroline. Est-ce que l'un ou l'autre de vous a songé aux retombées possibles ? Cette rencontre pourrait très bien se passer, ou très mal. Avez-vous – je parle de vous tous, y compris de votre femme, Nathan – avez-vous seulement pensé à Savannah ?

— Pourquoi avez-vous accepté de nous recevoir ? » rétorqua Nathan.

Il voulait vraiment le savoir – sa question n'avait rien d'intrusif, et il espéra que le ton de sa voix le ferait comprendre à Caroline.

30

Caroline

Il fallait qu'elle descende de ses grands chevaux. Planer au-dessus du sol n'aiderait personne, et encore moins Savannah. Si le visage de Tia continuait à se tendre, il allait éclater. Les mains de la pauvre femme tremblaient malgré ses bras croisés. Sa peur devait terrifier Savannah. Comment allait-elle l'interpréter ?

Laisser venir Tia et Nathan était sans doute la pire décision qu'ils eussent jamais prise en tant que parents.

Pourvu que ça ne traumatise pas sa fille ! Comment avait-elle pu se montrer aussi vertueuse et convaincante quand elle avait poussé Peter à accepter : « Mieux vaut affronter la réalité, avait-elle dit. Ils sont ses parents biologiques. Tôt ou tard, elle cherchera à en savoir plus sur eux. C'est peut-être le bon moment. »

Elle lui avait ensuite lu ce qu'elle avait noté sur des sites de recherche : « La philosophie du confort omet de prendre en compte plusieurs facteurs essentiels, l'un étant que l'adoption ouverte ne devrait pas reposer sur l'idée que les adultes concernés se sentent à l'aise ; il devrait s'agir plutôt de pourvoir aux besoins de l'enfant. »

Mais peut-être qu'elle avait eu tort. Qu'ils avaient eu tort.

Caroline respira à fond et ordonna à son visage de se détendre. « Nous avons accepté parce que nous avons pensé qu'une adoption plus ouverte pourrait être salutaire pour Savannah. Même dans le meilleur des foyers, les enfants adoptés fantasment sur leurs parents biologiques. Quoi qu'il advienne, elle s'interrogera toujours sur vous – elle le fait déjà. Peter et moi sommes tombés d'accord qu'il valait mieux mettre un terme à cette curiosité envahissante. »

Avant que Tia ou Nathan aient pu réagir, Peter et Savannah revinrent dans le salon. Il portait un grand plateau avec une assiette de cookies, des verres et une carafe de thé glacé. Savannah, qui était entrée depuis peu dans sa période rose, serrait le sucrier en verre fuchsia qu'elle avait choisi pour l'occasion. Ne sachant trop comment la préparer à cette rencontre, Caroline l'avait emmenée chez Target choisir un service à thé.

Peter posa le plateau rose sur la table basse. Savannah plaça le sucrier à côté. Dès que son père s'assit, elle se faufila entre ses genoux en dévisageant Tia et Nathan.

« Est-ce que je dois partir avec vous ? » La petite fille tritura la jambe de pantalon de son père, regardant les deux inconnus avec une expression tiraillée entre la crainte et le respect.

« Oh, mais bien sûr que non, ma chérie ! » la rassura Tia.

Nathan se pencha vers la petite. « On voulait faire ta connaissance. C'est tout. »

Savannah hocha la tête. « C'est toi mon vrai papa ?

— Non, chérie. Ton vrai papa, c'est Peter. Moi je suis l'homme qui t'a faite avec Tia. »

Caroline commença à comprendre pourquoi cet homme séduisait les femmes. La façon dont il se concentrait sur Savannah ne faiblit pas pendant qu'elle réfléchissait à ce qu'elle allait dire.

« Cette dame est ma vraie maman ? » lui demanda la petite fille.

Le regard de Tia alla de l'enfant à Nathan, comme si elle n'était pas sûre à qui s'en remettre d'abord. Sa nervosité évidente ébranla Caroline. Personne ne devrait regarder Savannah de cette façon-là… Comment pouvait-elle respirer face à une telle pression ?

« Non, Savannah, répondit Nathan. Elle est la femme qui t'a faite avec moi. Caroline est ta vraie maman. »

La petite fille se rapprocha légèrement de Tia tout en laissant sa main potelée sur le genou de son père. « Je suis le bébé qui était dans ton ventre ? »

Tia acquiesça. Elle regarda Savannah droit dans les yeux. « Oui. Tu as grandi dans mon ventre. J'ai une photo, là », dit-elle en prenant le grand sac en cuir à ses pieds.

Caroline échangea un regard avec Peter. Comme pour lui demander *Est-ce que ça va ?*

J'espère, répondirent les yeux de son mari. Il avait l'air aussi impuissant qu'elle à stopper ou à ralentir ce train devenu fou.

Tia sortit une grande enveloppe en kraft.

« C'est quoi ? demanda Peter en l'arrêtant d'un geste.

— Des photos. J'ai pensé que Hon… que Savannah aimerait les voir. Des photos d'avant sa naissance.

— Des photos ? » Caroline aurait voulu lui arracher l'enveloppe pour y jeter un coup d'œil et les trier, mais Savannah tendait déjà la main.

« Juste une, d'accord ? » La question de Peter n'était pas une question. « On ne veut écraser personne.

— Très bien. » Tia choisit une photo un peu abîmée. « J'aurais dû en faire faire une copie pour vous la donner… »

Caroline intercepta la photo qu'elle tendit à Savannah – une photo où l'on voyait Tia enceinte assise dans la pénombre. Savannah s'éloigna de son père pour aller se coller contre sa mère.

« C'est moi ? demanda-t-elle en posant un doigt sur le gros ventre de Tia. Avant ma naissance ?

— Oui, ma chérie, avant ta naissance. » Caroline la prit sur ses genoux. « Et juste après, tu es venue à la maison avec Papa et moi.

— Comme dans le livre *Raconte-moi encore* ?

— Exactement, ma chérie. Comme dans le livre. »

Savannah réclamait au moins deux fois par semaine qu'on lui lise *Raconte-moi encore la nuit où je suis née*, demandant à sa mère de répéter les passages qu'elle préférait, avant de lui raconter pour la énième fois l'histoire de Peter et Caroline ramenant Savannah chez eux.

« Redis-moi comment tu m'as transportée comme

si j'étais une poupée en porcelaine et comment tu jetais un œil noir à tous les gens qui éternuaient. »

Les yeux plissés, Savannah observa Tia avant de faire quelques pas prudents vers elle. « Tu n'as pas l'air trop jeune, dit-elle.

— Trop jeune pour quoi ?

— Pour t'occuper de moi.

— C'est ce qui est dit dans son livre, expliqua Caroline. La femme enceinte est trop jeune pour être mère, et elle donne son bébé à la maman de la petite fille. »

Pourquoi Tia avait-elle donné son enfant ? Tout ce qu'elle avait raconté sur le fait qu'elle ignorait qui était le père, ses allusions à des épisodes de coucheries avec un tas d'hommes et son état émotionnel fragile, tout cela n'avait été qu'un tissu de mensonges. Peter n'avait pas autorisé sa femme à lui poser une seule question. Il avait été trop heureux qu'elle les eût choisis pour être les parents de Savannah pour courir le risque de la contrarier.

« J'imagine que j'étais trop jeune d'une façon qui ne se voit pas, dit Tia.

— Comment ça ? » demanda Savannah.

Tia cligna rapidement des yeux. Nathan la prit par l'épaule. « Parce que je n'étais pas mariée, et que je n'avais pas un bon travail et un endroit convenable où vivre.

— C'est pour ça que tu m'as donnée ? »

Oh, mon Dieu, je vous en supplie, laissez-moi enlever la douleur à cette enfant ! C'était là-dessus que Caroline devrait orienter ses recherches : comment enlever la douleur d'une enfant par la chirurgie et la transplanter dans le corps de la mère.

« Nous savions que ta maman et ton papa se débrouilleraient mieux, dit Nathan.

— Et alors vous m'avez donnée ? » Les lèvres de Savannah frémirent.

Tia fondit en larmes et lui tendit les bras.

Caroline la regarda étreindre sa fille. « Je ne pouvais pas faire ce qu'il fallait, ma chérie, dit Tia. Je ne pouvais pas… Je suis désolée. »

La petite se serra contre Tia. « Ça va », dit-elle d'une voix tremblante. Elle tapota le dos de sa mère biologique d'une petite main hésitante. Tia posa sa tête sur la sienne. Leurs cheveux noirs s'entremêlèrent.

Il était impossible de dire qui consolait qui. Pendant quelques instants, elles restèrent là emboîtées d'une façon qui dévasta le cœur de Caroline. Puis Savannah se précipita dans les bras de Peter, le regard affolé et le visage en larmes. « Dis, je vais rester ici, hein, Papa ? »

Caroline passa une heure avec sa fille avant de la mettre au lit. Elle lut trois fois *L'adoption c'est pour la vie* et lui traça plusieurs fois sur le dos des mots comme *Amour* et *Spéciale* avant qu'elle finisse par s'endormir. Une fois apaisée, Savannah déclara qu'elle avait de la chance, parce que, contrairement à la petite fille dans le livre, elle savait qui étaient sa mère et son père biologiques. Caroline se consola avec l'idée que, quoi qu'il arrive, cette vérité lui semblait bonne. Savannah ne passerait pas sa vie à imaginer qui étaient Tia et Nathan. D'une certaine façon, cet après-midi qui avait frôlé la catastrophe serait peut-être bénéfique à sa fille.

Après s'être félicitée d'avoir réussi à la rassurer, le temps qu'elle passa à lui dessiner des lettres sur le dos ne lui parut pas moins ennuyeux que d'habitude. Toutefois, malgré la monotonie du rituel du coucher – une longue heure passée à répéter qu'ils l'aimaient, que personne ne l'emmènerait et qu'elle serait à tout jamais leur fille –, Caroline resta dans la chambre bien après qu'elle fut endormie. Assise sur le tapis multicolore au pied du lit, les jambes croisées, elle écouta sa respiration régulière.

Après force larmes et câlins, Savannah lui avait posé une dernière question. « Est-ce que je pourrai voir l'autre mère et l'autre père de temps en temps ? Pas longtemps, des petits moments… Juste pour voir.

— Pour voir quoi ? »

La petite fille avait haussé les épaules, non pas pour fuir la vérité, mais parce qu'elle n'était qu'une enfant et qu'elle ne savait pas. « Juste pour voir à quoi ils ressemblent. »

Caroline retrouva Peter dans la salle de séjour, agenouillé sur une vieille toile cirée que leur avait donnée sa mère à la suite d'un de ses grands ménages de printemps. Elle la leur avait mise dans les mains un dimanche soir après le dîner. « Vous serez étonnés de voir que ça vous sera utile un jour… Prenez-la. J'en ai trois. »

Elle n'avait pas demandé pourquoi sa belle-mère avait trois toiles cirées rouges, pas plus qu'elle n'avait compris comment elle pouvait imaginer qu'ils s'en serviraient. Et voilà que Peter était installé sur cette toile cirée avec la boîte à outils, une série de clés alignées devant lui.

« Qu'est-ce que tu fais ? »

Un tournevis dans une main et un guidon rose dans l'autre, il leva les yeux. « J'ai acheté un vélo à Savannah.

— Tu ne me l'avais pas dit.

— J'ai oublié. Il était dans le coffre de ma voiture. »

Caroline ne croyait pas qu'il s'agissait d'un oubli. Acheter des jouets à Savannah était pour Peter un calmant. Elle s'agenouilla et prit une des pièces du vélo. « Il n'y a que deux roues… Tu crois qu'elle est prête ?

— Tu penses que c'est un peu tôt ? » Malgré son sourire brave, Peter avait l'air vidé, épuisé. « C'est peut-être moi qui suis prêt. »

Il avait disposé les pièces selon un schéma précis avant de les assembler. Il était toujours très méticuleux. Pour ça, ils étaient pareils.

« Je suis vraiment désolée, Peter…

— On s'est assez disputés comme ça. Laissons tomber pour l'instant. » Il tendit la main. « Tournevis cruciforme, s'il te plaît. »

Caroline fondit en larmes. « Je ne voulais pas te faire de mal… je ne voulais pas faire de mal à Savannah. »

Peter passa une peau de chamois sur une des pièces en chrome.

« Je ne veux faire de mal à aucun de nous, répéta-t-elle, voyant qu'il ne disait rien. J'aimerais tellement me débrouiller mieux avec elle ! Sincèrement... J'aimerais tellement être la femme que tu veux... être la mère qu'il faut à Savannah... »

Peter se pencha au-dessus du guidon pour le fixer sur le châssis.

« Tu dois me détester, ajouta-t-elle. Je ferais n'importe quoi pour pouvoir revenir sur tout ce que j'ai dit... Pour me sentir différente. »

Cette fois, il la regarda. « Je ne sais pas quoi dire... Je n'arrive pas à croire ce qu'on a infligé à Savannah aujourd'hui...

— J'aurais dû te parler depuis longtemps de ce que je ressentais... Je ne suis pas faite pour être mère. Ça ne m'est pas naturel comme ça l'est pour la tienne ou la mienne... Je ne peux pas être comme elles. »

Peter jeta son chiffon et se releva. « Et alors, qu'est-ce qu'on va faire ? Tu peux me répondre ? Est-ce que tu le sais ? On a refusé trop longtemps de regarder l'évidence... Savannah mérite mieux que ce qu'on lui donne. Et cette idée me rend dingue, complètement dingue ! »

Il redressa le vélo qu'il venait d'assembler et, un bref instant, elle crut qu'il allait le balancer à l'autre extrémité de la pièce. Il le souleva à bout de bras, puis, lentement, le reposa sur le sol.

« Tu es mère, à présent. » Il martela chaque syllabe comme s'il voulait en laisser gravée la marque.

Caroline ne répondit pas.

« Il y a des choix que tu ne peux plus faire », ajouta-t-il.

Tout ce qui était verrouillé au fond d'elle lâcha d'un coup. Une tristesse insupportable l'envahit – un sentiment d'échec. « Ce que tu dis n'a pour moi aucun sens. Peut-être que ça ne marche pas, nous deux. Peut-être que nous ça ne marche pas.

— Tu es obligée d'en arriver à cette conclusion ? C'est ce que tu penses que je suis en train de dire ? J'essaie seulement de…

— Je sais. Tu veux me dire que les choses ne peuvent plus être comme je voudrais qu'elles soient. C'est pourtant ce que tu fais, Peter. Tu voulais un enfant, et on en a un. Et je l'aime, je l'aime de tout mon cœur. Tout comme je t'aime toi. Mais je perds pied… Je vois bien que je ne fais pas ce qu'il faut avec Savannah, et ça me tue ! Je ne sais plus quoi faire. »

Il garda le silence.

Elle n'avait pas envie de se battre. « Il m'arrive de prendre des cachets pour tenir le coup, dit-elle dans un murmure. C'est comme ça que j'essaie de m'en sortir… Sauf que ça ne marche pas. Je veux te rendre heureux, je veux rendre Savannah heureuse… Mais peut-être que je n'en suis pas capable et que vous seriez mieux tous les deux sans moi. »

Elle sortit de la pièce.

« *Où vas-tu ?* » Peter courut vers la porte du garage. « *Réponds-moi !*

— Je sors. J'ai besoin de prendre l'air. »

Caroline rentra à plus d'une heure du matin. Peter l'attendait assis dans le séjour, un magazine fermé sur les genoux. Les outils et la toile cirée avaient disparu.

« Où étais-tu passée ? Tu n'as pas répondu à ton portable.

— Je réfléchissais. Je suis allée à mon bureau. Je n'ai pas d'autre endroit. Et comme on n'est pas du genre à fréquenter les bars…

— Mais on est du genre à prendre des cachets ?

— C'est comme ça. Je n'ai pas trouvé d'autre moyen de me taire.

— Parce que tu as jugé bon de devoir te taire ? Est-ce que je te fais peur, Caro ?

— J'ai peur de nous. De ce qu'on est… de ce que je suis en train de devenir. Si mal que je puisse me sentir, la vie qu'on mène semble te satisfaire.

— Je la déteste moi aussi, Caro. » Il lui prit la main et la fit asseoir sur le canapé. « Mais c'est vrai. Je voudrais que tu changes. Comment en est-on arrivés là ?

— Je refusais d'admettre que tout était… que tout est horrible pour moi… Je ne peux pas continuer comme ça. Ça se retourne contre moi.

— Et voilà le résultat ! Tu es malheureuse, Savannah va mal, et moi je fonce comme un taureau furieux comme si je pouvais faire plier les choses à ma volonté à force de m'obstiner !

— Tu essaies juste de bâtir une famille. »

Il haussa les épaules, l'air de dire *Tu parles d'une réussite !*

« Qu'est-ce qu'on va faire ? » Caroline posa la tête sur son épaule. « Je n'ai pas envie de nous perdre, mais je ne sais pas quoi faire. Je ne peux vraiment pas continuer comme ça.

— Tu veux partir ? Est-ce que tu me demandes de partir ? »

Elle ne répondit pas, car, de quelque côté qu'elle se tournât, elle ne voyait pas la vie qu'elle désirait.

« Caro ? Réponds-moi ! » Il la prit par le menton et l'obligea à le regarder. Des larmes noyaient ses yeux. « S'il te plaît, ne me demande pas de choisir entre une vie avec toi et Savannah ou une vie sans vous, je ne pourrai pas. »

Elle n'avait encore jamais vu son mari pleurer. Voir ses lèvres pincées lui brisa le cœur. Savannah faisait la même mimique quand quelque chose n'allait pas ; elle l'avait eue au moment où Tia l'avait serrée dans ses bras.

À cette seconde-là, Caroline avait été à deux doigts de lui arracher sa fille.

Et à présent, elle comprenait mieux ce qu'elle ressentait. Elle avait beau ne pas aimer passer du temps avec Savannah, elle l'aimait aussi fort que toute mère aime son enfant. Elle aurait été prête à souffrir dans sa chair pour lui épargner de souffrir.

Elle était la mère de Savannah – pas une très bonne mère, et même une mère réticente –, mais jamais elle n'aurait abandonné son enfant. Tia n'avait probablement pas eu d'autre solution, pourtant faire une telle chose lui paraissait inimaginable.

Oh, comment savoir ? Alors qu'elle était là en train de fuir sa fille, elle se permettait de juger cette femme, qui avait au moins eu l'honnêteté de dire ce dont elle ne se sentait pas capable. Comment faisait-on pour arriver à ce genre de vérité ? D'elles trois, Juliette était sans doute la seule à être une vraie mère.

Peter se doutait-il de qui elle était ? Jamais elle ne pourrait lui avouer qu'elle avait failli céder aux avances de Jonah. Garder ce secret toxique serait sa punition. Son mari, lui, n'aurait jamais nié avoir un enfant, et non seulement il ne l'avait jamais trompée, mais l'idée ne l'aurait même pas effleuré.

Elle ne serait pas une super maman, cependant… et si elle était la meilleure qui soit pour Savannah ? Allait-elle renoncer à cela ?

31

Tia

« Cette fois, je vous ai perdus tous les deux. »

En repartant de chez les Fitzgerald, ils passèrent devant des maisons cossues et des jardins luxuriants.

« Tu nous as perdus depuis déjà pas mal d'années », dit Nathan, sans méchanceté.

Tia aurait voulu pouvoir le haïr, mais il avait été très bien avec Savannah alors qu'elle-même s'était comportée de façon épouvantable. Elle avait dit des choses horribles, idiotes. Le seul fait de repenser à Savannah dans ses bras lui faisait mal.

Sa mère l'aurait adorée. Elle avait l'air d'une petite fille si singulière… Caroline et Peter s'en rendaient-ils compte ? S'occupaient-ils d'elle suffisamment ?

« Tu ne trouves pas qu'elle a quelque chose de particulier ? » demanda Tia.

Nathan ne répondit pas, mais elle comprit qu'il prenait le temps de réfléchir, et non qu'il esquivait sa question. Il était sûrement un bon père pour ses garçons, qui soudain, et pour la première fois, lui parurent bien réels.

La robustesse de Savannah lui plaisait. Elle était

heureuse que sa fille ait l'air solide. À son âge, elle-même ressemblait à un fil de fer. Son père, sec et puissant, donnait l'impression à tout instant qu'il allait décoller comme un jet. Quant à sa mère, tout chez elle évoquait la résistance et le pragmatisme, à l'exception de ses boucles folles qui volaient dans tous les sens.

Le visage de Savannah était un mélange du sien et de celui de Nathan d'une façon qu'elle ne se lasserait jamais de voir. Était-ce cela la maternité ? Caroline passait-elle son temps à observer Savannah pour garder chacun de ses traits gravé en elle ?

« La réponse est contenue dans ta question.

— Merci, Bouddha ! » Elle s'appuya contre la portière et colla sa joue sur la vitre fraîche. Ce serait comment de se réveiller tous les matins et de voir Savannah ?

« En fait, je crois que tu voulais dire Roshi. C'était un maître zen.

— En fait, je voulais bien dire Bouddha, monsieur le professeur ! Bouddha le silencieux. »

Il éclata de rire. Elle devait lui reconnaître ça : Nathan était toujours prêt à se moquer de lui. « Oui. Savannah m'a fait l'effet d'être une petite fille spéciale, mais, en tant que parent, c'est toujours ce qu'on pense de son enfant. »

Tia remonta sa jambe sur le siège et lui toucha le bras. « Mais tu as le sentiment qu'elle est ta fille ?

— Je ne sais pas comment décrire ce que je ressens…

— Est-ce que tu ressens la même chose pour elle que pour tes fils ?

— Oh, Tia… Bien sûr que non. J'étais là quand ils sont nés… J'ai été toute leur vie avec eux et le serai toujours.

— Autrement dit, elle est de seconde main. Comme moi.

— C'est un peu réducteur. Tu ramènes un problème complexe à une idée simpliste à une seule dimension.

— Je sais ce que veut dire *réducteur,* merci ! » Mais il la prenait pour qui ?

La meilleure chose dans le fait que Nathan fût de retour dans sa vie, ne serait-ce que brièvement, était de voir à quel point ils étaient mal assortis. *Prends garde à ce que tu souhaites !* lui avait dit Robin, affirmant que le pire qui aurait pu lui arriver eût été que Nathan quittât sa femme pour venir vivre avec elle.

Son amie lui avait dit également qu'aller voir Savannah serait une erreur. Mais elle n'était pas de cet avis, sauf qu'elle avait maintenant envie de beaucoup plus.

Tia passa la journée du Memorial Day à chercher un ensemble au rayon des soldes chez Macy's. Rien dans sa garde-robe actuelle ne convenait pour un entretien d'embauche. Le jour où Richard l'avait reçue et engagée, elle avait dû porter une tenue correcte, mais, quelle que celle-ci eût pu être, elle avait depuis longtemps disparu.

Un peu branlante sur ses nouveaux talons, elle descendit les marches du Centre pour personnes âgées des Sœurs de la Miséricorde, installé lui aussi dans une église désaffectée, à cette différence près qu'il était d'obédience catholique et en sous-sol. Brusquement, elle éprouva un sentiment de remords et de colère – du remords d'avoir passé tant d'années sans aller à la messe et de la colère face à cette culpabilité qui empoisonnait en permanence sa vie.

Elle avait eu Savannah. Lorsqu'elle s'était retrouvée enceinte, elle était restée fidèle à ce qu'on enseignait ici et avait décidé d'écouter son cœur. Sa position sur l'avortement était apparemment la suivante : tout le monde avait le choix sauf elle !

Tia arriva dans un grand espace ouvert que séparaient des meubles et non des cloisons. Trois bureaux étaient entassés dans un coin. Une grande femme maigre en pantalon noir et chemise d'homme blanche occupait le premier. Ses cheveux blancs épais, relevés en chignon, accentuaient le bleu clair de ses yeux. À côté d'elle, le bureau vide témoignait d'une activité récente ; un dossier ouvert, un stylo, un journal prêt à être lu tout en déjeunant d'un yaourt et d'une poignée d'amandes.

Sur le troisième bureau, il n'y avait rien. Un carton défraîchi qui avait pu un jour passer pour un sous-main recouvrait la surface de bois foncé ; peut-être ce bureau n'attendait-il qu'elle… Était-elle censée l'égayer en y mettant des objets personnels, comme le presse-papiers en verre que Bobby lui avait offert en guise de porte-bonheur ? Elle avait eu beau essayer de sourire lorsque, soulevant le tissu blanc, elle avait aperçu le globe multicolore entouré de mousse dans la boîte doublée de satin – mon Dieu, ce truc aurait résisté à une attaque lancée depuis la planète Mars ! – et sur laquelle était collée une étiquette avec le nom de la boutique en lettres dorées, son sourire avait ressemblé à une grimace. Ils en étaient à un stade de leur relation où il lui offrait des cadeaux sans raison particulière. Bobby continuait à aller de l'avant comme s'ils étaient prédestinés.

Il parlait de la garde de sa fille d'un ton si délibérément neutre qu'elle était certaine qu'il aurait adoré en discuter sans arrêt. Elle se répétait que c'était seulement une piste à explorer, même si laisser Bobby payer les frais d'avocat ne servait qu'à renforcer son attente.

Pour finir, elle avait peur qu'il n'y eût un prix à payer. Oscillant entre l'optimisme de Bobby et les mises en garde de Robin, elle continuait à regarder les photos de Savannah glissées dans son portefeuille.

Toute possibilité d'obtenir la garde de sa fille impliquait qu'elle eût un emploi. D'après l'avocat, c'était incontournable. Il avait par ailleurs fait allusion à sa relation avec Bobby en lui laissant entendre qu'être mariée faciliterait énormément les choses.

Non qu'elle serait restée avec lui pour ça, mais ça pouvait être un argument en sa faveur sans pour autant dévoiler ses intentions, non ?

« Vous devez être Tia… » La femme en chemise blanche vint à sa rencontre et lui tendit la main. « Je suis sœur Patrice. » Elle sentit sa force et vit la gentillesse dans son regard. Les seniors méritaient quelqu'un comme cette femme à la tête de leur centre. En travaillant à ses côtés, peut-être apprendrait-elle à être satisfaite en faisant le bien. Peut-être se languirait-elle moins et apprendrait-elle à être présente à force de se dévouer.

Une bonne odeur de pomme et de caramel flottait

dans l'air, comme si on avait fait cuire des gâteaux. Des fournitures de dessin remplissaient des casiers en plastique. Des piles de vieilles cartes de vœux attendaient d'être collées sur des boîtes en carton. Bientôt, les cartes et les boîtes seraient découpées, puis alignées en rang, comme celles qu'elle avait aperçues dans l'entrée.

Tia s'imaginait déjà au Fianna's au mois de décembre en train de supplier ses amis de conserver les cartes qu'ils recevraient à Noël. Ils lui en apporteraient de pleins sacs. Au fil des ans, elle se noierait dans les cartes Hallmark, exploitant le désir des gens de se montrer charitables en faisant un minimum d'effort.

À l'autre bout de la salle, une femme au teint pâle tapait sur un ordinateur. Tia n'aurait su dire s'il s'agissait d'une employée ou d'une cliente. Des photos de soldats recouvraient la moitié d'un mur.

« Ce sont les soldats que nous parrainons, expliqua sœur Patrice en montrant les photos. Un pour chacun de nos clients.

— Vous avez de nombreux clients, dites-moi !

— C'est vrai. » Le sourire de la religieuse révéla des dents parfaites. Comme elle devait avoir au moins soixante-dix ans, c'était probablement un dentier – mais un bon ! Bien que sa peau rose fût à peine ridée, Tia se douta qu'elle n'était plus toute jeune. Elle avait travaillé assez longtemps avec des vieux pour deviner leur âge. Tout le Botox du monde ne pouvait effacer les marques du temps qui passe.

« Venez… Asseyez-vous. » La religieuse la prit par le coude et l'emmena vers deux fauteuils club disposés face à face. « Voulez-vous une tasse de thé ? Un café ? Merci d'être venue de bonne heure. J'ai pensé que ce serait mieux qu'on se voie avant l'arrivée de la foule.

— Rien, je vous remercie. » Elle imagina les vieux descendre les marches, s'avancer en s'appuyant sur leur canne pour aller chanter autour du vieux piano. Son ventre se noua en revoyant Mrs. Graham en train de fredonner et de sourire. Elle aurait dû la mettre en relation avec un groupe comme celui-ci. Mrs. G. aimait beaucoup la musique.

Son échec avec la vieille dame était trop immense pour qu'elle s'attarde dessus plus de quelques minutes. Une fois de plus, elle chassa ce souvenir.

« Vous me paraissez plus que qualifiée pour ce poste… » Sœur Patrice releva les yeux d'une chemise en kraft qui devait contenir son CV et sa lettre de motivation. « Cependant, je ne vois aucune référence… Pour quelle raison ? »

L'envie de ne pas mentir l'emporta sur son désir d'impressionner cette femme adorable. « J'ai totalement foiré dans mon dernier emploi. Veuillez excuser mon langage, ma sœur. »

Un sourire plissa le visage de la religieuse. « Ce sont là des paroles d'une extrême sincérité dans le cadre d'un entretien d'embauche ! »

Tia pencha la tête. « C'est bien ou c'est mal ? Je préfère l'honnêteté.

— De ma part ou de la vôtre ?

— Sans doute les deux… Mais surtout de ma part, j'imagine.

— Si vous me racontiez plutôt ce qui s'est passé ? »

« À Tia ! s'exclama Michael Dwyer en levant son verre. La voilà redevenue comme nous une esclave du boulot ! »

Tout le monde autour de la table reprit en chœur : « À Tia ! » Moira, Deirdre et Michael étaient déjà là lorsqu'elle était arrivée avec Bobby.

« Moi, je suis restée au chômage jusqu'à ce je touche le tout dernier chèque, avoua Moira. Tu m'impressionnes ! »

La sœur de Moira leva sa chope de bière à la santé de Tia. « Sans rire, chérie... Bien joué ! À propos, si ce sont les Sœurs de Notre-Dame qui dirigent le centre, l'endroit est sûrement réglo. Celle qui t'a engagée a une bonne réputation. Ma tante me l'a dit. »

Moira et Deidre pensaient leur place au paradis assurée pour la seule raison qu'elles avaient une tante dans les ordres. Elles parlaient d'elle au moins une fois par soirée, peut-être pour le rappeler à Dieu. Quoi qu'il en fût, c'était une bonne nouvelle.

« Pas comme ce connard qui t'a virée... » Bobby l'enlaça par le cou d'un air de propriétaire. « Je suis fier de toi ! Et en plus, le quartier est super.

— Celui où je travaillais avant l'était aussi, dit Tia.

— Oui, c'est vrai... Rien ne vaut d'avoir pour voisins un tribunal, un cimetière et une station de métro ! » Bobby fit un clin d'œil à Michael, ce qui donna envie à Tia de le planter là.

Bobby l'aurait nié, quitte à ce qu'on lui coupe la langue, mais elle savait bien que la mixité sociale lui faisait peur. Il détestait la voir vivre dans un quartier où les cultures et les ethnies étaient trop diverses pour que se distingue une vraie majorité. Il n'avait rien contre un peu de mélange à condition que dominent les peaux blanches.

« Ce cimetière est un trésor. » Tia doutait que Bobby y eût jamais mis les pieds. Khalil Gibran, e. e. cummings et Anne Sexton faisaient partie des écrivains enterrés là. Des carillons, des sculptures en forme d'arbres au revêtement sépulcral et de très anciennes statues parsemaient les allées, ainsi que des cryptes si magnifiquement décorées que mourir ne semblait plus autant affreux si c'était pour y passer l'éternité.

« Tu as raison. C'est un lieu extraordinaire », renchérit Michael. Il aimait bien montrer à tout le monde à quel point il était devenu sophistiqué depuis qu'il travaillait au conseil municipal. Son tampon d'approbation signifiait que l'avis de Tia pouvait être entériné.

« D'accord, il n'empêche que cette station de métro est un vrai coupe-gorge, insista Bobby.

— Qu'entends-tu par coupe-gorge ? demanda Tia. Qu'il n'y a pas assez de Blancs ?

— Ne me fais pas dire ce que je n'ai pas dit. » Il la serra contre lui. « Je sens tes piquants. »

Il faisait le malin devant la galerie, rien de plus. En cas de besoin, elle pourrait compter sur lui, elle en était persuadée. La bonté de Bobby n'était pas du genre à s'exprimer en paroles mais en actes. Au contraire de Nathan, qui ne se privait pas de vous rebattre les oreilles avec ses convictions, et pourtant, avait-il jamais fait quoi que ce fût pour elle ?

Moira et Deidre sourirent à Tia et à Bobby. Curieusement, sans qu'elle s'en rendît compte, ils étaient devenus le Chandler et la Monica de la bande – ceux qui s'étaient trouvés après de longues années d'amitié.

« Bobby, va me chercher un autre verre. S'il te plaît, dit-elle en se forçant à sourire.

— Nous boirons le prochain en dînant », rétorqua-t-il. Son *nous* lui parut agaçant, et trop insistant.

« Si on allait tous manger un morceau ? » proposa Michael.

Bobby leva la main. « Ce soir, c'est rien que nous deux. Sans rancune.

— Pas de problème, mon vieux. Les nouvelles histoires d'amour ont besoin d'espace ! »

Même lorsqu'ils étaient gamins, Michael s'était toujours comporté comme s'il était leur parrain. Bobby n'arrêtait pas de répéter à Tia de ne pas s'en formaliser. Il veut bien faire, il est gentil, disait-il, toujours prêt à le défendre – et à défendre tout le monde dans la bande.

Bobby la regarda comme s'il avait gagné le gros lot à la foire. « Une nouvelle histoire ? lança-t-il à Michael. Je connais Tia depuis toujours. Maintenant, il faut juste que je fasse en sorte que ça ne change pas. »

Ils allèrent dans un restaurant sur le front de mer. Il y avait des bougies sur les tables, des nappes blanches et trois sortes de pain dans les corbeilles. Tia eut beau essayer de ne pas comparer l'endroit à ceux où elle était allée avec Nathan, elle repensa soudain au Helmand, ce restaurant afghan à Cambridge décoré comme un œuf de Fabergé, où l'on servait la nourriture dans des poteries peintes à la main. Nathan avait commandé des plats délicieux, lui avait fait goûter des boulettes au potiron magiques et un pain craquant qu'on trempait dans des sauces exotiques...

« C'est chouette, dit-elle en s'asseyant sur la chaise que lui avança Bobby.

— Tu es bien, habillée comme ça. » Il se pencha et l'embrassa sur la tête.

« Tu trouves ? Je me suis dit que ça faisait un peu trop cadre commerciale pour travailler dans le sous-sol d'une église.

— En tout cas, ça a marché. Tu as décroché le boulot, non ?

— Sans doute. Elle a dû penser que je serais bien assortie à l'endroit... Mais je ne sais pas pourquoi. »

Bobby hocha la tête alors que le serveur apportait de l'eau dans des verres en cristal taillé couleur ambre, ainsi que des menus en cuir relié qu'il posa à côté des petites assiettes pour le pain. « Tu te sous-évalues. C'est comme ça que tu as atterri dans le lit de ce connard. »

Elle se sous-évaluait, en effet. Comme si elle était une marchandise. Peut-être Bobby la voyait-elle comme une bonne affaire sur le marché... « Sans doute, répéta-t-elle.

— Pourquoi tu es restée avec lui ? »

Que voulait-il entendre ? Qu'elle s'était sentie paumée ? Que c'était uniquement pour le sexe ? Elle doutait que cette réponse lui plût... Que Nathan l'avait droguée et attachée ? Bobby avait fait de lui un vieil homme machiavélique et d'elle une victime innocente.

À la vérité, Tia pensait que c'était elle qui avait

été idiote. Elle avait aimé un homme qui n'était pas libre. Et il lui fallait maintenant assumer une nouvelle transgression : son envie de recoucher avec Nathan. Elle avait trompé Bobby en pensée à défaut de l'avoir fait en vrai.

« Un psy dirait sûrement que j'étais à la recherche d'un homme inaccessible… Que j'ai rejoué des scènes de mon enfance. »

Le regard de Bobby exprimait davantage de gentillesse qu'elle n'en méritait. « Ma pauvre… Est-ce que tu sais à quel point j'ai envie de prendre soin de toi ?

— Je pense que je commence à le savoir.

— Et tu me crois si je te dis que je ne te quitterai jamais ?

— Oui.

— Donne-moi tes mains. »

Elle les lui donna. Bobby les prit en sandwich entre les siennes et les caressa avec son pouce. Ses grandes mains engloutissaient les siennes. « Je t'aime. » C'était la première fois qu'il le lui disait. « Ensemble, on peut avoir une belle vie… Tu n'auras qu'à refaire mon appart comme tu voudras. »

Tia imagina vivre dans le grand appartement avec vue sur l'océan, glisser sur le parquet ciré en allant faire le café le matin et voir la lumière bleu azur au lieu du vieux monsieur qui toussait et crachait dans son mouchoir de l'autre côté de la cour.

« On pourra former une famille, enchaîna Bobby. Je sais que c'est trop tôt pour l'alliance, mais c'est bien vers ça qu'on va, non ? Alors, allons jusqu'au bout. On récupérera ta fille. Je te le jure ! Je me démènerai comme un damné pour que tu puisses la voir. »

C'était le moment. Sa dernière chance de lui dire qu'elle avait vu Savannah et Nathan.

Elle prit un petit pain qu'elle coupa en deux, puis en quatre.

« Tu préfères du vin ou du champagne ? demanda Bobby. Pour fêter ça ?

— Fêter quoi ?

— Ton nouveau boulot, pardi ! » Il prit un morceau de son petit pain et le fourra dans sa bouche. « Ton boulot… Nous… Honor… »

Savannah. Il fallait qu'elle le lui dise. Sa fille s'appelait Savannah.

32

Juliette

Assise au bord du trottoir avec Nathan, à l'angle de Main Street et East Market, le plus grand carrefour de Rhinebeck – autrement dit, aux premières loges –, Juliette regardait le défilé du Flag Day. Ses parents étaient assis sur des pliants, lui avec un Thermos de citronnade sur les genoux, elle des gobelets en papier. Elle supposa que des bouteilles d'eau étaient cachées dans le grand panier de sa mère.

Juliette se crispa en voyant son mari sourire et lever le poing tandis que Max s'amusait avec son skateboard. Avoir ses deux parents avait mis son fils dans un tel état de vertige qu'il se comportait de nouveau comme un gamin. Elle avait beau lui rappeler que son père n'était que de passage, Max faisait des bonds comme s'il était Roo et elle Kanga, la maman ourse qui le grondait gentiment.

Elle aurait aimé pouvoir revenir en arrière, retrouver le temps où elle lisait *Winnie l'Ourson* aux garçons, où Nathan et elle les bordaient tous les soirs, et jouaient leur rôle de papa et de maman merveilleusement douillet, la simple vue de leurs fils suffisant à les réjouir.

Max était l'enfant facile. La veille, lorsqu'elle avait voulu prévenir Lucas que son père allait passer, il l'avait priée de le laisser tranquille et de ne pas lui en parler. Qui ça intéressait qu'*il* vienne leur rendre visite ? Mais une fois Nathan arrivé, Lucas s'était détendu un peu plus de minute en minute.

Les paroles de sa mère lui revinrent à l'esprit. Peut-être qu'aucun homme mieux ne l'attendait. Il était vrai qu'il n'existait personne d'autre qui partageait avec elle Max et Lucas, personne qui aurait préféré mourir à l'idée qu'il leur arrivât du mal. Les années de l'adolescence la terrifiaient. Accidents de voiture, drogue, petites copines enceintes… Elle imaginait en permanence le pire. Nathan était le seul à pouvoir comprendre son état d'esprit de salle d'urgence.

Un antique camion de pompiers descendit la rue, suivi par une benne à ordures décorée de fanions transportant un Elmo rouge vif.

Une petite fille en uniforme de jeannette marchait à côté, le visage sérieux. La voir agiter deux moulinets et effectuer un petit saut tous les cinq pas rappela à Juliette l'époque où elle défilait elle aussi. Une année, elle avait été choisie pour porter le drapeau. Elle s'était entraînée durant des semaines à monter et à descendre l'allée devant la maison.

Le jour de la parade, après avoir parcouru des kilomètres avec impatience, elle était enfin arrivée devant l'endroit où se trouvaient ses parents, mais au lieu de la chercher du regard, ils étaient en train de bavarder avec des amis et son père enlaçait sa mère par l'épaule. Fermant les yeux très fort une seconde, elle leur avait envoyé un message implorant en pensée. *Regardez-moi ! Regardez-moi ! Regardez-moi !*

Finalement, son père s'était retourné et lui avait fait un signe du menton en souriant. Puis sa mère avait applaudi, en levant les mains très haut, mais ça ne lui avait pas suffi : elle aurait voulu qu'ils la guettent, pas qu'ils l'aperçoivent par hasard.

Le genou de Nathan effleura le sien. « Merci de m'avoir laissé venir. » On aurait dit qu'elle lui avait offert la lune !

Sa mère l'avait prévenue qu'il ne fallait pas qu'elle aime Nathan avec autant d'évidence. *Ne sois pas aussi folle de lui*, lui avait-elle dit. *Sinon il ne sera jamais fou de toi.*

À l'instant, en sentant son désir désespéré – tu vois bien, Maman, il est *fou* de moi ! –, elle ne voulait rien de plus que la normale. Leur vie normale à eux. Celle d'avant le chaos. Quand ils faisaient des choses comme dîner, lire le journal ou s'adonner à toutes les versions adultes des jeux qui se jouent à deux.

« Tu manques aux garçons, dit Juliette. Ils n'ont pas l'habitude de venir ici sans toi. Ça ne leur plaît pas.

— Il n'y a personne pour jouer avec eux au basket.

— Mon père les a emmenés pêcher. » Nathan avait l'air hagard. Son manque de sommeil était-il dû à l'inquiétude ou à autre chose ? Est-ce qu'il se couchait tard ?

« Ton père va à la pêche ? » Le rire accentua ses rides. « Gordon ? Je croyais qu'il ne pratiquait aucun sport. »

Elle haussa les épaules. Nathan aimait bien envoyer

de petites piques à son père. Qu'ils fussent professeurs tous les deux obligeait sans doute son mari à le rabaisser pour se sentir supérieur. Un réflexe primaire.

« Ma mère prétend que c'est bon pour son cœur. » Elle se protégea les yeux et chercha les garçons. Elle nota que Lucas se grandissait et bombait le torse à mesure que le groupe de majorettes approchait. Quel genre de leçon ses fils apprendraient-ils sur les femmes à travers l'exemple de leur père ? L'idée que leur séparation pût aigrir la vision qu'ils se faisaient de l'amour l'affolait.

Avant qu'il fut parti de la maison, les garçons avaient été en adoration devant leur père. Depuis, Lucas lui tournait autour d'un air prudent et Max lui tendait son ventre comme un chiot pour qu'il le caresse et le rassure.

« Et si je t'emmenais ce soir dans un bon restaurant ? proposa Nathan. Rien que toi et moi ? » Il tambourina des doigts sur le trottoir. Max et Nathan avaient des mains larges de paysan. Lucas avait les mêmes longs doigts fins d'artiste qu'elle avait hérités de son père.

« Tu viens à peine d'arriver. On ne devrait pas laisser les garçons. »

Ils n'avaient pas décidé où il dormirait. Ses parents avaient des chambres en pagaille, mais elle le voulait dans son lit. En revanche, elle ne voulait pas ressentir un tel désir. Avoir envie de lui la privait de tous ses moyens.

« Bon, alors j'emmènerai tout le monde dîner. » Son épaule toucha un bref instant la sienne. « À moins que tu préfères qu'on y aille nous et les garçons.

— Mieux vaut rester à la maison. Tu n'auras qu'à commander à dîner. Je crois que c'est ce qui plairait aux garçons. On sera ensemble, sans pression.

— Et après ? Est-ce qu'on aura un moment tout seuls après le dîner ? » Il s'apprêta à lui prendre la main, mais il renonça à la dernière seconde et ne fit que l'effleurer.

« On verra. » Juliette se tourna vers le cortège avant de succomber à l'envie folle de lui caresser la joue. Des vieux messieurs défilaient, le fusil à l'épaule ; leurs uniformes étaient trop grands sur leurs torses creux et tendus sur leurs bedaines.

Ça passait vite, une vie.

Juliette se demanda s'ils n'auraient pas mieux fait de sortir. Les attentes palpables de chacun étaient trop pesantes. Elle se dit qu'elle allait crier si son père s'appliquait à montrer qu'il s'amusait, et en veillant bien à ce que les garçons le voient : *Regardez avec quelle joie j'accueille le retour de votre père !*

Quant à sa mère, la gaieté avait beau ne pas être dans son caractère, elle avait un charme fou, et ce soir, elle le déployait au maximum. Sondra enveloppa tout le monde de plaisanteries pince-sans-rire après les avoir placés de façon que Juliette se retrouve à côté de son mari. La salle à manger vibrait, des lueurs de la profusion de bougies que sa mère avait allumées et du parfum des roses qu'elle avait mises dans de trop nombreux vases, mais aussi de la tension électrique que dégageait l'espoir des garçons.

Nathan pressa sa jambe contre la sienne – comme

avait dû l'espérer sa mère en les installant côte à côte. Il ne la retira pas ; elle non plus.

« C'est délicieux, Papa ! » Max se resservit de bœuf à l'orange. « Et j'adore ce tourniquet, Mamie ! On devrait en avoir un comme ça à la maison. » Il fit tourner le plateau posé au milieu de la table. Nathan l'arrêta.

« Il nous manquerait plus que ça ! railla-t-il. De quoi nous rendre cinglés avec davantage de mouvement perpétuel !

— C'est très bon, dit Juliette. Dommage qu'il n'y ait pas eu de traiteur chinois en ville du temps où j'étais petite… » Elle s'en fichait éperdument, mais elle voulait recouvrir ce « nous » intime qu'avait prononcé Nathan avant que Max et Lucas aillent penser *Ah, Papa revient à la maison.*

Son mari, son père, sa mère, ses enfants, tout le monde s'ingéniait à l'embobiner gentiment pour la mettre devant ce fait accompli. Elle n'en était pas moins soulagée de voir ses fils se comporter normalement. Lucas froissa un emballage en paille qu'il lança sur son frère, lequel répliqua en lui renvoyant du riz. Max ne cherchait plus à jouer à l'enfant parfait. Lucas n'avait plus la bouche crispée.

« Arrêtez, les garçons ! dit Nathan. Mamie n'a aucune envie que vous décoriez ses murs de nourriture. Si vous avez fini de manger, vous pouvez sortir de table.

— Non ! s'écria Max en protégeant d'un bras son assiette. Je meurs de faim !

— Oui. Tu as en effet l'air de crever de faim ! se moqua son frère.

— Lucas, sois gentil, dit Nathan. Tiens, goûte un peu de ça. » Il lui servit une portion de crevettes à la sauce de homard.

Le nombre de plats chinois sur le plateau avait diminué. Nathan avait commandé de quoi nourrir trois familles, et, bien qu'ils ne fussent que six, ils avaient mangé comme dix. Même sa mère grignota un morceau de poulet à la Général Tao.

Juliette et Nathan montèrent au premier étage bien après minuit.

Le reste de la famille était allé se coucher depuis des heures, conspirant à l'évidence pour les laisser tous les deux en tête à tête. Lucas s'éclipsa particulièrement tôt, prétextant qu'il préférait bouquiner que regarder la télé, et bâillant de façon ostentatoire après leur avoir souhaité bonne nuit à neuf heures du soir. Il tenait à la main un vieil exemplaire des *Dents de la mer* trouvé dans le bureau de son grand-père, comme pour prouver à ses parents qu'il avait bel et bien l'intention de lire.

Cependant, Juliette resta des heures à lire un roman sur le canapé, ou plutôt à tourner les pages sans en retenir grand-chose. À force de gamberger en pesant le pour et le contre, elle se dit qu'elle était devenue folle. Elle se sentait attirée vers son mari, ne voulait rien de plus que la sécurité de cet îlot intime que forme un couple.

Elle voulait tenir cette tasse de café rassurante.

Ils étaient maintenant seuls derrière la porte de la chambre. Elle s'adossa au montant, l'air de se retenir de dire quelque chose.

« Ça va ? demanda Nathan.

— Pas vraiment.

— Et nous ?

— Je n'en sais rien. On pourrait ne pas en parler pour l'instant ?

— Je ne suis pas sûr d'en être capable. » Nathan posa les mains à plat sur la porte de part et d'autre de sa tête. « Il faut que je te parle, Jul… De pas mal de choses.

— Oui. Je sais. » Sauf que, s'ils parlaient, ils n'arriveraient jamais à ce qu'elle voulait. Laissant aller sa tête sur son torse, elle le toucha. « Je ne suis pas sûre de me sentir prête. »

Faire l'amour avec son mari avait cet avantage : il suffisait de le toucher. Pas besoin de mettre du rouge à lèvres ni de peser le pour et le contre.

Nathan l'entraîna vers le lit. Elle le repoussa le temps de retirer le vieil édredon en patchwork.

Ils tombèrent sur les draps en coton blanc. Elle le respira.

« Déshabillons-nous, murmura-t-il.

— Non. Attends. » Ce qu'elle devait décider ou pas se bousculait trop vite dans sa tête. Une seconde elle le voulait plus que tout, la suivante elle n'était pas prête à le caresser sans que s'immisce une arrière-pensée.

Le désir qu'il avait pour elle était trop évident, et elle-même était trop hyperconsciente de tout le reste.

« Ça t'a fait quoi de la voir ? demanda-t-elle.

— Qui ?

— L'une et l'autre. Les deux.

— On en a déjà parlé, dit Nathan, la voix étouffée contre son épaule.

— Oui. C'est vrai. Mais je ne sais pas vraiment ce qui s'est passé. »

Il s'écarta. « Qu'est-ce qui s'est passé du fait de ne pas en parler ? » Il se força à sourire. « Pardon. »

Juliette demeura étendue sur le dos. Le plafond était parfait. Sans la moindre fissure ou trace d'humidité. « J'ai cru que je pourrais, mais je me suis trompée. »

Il était gentil avec elle. Elle détestait ça.

Il voulut la prendre dans ses bras.

« Non, dit-elle.

— Je ne l'aime pas, Jul. Je ne suis même pas sûr que je l'apprécie encore…

— Tu as couché avec elle ?

— Bien sûr que non !

— Ne prends pas cet air offensé ! Tu n'en as pas le droit.

— Tu as raison. C'est juste que je n'aime pas que tu aies une si piètre opinion de moi. » Il s'allongea sur le flanc et la prit par le menton pour qu'elle le regarde, mais elle ne bougea pas et continua à fixer le plafond.

Elle était incapable de dire s'il lui mentait ou s'il disait la vérité, mais, en dehors de le soumettre au détecteur de mensonges, elle n'avait aucun moyen de le deviner. Elle avait lu quelque part qu'il suffisait d'observer les yeux. On les levait pour soutirer des informations alors qu'on les baissait quand on mentait, ou l'inverse, elle ne se rappelait plus très bien.

« Et Savannah ? » Quoi qu'il dise, elle ne pleurerait pas. Elle s'était promis que, si elle ne pleurait pas, elle pourrait manger des crêpes dégoulinantes de sirop d'érable au petit déjeuner. Elle demanderait à son père d'en préparer. Max serait ravi. Elle ferait fondre du beurre et chaufferait le sirop qu'elle verserait dans les petits ramequins à fleurs de sa mère.

« C'est une sacrée gamine.

— Ça veut dire quoi *une sacrée gamine* ? En quoi ? »

Nathan roula sur le dos. À présent, ils regardaient tous les deux le plafond. « C'est une petite fille entière. Elle avait peur… Elle a cru qu'on était venus la chercher. Ça a dû être horrible pour elle… Aussi horrible que pour moi.

— Pourquoi vous y êtes allés ensemble ?

— Franchement ? Je ne sais pas trop. Caroline est d'abord allée voir Tia – ne me demande pas pourquoi, je n'en ai aucune idée –, si bien qu'elle s'est affolée et m'a immédiatement appelé. En me disant qu'elle ne croyait pas aux motivations de Caroline et qu'on devait aller s'assurer que Savannah n'était pas en danger. »

Juliette renifla. « Ben, voyons… Je vais le croire ! »

Nathan s'allongea sur le côté et posa la main sur sa hanche. « Qu'est-ce que tu penses ? D'après toi, pourquoi Caroline a vu Tia ?

— Je pense qu'elle a voulu en savoir plus. Tia leur avait affirmé qu'elle ignorait qui était le père. Et que j'aie cherché à la rencontrer de manière aussi tordue n'a pas dû aider… À la place de Caroline, j'aurais voulu comprendre ce qui se passait. »

Juliette se rendit compte qu'elle avait agi de façon insensée. Caroline devait la prendre pour une folle.

Du reste, elle l'avait été. Quelles qu'eussent pu être ses raisons, elle avait perdu la tête, et en même temps, elle ne voyait pas comment ils auraient pu nier l'existence de Savannah. Il était impossible de refermer la boîte de Pandore.

« Caroline a l'air d'une femme bien. Tout comme Peter, son mari. Ce sont des gens solides. Et de bons parents.

— Ça t'a fait quoi de voir Savannah ?

— J'ai eu envie de la protéger. Je voudrais qu'elle aille bien. Et c'est vrai que j'ai ressenti un lien, mais pas comme si elle était à moi, pas comme avec Max et Lucas. »

Elle ne savait pas si elle devait s'en réjouir ou s'en désoler. « Serre-moi dans tes bras, tu veux ? » Sans doute un peu des deux…

« Tu me manques… » Il l'enlaça. « Je veux revenir à la maison, Juliette. »

La fatigue l'envahit.

« Essayons pour l'instant de dormir, Nathan. »

Il lui remonta l'édredon sur les épaules. L'eau coula tandis qu'il se brossait les dents. Elle n'avait jamais pu lui faire perdre cette habitude. Elle pensa aller se laver, mais elle était trop épuisée et resta affalée sur les draps tout habillée.

« Tiens. » Il lui tendit de l'eau dans une tasse Dixie. « La nourriture chinoise donne toujours affreusement soif. »

Il s'assit au bord du lit et approcha la tasse de ses

lèvres. Elle n'avait pas eu conscience d'avoir si soif avant qu'il lui propose à boire.

Elle essuya ses lèvres humides. « Je ne sais pas... Je ne sais pas si tu peux rester.

— Là, ce soir ?

— Non. Tu peux là ce soir, mais je parlais d'après... » Elle lui prit la main. « J'ai besoin d'être sûre, Nathan.

— Tu ne m'aimes plus ?

— Je t'aime. La question est de savoir si je suis capable de te pardonner. Si je n'y arrive pas, notre vie ne ressemblera à rien.

— Ne prends pas de décision maintenant. Tout est encore trop à vif.

— C'est vrai. Mais certaines choses que je ressens ne changeront peut-être jamais...

— Je peux te le dire en toute bonne foi : je ne coucherai plus jamais avec une autre femme que toi. Jamais. Je le sais. Parce que, bien que je ne sache pas trop ce qu'a été cette histoire, je sais qu'elle n'avait rien à voir avec toi.

— Je pourrais accepter cette explication, je pourrais même choisir d'y croire. Seulement, le problème n'est pas là. Même si j'arrive à te pardonner pour Tia, je ne suis pas sûre de pouvoir le faire pour Savannah.

— Savannah ? » Nathan éleva la voix, troublé. « Je n'en suis en rien responsable... Je n'ai jamais voulu que Tia tombe enceinte – ma foi, c'était bien la dernière chose que je voulais ! Sincèrement, je crois qu'elle a décidé de se servir de ça pour que je vienne vivre avec elle. Pour que je te quitte. Et, bien entendu, je ne voulais pas.

— Tu es resté avec moi. Mais tu ne m'as pas fait confiance.

— Qu'est-ce que tu veux dire ? »

Juliette fit un effort pour se redresser. Elle croisa les jambes et appuya les poings sur ses genoux en s'efforçant de ne pas pleurer. « Tu as nié ton bébé, ton enfant... Qu'est-ce qui peut pousser un homme à nier son enfant ?

— Je l'ai fait à cause de toi, Jul ! De toi et des garçons... Je ne voulais pas vous perdre !

— Tu vois, c'est la deuxième chose. Tu aurais dû me faire confiance. Tu aurais dû m'en parler. Si tu avais été franc, peut-être qu'on aurait eu une chance. »

Nathan resta un long moment sans rien dire. Au-delà de la lueur que projetait la lampe de chevet, la chambre était plongée dans la pénombre. Juliette observa son visage en l'imaginant à cinquante ans, puis à soixante, puis à...

« Ne nous lâche pas, supplia-t-il. Je sais que je t'ai déçue. D'ailleurs, je me fais le même effet... Mais je t'en prie, accorde-nous une chance. »

Elle roula sur le côté pour ne plus le voir. Elle savait qu'il souhaitait que les choses s'arrangent, et que Max et Lucas avaient besoin de leur père à la maison.

Sa mère, son père, tout le monde la poussait à reprendre son mari.

Décider sous une telle pression n'était pas une bonne idée.

Mais rendre sa famille heureuse la rendrait heureuse elle aussi. Est-ce que ça n'en valait pas la peine ?

Saurait-elle lui pardonner ?

Gandhi disait que le pardon était l'apanage des forts. Elle n'était pas sûre de posséder ce genre de force.

33

Caroline

« Joyeuse fête des Pères, Papa ! » Savannah bondit sur le lit et réussit à atterrir pile entre ses parents. Caroline se demanda pourquoi elle n'avait remarqué que depuis peu que sa fille se déplaçait avec une grâce incroyable.

La petite planta un gros baiser sonore sur la joue de son père. « Beurk, tu piques, Papa !

— Ah oui ? » Il frotta sa joue sur son bras. « Je suis aussi râpeux que la lime à ongles de Maman ?

— Encore plus que le papier émeri dans *Pat le Lapin* ! s'exclama Savannah en se retournant pour caresser le visage de sa mère. Maman, elle, elle est toute douce !

— Mais puisque c'est la fête des Pères, je ne pourrais pas dormir encore quelques minutes ? »

Caroline fit s'allonger Savannah. « On fait un câlin ? »

Les bras tout raides, la petite fille s'immobilisa, voulant plaire à ses parents bien qu'elle fût impatiente de se lever. « On va pas apporter le petit déjeuner au lit à Papa ? chuchota-t-elle. Comme on l'a fait pour toi le jour de la fête des Mères ? »

Caroline roula sur le côté. « J'ai une autre idée, petite citrouille… Et si on emmenait Papa prendre le petit déjeuner dehors ?

— Mais c'est la fête des Pères ! » Savannah le dit sans pleurnicher comme aurait pu le faire une enfant de cinq ans à qui on demande de renoncer à la tradition. Une fois de plus, Caroline s'inquiéta de la voir aussi sage.

« Justement. Dans les restaurants, on sert des petits déjeuners exprès pour les papas.

— Non, c'est à nous de le lui préparer. »

Où avait-elle entendu parler de ces conventions ? Sur la chaîne Disney ?

Savannah se pelotonna contre elle et agrippa un bout de la couverture qu'elle entortilla autour de son poignet. « Maman ? »

Caroline reconnut cette peur qu'elle détestait tant, et qui la renvoyait à son propre échec sans qu'elle fût en général assez brave pour l'avouer. « Qu'est-ce qu'il y a, ma chérie ?

— Aujourd'hui, tu crois qu'il fait quoi l'autre papa ? »

Elle réfléchit à diverses réponses possibles et opta pour la vérité.

« J'imagine qu'il est avec ses fils, petite citrouille. » Ils avaient parlé à leur fille de la famille de Nathan avec autant de franchise qu'ils la pensaient capable de supporter. Et ça n'avait pas été facile, seulement, travestir la réalité n'aurait abouti qu'à empirer la situation.

« Ses vrais enfants. » Savannah le dit comme si c'était un fait établi. Caroline aurait aimé pouvoir la contredire, mais elle ne trouva rien qui passerait pour une vérité agréable. Pour finir, elle se contenta de serrer sa fille très fort dans ses bras.

« Papa et moi t'aimons beaucoup. »

Y avait-il autre chose à dire ?

Après avoir mangé des œufs et du pain perdu, ils prirent une douche et s'habillèrent pour aller chez les parents de Peter. Pendant le trajet, ils gardèrent cette impression magique de n'être *rien que tous les trois*. Mais à la seconde où Peter gara la voiture, Caroline se tendit.

« Je ne suis pas impatiente d'arriver ici, murmura-t-elle.

— Ne t'inquiète pas, dit Peter. Je me charge d'eux.

— Tu te charges de quoi, Papa ? demanda Savannah sur la banquette arrière.

— De Grandma et Grandpa. Quelquefois, ils trouvent que Maman et moi on fait des trucs idiots.

— Comme quoi ? »

Comme ce qu'on s'apprête à faire. Caroline croisa très fort les doigts.

« Eh bien, par exemple, manger des crêpes au dîner, comme on le fait de temps en temps. Grandma et Grandpa pensent que les crêpes se mangent uniquement au petit déjeuner. » Peter ouvrit sa portière, descendit, puis repassa la tête dans la voiture. « La semaine prochaine, on devrait tous prendre une journée pour aller à la plage – loin du travail, de Nanny Rose et de tout le reste. On achètera des cerfs-volants qu'on fera voler aussi haut que les nuages ! Ça, ce serait vraiment idiot, non ? »

Savannah écarquilla tout grands les yeux. « Oh, Papa, on peut ? demanda-t-elle d'un ton plein de révérence.

— Pourquoi pas ?

— Maman ? C'est vrai ce que dit Papa ?

— Mais oui, mon cœur. Il est plutôt souple, ton papa ! » Le dos calé dans son siège, elle attendit que sa fille demande ce que voulait dire *souple* et se prépara à lui expliquer. Pour ce genre de choses, elle était assez douée.

« Je sais que ça paraît précipité, mais nous tenons à être installés dans une nouvelle maison avant qu'ait commencé l'école. »

Les mots de Peter flottèrent dans l'air tandis qu'il observait sa mère. Si Caroline y avait réfléchi, elle n'aurait jamais laissé son enthousiasme dissimuler le fait prévisible que sa belle-mère réagirait mal lorsqu'elle connaîtrait leurs projets. Parler de pareilles décisions devant Savannah et toute la famille réunie autour de la table était une grossière erreur.

« Tu as terminé ? » Sa belle-mère, qui avait écouté d'un air de réprobation, se lâcha. « As-tu perdu la tête, Peter ? Car c'en sera fini de toi ! Tu pourras dire adieu à ton entreprise ! » Elle posa la tarte aux cerises sur la table d'un geste si brusque que Caroline sursauta. Cette tarte était la préférée de son beau-père. Irene en faisait une tous les ans le jour de la fête des Pères.

« Vous avez tous les deux perdu la tête ! » continua à râler sa belle-mère tout en prenant une pile d'assiettes à dessert sur le buffet. Le rôti du dimanche avait été dévoré par la tribu de Peter – ses sœurs, ses frères, leurs conjoints, ses nièces et ses neveux. Toutes les rallonges avaient été ajoutées à la longue table en acajou, avec une table de bridge en plus à chaque bout. Peter et Caroline étaient assis côte à côte, Savannah coincée entre eux deux.

Irene Fitzgerald laissa tomber une assiette bordée d'un liseré doré devant Caroline. « C'est une idée à toi ?

— Irene, calme-toi ! intervint le père de Peter dans une vaine tentative de calmer sa femme.

— Tu es sans doute trop bien pour t'occuper de ton enfant ! marmonna celle-ci en ignorant son mari.

— Maman s'occupe de moi, Grandma. » Savannah attrapa la main de Caroline sous la table. « Hein, Maman ?

— Oui, ma chérie.

— Et Nanny Rose est juste là pour nous aider, hein, Papa ? dit la petite fille en se tournant vers son père.

— Une nounou ! » Irene cracha quasiment le mot. « Les gens normaux se contentent d'une babysitter…

— Assez ! » tonna Peter. Puis il se tourna vers Savannah. « Nanny Rose nous a beaucoup aidés à l'époque où tu étais un bébé. Mais bientôt, on n'aura plus autant besoin d'elle. Quand tu iras à l'école, je viendrai te chercher, ou tu resteras à la garderie. Nanny Rose s'occupera du bébé de quelqu'un d'autre, et toi et moi ferons davantage de choses ensemble. Ça te va ?

— Oh, oui, j'adorerai ! » Elle jeta un regard à sa mère. « Hein, Maman ?

— Mais oui, ma chérie. Et cet été, une fois qu'on aura trouvé notre nouvelle maison, tu feras la connaissance des petites filles qui seront dans ta classe au jardin d'enfants.

— Et ce sera où ? À Jamaica Plain ? À Dorchester ? » La mère de Peter cita ces banlieues de Boston comme s'ils prévoyaient d'envoyer leur fille à l'école dans un village en guerre où elle devrait se faufiler entre les balles.

« On cherche dans des bons quartiers, Maman, dit Peter.

— Vous vivez déjà dans un bon quartier… Le meilleur qui soit ! Comment pouvez-vous priver votre fille de cette chance ? Tu as travaillé tellement dur… » Elle renifla en jetant un regard à sa belle-fille. « Et toi, tu veux tout abandonner…

— Caroline et moi faisons passer l'intérêt de notre famille avant tout. » Peter posa une main protectrice sur le poignet de Caroline. Avec un sourire qu'elle savait destiné à rassurer Savannah, et à bien faire comprendre à sa mère qu'il ne plaisantait pas, il ajouta : « Et maintenant, viens t'asseoir et manger cette tarte magnifique avec nous avant qu'on te force à prendre un cachet contre la tension. »

Sa mère dut sentir qu'il voulait dire « Arrête, sinon on s'en va ! » Caroline ferma les yeux de gratitude un instant. Peter avait du mal à s'opposer à sa mère. Il adorait être celui de la famille qui avait réussi, celui qui donnait le droit à sa mère de se vanter auprès de ses voisins, à l'église ou au supermarché. Elle ratait rarement une occasion de parler des succès professionnels de son fils, et lui se réjouissait de la voir si fière.

Et là, Caroline lui enlevait tout ça.

Leur vie n'allait pas tarder à changer. Peter avait prévu de réduire ses heures de travail et d'embaucher un directeur. Ils vivraient avec moins d'argent en attendant que Savannah grandisse et qu'il puisse reprendre son travail à plein temps.

Leur maison blanche resplendissante ? « Vendons-la ! avait dit Peter. Je tiens plus à toi et à Savannah qu'à posséder du terrain. »

Leurs voitures ? « Changeons-les. Une Corolla emmène partout aussi bien. »

« Quel gâchis ! se désola Irene en secouant la tête, l'air écœuré. Tu as créé une affaire formidable, et tu vas la laisser partir à vau-l'eau ? Pourquoi agissez-vous comme des idiots ?

— Maman, laisse tomber, dit Joe, le frère aîné. Qui se soucie de savoir s'ils vendent leur putain de maison ou s'il porte un putain de tablier ? »

Joe était le fils paisible de la famille, mais lorsqu'il fallait fermer une porte, il s'en chargeait volontiers.

« Joe ! s'indigna sa mère.

— Excuse-moi, Maman. Mais enfin qui ça intéresse s'ils vendent leur maison ? D'ailleurs, elle est beaucoup trop grande pour trois. Elle sert juste à montrer qu'ils ont un gros compte en banque.

— Je la veux bien, moi ! cria la fille adolescente de Joe, Heather, de l'autre bout de la table.

— La tienne est parfaite comme elle est, mademoiselle, rétorqua sa grand-mère. Ton père t'offre tout ce dont tu as besoin.

— Je n'ai jamais dit le contraire, Grandma…

— Et ne t'en avise surtout pas ! Je ne tolérerai pas que qui que ce soit crâne sous mon toit !

— Ce que tu dis n'est pas logique, Maman, observa Faith. Tu t'offusques que Peter et Caroline vendent leur maison, et tu dis à Heather qu'elle ne devrait pas vouloir la même. »

Les doigts tremblants, Caroline déposa une boule de glace sur la part de tarte de Savannah et ensuite sur la sienne.

« Tu ne comprends pas, dit Irene. Puisqu'ils l'ont, pourquoi la donner ?

— Bon sang, Maman… On ne la donne pas, on la vend !

— Mais pourquoi faire une telle folie ? » Irene se flanqua une claque sur les hanches. « Ton père et moi nous sommes battus pour offrir tout ce qu'on pouvait à nos enfants ! Pour que vous ayez mieux que ce que nous on avait… Comment peux-tu revenir comme ça en arrière ? Tu n'as qu'à t'installer dans la rue où j'ai grandi à Dorchester ! Ça te plairait ? Tu peux peut-être louer le même taudis !

— Tu devrais arrêter cette folie », dit Sissy.

Caroline se raidit, attendant de voir quel nouveau venin la sœur de Peter allait injecter dans la conversation.

« Exactement ! dit Irene. C'est de la pure folie !

— Non, Maman, reprit Sissy. Tu as tout faux. C'est toi qui te trompes. L'argent ne représente pas tout dans la vie.

— Je n'ai jamais dit ça ! rétorqua-t-elle en lissant les napperons sur le buffet.

— Quand même un peu, Irene, renchérit son mari.

— Je veux juste le meilleur pour mes enfants, se défendit-elle. Mieux que ce que j'ai eu… C'est ce que je veux pour vous.

— Et on l'apprécie, Maman. » Peter prit sa femme par l'épaule. « Mais Caroline et moi voulons aussi offrir ce qu'il y a de mieux à Savannah. Tu as fait du très bon boulot, Maman. Je voudrais faire aussi bien. Je voudrais que Savannah ne manque jamais de rien, y compris de notre présence. Il faut que l'un de nous deux travaille un peu moins, et j'ai décidé que ce serait moi. »

Sa mère plaqua ses mains un instant sur sa bouche. Puis elle cligna des yeux. « Très bien. De toute manière, tu n'en feras qu'à ta tête. »

Son mari tapota la chaise vide à côté de lui. « Laissons cela, d'accord ? Tout le monde autour de cette table est en bonne santé, personne ne manque de rien et tout le monde a du travail. Par conséquent, il n'y a aucune raison de s'inquiéter. Les ennuis arrivent bien assez vite sans qu'on les cherche… »

Irene Fitzgerald leva les bras au ciel. « Je renonce… Mangeons ! » Elle s'assit à la droite de son mari, puis prit sa fourchette et l'agita en direction Caroline. « En échange du sacrifice que va faire Peter, tu as intérêt à découvrir un remède contre le cancer de l'œil !

— Absolument. J'y travaille. »

Caroline sourit à sa belle-mère. Elle prit une grosse bouchée de tarte en savourant le mélange sucré et crémeux. Puis elle serra Savannah dans ses bras en fermant les yeux et respira son odeur de shampoing de bébé, et celle de la poudre parfumée à la vanille qu'elle-même utilisait. Sa fille commençait à tout lui piquer.

Les cinq premières années de Savannah n'avaient pas été des plus splendides. Elle en était consciente et s'en savait en grande partie responsable – pas entièrement, mais en grande partie. Désormais, c'était à elle de trouver comment faire en sorte qu'il en fût autrement.

34

Tia

La patience de sœur Patrice l'impressionnait.

La chaleur étouffante du mois d'août – que compensait très mal la climatisation vétuste de l'église –, les clients aux idées confuses qui la tiraient par le bras dès qu'elle passait, les toilettes qu'il fallait nettoyer dix fois par jour… rien ne la rebutait. La religieuse parvenait à voir ce qu'il y avait de bien en chacun – y compris Ed Parker, qui tentait de soulever les jupes de toutes les femmes qu'il croisait. « Au moins, il a encore une étincelle », commentait sœur Patrice, souvent après avoir déposé une assiette de biscuits devant le vieux monsieur histoire de lui occuper les mains. Comme Ed refusait de mettre son dentier, manger quoi que ce fût lui prenait un temps fou.

La bonté de sa nouvelle patronne l'apaisait tout en lui faisant prendre conscience qu'elle n'était pas à sa place. Au bout d'un mois chez les Sœurs de la Miséricorde, elle avait au moins appris une chose : s'occuper de personnes âgées atteintes d'un début de démence était un travail qui convenait à des personnes sereines ou joyeuses. Or elle n'appartenait à aucune de ces catégories.

Chez les Sœurs de la Miséricorde, elle était disponible à chaque instant. Le personnel avait un quart d'heure pour se préparer avant que les clients arrivent et un quart d'heure pour faire le ménage après leur départ. Les sept heures et demie restantes étaient consacrées à distraire les hommes et les femmes âgés pour qui ce sous-sol d'église représentait tout.

L'endroit était convenable. Comparé à d'autres foyers pour les vieux, c'était même le paradis sur terre. Les petits gâteaux de sœur Harmony étaient un tel régal qu'elle avait pris du ventre pour la première fois de sa vie.

Le père Gerard venait toutes les semaines du presbytère en apportant un grand roman classique dans une édition reliée en cuir. Ils s'installaient dans un joyeux cercle d'idées – c'était ainsi qu'il appelait l'heure de lecture – et l'écoutaient lire avec son fort accent de la campagne. Cette semaine, c'était *Ivanhoé*.

Les vieux prenaient des cours de peinture, parrainaient des soldats, chantaient et allaient voir des expositions. La semaine précédente, une vieille dame vacillante à chaque bras, Tia les avait tenues fermement pour descendre l'allée du Théâtre Colonial où elles avaient été voir une reprise de *Guys and Dolls*.

« Tenez… » Sœur Harmony lui tendit un plat de meringues. « Une petite douceur… Faites-les circuler, ma chère. »

Tia prit l'assiette. Ce matin, sœur Harmony lui avait expliqué qu'elle attendait un jour de temps sec pour faire ces meringues – des baisers d'ange, comme elle les appelait. Apparemment, l'humidité les faisait pleurer.

Ces derniers temps, c'était ses clients qui la faisaient pleurer. Elle aurait voulu apprécier le temps qu'elle passait en leur compagnie et se détestait de devoir faire semblant. Ils méritaient mieux que des biscuits ! Du reste, elle avait envie de trouver le moyen de travailler là-dessus. Peut-être qu'elle pourrait reprendre des études. Ou enseigner.

Tia tendit le plat à Ed en se tenant à bonne distance. « Seulement deux, le prévint-elle. Il faut qu'il y en ait pour tout le monde.

— Prenez garde qu'il ne triche pas ! lui dit Alice Gomez. Il croit que tout lui est dû. Je ne comprends pas pourquoi la sœur le récompense d'être aussi méchant. »

Tia tapota le bras de la vieille dame en éloignant le plat de Ed. « Vous savez quoi ? Demain, je vous emmènerai faire un tour. Juste vous et moi. » Elle se pencha et lui murmura à l'oreille. « On se paiera des glaces ! »

Alice lui fit un sourire rayonnant, ses dentiers pendant un peu bas. Il fallait qu'elle l'emmène en vitesse aux toilettes.

Si le foyer de Jamaica Plain l'avait épuisée, ici, elle mourait de tristesse. À croire que le bon Dieu lui infligeait une pénitence pour avoir abandonné Savannah, avoir couché avec Nathan et s'être ensuite languie de lui. Pour la façon dont elle avait laissé tomber les Graham. L'idée de déplaire au Ciel la terrifiait.

« Jeux cérébraux dans un quart d'heure, mesdames et messieurs ! » annonça sœur Patrice. Elle tenait une grande boîte sur laquelle était imprimée en bleu vif des silhouettes de seniors criant à tue-tête.

« Oh, regardez, Tia ! » Alice Gomez se fendit d'un grand sourire. « Votre fiancé est là ! » dit-elle en chantonnant.

Le visage radieux, Bobby descendit l'escalier en sautillant. Tous les vieux l'adoraient.

« Mrs. Gomez, dit-il en prenant la petite dame frêle par les épaules. Vous êtes magnifique, comme toujours !

— Tu es en avance, Bobby, lui fit remarquer Tia. Il est seulement trois heures et demie. »

Il donna une petite tape amicale à Mrs. Gomez et se tourna vers elle. « J'ai une super nouvelle. Devine ce qui vient d'arriver enfin à ton cher et tendre ? »

Toute la salle fit silence, impatiente d'entendre la nouvelle. Même sœur Patrice leva les yeux de ses éternelles paperasses qui, selon sa formule, la condamnaient à l'enfer sur la Terre.

Tia sentit son estomac se nouer. Elle eut le désagréable pressentiment de savoir exactement ce qu'il allait lui annoncer.

« Je l'ai vendu… J'ai réussi, Tia ! » Bobby exécuta une petite danse triomphale en se balançant d'avant en arrière, puis il la serra très fort dans ses bras. « Tout va devenir simple, tu vas voir, lui murmura-t-il. Tout sera facile. »

« Tu as gagné le gros lot avec ta chef, bébé ! »

La main sur ses reins, Bobby l'entraîna vers le pont de Public Garden. Au milieu de cet oasis d'arbres, de buissons et de fleurs, tout évoquait le romantisme. On se serait cru dans un tableau de Renoir.

« Ce n'est tout de même pas comme si elle m'avait remis les clés de la ville… Elle m'a juste laissée partir une heure plus tôt.

— N'empêche, elle est toujours gentille avec toi.

— Et moi, je ne suis pas gentille avec elle ?

— Pourquoi tu me rembarres comme ça, bébé ? »

C'était une bonne question. Devant qui que ce soit d'autre, elle aurait volontiers reconnu que sœur Patrice avait été adorable avec elle. Elle s'immobilisa au pied du pont.

« S'il te plaît, arrête de m'appeler bébé, tu veux ? Je t'ai déjà dit que ça m'agaçait. »

Bobby blêmit. Tia s'en voulut aussitôt.

« C'est comme ça que mon père appelait ma mère. Ça m'est pénible. »

Ce mensonge lui redonna vie. Il se redressa et lui planta un baiser fraternel sur la joue. « Désolé, bébé… Pardon. Je ne le ferai plus. Parole de scout ! » dit-il en levant trois doigts en l'air.

Tia hocha la tête et esquissa un sourire. Arrivés au milieu du pont, ils s'arrêtèrent pour contempler le lac. Les célèbres bateaux-cygnes de Boston glissaient lentement sur l'eau.

« C'est ravissant, dit-elle en montrant la verdure, les familles heureuses en train de faire la queue et les fleurs partout.

— C'est *toi* qui es ravissante. »

Bobby l'aimait trop. À l'instant où elle se relâcherait, elle redoutait qu'il ne le prît mal. Elle aurait été son rêve inaccessible. L'adoration ne durait jamais.

« Regarde, dit-elle pour changer de sujet. Les cygnes.

— Tu sais comment ils s'appellent ? » Il ne lui laissa pas le temps de répondre. « Roméo et Juliette. »

Elle sourit intérieurement. En dépit de ces noms shakespeariens, elle avait lu que les fameux cygnes de Public Garden étaient en réalité deux femelles.

« Les choses vont vraiment changer pour nous. » Bobby l'attrapa par le menton et l'embrassa. « Ce contrat va tout changer.

— Bravo ! le félicita-t-elle en soulevant un chapeau imaginaire. Le roi des apparts en copropriété ! Et malgré la morosité du marché ! »

Elle essaya de l'imaginer en agent immobilier. Gardait-il cette naïveté, ou bien se cachait-il au fond de lui un requin prêt à dévorer le client sans même qu'il s'en aperçoive ? Était-ce à force de patience qu'il parvenait à signer des contrats ?

« Cette vente a mis un temps fou à se conclure, mais j'y ai toujours cru… chérie.

— Je sais. » Elle agrippa la rambarde.

« Et tu sais ce que ça signifie ?

— Que tu vas devenir un gros bonnet plein aux as ? »

Il sourit. Bobby était un type bien. Un vrai mec.

« Oui, mais ce n'est pas ce que je voulais dire. Il va nous falloir du fric pour se battre et obtenir la garde. »

Il se frappa la poitrine comme s'il avait un chèque d'un million de dollars dans la poche, comme si l'argent était déjà à la banque. « Et maintenant, on l'a ! »

Tia imagina l'appartement où ils vivraient dans la nouvelle résidence. Bobby choisirait le plus beau. Le matin, ils se réveilleraient en ayant l'océan sous les yeux. L'été, elle n'aurait qu'à traverser la rue avec Savannah pour aller se baigner.

Un rêve magnifique. Auquel elle repensait chaque fois qu'il abordait le sujet, étant donné qu'il y revenait régulièrement bien qu'elle s'efforçât de l'éviter. C'était n'importe quoi. Ce serait une pure folie. Et pourtant… Elle se voyait tenir la petite main chaude de Savannah en allant lui acheter des habits pour l'école, voyait sa fille se balancer entre elle et Bobby en leur tenant la main à tous les deux… La chose la plus douce qu'elle pût imaginer. Tout comme l'emmener faire la connaissance des parents de Bobby. Ils habitaient toujours dans la maison de K Street où il avait grandi et avaient sûrement conservé tous ses jouets.

Ils feraient une petite sœur à Savannah. Deux sœurs. Douze. Elle se souvenait encore de sa solitude d'enfant unique. Si Robin n'avait pas été là…

Ah, si seulement elle avait pu tout recommencer… Jamais elle n'aurait abandonné sa fille.

Tia n'avait toujours pas parlé du jour où elle était allée la voir avec Nathan. Bobby ne se doutait pas qu'il était revenu dans sa vie, ne serait-ce qu'indirectement.

Au lieu de vivre dans une totale transparence, elle fabriquait de nouveaux secrets.

« Je ne dis pas qu'on doit aller tout de suite au tribunal, dit-il en observant sa réaction. Mais le plus tôt serait le mieux, non ? L'essentiel, c'est d'avoir le choix – dans la vie, c'est ça l'important. Savoir qu'on peut. Quoi que tu penses être bien, on le fera. Mais bon, elle ne va pas rajeunir… Plus vite on le fera, plus ce sera facile pour elle.

— Je ne me sens pas encore prête à me lancer… Mais savoir que tu t'en préoccupes vaut tout l'or du monde ! »

Tia regarda vers la gauche et aperçut des gamins grimper sur les canards en bronze, un hommage au célèbre livre pour enfants *Laissez passer les canards*. Des mères et des pères les couvaient des yeux avec adoration.

« Tia ? » Elle se retourna. Bobby lui tendit son poing fermé. « Et ça, ça peut valoir quelque chose pour toi ? » Il ouvrit sa main dans laquelle il tenait une petite boîte en velours noir et souleva le couvercle du bout du pouce, comme s'il avait répété le geste. « À partir d'aujourd'hui, je voudrais qu'on prenne nos décisions ensemble. »

Un gros diamant scintillait au milieu d'un carré de petits brillants, d'un tel éclat qu'il capta la timide lumière filtrant à travers les nuages. Il lui tardait de le porter. Avoir un diamant au doigt était la preuve qu'on n'était pas seule au monde. Que quelqu'un vous aimait.

Bobby fit glisser la bague sur son annulaire. Elle lui allait à la perfection. Le métal froid caressa sa peau. Elle admira sa main gauche et écarta les doigts en s'efforçant de regarder la bague étincelante sans voir ses ongles rongés.

« Qu'est-ce que tu en dis ? Tu veux bien m'épouser ? demanda Bobby. Être ma famille ? Me laisser être la tienne ? Et ramener ta fille à la maison ? »

Il pencha la tête d'un air d'impatience et se mordit la lèvre en attendant qu'elle lui réponde. Au bout de quelques secondes, il le fit à sa place. « Non, ne dis rien. Porte-la quelques jours… Une semaine. » Il sourit jusqu'aux oreilles. « Ou même pendant un mois ! Essaie-la. Ce sera peut-être mieux que tu ne le crois. »

Elle sentit le poids de la bague, qui valait probablement plus que tout ce qu'elle avait jamais possédé. Un rayon de soleil tomba sur le diamant d'où jaillit un reflet arc-en-ciel.

Tia déplaça légèrement sa main pour mieux attraper la lumière. Sa mère aurait adoré cette bague. Elle aurait adoré savoir qu'elle avait repris Savannah. Et elle aurait adoré Bobby.

Dès qu'il fut endormi, elle se faufila dans le salon. Et si elle avait eu sa fille là tout de suite ? Si elle faisait ce que voulait Bobby ? Mais quand il ne serait pas avec elles… ? Serait-elle prisonnière de la maison ?

À partir de quel âge pouvait-on laisser les enfants seuls quelques minutes ? Pendant combien de temps avait-on besoin d'une baby-sitter ? Elle devrait sans doute arrêter de travailler. Mais il faudrait d'abord qu'elle trouve un emploi pour prouver son sérieux devant le tribunal.

Et après ? Bobby s'attendrait-il à ce qu'elle démissionne ? Elle se rappelait les fois où elle rentrait de l'école et restait dans le séjour sombre devant la télévision. Quand Robin était arrivée dans sa vie, elle avait eu quelqu'un avec qui regarder les émissions, mais elle n'en avait pas été moins seule dans la maison. Rien qu'elles deux.

Cependant, elles ne seraient pas que toutes les deux. Elles auraient Bobby.

« Tu vas te marier avec lui ? Et retourner vivre à Southie ? Tu n'es pas folle ?

— Pourquoi tu ne peux pas simplement te réjouir pour moi, Robin ?

— Oh, bon, d'accord… Je me réjouis !

— Qu'est-ce que tu bois ? » Sur l'écran Skype, Tia vit son amie lever son verre et lui porter un toast.

« Du vin blanc.

— Dans un pot à confiture ?

— Je n'ai pas de service complet en cristal et porcelaine comme celui que tu recevras en cadeau de mariage… Désolée.

— Il est quelle heure, là-bas ? » À Jamaica Plain, il était minuit. Bobby s'était endormi depuis des heures, après lui avoir fait l'amour avec tant de solennité qu'elle avait failli pleurer. Il s'était montré d'une extrême tendresse, l'avait traitée comme une figurine en verre fragile.

« Neuf heures. Tu n'as toujours pas retenu de combien d'heures était le décalage horaire ?

— Pas vraiment. » Tia termina son verre de whisky.

« C'est réellement ce que tu veux ? » demanda Robin.

Tia convoqua l'image dans laquelle elle traversait Day Boulevard avec Savannah pour aller voir clapoter les eaux paisibles de Dorchester Bay. Elle sentait sa petite main au creux de la sienne. Elle l'imagina dans un maillot de bain bleu parsemé de minuscules étoiles blanches, le maillot que la sœur de Bobby, désormais sa tante Eileen, aurait acheté à sa nouvelle nièce.

« Tia… Tia… »

Elle ferma les yeux.

« Tu pleures ? »

Elle fit signe que non.

« Mais si, je le vois bien… »

Elle haussa les épaules.

« Tu es toute seule ?

— Non, dit-elle dans un murmure. Oui. »

35

Juliette

Les mains crispées sur le volant, Juliette roulait sur Jamaicaway. La route sinueuse à deux voies était à peine plus large qu'une route à voie unique. La moindre petite erreur semblait pouvoir se terminer par une collision de plein fouet avec une voiture arrivant en sens inverse. Seulement quelques centimètres séparaient les files de circulation, les feux rouges surgissaient sans crier gare, obligeant à freiner brusquement, et les cyclistes n'arrêtaient pas de se déporter du couloir qui leur était réservé – comme si le concept de piste cyclable avait pour seule raison d'être de leur permettre de souffler un peu dans leur mission qui consistait à torturer les automobilistes !

La dernière fois qu'elle avait emprunté cette route, c'était pour aller espionner Tia. Et ce n'était pas un bon souvenir.

Aujourd'hui, au moins, Nathan savait où elle allait. Ne pas avoir à lui cacher son rendez-vous avec Caroline offrait un peu de répit à sa nervosité. Chaque fois qu'elle essayait de formuler des excuses pour s'être imposée dans la vie de cette femme, elles lui paraissaient insipides ou insensées.

J'ai perdu les pédales ?

Mes plus plates excuses ?

J'étais sens dessus dessous ?

La colère s'était muée en chagrin, et maintenant qu'elle était plus calme, mais aussi plus triste, elle voyait bien ce qu'elle avait fait à Caroline en intriguant comme le personnage d'une version minable de *Liaison fatale*. Ses joues s'enflammèrent rien que d'y repenser.

Inviter Caroline à un soin gratuit chez juliette& gwynne ? Lui offrir une sympathie sirupeuse et manipuler ses angoisses de mère ? Qu'avait-elle donc espéré ? À quoi s'était-elle attendue ? Mon Dieu... Que Caroline eût accepté de la revoir tenait du miracle !

« Tu ne devrais pas être aussi dure avec toi », lui avait dit Nathan la veille au téléphone. Ces derniers temps, ils s'appelaient tous les soirs. Les conversations lui rappelaient le début de leur histoire, quand lui vivait à Boston et elle à Rhinebeck. « Le miracle n'est peut-être pas tant qu'elle accepte de te voir que tu aies envie d'aller lui dire que tu regrettes. Est-ce que tu as conscience que la plupart des gens se seraient contentés d'envoyer un mail ? »

Le talent qu'avait Nathan pour la rassurer lui était d'autant plus précieux qu'elle n'avait plus du tout confiance en elle. Sans lui, elle était incapable de trouver un équilibre. Les gens parlaient souvent de leur mari ou de leur femme comme de leur meilleur ami, mais, avec Nathan, il y avait quelque chose de plus essentiel. Sans lui, elle perdait toute stabilité. Et bien que certaines de ses copines lui eussent expliqué avoir éprouvé la même chose après la mort de leurs parents, elle-même n'avait jamais trouvé de réconfort ou de constance auprès de sa mère ou de son père. Nathan était le seul en qui elle avait trouvé un refuge affectif.

Elle avait lu des quantités d'ouvrages sur le couple, le divorce, l'adultère et les enfants – ces cinq dernières années avaient vu naître une nouvelle moisson de livres de ce genre. Au stade où elle en était, la moindre phrase dans laquelle figuraient les mots *admettre* ou *réparer* lui faisait horreur. Elle aurait voulu balancer ces bouquins ennuyeux par la fenêtre. Pourquoi ne proposaient-ils pas quelque chose de concret, des conseils sur la manière de s'y prendre pour se débarrasser définitivement de l'empreinte d'une autre femme sur le corps de son mari ?

Au bout du compte, tout se résumait en deux phrases très simples :

1. *Elle aimait Nathan et il lui manquait.*
2. *Elle ne savait pas si elle avait en elle la capacité de pardonner, indispensable pour que ça marche.*

La fête des Pères était passée. Et elle avait beau s'être juré de prendre une décision avant, elle n'avait pas tenu parole. Elle ne faisait rien d'autre que dresser des listes l'une après l'autre. Gwynne lui répétait *ad nauseam* qu'elle devait prendre son temps. Sa mère affirmait au contraire qu'il était urgent qu'elle « mette fin à ces bêtises et récupère son mari », tandis que son père l'incitait à raisonner avec logique avant de se décider.

Logique signifiait-il écouter son cœur, ou s'en tenir à sa liste de pour et de contre ? Hier, elle avait fait ce que suggérait l'un des livres : régler un minuteur sur trois minutes, puis coucher sur une feuille le pour et le contre sans réfléchir ou juger ce qu'elle écrirait.

Contre	Pour
Finie la confiance ?	Amour
Pas clair sur Savannah	Enfants
Libérée de tout sentiment	Famille
Inquiétude face à l'avenir	Sécurité
Il a menti	Il me manque
Il m'a caché des choses graves	Il me manque quand même
Et s'il me quittait ?	Rien dans la vie n'est jamais certain

Juliette se gara dans une petite rue bordée de maisons victoriennes, contente d'avoir le temps de se ressaisir avant d'aller retrouver Caroline. Elle passa devant le vieux musée des Enfants de Boston et un ancien couvent, reconvertis tous deux en appartements luxueux, puis appuya sur le bouton qui commandait le feu rouge pour traverser la Jamaicaway toujours encombrée.

En août, Jamaica Pond évoquait une carte postale bucolique datant de 1895 – avant que l'on remarque les écouteurs d'iPods dans les oreilles des joggeurs, les chiens tirant sur leur laisse, les poussettes de bébé conçues pour que les parents fassent de l'exercice et les tee-shirts imprimés de divers slogans, de *Red Sox Nation* à *Save Nine Inch Nails*.

La main au-dessus des yeux pour se protéger du soleil éblouissant, elle aperçut Caroline lui faire signe du haut du grand belvédère qui surplombait le lac. Sur la gauche, un vieux hangar à bateaux complétait la perfection du tableau.

Après avoir respiré à fond histoire de se donner du courage, Juliette gravit les marches et alla la rejoindre.

« Merci d'avoir accepté de me voir. » Elle lui tendit la main, reconnaissante à Caroline de ne la serrer qu'une brève seconde.

« Vous préférez qu'on marche ou qu'on aille s'asseoir ? Ici, il y a de l'ombre, mais j'aimerais autant faire un peu d'exercice pendant qu'on parle.

— Comme vous voudrez, dit Juliette.

— J'ai besoin de me dégourdir les jambes… » Caroline esquissa un sourire. « Le tour du jardin fait à peine plus de deux kilomètres… Quoi que vous soyez venue me dire, je ne crois pas qu'on prenne de gros risques ! »

Juliette lui rendit son sourire. « Parfait. On le fait en combien de temps ? Vingt minutes ? »

Caroline mit une casquette de base-ball et prit les lunettes de soleil glissées dans la poche de sa chemise blanche. « Allons-y. »

Parler de choses et d'autres semblait ridicule, mais Juliette, de plus en plus mal à l'aise, fit une tentative. « C'était comment ? »

Elles s'étaient donné rendez-vous là parce que le parc était tout près d'une maison qu'un agent immobilier avait fait visiter à Caroline. Quitter Dover pour emménager à Jamaica Plain était certes toute une histoire, dont Juliette ne se sentait pas le droit de se mêler sinon en posant la question par politesse.

« Bien. » Le visage de Caroline s'anima, ce *bien* semblant contenir davantage que ce qu'impliquait le mot, mais elle s'empressa de serrer les lèvres comme pour s'empêcher d'en dire plus. « Tant que rien n'est signé, je préfère ne pas en parler.

— Je comprends. » Elle ne comprenait pas vraiment, mais elle ne voulait pas que Caroline se sente obligée de meubler la conversation. C'était à elle qu'incombait ce rôle. Elle jeta un regard alentour, gagna du temps en observant le cheval d'un gardien qu'entourait une bande d'enfants à l'air ravi. Un petit garçon tendit une main timide pour caresser le flanc brun de l'animal.

« Je suis venue m'excuser », dit-elle précipitamment – autant se jeter à l'eau ! « Ma… mon envie d'en savoir davantage m'a poussée à me comporter de façon on ne peut plus inappropriée. »

Caroline arrêta de marcher et se tourna vers elle en penchant légèrement la tête. « C'est une manière de dire les choses… » Les coins de sa bouche adoucirent ses paroles moqueuses. « Inappropriée. C'est ce que dirait ma mère en parlant de servir du chocolat l'été en plein soleil !

— Ce qui ne me paraîtrait pas si inapproprié que ça ! J'adore le chocolat ! Même quand il est mou et tout fondu. »

Caroline frissonna. « Beurk ! J'imagine une barre Hershey's me coulant sur les doigts.

— Et moi le lécher sur mes doigts… Nous sommes très différentes.

— En effet. » Caroline se remit en marche. Juliette s'accorda à son pas.

« Mais quand même, dit-elle en regardant droit devant elle. Je suis désolée. J'étais devenue folle. Rien que d'y repenser me donne envie de mourir.

— Je peux imaginer… »

Juliette apprécia cette réponse sardonique. Des platitudes polies étaient la dernière chose dont elle avait envie. « Non que ce soit une excuse. Mais quand j'ai découvert la vérité au sujet de Savannah… quand j'ai ouvert la lettre de Tia… le monde a basculé. J'ai brusquement eu l'impression que ma famille, mon couple, tout allait s'effondrer. »

Caroline hocha la tête sans faire de commentaires.

« Écoutez, je ne vous demande pas de me pardonner… Enfin, j'espère que non ! Vous ne me devez rien. Je me suis conduite de façon exécrable avec vous. Avec Savannah. Avec votre mari. Vous trahir comme ça… » Elle ne termina pas sa phrase.

« Vous avez suivi une formation à la CIA ou quoi ? Vous avez en très peu de temps effectué du très bon boulot !

— Je ne sais pas d'où ça m'est venu…

— Rappelez-moi de ne jamais vous contrarier, dit Caroline. C'était déjà assez terrible d'être prise entre deux feux… Toujours est-il que vos enfants ont plutôt de la chance.

— Pourquoi ?

— Disons que je plains celui ou celle qui oserait s'en prendre à eux ! »

Elles éclatèrent de rire en même temps.

« J'avoue que constater que je vous aime bien m'étonne », enchaîna Caroline.

À ces mots, Juliette papillonna des yeux pour ravaler des larmes ridicules. « Voilà une surprise très agréable, dit-elle après s'être éclairci la gorge.

— Il n'empêche que vous avez bel et bien agi comme une folle. Si je n'avais pas réussi à calmer Peter, il aurait sûrement appelé la police. »

Juliette frémit en imaginant ce qui se serait alors passé. Les inspecteurs l'interrogeant… Nathan la faisant libérer sous caution… Les avocats… Les titres dans le journal : « Une femme retrouve l'enfant cachée de son mari ! »

« Merci, dit-elle. De ne pas avoir appelé la police. Et d'en avoir dissuadé votre mari. Je suis contente de ne pas avoir provoqué plus de dégâts… Est-ce que vous allez bien ? Est-ce que Savannah va bien ? Je sais que Nathan et Tia sont venus la voir. Ensemble.

— Oui. Nous avons survécu. Et vous, ça va ? »

Elles contournèrent le repère qui indiquait la moitié du parcours autour de l'étang. De là, le hangar à bateaux et le belvédère avaient un côté plutôt romantique.

« Le problème n'est pas là, répondit Juliette.

— Il est là où on veut qu'il soit. Nous n'en sommes plus au stade des amabilités, vous ne croyez pas ?

— Vous avez raison. »

Parler avec Caroline était incroyablement apaisant. Elle n'avait pas grand-chose à lui cacher. Et bien qu'il n'existât aucun terme pour qualifier ce qui les liait – à part peut-être *mispoche*, le mot yiddish qu'utilisaient les parents de Nathan pour désigner toute personne plus ou moins proche de la famille –, Juliette avait l'impression qu'elle était sa cousine ; une sorte de parente.

« Nathan et moi nous sommes séparés, confessa-t-elle.

— Je suis désolée. Est-ce à cause de… de tout ça ?

— À cause du fait qu'il a menti. Lorsqu'il m'a parlé de sa liaison, et qu'il a cessé de voir Tia, sans doute au moment où elle est tombée enceinte, j'ai cru que je savais tout. Mais, s'il m'a caché Savannah, quel homme est-ce que ça fait de lui ?

— Vous êtes-vous déjà dit qu'il ne vous l'avait peut-être pas cachée à vous mais à lui ? » Caroline la prit par le bras. « Tout ne nous concerne pas toujours… Et ce n'est pas parce qu'on pense ou ressent quelque chose que c'est vrai.

— Je ne sais pas… Il est possible que vous ayez raison, mais je ne veux pas fuir la réalité. »

Caroline l'entraîna sur un banc. « Asseyons-nous. Quitte à se parler, parlons-nous ! »

Juliette s'assit, très émue, et plus que décontenancée par cette femme. Visiblement, posée n'était pas synonyme de timorée.

« Écoutez, ce n'était pas votre but ni même une vague intention, pourtant il se pourrait bien que vous ayez sauvé notre famille. » Caroline remonta ses pieds sur le banc et entoura ses genoux de ses longs bras. Elle regarda les oies qui se dandinaient dans l'allée tout en continuant à parler.

« Avec Savannah, je n'étais pas sûre de moi du tout. Mes sentiments me semblaient être la seule chose réelle au monde. Si vous n'aviez pas débarqué dans nos vies et mis les choses en mouvement, je ne sais pas trop où j'en serais aujourd'hui. Et je ne serais sûrement pas heureuse.

— J'aurais aussi pu foutre votre vie en l'air !

— *Juliette*… Ne soyez pas aussi mélodramatique ! la réprimanda Caroline d'un ton sévère. Vous devriez voir les choses d'un autre point de vue que le vôtre. Le monde a trois dimensions. Si vous voulez divorcer de Nathan, c'est votre droit. Mais si vous estimez devoir divorcer à cause de Savannah, assurez-vous que ce soit une décision mûrement réfléchie.

— Vous pensez que je devrais le reprendre ?

— Comment aurais-je un avis là-dessus ? Je vous connais à peine l'un et l'autre. » Caroline reposa ses pieds sur le ciment et se tourna vers Juliette. « Mais j'ai vu Nathan avec Savannah, et il n'a rien d'un monstre. Certes, à en juger par la façon dont il a agi avec vous et avec Tia, il est loin d'être parfait. Je sais qu'il vous a menti, et gravement, mais, si vous le quittez, allez-vous tout justifier par ce mensonge ? »

Caroline leva la main pour lui couper la parole. « Si je ne le dis pas tout de suite, je ne le dirai jamais… Être mère m'a plongée dans des sentiments épouvantables. Si Peter le savait, peut-être même qu'il refuserait de rester avec moi. Est-ce qu'on ne traverse pas tous des moments qu'on préférerait oublier ? N'avons-nous pas des pensées qu'on regrette par la suite ? Il nous arrive de dire des choses trop horribles pour nous en souvenir… » Elle écarta une mèche sur son front. « Mais quand on a de la chance, ceux qui comptent vraiment pour nous n'apprennent jamais ce qu'on a pu dire, faire ou penser. Nathan n'a pas eu cette chance. »

On sonna à la porte.

« Lucas… Max… L'un de vous deux va ouvrir ! cria Juliette de la cuisine.

— *J'y vais !* hurla Max. *J'y vais !*

— *On s'en fout !* » rétorqua Lucas tout aussi fort.

Juliette versa de la pâte à pancakes dans la poêle, puis dessina un beau *Y* et regarda prendre les bords. Le plus difficile lorsqu'on faisait des pancakes était d'avoir la patience de laisser cuire la pâte. Si on la retournait trop tôt, ce n'était qu'une bouillie qui collait à la poêle de sorte qu'il fallait tout gratter. Et si on la retournait trop tard, le dessous accrochait.

C'était ce qu'elle avait compris jeudi dernier après avoir quitté Caroline. Elle avait attendu le bon endroit et le bon moment pour se dégager de sa souffrance et de sa déception par rapport à Nathan. Elle avait eu besoin de ne pas le voir pendant un temps, de ne plus penser au Nathan qui avait merdé ; l'homme qui avait pris des décisions qui la décevaient si profondément.

Néanmoins, si elle attendait trop, son couple serait au-delà du réparable. Elle en était convaincue. Ils perdraient leur rythme. Tout ce qu'il y avait de bien en eux vivait dans ce rayon de lumière où ils s'appartenaient l'un à l'autre. À l'intérieur de ce lien dansaient des choses merveilleuses. Les garçons. Leur famille fusionnelle. Le réconfort, le soutien, le désir – tout cela était emmitouflé dans ce fil électrique tendu entre elle et son mari.

Elle n'avait pas envie de tuer cette lumière.

Elle redoutait qu'ils ne fussent déjà allés trop loin.

Caroline lui semblait si parfaite qu'elle ne pensait pas être capable de rivaliser avec un tel degré de bonté. Comment faisait-elle pour voir la vie selon plusieurs points de vue ? Était-ce parce que Peter ne l'avait jamais déçue ou bien parce qu'elle avait fait des choses horribles ?

Inimaginable. Juliette ne voyait tout simplement pas Caroline faire quelque chose de mal.

À moins qu'elle ne l'eût mise sur le même piédestal que celui sur lequel elle avait placé Nathan…

Elle fit glisser le *Y* sur l'assiette, sortit le plat du four et disposa les lettres de manière à former le mot *Happy*.

Lucas arriva alors qu'elle était en train de placer le *P*.

« Papa est là.

— Oui, je sais. » Elle se hissa sur la pointe des pieds et l'embrassa sur le front.

Il montra l'assiette du menton. « Ça veut dire qu'il revient vivre à la maison ? »

Juliette posa la spatule sur son support. « Nous n'en avons pas vraiment discuté. Pas tout à fait. Mais, oui, c'est de ça qu'on va parler aujourd'hui. C'est ce que tu veux, non ?

— Je suppose… Si c'est ce que tu veux, toi. » Lucas prit un bord brûlé qu'elle avait laissé de côté. « Ce n'est pas à toi d'en décider ? Et à Papa ? »

Elle souleva le *A* à l'aide de la spatule.

« Qu'on vive ensemble ou pas, on est liés. Une fois qu'on a des enfants, on fait partie de la même famille, où qu'on soit. » Elle se tut une seconde, le temps de déglutir. « J'aimerais qu'on soit ici dans cette même famille. Tous ensemble. »

Elle venait d'en dire plus que ne l'imaginait Lucas. Max et lui devaient savoir pour Savannah. Ce qui voulait dire aussi pour Tia. Ce serait imposer beaucoup aux enfants, mais que leur famille fût déchirée l'était d'une façon bien pire. Quant aux mensonges, elle savait désormais ce qu'il en coûtait.

Aujourd'hui, Nathan et elle commenceraient à vivre dans la vérité.

« Et voilà ! dit-elle. Apporte-moi le sucre en poudre.

— Maman, c'est très bien comme c'est. Tu n'es pas obligée de toujours en faire des tonnes. »

Juliette reposa la spatule et se tourna vers son fils. « Lucas, c'est comme ça que je suis. Parfois j'en ferai des tonnes parce que quelque chose ne va pas, et tu m'entendras sangloter toutes les larmes de mon corps dans la salle de bains. Et d'autres fois, juste parce que je suis heureuse, j'en ferai trop de façon embarrassante. Je fais des scènes, mais je suis ta mère, je t'aime et je prendrai toujours soin de toi. Va me chercher le sucre ! »

Lucas leva les yeux au ciel, ce qui à la seconde même était agréable, normal et pas embêtant du tout.

« Tiens, dit-il en lui tendant le sucrier.

— Merci. Préviens ton père et ton frère que le petit déjeuner est prêt. »

Elle redressa les lettres afin que *Happy Family Day* forme une ligne parfaite, ne fût-ce qu'un instant.

Oui, elle était un peu brusque, et elle en faisait trop. Et alors ? Ils n'en auraient pas moins des pancakes qui n'étaient ni brûlés ni réduits en bouillie. Au pire, elle les saupoudrerait d'un peu trop de sucre.

Et ce devrait être la pire des choses qui leur fût jamais arrivée.

36

Caroline

Caroline se sentait mal. Retourner à l'hôpital après avoir quitté Juliette n'aurait pas eu de sens, mais être toute seule chez elle un jour de semaine lui faisait un effet bizarre. Nanny Rose avait emmené Savannah au parc et ne rentrerait pas avant une bonne heure, Peter était à son bureau, et elle se retrouvait là dans cette maison à la perfection guindée où régnait le silence.

Caroline posa son porte-documents sur la console et s'imagina entrer dans la maison de Jamaica Plain. Elle ôta ses chaussures, puis sortit le dossier que lui avait remis l'agent immobilier. Lorsqu'elle le posa sur la table de la cuisine, les couleurs vives resplendirent dans la pièce d'un blanc immaculé. Après avoir étalé les documents en formant un rectangle, elle se servit un verre d'eau pétillante et s'assit pour étudier les brochures.

Sur les photos, la maison rouge paraissait plus grande – les agences s'arrangeaient pour que tout ait l'air dix fois plus grand –, mais il y avait largement assez de place pour eux trois. Le rez-de-chaussée se composait de quatre pièces et d'une minuscule salle de bains. Elle laissa courir son doigt sur le salon, s'attardant sur l'élégante cheminée, puis sur la petite salle à manger – dont les fenêtres ouvraient sur un vaste jardin où fleurissaient de ravissants lilas –, s'arrêta ensuite sur la cuisine où dominaient le bleu cobalt, le blanc et le bois. Là, elle s'imaginait volontiers préparer à manger – oh, rien d'exceptionnel, mais quelque chose. L'immense salle de séjour était baignée de tous côtés par la lumière du jardin. D'où on avait vue sur les maisons voisines plus ou moins éloignées.

Caroline se tourna vers la fenêtre de la cuisine et jeta un regard sur le bosquet d'épicéas bleutés. Avec les parterres de roses, dont ni elle ni Peter ne s'occupaient jamais, les arbres offraient une toile de fond à la balançoire de Savannah. Même en grimpant sur une haute échelle, ils auraient eu de la peine à voir une autre maison. Dans celle de Jamaica Plain, ils pourraient quasiment cracher dans l'allée du voisin. Et si la rue en retrait serpentait en un joli croissant de maisons où vivaient principalement des familles monoparentales, la plus grande gare de la ville se trouvait tout près, dans une avenue où des bars miteux et un magasin d'alcools ouvert jour et nuit côtoyaient les restaurants et les cafés repris depuis peu par des bobos.

Sa belle-mère en aurait sûrement une crise cardiaque ! Quant à ses parents, mieux vaudrait leur bander les yeux avant de les faire entrer dans la maison.

Le jardin de Jamaica Plain avait grand besoin d'être arrangé, mais, contrairement à ici, il lui tardait de s'en occuper. Elle se voyait avec Savannah remuer la terre. Se salir les mains. À l'étage, aucune des quatre chambres, petites ou de taille moyenne, n'était comparable à celles où ils dormaient actuellement – mais la plus spacieuse permettrait à Peter de s'installer un bureau convenable. Les parquets en chêne clair reflétaient la lumière qui pénétrait à flots par les deux larges baies vitrées.

Caroline regarda autour d'elle. Ici, tout était d'équerre et étincelant, tout reflétait l'argent et le bon goût. Sauf qu'elle ne savait pas le bon goût de qui.

Sur ces brochures, elle voyait au contraire une maison chaleureuse et accueillante, faite pour des canapés profonds, des tas de coussins et des bibliothèques.

Samedi, elle emmènerait Peter la visiter, mais elle était déjà certaine qu'elle lui plairait. Un jour, un agent immobilier lui avait dit qu'on devinait dans le regard des gens s'ils avaient trouvé leur maison, or, là, elle voyait celle de Jamaica Plain avec les yeux de l'amour. La mère de Peter penserait qu'ils avaient perdu en superficie, mais elle préférait se dire qu'ils avaient déniché pile celle qu'il leur fallait. Car si leur appartement à Cambridge avait été trop exigu, cette demeure prétentieuse à Dover avait toujours été trop vaste, d'une taille et d'une précision anguleuse qui les écrasaient. Comment une petite fille pouvait-elle sauter et bondir dans un endroit aussi parfait ?

Elle brandit la photo de la salle de séjour à Jamaica Plain, pleine de fenêtres et de portes-fenêtres. Mentalement, elle y mit un tapis d'Orient d'un beau rouge, des lampes à la lumière douce et des canapés enveloppants qui vous berçaient tandis que vous lisiez les journaux du dimanche.

Une maison ni trop petite ni trop grande. Juste comme il fallait.

« Peter, crois-moi, tu vas adorer cette maison », insista Caroline plus tard dans la soirée.

Elle se rapprocha de lui et sentit le cuir du canapé râper son jean.

« Je ne sais pas, dit-il en secouant la tête. Est-ce qu'on veut vivre aussi près de la gare de Forest Hills ? Tu sais comment c'est, là-bas... Je ne suis pas certain que ce soit là qu'on ait envie que grandisse Savannah. »

Du calme. Laisse-lui le temps de trouver ses marques.

« Viens la visiter. C'est tout ce que je te demande. »

Peter remit ses lunettes de lecture et prit les brochures qu'il avait jetées sur la table basse. « Quand je parlais d'économiser de l'argent, ce n'était pas ce que j'avais en tête.

— Tu avais quoi en tête ?

— Quelque chose d'un peu plus... haut de gamme ? » Il relut le descriptif. « Il tiendrait deux maisons comme celle-ci dans la nôtre... Tu veux vraiment quelque chose d'aussi petit ?

— J'aimerais qu'on puisse s'y sentir chez nous. Je n'ai pas envie de travailler pour rembourser un prêt. Et j'aime bien l'idée qu'on ait des voisins, que Savannah puisse jouer avec d'autres enfants... J'ai aperçu des vélos sur les pelouses.

— Tu la laisserais faire du vélo là-bas ?

— Pour l'amour du ciel, des tas d'enfants grandissent en ville ! » Elle lui prit la main. « Ce n'est pas forcément *la* maison, mais je voudrais que tu viennes la voir, que tu fasses un tour dans la rue et que tu voies comme les gens sont sympathiques… À côté habite un couple de médecins, et en face un directeur d'école. Ce n'est tout de même pas comme si on s'installait en zone de guerre ! C'est juste que ce n'est pas une banlieue blanche comme neige comme ici.

— Ne me fais pas passer pour un snob. » Peter se pencha en avant. « J'aimerais beaucoup que notre fille ait des amis dans la rue, mais je veux aussi qu'on ait tous une belle vie. Je voudrais donner à Savannah plus que je n'ai eu.

— Est-ce que *plus* se mesure en dollars ? » Caroline prit son verre de vin. « Et l'amour ? Et le plaisir ? Toi et moi avons eu une belle enfance, à tous les points de vue. J'avais de l'argent, tu n'as jamais manqué de rien. Tu avais cette grande famille, j'avais mes sœurs, nos mères étaient là en permanence… et on sait tous les deux d'où on vient. » Ses yeux s'emplirent de larmes. « On ne peut pas donner ce qu'on a eu à Savannah, ce n'est pas possible. Nous n'aurons pas pour elle une maison pleine d'enfants ou de sœurs… Et elle n'a jamais eu sa maman à la maison. Que ça nous plaise ou non, nous ne sommes pas une famille conventionnelle.

— Ce n'est pas à cause de la maison, n'est-ce pas ? » Peter posa la main sur son genou.

Caroline se tamponna les yeux avec le bas de son tee-shirt en frissonnant. Malgré la chaleur lourde et humide, il faisait un froid sec dans le salon. « Non. J'aime bien la maison, mais ce qui me bouleverse n'est pas ça. Il faut qu'on sache ce qu'on peut faire de bien pour notre fille, et on n'y arrivera pas si on n'est pas d'accord. Je n'ai pas envie de te convaincre, ou vice versa.

— Parce qu'on n'est pas dans le même camp ? »

Elle détourna le regard. Peter ne parvenait pas à accepter que l'éclatement de leur famille n'avait tenu qu'à un fil.

« Tu ne penses jamais à ce que c'est pour Savannah ? demanda-t-elle.

— Qu'est-ce que tu veux dire ?

— Savannah est une enfant adoptée, et, qu'on le veuille ou non, elle se posera toujours des questions. Peut-être sommes-nous égoïstes… On veut tellement faire en sorte que tout soit bien pour elle, aussi bien que ça l'a été pour nous, qu'on passe peut-être à côté de ce dont elle a vraiment besoin.

— C'est-à-dire ? »

Bien qu'il eût l'air mal à l'aise, elle continua. Avoir peur de la vérité l'avait déjà amenée à l'enterrement imaginaire de son mari et de sa fille.

« Désormais, Savannah connaît Tia et Nathan, et elle sait aussi qu'elle a des frères. On ne peut pas faire comme s'ils n'existaient pas.

— Qu'est-ce que ça signifie pour toi, Caro ? »

Elle croisa les doigts. « Ça signifie qu'on doit mettre nos craintes de côté. On ne peut pas faire comme s'ils n'existaient pas dans sa tête ou dans nos vies. Ce serait terrible pour notre propre santé mentale. Vivre comme s'ils ne s'étaient jamais vus… ce ne serait pas seulement impossible, ce serait mal.

— Je n'ai jamais suggéré qu'on lui mente. Ou qu'on lui cache la vérité. » Il se leva et marcha de long en large. « Est-ce qu'on doit pour autant la partager avec eux ? Tu proposes quoi ? Qu'on les invite à un barbecue ? Peut-être qu'ils pourraient venir chez ma mère à Thanksgiving…

— Tu es son père et je suis sa mère. Personne ne le remet en cause. Écoute, Peter, je n'ai pas les réponses. Je sais juste qu'on ne pourra jamais être de bons parents si on ne se pose pas ce genre de questions. Notre fille ne doit pas avoir à se cacher de nous. Je ne veux pas qu'elle se sente coupable si un jour elle a envie de voir ses frères… Et c'est à nous de réfléchir à ce *un jour* avant qu'elle vienne nous en parler. »

Caroline se leva et s'approcha de son mari. Elle l'enlaça par la taille et posa sa tête sur son épaule.

« Ça ne te fait pas peur ? demanda Peter. Tu n'es jamais angoissée à l'idée de la perdre ?

— Je ne crois pas qu'on perde quelqu'un si on l'aime comme il faut. On est une famille. On en est devenu une le jour où on a pris Savannah dans nos bras. Et ce miracle ne s'arrêtera jamais. Peut-être même qu'on a maintenant quelque chose d'un peu plus magique dont on devrait se réjouir. Tout est ouvert, en fin de compte, et nous pouvons très bien être une famille sans nous accrocher au confort des mensonges. »

Peter reprit la brochure et effleura du doigt la maison rouge de Jamaica Plain.

« Bon, aller la voir ne peut pas faire de mal. »

37

Tia

Une fois de plus, Tia se réveilla avec la gueule de bois. Rien de trop méchant. Elle n'avait pas la nausée et n'avait pas vomi, mais la tête lui élançait, lui rappelant la soirée de la veille. Elle prit le café que Bobby lui avait laissé. Depuis un mois qu'ils s'étaient fiancés, ils passaient plus de temps chez lui. Il lui avait déjà fait choisir les meubles et la moquette de l'appartement où ils emménageraient dès que les travaux seraient finis.

La semaine dernière, il avait rapporté des catalogues de Pottery Barn Kids, de Crate & Barrel et de Restoration Hardware.

« Ils ne sont pas les seuls à pouvoir offrir une belle vie à ta fille, avait-il dit. Elle peut avoir sa vraie mère en même temps que tout ce dont elle a besoin sur le plan matériel. Il n'y a plus de raison que tu te sacrifies, chérie. À propos, tu as rappelé l'avocat ? »

Et lorsqu'il avait posé la question tant redoutée, ce qu'il faisait de plus en plus souvent au fil des semaines, et toujours en prenant cette voix faussement dégagée, elle avait détourné les yeux. Bobby était devenu obsédé par l'idée de récupérer Savannah.

Or ce n'était pas possible.

Reprendre Savannah serait la pire des choses qu'elle ferait de travers depuis sa rencontre avec Nathan. Mais chaque fois qu'elle s'apprêtait à l'expliquer à Bobby, elle se retrouvait en train de se resservir un verre.

La veille, elle avait bu de la bière, du scotch et de la sambuca. Ce matin, elle aurait dû avoir besoin d'une cuvette au pied du lit, mais le café et deux aspirines lui suffiraient. C'était mauvais signe. Être capable de boire autant sans s'en rendre malade était la preuve que son organisme s'habituait à ingurgiter de grosses quantités d'alcool. Ses visites au Fianna's, qui avant se limitaient au week-end, étaient devenues trop fréquentes durant la semaine. Dans combien de temps y serait-elle fourrée tous les soirs ?

Encore groggy, Tia traversa l'élégant salon gris d'un pas chancelant pour aller dans la salle de bains. Prendre une douche lui ferait du bien.

L'eau chaude ruissela sur sa tête et ses épaules. Les mains appuyées sur le carrelage blanc, elle s'efforça d'inhaler du courage en même temps que de la vapeur.

Choisissant ses habits avec un soin particulier, elle boutonna son chemisier en soie blanche et le rentra dans la jupe crayon noire en regardant les photos de Savannah que Bobby avait encadrées.

Elle s'assit sur le lit pour passer un coup de fil qui n'avait rien de plaisant. Car bien qu'elle s'en voulût de mentir à sœur Patrice, elle ne voyait pas comment lui parler de la réalité complexe à laquelle elle était confrontée.

Le foyer pour personnes âgées de Marine Gardens à South Boston n'était pas très loin à pied de la passerelle du Sugar Bowl, un quartier où Tia venait traîner tout le temps étant gosse. Le grand bâtiment bleu aux volets d'un bleu plus sombre offrait une vue imprenable sur l'océan. Seule une route séparait Marine Gardens de la plage.

Mrs. Graham attendait dans le hall, les mains croisées sur les genoux. Tia avait appelé la direction pour prévenir qu'elle passerait.

« Bonjour, Marjorie. » Elle se laissa glisser au fond du canapé à fleurs à côté de la vieille dame. Une odeur de parfum à la pomme, de désinfectant et de cire masquait celles qui règnent en général dans les foyers. Sur une longue table en acajou trônait une immense composition de fleurs en soie qui écrasait la salle d'une redoutable propreté.

« Vous êtes pile à l'heure. » Mrs. Graham tapota son sac en cuir rigide avec nervosité.

« Et vous, toujours aussi ponctuelle… C'est une vraie qualité, dit Tia en lui prenant la main. Je suis désolée de ne pas être venue vous voir plus tôt. »

Les yeux bleu pâle de la vieille dame s'agrandirent. « Oh, ne le soyez pas, ma chère ! Je ne m'attendais pas à ce que vous veniez ici… Après ce que j'ai fait, pourquoi auriez-vous voulu me voir ? Mon Dieu, ce n'est pas à vous de vous excuser ! Je vous ai mise dans une situation épouvantable. »

Tia se mordit la lèvre pour ne pas s'excuser de tout

ce en quoi elle avait trahi les Graham. La vieille dame n'avait pas à lui accorder l'absolution, qu'elle n'avait d'ailleurs aucun droit de lui réclamer.

« Ce que vous avez fait exigeait beaucoup de courage, Marjorie. Et j'aurais dû passer vous voir depuis longtemps. »

Mrs. Graham secoua la tête, mais une lueur d'espoir brilla dans son regard. « Oh… C'est très gentil de me dire ça, mais personne ne le croirait.

— Eh bien, moi oui !

— Vraiment ? La plupart des gens me prennent pour une criminelle… Je ne suis pas très appréciée, ici. Quasiment personne ne m'invite à jouer aux cartes ou à venir regarder les films.

— C'est de la pure méchanceté. Et totalement injustifiée. » Tia serra la main frêle à son tour. Doucement. Elle respira à fond. « En réalité, je suis jalouse de vous. Et jalouse de Mr. Graham. »

Le soleil éclatant de septembre qui baignait la salle faisait ressortir les rides de Mrs. Graham avec plus de netteté. L'incertitude et l'incrédulité assombrirent soudain son visage. « Pourquoi diable seriez-vous jalouse de Sam ou de moi ?

— Je suis jalouse de vous parce que vous avez aimé cet homme au point de renoncer à votre liberté pour lui. Et je suis jalouse de votre mari d'avoir eu quelqu'un qui l'aime autant. Vos dernières années ont été très dures… Vous avez été si bonne avec lui… »

Des larmes coulèrent sur les joues de la vieille dame.

« Vous avez fait du mieux que vous avez pu, poursuivit Tia. Personne ne vous a aidée. Vous avez pris soin de Sam comme il avait toujours pris soin de vous. Et vous avez ensuite fait ce que vous pouviez pour lui éviter de souffrir. »

Mrs. Graham ouvrit son sac d'où elle sortit un mouchoir blanc et tamponna la peau délicate sous ses yeux. « Il me manque tous les jours… Lui ne me reconnaîtrait pas, mais moi si ! Seulement, je n'ai pas le droit de le voir. C'est mon châtiment.

— Ce doit être terrible. » Tia prit le sac qu'elle avait apporté. Elle en sortit une grande boîte en fer gravée de bobines de fil et d'aiguilles. « Tenez, c'est pour vous. Ce n'est pas grand-chose, mais je pense que ça vous plaira.

— Merci, ma chère… Je regrette de ne plus avoir d'assez bons yeux pour faire de la couture comme autrefois. »

Tia mit un doigt devant sa bouche pour lui faire signe de rester discrète. Après s'être assurée que personne ne les observait, elle ouvrit la boîte qui contenait un assortiment de bonbons rouges et noirs à la réglisse. « Je me suis dit que, ici, vous deviez avoir du mal à vous en procurer. »

La vieille dame sourit comme si elle venait de lui décrocher la lune. « Oh, merci infiniment ! Vous n'imaginez pas à quel point ma réglisse m'a manqué…

— Comme je ne voudrais pas vous attirer des ennuis, je les ai mises dans une boîte à couture.

— Pour ce qui est des ennuis, ne vous inquiétez pas. Ça pourrait difficilement être pire, vous ne croyez pas ?

— Oui, c'est vrai ! admit Tia en riant.

— Vous êtes gentille d'être venue.

— Et je reviendrai, je vous le promets. Mais il se pourrait que je parte bientôt, et si c'est le cas, je vous écrirai. Je tiens à ne pas disparaître de votre vie. Et je continuerai à vous approvisionner en réglisse, promis !

— Je suis contente que vous puissiez enfin m'appeler Marjorie. »

Tia prit discrètement un bonbon et le fourra dans sa bouche. « Moi aussi. »

En sortant du foyer, elle troqua ses escarpins pour des baskets et marcha jusqu'à Sugar Bowl. Elle fit deux fois le tour de la baie, plissant les yeux pour distinguer Thompson Island au loin dans la brume et observant les mouettes plonger sur les détritus. Sur le parcours, elle salua plusieurs personnes de sa connaissance venues courir, promener leur chien ou faire du vélo.

C'était au Sugar Bowl que Tia et sa bande de copains avaient bu leurs premières bières, fumé leurs premiers joints, bu de la liqueur au fruit écœurante et eu des histoires d'amour fugaces. C'était là qu'elle avait perdu sa virginité.

Ce vendredi soir, elle avait déjà bu quatre Buds quand Kevin avait sorti une ligne de coke. Ils avaient échangé de longs baisers. Puis il l'avait emmenée vers les rochers, en avait cherché un tout plat dont il était certain de se rappeler. Dès qu'ils l'avaient repéré, il avait étalé sa veste sur la pierre froide sans prononcer un mot. Elle avait alors seize ans et n'aurait pu imaginer un geste plus tendre.

Mais à présent, il lui fallait trouver un meilleur

moyen de se prémunir contre le froid. Elle ne pouvait pas compter sur la veste d'un garçon, pas plus qu'elle n'aurait dû rêver qu'un chevalier vienne la sauver.

Avec Bobby, les choses ne dureraient pas. Il était temps de débrancher.

Malgré les nuages, elle mit ses lunettes de soleil pour cacher ses larmes. Elle s'était raconté des histoires. Pour ça, elle était douée !

Car elle voulait de lui comme frère, pas comme mari ; c'était ainsi qu'elle l'aimait. Le temps passant, il ferait ressortir tout ce qu'il y avait de pire en elle.

Même si Nathan n'avait pas réellement eu d'amour pour elle, le sien avait été sincère. Avec lui, elle s'était sentie capable de tout, et elle voulait retrouver ce sentiment. Sauf que cette fois, elle voulait que ce soit avec un homme qui l'aimerait, et qu'elle aimerait en retour.

Pas Bobby. Elle avait toujours su que, même s'il la protégeait, ce confort la maintiendrait dans un sentiment de médiocrité.

Tia arriva sur le parking de Castle Island et contempla la foule qui se pressait devant le restaurant Sullivan's. L'air sentait la friture. Dès qu'il l'aperçut, Bobby lui fit signe et lui tendit les bras en se fendant d'un grand sourire. Elle l'avait appelé en lui demandant de venir la rejoindre. Il était temps de faire un choix. Elle pourrait le laisser lui payer une saucisse, ou lui briser le cœur en même temps qu'un bout du sien.

Si elle restait avec lui, elle finirait par appeler l'avocat, quand bien même elle savait que ce serait une erreur. La tentation serait trop forte, elle n'y résisterait pas. Bobby avait commencé à organiser sa vie, et engager l'avocat ferait partie de la mise en œuvre de son projet à lui.

Cependant, il était trop tard. Elle ne voulait pas que qui que ce fût choisisse sa vie à sa place. Ni celle de Savannah.

Tia était certaine d'une seule chose : sa fille vivait déjà avec une mère et un père. L'idée de la reprendre en faisant appel à un avocat n'avait été qu'une chimère. Elle ne pensait même pas en avoir rêvé. Pas comme ça.

Se battre au tribunal ne servirait qu'à faire du mal à Savannah. Car ce ne serait pas pour sa fille qu'elle le ferait, mais pour elle. Et si abandonner son enfant avait été égoïste, vouloir la récupérer reviendrait à appliquer la politique de la terre brûlée.

Tout comme rester avec Bobby. Le quitter le blesserait, mais l'épouser finirait par les anéantir tous les deux. Elle ne pourrait jamais être son autre moitié.

Six mois plus tard, Bobby l'accompagna à l'aéroport sur une route verglacée. Le blizzard de mars les obligea à s'arrêter deux fois pour gratter le givre sur le pare-brise. Tia pria en silence pour que son avion puisse décoller.

« Merci de garder la bague. » Bobby lui jeta un coup d'œil et lui serra tendrement la main en conduisant de l'autre. « Porte-la de temps en temps en pensant à moi. Aucune pression… Promis. »

Bobby était un homme bien. Elle préférait ne pas repenser à ce jour où elle avait rompu leurs fiançailles et lui avait brisé le cœur. Néanmoins, elle ne porterait jamais cette bague. Si elle la portait, au moins les hommes la laisseraient-ils tranquille le temps qu'elle réfléchisse à sa vie – bien que Robin lui eût juré que ça les attirerait au contraire comme de l'herbe aux chats. « S'ils savent que tu n'es pas libre, ils te supplieront de leur accorder un rendez-vous ! »

Tia ne voulait plus d'hommes de ce genre.

Six ans plus tôt, après que Nathan l'avait quittée, elle était allée marcher des heures tous les jours, jusqu'à être trop épuisée pour faire autre chose que travailler et dormir. Elle louait des films pour la seule raison qu'un des acteurs ressemblait à Nathan. Elle le cherchait partout, le voyait partout… De loin, il lui était même arrivé de le confondre avec une octogénaire en fauteuil roulant.

Elle arpentait la ville dans l'espoir de le rencontrer. Qu'avait-elle cru ? Qu'il redeviendrait l'homme qu'elle avait imaginé capable de transformer sa vie en conte de fées ?

Nathan ne l'avait jamais connue vraiment, pas plus qu'elle ne l'avait connu lui. Elle avait fait de cet homme un personnage de roman, avait rempli les manques des qualités magiques qu'elle lui attribuait. Elle avait pris sa prévenance naturelle pour de l'attachement entre deux âmes sœurs, et confondu le désir sexuel qu'elle avait pour lui avec le grand amour de toute une vie. Quant à sa famille, elle l'avait repoussée dans un grand flou, un pastel à peine visible, convaincue que quitter sa femme et ses fils ne le plongerait que dans une brève période de désarroi. Elle avait plus ou moins cru aux mensonges qu'elle s'était racontés. Et tout autant que Nathan lui avait fait du mal, elle avait fait du mal à Juliette.

Et si le fait qu'il n'eût pas été libre l'avait rendu plus désirable à ses yeux ? Si consternante que pût être cette hypothèse, il faudrait qu'elle y réfléchisse.

Plus que tout, Tia se sentait prête à découvrir un autre monde que celui qu'elle connaissait. Retourner vivre à Southie n'aurait abouti qu'à reproduire les mêmes schémas en suivant la même carte jour après jour.

Peut-être que ce n'était pas si mal…

Ou peut-être que si.

Ils arrivèrent à l'aéroport de Logan. Sans dire un mot, Bobby sortit sa valise du coffre de la voiture, puis vint se planter devant elle. Lorsqu'elle lui dit au revoir, elle le serra longuement dans ses bras. « Tu sais que je t'aime énormément et que ça ne changera jamais, lui dit-elle.

— Mais pas comme je le voudrais… » Il s'écarta et la regarda en la tenant à bout de bras. Des flocons de neige tourbillonnaient. Elle balaya quelques cristaux blancs sur ses épaules. « Tu veux bien laisser la porte ouverte à l'idée qu'on se retrouvera un jour ? demanda-t-il.

— Oh, Bobby… Promets-moi une chose.

— Je t'écoute.

— Trouve la fille qu'il te faut. » Elle espéra que ce qui mouillait ses joues n'était que de la neige. « Fais-le pour moi.

— Je ne sais pas si je le pourrai, puisque je pense l'avoir déjà trouvée. »

Tia n'eut pas le cœur de lui dire ce qu'elle savait au

fond d'elle. Elle n'avait pas encore rencontré le grand amour. Et elle aurait bien voulu effacer sa peine, mais parfois on pouvait juste sauver sa peau.

Au moment où l'avion décolla de Boston, elle planta ses ongles si fort dans ses cuisses qu'elle faillit déchirer son jean noir. Elle n'arrêtait pas de jeter des coups d'œil à son voisin. Bien qu'elle n'eût aucune idée du comportement qu'il fallait adopter en avion, elle savait qu'elle devait se retenir de lui agripper la main. Elle prendrait sur elle le temps que l'antihistaminique que lui avait conseillé Robin fasse son effet et lui donne envie de dormir.

Ils auraient dû distribuer les sièges en tenant compte de qui avait besoin d'être rassuré, associer les novices avec des passagers expérimentés du genre parents, à qui l'occasion de rendre service donnerait un sentiment d'importance.

Malheureusement, son voisin n'avait pas levé une seule fois les yeux. Elle regarda sa main et vit une alliance en or à son annulaire gauche. Il tenait le *New York Times* plié avec cette habileté qu'ont les voyageurs aguerris. Tia décrispa ses doigts et sortit le livre qu'elle avait emporté. Une lecture qui la soutiendrait, une relecture qui l'empêcherait, espérait-elle, de hurler de terreur ou de commander une petite bouteille de courage quand l'hôtesse passerait.

La ville qu'elle n'avait jamais quittée s'étalait sous ses yeux. Ils étaient encore suffisamment bas pour qu'elle distingue certaines banlieues, notamment la pointe de South Boston qui formait une saillie dans l'océan.

N'avait-elle pas abandonné beaucoup de choses ? Elle ne fuyait pas. Une bonne partie de ce qui lui avait été offert continuait à la faire saliver. Un homme qui aurait pris soin d'elle. Une maison donnant sur l'eau. La sécurité. Tout ce que sa mère aurait adoré qu'elle eût.

Une telle vie aurait fini par la faire sombrer. Peut-être que le monde se composait de deux sortes de personnes : celles qui s'épanouissaient en restant là où elles étaient nées ; et celles qui, comme Robin, avaient besoin de trouver l'endroit qui contenait les ingrédients bénéfiques à leur âme. Sans doute appartenait-elle à la seconde catégorie elle aussi.

Pendant tout le vol jusqu'à San Francisco, elle plongea par intermittence dans un sommeil chimique, rêva au passé et à l'avenir.

En Californie, elle n'était pas certaine de se sentir chez elle, mais puisqu'elle aurait Robin, sa seule famille au monde, ce serait un bon début. Elle caressa la couverture défraîchie du roman que lui avait offert sa mère quand elle était petite, *Anne... La maison aux pignons verts*. Dans cette histoire, l'orpheline s'en sortait plutôt bien, et c'était exactement ce qu'elle avait envie de relire.

Tia s'approcha du tapis roulant des bagages en cherchant les valises rouges qui avaient appartenu à sa mère. Penser à elle lui était moins pénible depuis qu'elle avait vu Savannah. Pour la première fois, elle se dit que, à défaut de les approuver, elle comprendrait comment elle en était venue à prendre de telles décisions. Comme si sa mère avait fini par lever sa malédiction.

Avoir vu Savannah dans les bras de Caroline et de Peter lui avait enfin permis de se défaire de l'angoisse qui l'avait paralysée depuis l'abandon de son bébé. Maintenant qu'elle était en contact avec Caroline, elle saurait toujours si sa fille allait bien.

Tia ne se détournerait jamais de Savannah et ne serait jamais pour elle un mystère. Qu'elle eût décidé de l'abandonner ou de la garder, elle aurait pu faire le mauvais choix, ou le bon. Désormais, ce choix, elle l'assumait. Sa fille n'était plus une honte secrète qui l'obligeait à accumuler pansement sur pansement.

Elle n'avait plus à mentir.

Sa mère avait eu raison. Donner sa fille était revenu à se couper les jambes, sauf qu'elle se voyait plutôt comme une estropiée. Elle avait offert une chance à Savannah. Elle espérait que sa mère le comprendrait. Ou tout du moins se réjouirait de ce qui lui insufflait de l'espoir et du bonheur.

Savannah était entre de bonnes mains.

Finalement, elle connaissait sa fille, et elle savait qu'elle la reverrait.

Le vol n'avait pas été aussi atroce qu'elle le redoutait. Les années de peur viscérale s'étaient dissoutes dans l'antihistaminique. Et bien que ce ne fût peut-être pas la solution la plus courageuse, elle était là ! La prochaine fois, peut-être même pourrait-elle se passer des comprimés. Et sinon, quelle importance ?

Tirant ses bagages, elle franchit les grandes portes vitrées automatiques et se protégea les yeux du soleil matinal. Le ciel californien d'un bleu resplendissant paraissait immense.

Au même instant, Robin arriva dans sa Honda rouge tomate – elle lui en avait montré une photo sur Skype lorsqu'elles s'étaient parlé la veille au soir.

« Parce que tu crois que je vois quelque chose ? s'était moquée Tia. Ne t'inquiète pas… Je suis quand même capable de repérer une voiture ! »

Néanmoins, l'attitude protectrice de son amie l'avait touchée.

« Une année, c'est tout ce que je te demande, avait dit Robin. Bon, d'accord… disons, six mois. » Elle avait immédiatement opté pour un compromis quand Tia avait affirmé que ce serait trop long. « Passe au moins ce temps-là en Californie. »

Lorsqu'elle avait préparé son voyage, elle avait transmis l'adresse mail de Robin à Caroline, qui lui avait envoyé leur nouvelle adresse – à Jamaica Plain, comme par hasard ! Caroline avait joint à son mail des photos de Savannah se préparant à passer sa première journée au jardin d'enfants. Des photos de l'automne.

Tia ne s'angoissait plus à l'idée de perdre le contact. Caroline était une femme digne de confiance. Elle n'aurait plus à attendre une année entière pour recevoir des photos de sa fille. Elles avaient même déjà discuté pour décider où et quand elle viendrait la voir.

La dernière fois qu'elle avait parlé à Nathan remontait à quelques jours avant le Memorial Day, peu après qu'ils étaient allés voir Savannah. Tia soupçonnait qu'elle était la seule à qui il pouvait parler de la situation. Il avait à l'évidence trop bu. Il n'était pas ivre, mais juste assez détendu pour ne pas s'adresser à elle comme si elle était une araignée prête à lui grimper sur le dos.

« Je ne sais pas si Juliette voudra me reprendre, avait-il dit. J'ai peur qu'elle ait perdu tout respect pour moi. Et ça me fait un mal de chien… Tu comprends ce que je veux dire ? »

Entendre à quel point le respect de Juliette lui était essentiel avait dissipé les derniers restes de l'obsession qu'elle avait eue pour lui. Il n'avait jamais accordé autant de valeur à son opinion. Certes, il l'avait désirée. Il avait même pu croire un temps avoir besoin d'elle et se persuader qu'il l'aimait, cependant, l'estime qu'elle avait pour lui n'avait jamais compté autant que celle de Juliette. Dans la hiérarchie de la famille et des amis de Nathan, elle se faisait à peine accepter.

Juliette l'avait repris – elle l'avait appris par Caroline. C'était d'ailleurs étrange que Caroline fût devenue sa source d'informations. Et plus étrange encore qu'elle eût été contente que Nathan et Juliette se fussent retrouvés. Comme si c'était un péché de moins à expier.

Tia monta dans la voiture de Robin. Elles s'étreignirent comme deux sœurs.

« Sois la bienvenue, Tee ! s'exclama Robin en lui caressant la joue. Dis donc, tu as une sale mine…

— Contente de te voir moi aussi ! Le voyage a été long…

— Le premier est toujours le plus dur. Mais tu t'en remettras ! »

Tia mit les lunettes de soleil que Robin lui tendit. « C'est bien mon intention. »

Alors qu'elles s'éloignaient de l'aéroport, Tia sentit se lever le malheur de ces dernières années. Après avoir attendu si longtemps qu'on l'emmène sur un cheval blanc, en pensant que Nathan serait son sauveur, elle s'était enfin échappée du gouffre du désespoir.

Pendant un moment, elle avait cru que la main de Bobby serait celle qui la sortirait de son malheur, et, à la vérité, le réconfort qu'il lui avait apporté lui faisait encore l'effet d'un doux édredon. Mais gratter les couches de déni derrière lesquelles elle s'était réfugiée – Bobby, l'alcool, les rêves impossibles – l'avait libérée.

Elle se jura de ne jamais se cacher la vérité. Le bon endroit, la bonne personne et le chemin qu'elle prendrait l'attendaient là – et rien ne l'obligerait à cloisonner sa vie entre ce qui était possible ou pas.

Faire des nattes à Savannah ou la faire tournoyer ne figurait pas au programme, mais elle n'avait plus à dissimuler l'existence de sa fille. Elle pouvait ressentir de l'amour pour Savannah sans aussitôt se servir un verre. Le jour de son sixième anniversaire, Caroline lui enverrait des photos. Elle-même lui ferait parvenir une poupée, un collier fait par Robin ou un ours en peluche. Pour la première fois, elle lui achèterait un cadeau d'anniversaire.

Le lui donner ou pas serait le choix de ses parents. Mais l'envoyer serait le sien.

Elle serait toujours là pour sa fille, et sa fille était là où il fallait qu'elle soit. Sa volonté de tenir pour son enfant nécessitait qu'elle prenne de la distance, et non qu'elle se batte pour la récupérer. À travers ce choix, elle gagnerait la possibilité d'envisager un avenir un jour avec Savannah.

Ils étaient tous liés. Et, bizarrement, ils étaient devenus une famille.

REMERCIEMENTS

Nombreux sont ceux qui m'ont soutenue pendant que j'écrivais *Trois secrets*, mais personne autant que mon mari, Jeff Rand, qui m'a offert une existence sans la moindre chanson triste et m'a permis de revisiter sans crainte le passé, ainsi que Ginny DeLuca, ma meilleure amie et partenaire dans toutes les choses de la vie – y compris l'écriture. Depuis l'âge de vingt-trois ans, nous nous sommes tenu la main dans tous nos choix, judicieux ou pas, et nous continuerons à le faire jusqu'au jour où nous échangerons nos cannes.

Ma famille, mes amis et mes collègues m'ont aidée à insuffler la vie à ces personnages que j'adore. Stéphanie Abou a été ma partenaire avisée, chaleureuse et déterminée depuis le début, comme toute l'équipe de Foundry Literary + Media. Atria Books représente tout ce que l'on peut souhaiter que soit un éditeur. Judith Cuff est aussi vive d'esprit que sympathique, et je la remercie de m'avoir fait entrer dans la troupe Atria. Greer Hendricks est une éditrice de rêve devenu réalité, qui m'a poussée comme il le fallait, et je lui serai éternellement reconnaissante de travailler avec elle. Sarah Cantin rend le travail d'édition plus heureux, plus simple et meilleur. Dès que j'ai réclamé de l'aide, Julia Scribner a répondu présente. Lisa Sciambra, Cristina Suarez et Anne Spieth m'ont réservé un accueil qui présage une montagne durable de remerciements de ma part. Phil Bashe m'a permis de passer pour plus maligne que je ne le suis en réalité. Laywan Kwan, dont l'extraordinaire couverture me fait encore sourire. Mon voyage avec Atria ne fait que commencer, mais je sais que j'ai trouvé là un chez-moi. Nancy MacDonald est un trésor de sensibilité, de sagesse, de réconfort et de soutien qui embellit tout ce qu'elle touche. Kathleen Carter Zrelak, de Goldberg McDuffie, comment êtes-vous devenue un agent *et* une thérapeute aussi merveilleuse ? Rose Daniels, votre immense talent de designer a donné lieu à la mise en place d'un super site.

À l'« équipe » – mes chères Nichole Benier et Kathy Crowley –, merci d'avoir épongé mes larmes, partagé mes joies et gardé mes secrets. Melisse Shapiro, la qualité de ma vie a grimpé de plusieurs degrés en vous rencontrant. À mon cercle d'amis écrivains – bénie soit notre fontaine virtuelle : mes très chères Robin Black, Jenna Blum, Juliette Fay, Beth Hoffman, Marianne Leone, Ellen Meeropol, Elizabeth Moore, Laura Zigman, tout le monde devrait être entouré d'autant de confiance, de sagesse et de soutien. Chris Abouzeid, Christiane Alsop, Stephanie Ebbert, Leslie Greffenius, Javed Jahangir, Necee Regis, Dell Smith, Becky Tuch et Julie Wu – vous êtes toutes *Au-delà des marges*, de merveilleuses partenaires, d'une grande profondeur, et fabuleuses pour faire la fête. Amin Ahmad, soyons toujours des lecteurs aussi extraordinaires (je suis sincère !) l'un pour l'autre.

Je remercie tout particulièrement Linda Percy, qui avec son canard gomme m'a apporté une réelle conviction, des sourires et de l'optimisme ; ainsi que Stacy Meyers Ames, qui a su donner à une femme très névrosée une bonne dose de confiance.

Merci du fond du cœur au Grub Street Writer's Center de Boston, notamment à Eve Bridburg, Chris Castellani, Whitney Scharer et Sonya Larson de nous avoir réunis et d'avoir fait en sorte que les rêves se concrétisent. De gros baisers à tous ceux du site Fiction Writer's Coop, avec une mention spéciale à Cathy Buchanan qui a pris le temps de le concevoir.

J'exprime ma plus profonde tendresse et mes remerciements à ma famille, dont font partie mes sœurs de cœur Diane Butkus et Susan Knight. Je me délecte de l'affection de mes belles-sœurs, Nicole Todini et Jean Rand, et de mon beau-frère, Bruce Rand. Un merci particulier à ma belle-mère, Jeanne Rand, pour sa fierté indéfectible. Et à toi Maman, qui es toujours avec moi.

Ceux à qui mon cœur appartient, les amours de ma vie, m'apportent du réconfort, de la joie et de la compréhension : ma sœur (et meilleure amie), Jill Meyers, mes enfants et ma petite-fille, Becca Wolfson, Sara, Jason et Nora Hoots, ainsi que, encore une fois, l'amour de ma vie, Jeff Rand.

Randy Susan Meyers dans Le Livre de Poche

L'Impossible Pardon n° 32600

Malgré l'interdiction formelle de sa mère, Lulu, dix ans, ouvre la porte à son père. L'homme, ivre et hors de lui, poignarde sa femme et blesse la petite Merry, six ans. Recueillies par leur grand-mère avant d'être envoyées dans un orphelinat, les deux fillettes vont grandir et se construire malgré cette tragédie. Tandis que l'aînée raye son père de son existence, la cadette lui rend visite en prison. Confrontées à une même douleur, Lulu et Merry réagissent différemment : la première veut bâtir sa vie vaille que vaille, l'autre se débat sans répit dans ses traumatismes. Alternant les récits des deux sœurs sur une trentaine d'années, ce roman bouleversant aborde avec force et nuance les questions de la survie, de la culpabilité et de la lente reconstruction de ces enfants meurtries.

PAPIER À BASE DE FIBRES CERTIFIÉES

Le Livre de Poche s'engage pour l'environnement en réduisant l'empreinte carbone de ses livres. Celle de cet exemplaire est de :
450 g éq. CO_2
Rendez-vous sur www.livredepoche-durable.fr

Composition réalisée par NORD COMPO

Achevé d'imprimer en août 2015 en France par
CPI BRODARD ET TAUPIN
La Flèche (Sarthe)
N° d'impression : 3012584
Dépôt légal 1re publication : septembre 2015
LIBRAIRIE GÉNÉRALE FRANÇAISE
31, rue de Fleurus – 75278 Paris Cedex 06

13/0442/7